不管你信不信，我和她

在一起从来不是为了消遣。

黄鱼听雷

第十二颗行星

黄鱼听雷

著

Huang Yu
Ting Lei

北京联合出版公司
Beijing United Publishing Co.,Ltd.

图书在版编目（CIP）数据

第十二颗星/黄鱼听雷著. —北京：北京联合出
版公司,2023.8
ISBN 978-7-5596-7006-9

Ⅰ.①第… Ⅱ.①黄… Ⅲ.①长篇小说－中国－当代
Ⅳ.①I247.5

中国国家版本馆CIP数据核字（2023）第111232号

第十二颗星

作　　　者：黄鱼听雷
出　品　人：赵红仕
责任编辑：牛炜征
特约编辑：小　乔
封面设计：吴思龙@4666啊

北京联合出版公司出版
（北京市西城区德外大街83号楼9层　100088）
大厂回族自治县德诚印务有限公司印刷　　新华书店经销
字数347千字　880毫米×1230毫米　1/32　12.75印张
2023年8月第1版　2023年8月第1次印刷
ISBN 978-7-5596-7006-9
定价：48.00元

The Twelfth Star

目　录

大多数的暗恋像初夏的一场骤雨，初来时猛烈，令人猝不及防。

但总有戛然而止的那一刻。

梁蔚的暗恋像角落里的尘埃，被光照过，最后陷入暗淡。

/第一章/
雨天

梁蔚坐在书桌前，小心翼翼地抬起手臂。

胳膊内侧有一条红色瘀痕，正隐隐作痛，这里的肌肤因为平日不易被日光晒到，相较于手臂的其他地方便更白一度，皮肉也显得更加细嫩些。

平常她不小心磕到，本就极容易瘀青，又何况是一道将近半尺长的瘀痕。

梁蔚倒抽了一口凉气，不知道这瘀痕何时能消退下去。

她又不免庆幸她生在北方，如今已是九月份，天气渐凉，穿上长袖遮盖住，倒也不显得异常。

身后的房门被轻轻推开，周珍走了进来，手上还拿着一支药膏："还疼不疼？"

"不疼了。"梁蔚抬头，"你擦药了没？"

周珍在床沿坐下："我没事，下次你爸喝醉了，你别顶撞他。他喝醉了酒，下手也没个轻重……"

梁蔚心里堵着口气，看着周珍强颜欢笑的神情，拿手指抠了下桌沿横出的毛刺，闷闷地"嗯"了一声，算是回应。

周珍又说："晚上去吃饭，你穿件外套。"

梁蔚点了点头。

周珍起身，梁蔚转头看了一眼她的背影，忍不住叫住了她。

对上周珍询问的目光，梁蔚咬了咬唇："妈，晚上吃饭，陈叔叔的儿子也会来吗？"

周珍面露疑惑之色："你爸爸没说，怎么了？"

"没什么……"

周珍似想起了什么，笑了笑："说起这事，你陈叔叔的儿子和你是不是一个学校的？"

梁蔚说："是一个学校的。"

"那孩子好像还挺优秀的。"周珍说，"你们文理分班表出来了没？"

"还没，要明天去报到才知道。"

周珍没再多问，叮嘱了一句："那药膏记得涂，不要嫌麻烦，女孩子要是落了疤就不好了。"

梁蔚应声："知道了。"

周珍离开后，梁蔚伏在桌上，想起明天要去学校报到，心里多了几分期待，又隐隐生出几分不安情绪。

晚上吃饭的地点，是雁南市的一家五星级饭店。

梁蔚他们一家子人来得早，现在已经在包间里候着了。这期间梁国栋接了两通电话，也没克制着声音，说到激动处甚至会骂上两句脏话，惹得从走廊经过的服务人员时不时瞥来两眼。

梁蔚心中反感，起身去关包间的门。

这关门的动作引得梁国栋不满，他瞪了她一眼："怎么，还嫌弃你老子了？要是没有你老子在外头累死累活地赚钱，你能来这种饭店吃饭？！"

梁蔚充耳不闻，默默地回到座位上。

周珍打圆场："你少说两句吧，孩子也不是这个意思。"

这时关上没两分钟的门被外头的人打开，来人正是陈叔叔和陈阿姨。

陈阿姨保养得当，穿着一条米色的针织裙，气质卓越。虽然她和周珍同龄，但看起来比周珍要年轻几岁。

梁蔚还坐在位子上，下意识地看了一眼门后，没看到那张熟悉的面孔，就听到梁国栋问："鹤森没来？"

梁蔚听到这个名字，眼皮跳了一下。

"鹤森还有点儿事，过会儿就到。"说话的是陈叔叔。

梁国栋同陈叔叔是同一所大学毕业的，两个人曾经还住一个宿舍。

这还是前两天，梁蔚从周珍那里听到的。

这次，梁国栋请陈叔叔他们吃饭，无非是有事拜托。

梁国栋公司有变动，将要被调到南边的淮市发展，周珍有意同去，打算高二这个学期让梁蔚住宿舍，同时托陈阿姨帮忙照看一下。

陈叔叔端起杯子，笑着说："国栋，你说这话，可就见外了。"

陈阿姨也适时地补充了一句："要不干脆让蔚蔚住我们家，也别去住宿舍了。"

梁国栋给陈叔叔倒了杯酒，瞅了梁蔚一眼："没事，我还想让她在家里住着的，这么大的人还住什么宿舍？不过她姥姥不同意，这老人家就是咸吃萝卜淡操心，我们像他们这么大的时候，别说一个人住在家里了，放学回去还得帮忙干农活呢！"

周珍在这样的场合一般是不怎么说话的，这回估计是真放不下女儿，难得朝陈阿姨笑了笑："我和国栋要去南边，怕她万一有什么……我们离得远，也照顾不到，所以听国栋说你们也在雁南城，这才来叨扰你们。"

"你放心，我会多留心的……"

陈叔叔语气和善地说："梁蔚今年也高二了，选文科还是理科？"

不知为何，面对陈叔叔，梁蔚心里也无端生出几分紧张情绪："理科……"

梁国栋原本就对梁蔚选理科的事颇有微词，冷哼了一声："一个女孩子学什么理科？她偏偏不听劝，选了理科，到时候考不上重点大学，有她哭的时候。"

"话也不能这么说。国栋啊，你这印象就有点儿刻板了，女孩子也有理科学得好的啊。"陈叔叔又问，"梁蔚，你上个学期理综多少分？"

"280。"

陈叔叔赞扬道："这不是挺厉害的？"

陈鹤森是饭吃到一半的时候才来的。

九月初的天气，温度其实有点儿低了，更何况是晚上。可男生似乎不怕冷，就穿了件白色的短袖，配着运动短裤，高高瘦瘦的。

他手腕处佩戴的黑色运动手表，是他全身上下唯一的一抹重色。

梁蔚放在桌下的手指悄悄收紧，在他进来的那一刻，似乎连带着她的心跳都快了一拍。

陈叔叔问："怎么来得这么晚？又是和邬胡林去打球了？"

陈鹤森淡淡地回道："不是，有点儿事。"

陈叔叔没有揪着这茬不放，继续给陈鹤森介绍起了梁国栋和周珍，最后梁蔚听到陈叔叔说："这是梁蔚，和你一个学校的，你们认识吗？"

梁蔚呼吸一窒，忽然有些惊惶，下一刻就听到男生笑了笑说："认识，邬胡林也是 6 班的。"

那晚自从陈鹤森进来后，梁蔚就有点儿不在状态，后面她害怕自己紧绷的心弦被周珍察觉，找了个借口说要出去上厕所。

梁蔚走到门口，还是没忍住，偷偷回头瞥了一眼。

男生正靠着椅背，心不在焉地低头看着手机，嘴角不时还露出一丝浅淡的笑意。

梁蔚在洗手间没待太久，去而复返的时候，手里捏着湿润柔软的纸团，心绪游离。她刚拐了个转角，余光便瞥见前方的两个人影——是陈鹤森和邬胡林。

高一时，邬胡林和梁蔚是一个班的，那个时候梁蔚每天最期待的事，大概就是陈鹤森来他们班找邬胡林了。

那时，他出现与否，会牵动她那一整天的情绪。

"你岳母不是时不时会在微博上发些生活照吗？你不看？"

陈鹤森笑骂道："滚蛋！"

邬胡林无意识地偏了一下头，目光越过陈鹤森的肩膀，瞥见了他身后的梁蔚。

他吹了声口哨："完，被人撞见了。"

他话是这般说的，可神情里没有半点儿被抓包的心虚和局促。

陈鹤森也看到了身后的女生："梁蔚！"

因他叫着她的名字，梁蔚的一颗心似也被重重地提了起来。

男生笑了笑，语气自然地说："帮个忙，别告诉我爸妈？"

梁蔚反应慢了半拍，抿着唇，缓缓地点了点头。

梁蔚前脚刚走进包间，没过一会儿，陈鹤森也进来了。其实这包间里原本也是烟雾缭绕的，梁国栋这人生活习惯差，烟酒都沾。即便在座的还有学生和女人，他烟瘾上来了也顾不得这些的，径直点了支烟抽起来。

那晚的见面，梁国栋最后还是喝多了。

他喝多了就会脸色通红，眼睛无神，醉态百出。他说话又是前言不搭后语的，漏洞百出间，明耳人一听便清楚那白纸一般的薄弱底子。

但陈叔叔面上始终挂着微笑，带着一种宽容的耐心的神色附和着他。即便梁国栋说到兴头上，话里话外已经有几分说教的意思，陈叔叔也不恼。

梁蔚站在一旁，莫名觉得羞耻，为梁国栋，也为她自己。

她悄悄抬眼，陈鹤森并没有注意到这边的动静。

陈鹤森的肩膀正斜斜地抵着身后的墙壁，姿势有点儿散漫，顶上白色的照明灯灯光落在男生的脸上，映衬得他侧面的轮廓白皙俊朗，握着手机的手臂上还挂着陈阿姨的棕色皮包。

在等陈阿姨期间，他的手机响了起来。

男生把手机举到耳边："嗯，几班？"

"行，知道了。"

不知道对方说了什么，梁蔚只听他漫不经心地说："这不是板上钉钉的事吗？"

梁蔚忽然想，他以后是不是也会这样等他喜欢的人？

他喜欢的人，会是什么样的？

或许那人也是跟他一样优秀？

梁蔚心尖泛酸，像夏日里的汽水，汩汩地冒着酸气。

这时包间里传来周珍的声音："蔚蔚，你进来帮妈妈搭把手。"

陈鹤森似乎察觉身后的视线，转头看了一眼，此时的梁蔚已经走进了包间。

一家人回到了家，周珍扶着梁国栋进了卧室。

梁蔚跟了进去，周珍伸手去脱梁国栋的外套和皮鞋，余光瞥到戳在门口的梁蔚："怎么还傻站着，明天不是要去学校吗？你赶紧洗漱一下，回屋里休息去。"

梁蔚又看了一眼躺在床上不省人事的梁国栋："妈，你也早点儿睡……"

　　梁蔚回到房间，第一件事是去拿放在书桌上充电的手机。

　　手机上有两条未读消息，都是姚知伽发来的。

　　"分班表出来了，铛铛铛，恭喜梁蔚同学成功考入理科重点班！！！"

　　"噫，人呢？"

　　梁蔚坐在书桌前，给姚知伽回了条短信。

　　梁蔚："你从哪里知道的？"

　　两分钟后，手机振动了一下。

　　姚知伽："邬胡林不知道从哪里搞来的分班表，我这不是就顺便托他看一下你被分到哪个班了？蔚蔚，你们理12班的人都是学霸呀！"

　　梁蔚目光微动。

　　梁蔚："知伽，你有12班的分班名单表……发我一份，好吗？"

　　姚知伽："等着，QQ给你。"

　　梁蔚登录QQ，在等待的几分钟里，情绪变得莫名亢奋，最后更是陷入焦躁的不安中。

　　2009年，3G网络已全面覆盖各县城。梁蔚在这天却体会不到科技的高速，只觉得这两分钟，120秒，每一秒都有一年那么漫长。

　　在焦灼情绪中，梁蔚看到了那张白底黑字的分班表，六行十列，第一个名字便是陈鹤森。

　　她点击图片放大，再放大，直到手机屏幕里只剩下"陈鹤森"那三个因为放大而渐趋模糊的字。

　　梁蔚手指触摸着那三个字，嘴角不可控地上扬起来。

　　手机接连振动了两下。

　　姚知伽："我们这次又没在一个班！不过邬胡林和我在一个班，他不是成绩挺好的，怎么就沦落到和我一个班了呢？"

　　姚知伽："人呢？"

　　梁蔚这才回神："大概他发挥失常了吧……"

　　门外响起两声短促的敲门声后，周珍的声音传来："早点儿睡。"

　　梁蔚隔着一扇门，说："知道了。"

　　梁蔚给姚知伽回了条信息说要休息了，就拿上睡衣到卫生间洗漱。

第二天梁蔚去学校报到，高二的文理分班表就贴在高二教学楼入口处的公告栏上。

她昨晚已经知道她被分在了12班，心里的一块石头落了地，也就没去凑热闹，径直上了楼梯去教室。

理科12班在高二教学楼的顶层，这一层只有两个理科重点班，11和12班。

梁蔚来得算早，教室里只有零星几个人。

12班门口的墙壁上贴着一张A4纸，上面是被分配在12班的同学的名单。

梁蔚脚步一顿，再次看向开头的那三个字。

她的名字和陈鹤森在同一列，只不过他在首，而她在尾端，中间隔着八个人。

6班考进理科12班的只有她一个人，所以对她来说，教室里的同学大多是生面孔，除了陈鹤森。

陈鹤森是在教室里的人都来得差不多的时候才到的，理12班里有一半人是陈鹤森高一所在班级的同学，其他一半则是其余班级考进来的。

一开始，陈鹤森没进教室，站在走廊上同邬胡林聊天。

梁蔚挑的位子，刚好是靠近走廊窗户一侧的。

窗户开着，两个人的声音也清晰地传入耳里。

陈鹤森的胳膊随意地搭在栏杆上，侧着身体："考成这样，不怕邬叔到时候削你？"

邬胡林一副无所谓的口吻："削呗，人家高考都能发挥失常，还不许我文理分班时考失常一下？"

梁蔚等了一会儿，没再听到陈鹤森的声音，若无其事般转过头，刚好对上邬胡林的视线。

邬胡林吊儿郎当地朝她挥了挥手："嘿，学委！"

梁蔚在6班的时候，担任过学习委员。

陈鹤森正低头看手机，闻声抬了一下眼，目光掠过她，一如既往地朝她笑了笑，便又继续玩手机。

梁蔚脸上的笑容就迟了一秒，便硬生生地凝滞在嘴角。

这时有人拍了一下她的肩头："这位子有人吗？"

梁蔚回头："没有。"

"那我就坐这里啦！"这个女生性子外向，又问梁蔚，"你高一是哪个班的？"

梁蔚有些心不在焉，余光注意到窗外的两个人走了，才收了心思，抿了抿唇："6 班的……"

"我 4 班的，哦，对了，我叫李橙。"

"梁蔚。"

李橙也注意到了窗外一晃而过的身影："刚刚那个是不是陈鹤森？"

梁蔚低低地"嗯"了一声。

李橙支着下巴："哇，能和帅哥在一个班级也太爽了吧！我们班应该有不少女生是冲着陈鹤森考进 12 班的。"

梁蔚吞咽了一下口水，眼皮微颤："是吗？"

李橙从包里拿出一瓶牛奶："反正我原来的班级就有挺多女生暗恋陈鹤森的，毕竟人家长得帅、成绩好嘛！"

上课铃声响起，陆陆续续有学生进来，不一会儿，教室的空位上差不多都坐了人，唯有第二组后排的一个位子空着。

陈鹤森是和黎波一起进教室的。高一的时候，黎波带的就是陈鹤森那个班，任教化学这门科目，而陈鹤森也是化学课代表。

陈鹤森随手把一摞教材放在了讲台的桌上。

坐在前排的男生眼尖地瞥到陈鹤森手上的那摞教材是化学课本，调侃道："哟，森哥，你这个学期还是继续担任化学课代表啊？！果然是铁打的化学课代表，流水的班级啊……"

陈鹤森踢了一下他的桌腿："这个学期让给你了！"

男生常兴宇说："我倒是想啊，不是得问问我们波哥吗？"

常兴宇高一和陈鹤森是一个班的。

黎波从讲台桌上捡了一根粉笔："先自我介绍一下，我是理 12 班的班主任，黎波。"

常兴宇带头喊了声"好"，然后将手掌拍得啪啪作响。

黎波比较年轻，毕业不到六年，教学风格也比较轻松，没什么严师架子，和学生也极容易打成一片。他将手中的粉笔折了一截，砸向常兴宇："这么大个子，坐第一排挡人呢？上后头去。"

"报告，我近视了。"常兴宇笑嘻嘻地说道。

"赶紧的，别逼我动手啊……"

常兴宇拖拖拉拉地从座位上起来："波哥，您这是假公济私，打击报复啊，有损您英明伟岸的形象。"

黎波气笑了："我就打击报复了！"

底下发出一阵哄笑声。

黎波等大家的笑声都停了，才神色正经地说："今年庄主任安排教室的时候费了点儿心思，这一层就你们11和12两个理科班。庄主任是什么意思，你们心里都清楚吧？"

"让我们好好学习呗！"

"争取拼过二中，拿下市理科状元呗！"

去年的高考，二中摘下市理科状元的桂冠，让庄主任心塞了好一阵子。

"你们知道就好！这教室里有一半同学高一我就带过，还有一半是刚认识的。不过我既然是12班的班主任，肯定会做到一视同仁。"

有男生起哄，说："那陈鹤森呢？"

"你们不是都传陈鹤森是我亲儿子吗？那自然还是有点儿不一样的。"黎波说。

陈鹤森无奈地笑了笑。

教室里又响起一阵哄笑声，梁蔚也不禁弯了嘴角。

梁蔚高一的班主任是位四十多岁的老教师，开学第一天就批评几个披头散发的女生，教师的威严是立下了，但私底下没少被学生吐槽。

那个时候梁蔚就时常在课间听到班级里有学生拿3班的黎老师和他们班的林老师做对比，说3班的黎老师幽默诙谐，挺有意思的，暗暗羡慕3班的学生运气好。

不同的老师，带出来的班级氛围确实不同。

李橙说："这个黎老师好逗啊……"

梁蔚："是很幽默。"

李橙又说："你们6班的班主任是不是那个林惠？据说她好凶啊！"

虽然梁蔚也不怎么喜欢林老师，但对方毕竟是自己的师长，梁蔚只含混地说："就是有点儿严格。"

"反正你现在是脱离苦海啦！"

梁蔚笑了一下，没有回答。

报到当天没正式上课，上半天领新教材，下半天学生打扫教室卫生。

梁蔚在报到的当晚就搬进了宿舍。一中住宿舍的基本是雁南市周边镇上的学生，唯有梁蔚算是例外。

宋杭杭的家就在镇上，坐车到一中需要三个小时的车程。

"梁蔚，你家也是镇上的吗？"

梁蔚说："没有，我家就在一中附近。"

宋杭杭有些困惑："那你怎么也来住宿舍？"

梁蔚笑了笑："我爸妈因为工作调动要去南边，所以让我来住宿舍。"

宋杭杭"哦"了两声，没再继续问。

收拾完床铺，梁蔚接到了周珍的电话。

周珍和梁国栋是明天的机票飞南边，周珍似乎不太放心，梁蔚拿着手机去阳台接电话。

周珍问："晚饭吃了吗？"

梁蔚说："吃过了。"

周珍又问："你陈阿姨的电话你存了吧？有什么事你就给你陈阿姨打电话，不要不敢打。"

梁蔚的手指落在栏杆上，手心有点儿湿意，栏杆上便有一个雾蒙蒙的指印："知道了。"

周珍还想说些什么，这时电话里传来梁国栋的声音，梁国栋大声嚷嚷着问周珍把他的那件衬衣放哪儿去了……

梁蔚微微蹙眉，就听周珍说："蔚蔚，先不说了，妈妈去给你爸拿件衣服。"

梁蔚拿下手机，轻轻吐了一口气。

这时宿舍里传来"砰"的一声关门声，声音又重又闷。梁蔚下意识地扭头，只瞥见一抹白色衣角。

梁蔚走了进去，听到宋杭杭小声嘟囔："真无语，门关得这么重，吓死人了！"

梁蔚随口问了一句："谁啊？"

宋杭杭噘着嘴说："就那个李菀喽，烦死人，她明明是文科班的，怎么还跟我们住一个宿舍？"

梁蔚在高一的时候就听过李菀这个名字，就像每所高中都有个陈鹤森这样优秀的人一样，也有李菀那种剑走偏锋的学生。

梁蔚没有多说，手机突然振了一下。

姚知伽："蔚蔚，我在学校旁边的奶茶店，出来玩吗？"

梁蔚在输入框里打字，刚打出"我晚点儿出去"，聊天界面又弹出了两条消息。

姚知伽："邬胡林和陈鹤森也在。"

姚知伽："来呗，让老邬请你喝奶茶啊。"

梁蔚停在键盘上的指尖微微蜷缩了一下，她把原本输入的字删除，重新回了条消息。

"好。"

梁蔚握着手机："杭杭，我要出去一趟，需要我帮你带什么东西吗？"

"那你帮我带一杯校门口那家奶茶店的茉莉奶绿呗，谢谢啦！"

"好。"

梁蔚穿过校园，经过高三的教学楼，教室里灯火通明，走廊处稀稀拉拉地站了三两个学生吹风。

高三学长学姐们不像他们高一、高二这般轻松，报到当天就要正式上课。虽然现在是晚自习的课间休息时间，但教学楼和上课时一样安静，几乎没什么声音。

奶茶店门口聚集了不少学生，梁蔚从阴影处走入光亮的空地上，姚知伽朝她挥了挥手："蔚蔚，这里！"

姚知伽嗓门大，这一声引来了几道目光，其中就有陈鹤森的。

陈鹤森穿了件简单的白色 T 恤，懒懒地倚靠在门口，垂眸看着手机，另一只手里拎着瓶矿泉水，骨节突起，瓶子轻轻敲打着腿侧，瓶里的水因为他这动作而微微晃动。

梁蔚觉得自己的心情似乎也随着他的动作而起了一丝波澜。

姚知伽给她递了一杯草莓奶酪："喏，给你的。"

梁蔚接过草莓奶酪："我还得给我的舍友买一杯茉莉奶绿呢。"

姚知伽推着她的肩膀往店里走："那一起进去啊！"

点餐台后突然蹿出一团白色的影子，梁蔚吓了一跳，猛地往后退了一步，待定下神来，这才看清那团白色的影子是一只白色的博美。

梁蔚几乎整个后背都要贴上墙壁了，那只博美看不出她眼里的惧意，翘着尾巴似乎有靠近她的意思。梁蔚屏住了呼吸，手心里都是湿漉漉的汗。

陈鹤森收了手机，看了梁蔚一眼，朝邬胡林的方向叫了一声："邬哥。"

邬胡林："干吗，森哥？"

"看好薯片。"

梁蔚闻言下意识地抬眼去看陈鹤森，他转身走进店里，她的余光只来得及捕捉到他清瘦颀长的背影。

姚知伽伸手去握梁蔚的手，触碰到一掌心的汗，姚知伽略显惊讶地问："蔚蔚，你怕狗啊？"

梁蔚不太好意思地点了点头。

邬胡林蹲下身子，给薯片套上狗绳，两只手揉着薯片的脑袋："你们女生不是都喜欢这些小可爱的吗？我还是第一次碰见怕狗的……"

梁蔚有些尴尬地抿了一下嘴唇，不知道该怎么解释。她似乎对这些小动物都有莫名其妙的惧意，毫无来由。

其实梁蔚打心底里羡慕那些可以毫无障碍地和猫狗亲近的人，因为她连尝试着摸一下都不敢。

梁蔚给宋杭杭买了奶茶，姚知伽拉着她聊了一会儿，梁蔚有些分心，不自觉地频频去看店里的陈鹤森。

这时一辆摩托车停在奶茶店旁边的面店门口，车上下来两个人。

那两个人的着装在他们这群衣着简单朴素的学生中多少有点儿张扬了。

李菀穿着露脐的紧身上衣和阔腿牛仔裤，显得人高挑纤细。她身边的男生染着一头黄发，穿着黑色的 T 恤和破洞牛仔裤。

姚知伽戳了戳她的胳膊，示意她看向旁边，压低了声音说："那男的好像是李菀的男友，据说是茂华职高的，不过长得还不错。"

梁蔚瞥了一眼，男生皮肤有点儿黑，但胜在五官硬朗。

陈鹤森从店里出来："回了。"

邬胡林拉着狗绳："这么早？"

陈鹤森笑了笑，散漫地说道："都快十点了，邬哥，还早？"

邬胡林惊讶，转身又去问姚知伽："走不走？邬哥送你回去？"

姚知伽说道："蔚蔚，那我先回去了。"

梁蔚点头。

陈鹤森走了两步，似想起了什么，突然回头对梁蔚说："走了。"

梁蔚心脏乱跳，盯着他轻轻"嗯"了一声。

邬胡林也说："学委，明天见啊！"

梁蔚在心里低声回应：明天见，陈鹤森。

梁蔚回到宿舍时，李菀还没回来，另一个舍友庄倩已经回到宿舍里。

梁蔚和庄倩简单打了个招呼，宿舍四个人，就李菀和她们不是一个班的。

梁蔚把奶茶递给宋杭杭，宋杭杭翻找出零钱包，要把奶茶费用还给梁蔚。

梁蔚笑着说："不用，就当我请你了。"

宋杭杭笑嘻嘻地说道："谢了啊，那下次我再回请你呀！"

几个人简单洗漱过后，陆续上床歇下。

快过十点的门禁时间了，梁蔚问了一句："李菀还没回来吗？"

宋杭杭的声音从床帘里传了出来："她要明晚才住进来。"

梁蔚是第一个进 12 班教室的。

整个高二的教学楼空落落的，几乎看不见什么人影。梁蔚站在走廊上，往对面的高三教学楼看了一眼，每间教室几乎都坐满了人，和空无一人的高二教学楼形成鲜明的对比。

雁南一中，西校区只有高二和高三年级，高一年级在东校区，离得比较远，有一个小时的公交车程。

教室关闭了一晚上，空气不流通，里面的气味便不大好闻。

梁蔚开了几扇窗通风，这期间陆续有同学进了教室，她的同桌李橙也在其中："哇，梁蔚，你好早。"

梁蔚说："我住宿舍，离得比较近。"

李橙把书包塞入桌肚，拿着早餐去走廊上吃早饭。

梁蔚闲着无聊，拿了本英语单词来背。

后门传来男生的说话声。

"森哥，起这么早，还给不给其他人留条活路了？什么时候让我体验一回年级第一的感觉？"

今天的陈鹤森穿了件黑色的卫衣，开着玩笑回应道："你努努力，先考进年级前二十名再说？"

那男生是理科 11 班的。

"我去，不带这么埋汰人的！"

陈鹤森没有接话，回应说："回班级了。"

梁蔚倏地收回了目光，这才发现书页刚才不小心被折了一角。梁蔚试图将书页抻平，拿手指按压了一会儿，折角虽然被展平，但依稀还能辨出一道淡淡的折痕。

第一节是班会课，黎波略微调整了一下座位，便公布了班干部的名字以及指定了梁蔚担任化学课代表。

梁蔚愣了两秒。

常兴宇打岔问："波哥，这次怎么不让森哥当化学课代表了？"

"每次都让陈鹤森当化学课代表，多没新意？"黎波又说，"这次文理分班考，梁蔚的化学考了满分。"

底下的同学一片哗然。

黎波手掌按着讲台桌，说："梁蔚，这个学期继续保持。"

梁蔚攥着笔盖，弧度不大地点了点头："嗯。"

常兴宇歪头，幸灾乐祸地说："森哥，你在波哥心里的位置有点儿不保了，伤不伤心？"

陈鹤森浑不在意地说："嗯，伤心。"

"陈鹤森这个学期就当学委这个职位了。"黎波又装得很民主地问了一句，"你有没有意见？"

陈鹤森靠着椅背，笑着说："不敢有。"

底下又是一阵低低的笑声响起，但大多是女生发出的。

课后，李橙双手合十地说："梁蔚，你化学这么好啊，那这学期你多帮帮我呗……"

梁蔚说："好啊。"

李橙说："对了，班级群你加了没？"

"什么班级群？"

"你不知道吗？"李橙偷偷拿出手机，"就是我们理12班的班级群。你的QQ号码是多少？我加你，把群号发给你。"

梁蔚："我的手机放在宿舍里了，没有带来教室，中午放学才能通过……"

放学铃声一响，宋杭杭就来找梁蔚去食堂吃饭。

梁蔚："杭杭，你先去吃吧，我有事先回一下宿舍。"

宋杭杭"哦"了一声，又拉着其他同学走了。

顶着日头，梁蔚走在回宿舍的路上。

今天雁南城的天气有点儿反常，早上还下了点儿小雨，这会儿又是艳阳天，冷热交替。

梁蔚早上怕冷，穿的衣服有点儿厚，这会儿后背被闷出了一层薄薄的汗，连手心都湿漉漉的。

宿舍楼没什么人，梁蔚开了门，从锁着的抽屉里拿出手机，登录了QQ，通过李橙的好友申请。

梁蔚握着手机，等了两分钟，李橙还没给她发班级群号。梁蔚猜她这会儿估计在吃午饭，应该没看手机。

黎波在报到当天就耳提面命地强调过学生不能把手机带入教室，但大多数学生没将这话放在心上，偷偷将手机揣在兜里带进了教室。

梁蔚犹豫了两秒，也把手机放入了外套口袋里。

梁蔚和宋杭杭傍晚从食堂出来的时候，天边橘红色的霞光薄薄的一层，像是被打翻的颜料，色彩浓艳。

宋杭杭说："蔚蔚，你想喝奶茶吗？"

梁蔚转头："不是刚吃完晚饭？"

宋杭杭不好意思地笑了一下："哎呀，就突然想喝嘛！你陪我一块儿去呗……"

梁蔚看了一眼时间，离晚自习上课还有半个小时，时间还算充裕："好啊。"

宋杭杭挽着梁蔚的手臂："班级群,你加了吗?"

"加了。"下午上课时,李橙给她推了班级群号,梁蔚加了班级群没一分钟,就被管理员通过。

宋杭杭:"那你加学委的 QQ 号了吗? 我们班挺多女生加他的。"

梁蔚眼眸微垂,顿了两秒才问:"那他通过了吗?"

"通过了啊,我起先也试着加了一下,本来想着要是他不通过的话那就算了。"宋杭杭又感叹了一声,"哎,学委人还挺好的,一点儿架子都没有,长得又帅,家境也好。"

宋杭杭又说:"就是不知道他有没有喜欢的女生。"

梁蔚心口一窒,一颗心直直地往下坠落。她忽然觉得有些透不过气来,深吸了一口气,才听到自己小心翼翼的声音:"应该没有吧?"

宋杭杭皱着眉:"没听说过,应该是没有的。"

这个时间点,校门口摆了两排小吃摊,卖什么东西的都有,奶茶店也是人满为患。

宋杭杭望着门口的长队,唉声叹气:"人也太多了,估计排到我们也该上课了。"

梁蔚看了一眼店里的情况,也觉得时间不太够,正准备说要不先回教室,等晚自习下课了再陪她来买,就听到身后传来一道声音。

"学委!"

是邬胡林,只不过今天没看见陈鹤森。

邬胡林手里拎着杯奶茶:"来买奶茶?"

梁蔚点了点头。

邬胡林下巴往队伍那里抬了抬:"那怎么不去排队?"

梁蔚解释了一句:"人太多了,我们放学再来买。"

宋杭杭也认识邬胡林,主动打了招呼:"我们班学委呢? 你们不是连体婴成天待在一块儿吗?"

邬胡林扬着眉说:"学委? 是谁? 陈鹤森是你们班的学委?"

"是啊!"

"这波哥真有一套……"邬胡林说,"他去老校区找人了。你们想喝什么? 我给你们拿两杯,不用等,有内部通道。"

"茉莉奶绿。"

邬胡林看向梁蔚："你呢，学委？"

梁蔚回神，其实不怎么想喝，但还是开口说："和杭杭一样。"

陈鹤森是在晚自习铃声打响半个小时后才回到教室里的。

一中的晚自习，基本是学生自习，除了平常考试时，科任老师会拿来讲评试卷，大部分时间是不怎么管的。

陈鹤森直接从后门进来，当时生物老师在讲台上翻看教材，余光扫见陈鹤森的身影，说："陈鹤森，上来把今天做的试卷发了。"

陈鹤森脚步一停，"唉"了声："李老师，您这不是已经有课代表了吗？"

生物老师坐在讲台桌的后头，镜片后的眼睛是笑着的："谁让你迟到的？"

陈鹤森无奈失笑，伸手拿走了讲台桌上的一沓试卷。

每个人的学生时代，似乎总有那么一类学生是老师眼中的香饽饽，是优秀的代名词。陈鹤森就是这样的人。他和那些师长相处，谈笑自如，那种轻松姿态不是强装的，是他良好的家境和父母的悉心教导造成的。

不像她，在这些师长面前，总有一种被捆缚住的窒闷感。她是自卑的，是畏首畏尾的，这是原生家庭长年累月带来的影响，就像是无形的镣铐。

梁蔚想起她初中放学，某次和数学老师同路一段时间，那时候她绞尽脑汁想同数学老师说几句话，拉近师生关系，但往往说了不到两句，就陷入一段漫长的空白中，彼此沉默。

陈鹤森发到她们这一桌的时候，轻飘飘地抓着一张试卷，嘴里轻声念了声"梁蔚"。

梁蔚转过脸，目光与陈鹤森的有一秒的接触，只是她还未先移开，他已经低下头去发下一张试卷。

随后，李橙的声音响起："哇，满分，蔚蔚，你好棒！"

陈鹤森也看来一眼，笑着说："厉害。"

梁蔚握着黑色水笔的手悄悄攥紧了几分，她有些慌乱地抬了一下头："谢谢……"

李橙："学委，你帮忙把我的也顺便找出来呗……"

"行，等着！"

陈鹤森倾靠在桌旁，身姿有点儿懒散，肩膀塌了下来。耳边是翻找试卷的窸窣声，动静不算小，梁蔚却贪心地希望他能站得再久一点儿，翻找得再慢一点儿。

陈鹤森翻了一会儿，总算从一沓试卷里找出李橙的，扯了出来递给李橙。

李橙看着卷面上偌大的七十五分字样，两只手托着脸，愁眉苦脸地说："唉，好差呀！"

梁蔚安慰李橙："不会啊，也挺好的。"

李橙趴在桌上，仰着脸盯着梁蔚："蔚蔚，你看着你的卷面成绩讲这话，良心不会痛吗？"

李橙是玩笑的语气。

梁蔚却被噎了一下，迟疑了一会儿，说："那下次继续努力？"

"好嘞。"

李橙这人情绪来得快去得也快，过了几分钟，就收拾好自己的情绪，翻看起卷子来。

晚自习下课，梁蔚回到宿舍洗完澡出来，庄倩喊住了她，有些犹豫地问："梁蔚，你的生物卷子能借给我看看吗？"

"可以。"

梁蔚从生物课本里翻出卷子，递给庄倩。她拿了手机回到床上，给周珍回了条信息。

周珍他们在南边已经安顿下来，周珍每天早上都会给梁蔚发信息，无非是衣服穿暖饭吃好之类的家常叮嘱。

自从周珍嫁给梁国栋，就辞了学校的工作，成为家庭主妇，所有的精力都给了这个家庭。

梁蔚发现周珍去南边后，给她发信息的次数多了起来，有时候一天能收到三四条，但大多没什么实质的内容。梁蔚几次话到嘴边，想劝周珍出去找份工作，但最终没说出口。

梁蔚回完周珍的信息，顺便登录了QQ。

12班的班级群里不时有消息弹出。

有人在群里问生物试卷最后一题的解题思路，并且@了陈鹤森。过了两分钟，陈鹤森拍了生物试卷大题的解题思路图片发到群里。

梁蔚盯着群里陈鹤森的头像，他的头像很简单，是一张黑底图片，上头是一串绿色的字母和数字——kobe24。

她不知道是否有什么含义。

梁蔚看了一会儿才伸手去点他的头像，屏幕上立即弹出了他的QQ个人信息界面，以及左下角那个显眼的加好友按键。

梁蔚咬着唇，想着宋杭杭说"我们班挺多女生加他的，他都通过了"。如果对象换成她的话，他也会通过的吧，毕竟她也是他的同班同学。

梁蔚盯着信息界面看了许久，直到视线逐渐模糊，才缩回手指，退出了QQ。

梁蔚住宿舍快一周了，都没怎么碰见李菀。李菀似乎只在报到那天来了一次宿舍，便没有再来过。直到自己生理期那天，梁蔚才在宿舍撞见李菀。

梁蔚在第三节数学课时，肚子就不太舒服，硬撑到下课时，后背已经出了一层冷汗。几乎是下课铃声响起的同时，她就从座位上站了起来。

从教室回宿舍的路程，平常也就十分钟，如果梁蔚走快点儿，有时候七八分钟就能到。但今天这不算长的路程，梁蔚走了很久，好像走不到头似的。

梁蔚推门进宿舍时，李菀正背对着门口趴在栏杆上。

开门的动静似乎惊动了她。

梁蔚神色未变，若无其事地朝她点了点头，算是打了声招呼，便径直爬上了床。

宋杭杭给她发QQ消息，问需不需要给她打午饭。

梁蔚其实没什么胃口，又怕下午上课会饿，就让宋杭杭给她带了一份水饺。梁蔚放下手机，宿舍里又传来开门关门声，估计是李菀出去了。

梁蔚懒得动弹，闭着眼躺了一会儿，也就迷迷糊糊地睡了过去。直到宋杭杭回到宿舍，趴在床头叫醒她。

宋杭杭拉开一角的床帘："蔚蔚，你的脸色好差，好点儿了吗？"

梁蔚低声说："好多了。"

"那你赶紧下来吃水饺吧，放凉了就不好吃了。"

梁蔚"嗯"了一声，掀开被子爬下床。

宋杭杭嘴里念叨着："蔚蔚，你生理期是不是很疼啊？我初中的一个朋友每次碰上要生理期那几天就开始忧愁，有一次还疼得哭起来了。"

梁蔚脸色有点儿苍白："是挺疼的。"

宋杭杭接着说："你等会儿要是还难受的话，下午干脆就请假吧。"

梁蔚捏着塑料勺，虚弱地说道："我等会儿再看看吧。"

梁蔚那天还是没请假。

到了下午三点多，小腹痉挛般的疼意才有所缓解，梁蔚总算松了一口气。课间时，梁蔚趴在课桌上休息，意识渐趋模糊，忽然听到有人叫了声陈鹤森的名字。

梁蔚猛然间抬起头，男生的白色校服衣角正好消失在门口。那一瞬间，梁蔚心里溢出一股说不清道不明的失落情绪。

这失落情绪毫无来由，近乎病态扭曲。

视野里伸来一只手，在她眼前晃了晃。

李橙担忧地看了一眼她的脸色："蔚蔚，你好多了吗？我要去倒水，顺便帮你的杯子也装点儿。"

梁蔚收回视线："谢谢。"

李橙抱着两个保温杯离开。梁蔚转了下头，余光不经意地往后扫了一眼陈鹤森的座位，他的课桌上没摆书本，干干净净的。

他似乎每次下课，都会把桌上的东西收拾到桌肚里，但不是像其他男生那样潦草地随手一塞就完事。

梁蔚有一次到教室后面扔垃圾，经过他的座位旁边，瞥了两眼，桌肚里的课本摆放齐整，不见一丝杂乱情况。

李橙装完热水回来，把其中一个保温杯放到她的手边。

梁蔚又道了声"谢谢"，喝水时，目光捕捉到陈鹤森从前门进来。舌尖被热水烫到，她蹙着眉，轻轻"嘶"了一声。

李橙："哎，这水有点儿烫，你慢点儿喝啊。"

梁蔚轻声说着没事。

保温杯里的热水有些溢出来，润湿了她的手指。

陈鹤森路过她们这桌，影子斜斜地投落在桌面上，屈指敲了敲桌子。梁蔚忽然绷紧了神经，心脏也随着他轻叩桌面的声音猛跳了两下。

"波哥让你去办公室一趟。"

梁蔚的反应慢了半拍："哦，好。"

这一层楼只有高二两个理科重点班，教师办公室在五楼。

黎波的办公位是最里面靠窗的区域，黎波没在办公位上，而是站在饮水机跟前低头装水，嘴里还哼着调子。

梁蔚出声："黎老师，您找我？"

黎波回了一下头，伸手指了指桌边放的一沓试卷："这单元练习卷让他们周末做完，周一再收上来。"

梁蔚点头，伸手去拿桌上的试卷。试卷似乎刚打印出来不久，她拿在手上还残余一丝薄薄的热意。

黎波吹了吹杯子里浮着的几片茶叶，见她脸色有点儿差，不免多问了一句："你是不是身体不舒服？"

梁蔚摇头："没事。"

黎波说："要是不舒服，你还是得去医院看看。"

"好的，谢谢老师。"

梁蔚前脚刚踏入班级教室，后脚上课铃声就响起来了。

梁蔚也来不及发练习卷了，只好把一沓卷子塞入桌肚里。

李橙瞥见了白花花的卷子："波哥又给我们周末加餐了啊？"

梁蔚"嗯"了一声，算是回应。

李橙两只手托着腮帮子，叫苦不迭："才开学没半个月呢，就每周都有卷子，我都不敢想高三的生活会多悲催……"

梁蔚笑了笑。

放学后，梁蔚和宋杭杭在食堂简单吃了点儿东西，又陪着宋杭杭去超市买了点儿小零食，才回到宿舍楼。

周末两天，食堂不开放。梁蔚和宋杭杭只能上外头觅食。李菀就周五那晚短暂地在宿舍出现一下，后来两天也就没再见过她的人影。

宋杭杭说茂华职高附近刚开了家韩国料理店，很多同学去尝过，还在空间里发过图片。宋杭杭蠢蠢欲动，问梁蔚去不去。

茂华职高是雁南市的一所职业高中，学校教风宽松，里头的学生成绩大多不好，家长也疏于管教，一些学生基本不怎么学习，属于混日子那种，做一天和尚撞一天钟，混到春季高考也就解放。

梁蔚想着庄倩也在宿舍里，便问她去不去。

庄倩头也不抬地说："那么远，我还要学习呢，你们去吧。"

梁蔚看了一眼庄倩的背影，说了声"好"。

这两天她和宋杭杭去校门口吃饭，两个人都会问庄倩一句，但庄倩每次都是不冷不热地拒绝了。次数多了，梁蔚不免敏感地想，不知是不是报到那天，她只给宋杭杭带奶茶的事让庄倩误会了。

宋杭杭口中的那家韩国料理店离茂华职高只有不到两百米，但两个人来得不巧，刚好碰上人家店里歇业，玻璃门把上挂了一把合金"U"形锁。

宋杭杭贴着玻璃门，两只手抵在太阳穴处，想去看里头还有没有人在。

梁蔚随手指了家旁边的牛肉面店："要不我们吃这个得了？"

宋杭杭垂头丧气地说："我们学校旁边也有面店。"

梁蔚说："那要不我们再转转？"

宋杭杭欣然答应："好啊！"

两个人路过茂华职高时，里头传来一阵欢呼声。

宋杭杭停下脚步，隔着锈迹斑斑的防护栏往里头看去，眼里流露出几分向往之色："他们的高中生活肯定不像我们有做不完的卷子……"

梁蔚也顺势看了一眼。

操场上有不少男生在打篮球，两侧的台阶上不少女生三三两两地坐着，着装风格略微大胆成熟，和一中统一的蓝白色校服相比，像是两个世界，泾渭分明。

两个人转了一圈，最后还是决定去吃茂华职高对面的一家云南过桥米线。店内空间不大，摆了八张桌子，两对情侣各占一桌，其余座位空着。

老板是一个三十多岁的女人，小孩站在粉色的学步车里，手里抓着拨浪鼓，咿咿呀呀地叫唤着。

宋杭杭径直挑了靠门口的位置，一屁股坐了下来："走得累死了。"

老板走过来，拿着菜单问两个人是要直接点一份大锅，还是分开各自点一份小锅。

梁蔚和宋杭杭各自要了一份小锅。

梁蔚点完后，手机就响了起来，是她妈妈打来的电话。和宋杭杭说了一声，梁蔚就拿着手机出去接电话了。

"蔚蔚，吃午饭了吗？"

周珍的声音听起来不太对劲儿，梁蔚停顿了两秒，若无其事地开口："还没，正准备吃。"

"是在食堂吃的吗？"

"不是，周末食堂没煮。"梁蔚瞥了一眼店里，宋杭杭坐在桌后冲她挥了挥手，梁蔚冲她笑了笑，"我和同学在外面吃饭。"

周珍说："别吃些乱七八糟的东西，生活费够不够花？"

梁蔚"嗯"了一声："有的，还有钱。"

"好好照顾自己，下个月妈妈回去一趟，到时候给你做点儿好吃的。"

"知道了。"

梁蔚挂了电话，转身回到店里，门口又进来两个人。

宋杭杭抬头瞧见了，在桌子底下用小腿轻轻碰了碰梁蔚，小声说："李菀。"

梁蔚闻言偏过头去，就这么撞上了那个男生的目光，是那天和李菀一起出现在校门口的男生。只不过他那一头吸引人眼球的黄毛如今已经染回黑色，男生居高临下地看了她一眼，扭头对李菀说："这人瞧着有点儿眼熟，是不是你们学校的？"

李菀也看了梁蔚一眼，语气平淡地说："我的舍友。"

"你李大小姐也有舍友？"

李菀白了他一眼："我怎么没有舍友了？"

男生李卫轻笑了一声："不是，我的意思是我叔是怎么想的，让你去住校？就你这性子，你能和同学好好相处吗？"

李菀反唇相讥道："那你能和同学好好相处了？你前几天嘴角的那伤是怎么回事？"

"喂，你别哪壶不开提哪壶啊！"

两个人在店里旁若无人地打情骂俏，等老板娘将打包好的过桥米线递给李菀，他们才一起离开。

吃完米线，两个人要去结账，可米线店的老板娘说有人替她们结过账了。准确来说，是李菀给梁蔚付了那碗米线的费用。

"你和李菀以前认识啊？"

"不认识。"

"那她怎么给你付钱了？"

梁蔚大概能猜到原因，应该是因为自己上次在宿管阿姨面前给李菀掩护的事。但这话梁蔚不好同宋杭杭明讲，只轻描淡写地说道："可能是我上次帮了她一个小忙，她想谢谢我吧。"

宋杭杭"哦"了一声，也没继续追问具体是什么小忙。

梁蔚暗暗松了一口气。

周末两天一晃而过。

周一上课，碰上了雨天，空气潮湿，连带着教室和走廊都是湿漉漉的。

"这是什么鬼天气？！"

男生倚靠着讲台桌，伸手拨弄着纸盒里的粉笔，调侃道："宇哥，你这撑着伞还成落汤鸡了，怎么着，给人当护花使者了？"

常兴宇收了伞之后顺手甩了两下，伞面上的雨珠子顿时乱飞。他正巧挡在门口，梁蔚又碰巧就在他身后，便不幸遭殃。

她拿手背擦拭了一下脸上的水珠。

"宇哥，你悠着点儿，雨珠子尽往人家身上去了。"

梁蔚听到熟悉的声音，身体瞬间僵住。

常兴宇一回头，正好对上梁蔚的脸，做了个抱歉的手势："梁蔚，水甩到你身上了？对不住，对不住，我以为身后没人哪，这刀剑无眼的。"

梁蔚朝他笑了笑："没事。"

常兴宇没急着进教室，上下打量了陈鹤森一眼："大家都撑着伞，怎么我成了落汤鸡，你却毫发无损？"

陈鹤森随手把雨伞折好放入前门的伞架上，笑着说："坐家里的车来的。"

刚才和常兴宇搭话的男生朝陈鹤森喊了一句："森哥，这周末一起来学校打球呗？"

"到时候再看。"陈鹤森说，"天气预报不是说这周都是阴天？"

"我去，学委，你日子过得这么细致，连这周末的天气预报都看了？"

陈鹤森笑了笑："别人和我说的。"

那个男生贱兮兮地说道："哪个别人啊？"

陈鹤森笑着没搭腔。

梁蔚回到座位上。

李橙两手捧着脑袋，看着窗外："下雨天可太烦了。"

梁蔚也不怎么喜欢雨天，路上随处可见的水洼，一不小心就能踩得一脚泥泞。但今天她忽然觉得这阴雨天其实也没那么难以接受。

李橙伏在桌子上，整个人都无精打采的："蔚蔚，下周就月考了，你开始复习了吗？"

雁南一中没有单元考，几乎是每个月都会有一次大考，将该阶段所学习的知识进行一次摸底，两天的考试时间，流程和高考无异。

梁蔚说："还没呢……"

李橙这人心直口快："那我就放心了。"

"我没复习，但别的同学可能已经开始复习了，你也放心？"

李橙又是一阵哀号："不要告诉我这个血淋淋的现实。"

梁蔚被她逗笑了："我这周帮你复习一下化学？"

李橙大喜："蔚蔚，你可真好！"

两个人的动静不小，同李橙交好的男生赵南开玩笑说："李橙，你这大早上就搂着梁蔚，注意点儿影响，有伤风化啊。"

"新时代了，赵南。"

赵南是陈鹤森的同桌，同李橙一来一往地打着嘴炮，引得旁边的陈鹤森也笑着往她们这个方向看了一眼。

或许于他来说，那一眼没什么意义，可梁蔚冷不丁撞上陈鹤森的目光，却一下子有些慌乱。她好似惊弓之鸟，匆匆地朝他露了一个不太自然的笑容，便别开脸，低头装作去收拾桌上的黑色水笔。

梁蔚的胳膊肘压着书页，耳边李橙还在跟赵南有一搭没一搭地斗嘴，直到语文老师发福的身影从前门进来，两个人才噤了声。

因为一场大雨，绝大多数学生懒得冒着滂沱的大雨回家，午饭将就着在学校食堂解决。因此，今天的食堂相比以往就更拥挤，每个窗口前都排起了长队，室内人声鼎沸，室外雨声凉凉。

李橙也是不愿回家的学生之一，和梁蔚、宋杭杭她们一块儿吃饭："你们和庄倩的关系是不太好吗？我看她经常和 11 班的于雯在一起……"

宋杭杭看了一眼庄倩所在的方向："不是啦，我们好几次喊她一块儿吃饭，但她好像不怎么愿意搭理我们……人都有自尊心的，总不能一直热脸贴冷屁股吧……"

宋杭杭话里带着情绪，李橙闻言，脸色有些尴尬。

好在前面打饭的人走了，很快就轮到她们，便没人继续这个话题。

梁蔚打好饭菜，目光一寸寸扫视过去，好不容易才在人满为患的大厅里找了张空桌。梁蔚先去占座，等宋杭杭和李橙她们过来。

放在外套口袋里的手机振动了两下，自从上回以后，梁蔚就一直把手机带在身上了，上课时关机，午休时间手机才一直开着。

姚知伽给她发来信息，问她在哪儿吃饭。

梁蔚："在食堂，你吃了吗？"

姚知伽："还没，饿死我了。"

梁蔚："我给你打点儿饭菜，你来食堂吃？"

姚知伽："好嘞！"

梁蔚和宋杭杭她们说了一声，便起身到窗口给姚知伽打饭菜。

现在食堂窗口前的人不算多，梁蔚排了没一分钟，就端着餐盘往宋杭杭她们那边走去。姚知伽也正好从食堂大门进来。

梁蔚把餐盘推给姚知伽："你怎么这么晚还没吃午饭啊？"

姚知伽低头拿着勺子喝汤："小测没考好，被老班喊去办公室开小会，耽误了一会儿。"

梁蔚点了点头。

几个人吃完午饭，距离上课还有一小时。

宋杭杭要回宿舍休息，姚知伽不想回自己的班级教室，打算去梁蔚的班级看看。

中午班级教室里没多少人，姚知伽贴着门框探头看了一眼，但没进去。

"就你们两个教室，是不是课间一点儿声音都没有？"姚知伽问道。

梁蔚说："哪有？还是会有人去上厕所或者装水什么的。"

"对面的楼，下课就不见有学长学姐们走动的，安静得跟没人似的。"

"毕竟明年六月份就高考了，学长学姐们学业压力大。"

姚知伽拿出手机看了一眼："邬胡林问我喝不喝奶茶，你喝吗？"

这会儿雨已经停了，只不过被雨打湿的墙面还未干透。梁蔚不敢靠得太实，姿势有些别扭，身体与墙面间留有一道缝隙："我不喝了。"

姚知伽回完信息，抬起头问："对了，还没问你，住宿舍还习惯吗？"

"还行。"

姚知伽感慨了一句："我都想住宿舍了，这样就没人管我了，多自由。"

梁蔚拿手指碰了一下潮湿的墙面，指腹是凉的，轻声笑道："可是要自己洗衣服。"

姚知伽眨了眨眼，顿了一下，问："我们学校的宿舍没有洗衣机吗？"

梁蔚摇摇头说："没有。"

姚知伽改口："那我还是再想想吧……"

说完这话，姚知伽又纠结道："我们学校好歹是市一中，怎么宿舍连个洗衣机都没有？人家职高都有呢！"

提到职高，梁蔚想起那天去茂华，透过铁栏看到了茂华职高的学生们。

过了一会儿，邬胡林拎着两杯奶茶上来了。

姚知伽从袋子里取走了一杯："蔚蔚不喝啊，你怎么还买两杯？"

"森哥请客，不能给他省钱啊！"

说着，邬胡林就把剩下的那杯奶茶往梁蔚那里递了递。

梁蔚伸手接过了奶茶，奶茶杯身还是温的，她淡淡地说了声

"谢谢"。

邬胡林轻笑出声："客气了，你要谢也是谢陈鹤森，他花的钱。"

姚知伽问："陈鹤森呢？"

"被波哥叫去办公室了。"

学校月考结束后的那个周五，周珍也从南边回来。

梁蔚这个周末没打算住宿舍，最后一科考试结束，打铃声响起。梁蔚回宿舍收拾了几本课本，便出了校门，去附近的公交车站坐车回家。

梁蔚刚挤上公交车，周珍的电话就打来："蔚蔚，坐上车了吗？"

"在车上了。"

公交车上人有点儿多，梁蔚拿着手机，往窗口移了移。凉风灌入，梁蔚顿时觉得混浊的空气散去不少。

公交车一个急转弯，车上的人重心不稳，本被力道带着一偏，身后又有人贴了过来，梁蔚蹙起眉："妈，没什么事的话，我就先挂电话了。"

梁蔚挂断了电话，没把手机放回外套口袋里，而是攥在手上。她随意地瞥了眼窗外，视线忽然落在街角的某一处。

男生身影高瘦，举着手机正在讲电话，侧脸轮廓分明。梁蔚的目光停在男生身上，直到他转身进入拐角，背影消失在她的视野里。

梁蔚握着把手的手指不自觉地紧了紧，然后她又若无其事地转开了目光。

她回到家后，周珍来开门："饿了吧？"

"还好。"

周珍接过梁蔚背上的书包，拉开拉链翻了翻，见里头只有几本书，看了一眼从洗手间里出来的梁蔚："怎么没把换洗的衣服带回来？"

梁蔚抽了两张纸巾擦手，不在意地说："我都洗了。"

"你这孩子，不是和你说了这两天换洗的衣服就放着，等我回来洗吗？！"周珍随手将书包放在沙发上，"来吃饭吧，学校的伙食是不是不太好？妈妈看你都瘦了。"

"没瘦。"梁蔚拉开椅子坐下，"体重和以前一样。"

周珍盛了碗汤，放在梁蔚手边："妈妈熬的鸡汤，你多喝两碗。"

梁蔚"嗯"了一声："妈，你这次回来待几天？"

"两三天吧，"周珍说，"你爸那儿离不了人。"

梁蔚点了点头。

周珍看了一眼安静吃饭的女儿，心生愧疚感，想了想说："蔚蔚，你高二就先住宿舍，等你高三的时候，妈妈再回来照顾你。"

"我可以照顾好自己，你不用担心我。"梁蔚停顿了一下，又说，"你和爸爸在那边还好吧？他没有再动过手吧？"

周珍笑容微僵，夹了一只虾放在梁蔚的碗里："我和你爸挺好的，你别操心我们，好好念书。"

吃完晚饭，周珍洗了碗筷出来，来敲梁蔚房间的门，让她到小区楼下散步消食。

六点多的光景，小区掩映在葱郁树木间的路灯陆陆续续亮了几盏。

这楼盘是前几年刚开发的，设施齐全，绿化环境也好。梁蔚以前住的那套老房子离市中心比较远，后来梁国栋工作有了起色，工资也涨了不少，夫妻俩一合计便将老房子卖了，凑了点儿积蓄买了这处新房子，首付将近 60 万，现在还有 160 万的贷款要还。

夜晚的风有点儿大，但吹来并不让人觉得冷，反倒十分凉爽。路过小区的老年活动区，梁蔚放在兜里的手机响了一下，是宋杭杭发来的短信。

宋杭杭："蔚蔚，你什么时候回来啊？"

梁蔚停下脚步，周珍看来："同学找你？"

"嗯。"

梁蔚："怎么了？我周日晚上回去。"

宋杭杭："我刚才和庄倩吵了一架，这宿舍真是住不下去了！"

宋杭杭："你说庄倩是不是有病啊？我买了点儿葡萄，好心好意地问她吃不吃，她不愿意吃就算了，还阴阳怪气地嘲讽我。"

梁蔚："她说什么了？"

宋杭杭："她说'梁蔚不在了，你才想起我啊'。什么人嘛，我们平常不是都叫她一起吃饭吗？是她自己不愿意搭理我们，老跟 11 班的于雯在一起，现在搞得好像是我们孤立她。"

梁蔚皱了皱眉。

周珍瞧见她的表情，关心地问："你同学找你什么事？"

梁蔚搪塞道："就问我考卷做了没。"

周珍看了她一眼："蔚蔚，你和舍友相处得怎么样？"

梁蔚收了手机，将其塞回外套口袋里："挺好的。"

"周日你回宿舍，妈妈买了点儿水果，你带去给舍友分一分。大家住在一起，舍友关系还是要搞好的，平常也能有个照应。"

梁蔚不轻不重地"嗯"了一声。

周日吃过了晚饭，还未到六点，梁蔚就收拾好书包准备回学校了。

宿舍里没什么人在，梁蔚把东西放好，又不想在宿舍待着，便出了门。

梁蔚走到操场时收到了周珍的信息，问她到学校了没。梁蔚这才想起来，刚刚自己忘了给周珍发条信息告诉她自己已经到宿舍了。

梁蔚给周珍回了条短信，又继续毫无目的地散着步。

这个时间点，高三的学生都进了教室，操场上没什么人。

梁蔚往篮球场走去，路过看台的时候，墙角的阴暗处有两道身影贴在一起。

雁南一中管理严格，并不是经常能出现这样明目张胆的小情侣的，更何况还是在空旷的操场里。

梁蔚正准备走人，男生先瞧见了她："当看戏呢？"

梁蔚脸颊发烫，抿着唇，然后就听到了一道带有疑问的声音："梁蔚？"

李菀从男生怀里探出了张脸。

"谁啊？"

"我舍友。"

闻言，男生上下打量了梁蔚几眼，瞬间改变了语气："你舍友啊？"

李菀站直了身体，拉开两个人的距离："你回去吧……"

"别啊，我再陪你一会儿。"

李菀声调微冷地说："你回不回？"

男生挠了挠耳后，轻"啧"了一声："行，我走了啊，晚上给你打电话，你别不接啊。"

男生从阴影里出来,梁蔚借着旁边的路灯看清了男生的长相——不是上回见到的那个。

李菀似乎看穿了她心里所想,等那男生走远了,才慢慢开口:"上回那个是我哥。"

梁蔚说:"我没多想。"

"真没多想?"

李菀抱着手臂,一动不动地盯着她的眼睛看。

气氛有些僵,李菀轻轻"喊"了一声,岔开话题:"上回那事,谢谢了。"

"你已经谢过了。"

李菀哼笑了一声,明白她指的是付米线钱那事。

星期一,各科的月考试卷陆续发了下来,连带着班级排名表也被张贴在了教室后面的墙上。

那当然是几家欢喜几家忧愁。

梁蔚是欢喜的那一个,她这次月考成绩考得不赖,排名班级前十、年级前三十。化学她依旧拿了满分,年级第一,黎波在课堂上没少夸她。

李橙说:"蔚蔚,你化学这么好,以后打算学医吗?"

梁蔚接话:"还没想过这个问题。"

李橙拿笔抵着下巴:"我们班学委就打算学医。"

"陈鹤森?"

李橙点了点头:"对啊,常兴宇说的。好像学委家里人就是从事这方面的行业的,而且还挺厉害的。"

梁蔚想象了一下陈鹤森将来成为医生的样子,还是没法具象化。不过以他的性格,他当医生想必也会是一个好医生。

有的人生来就是得天独厚的,不管在什么样的圈子里,都会是受瞩目的那一个,陈鹤森好像就是这样的人。

李橙又摇头晃脑地感慨道:"果然是龙生龙凤生凤,老鼠的儿子会打洞。"

赵南经过她们的桌旁,抬手敲了一下李橙的脑袋:"嘴里嘀嘀咕咕的，念叨什么呢？"

"没啊。"李橙努了努嘴，"就感慨有人生来就在罗马，有人生来就是骡马。"

赵南哼笑着撑道："你是罗马还是骡马？"

李橙没好气地说道："要你管！"

第二节课下课时，姚知伽来12班找梁蔚借物理课本。

课余时间还充裕，姚知伽拿了书没急着走，隔着窗口和梁蔚聊起了天："你这次化学又拿了年级第一啦，真棒。"

梁蔚说："你怎么知道的？"

姚知伽将手肘压在物理书上，小声吐槽说："柯老师说的，他还拿我们班的化学平均分跟你们班比。他也不想想你们班可是重点班，那是能放在一起比的吗？"

梁蔚笑了笑，余光扫到了从11班出来的陈鹤森，放在窗口的指尖不自觉地缩了一下，又伸展开。

姚知伽也看到了，大大咧咧地同陈鹤森打了招呼。

陈鹤森笑着问："怎么跑楼上来了？"

姚知伽举了举手上的物理书："找蔚蔚借书来着。"

陈鹤森开玩笑道："不使唤邬哥给你跑一趟？"

姚知伽撇了撇嘴，似乎有些无奈："找不到他的人啊！"

响起的上课铃声打断了两个人的交谈。

姚知伽着急忙慌地和梁蔚说了声"再见"，就转身跑下楼了。

梁蔚还戳在窗前，陈鹤森偏了一下头，朝她看来一眼："老师来了。"

梁蔚这才回神，手指无意识地抠了抠墙面，指尖连带着一阵发麻。她捏住手指，抿着嘴"嗯"了一声，坐回座位。

走廊上响起英语老师的声音："陈鹤森，怎么不进教室？"

"这就进了。"他的声音懒洋洋的。

梁蔚借着从抽屉拿书的动作，余光瞥见他直接转身，从后门进了教室。

陈鹤森去了趟办公室出来。

邬胡林在走廊处堵住了他，丢给他一本书。

陈鹤森扬眉："什么？"

"梁蔚的书。你不是正好要回班级教室吗？"邬胡林抬了抬下巴，"顺便拿给她呗……"

陈鹤森随手翻了下书，书上空白处记着公式，女孩的字纤细娟秀，他拿手指弹了弹物理书的封面："姚知伽让你还的？"

"这不是明摆着的事嘛！"

陈鹤森低笑了一声，调侃他："也就姚大小姐使唤得动你。"

"彼此彼此。"

陈鹤森上了楼，刚好瞥见从洗手间出来的梁蔚。

他叫住了梁蔚，将手上的物理书递给她。梁蔚伸手正要去接物理书，他又收了回去，说："算了。"

梁蔚接了个空，愣住了。

陈鹤森用下巴点了点她湿漉漉的手："我给你放桌上。"

男生说完，便转过身去。

梁蔚想了想，唤住他："陈鹤森……"

陈鹤森回头，视线落在她的脸上。

梁蔚深吸了一口气，露出了个笑容："谢谢。"

陈鹤森浑不在意地笑了笑："客气。"

梁蔚回到教室，她的桌上摆着那本物理书。陈鹤森没在教室，下节是体育课，教室里的人走了一大半，只有几个位子上还坐着人。

李橙在座位上偷玩手机，见她回来了，只抬了一下头："学委把书放你的桌上了。"

梁蔚应了一声，垂下眼皮，指腹触碰书本，似乎封面上还留有他的余温。她小心翼翼地把物理书收回抽屉："李橙，现在下去操场吗？"

李橙起身："走吧。"

雁南一中的体育课，一般体育老师会选择在篮球场上课。因为篮球场就在高二教学楼的旁边，不用走太远。

今天上体育课的班级，除了12班，还有文科3班，是李菀所在的班级。

高中的体育课基本相当于自由活动，没什么正经东西要教。每个班的体育老师都是一套流程，先是让学生跑几圈热身，再练半节课的乒乓球，剩下的半节课就是自由活动时间。往往这个时候大部分女生会直接偷溜回教室，男生则选择留下来打篮球。

体育老师一声"解散"，规整的队伍瞬间乱了。

常兴宇搭着陈鹤森的肩："森哥，打篮球去呗，顺便和 3 班的人切磋切磋？"

"热。"陈鹤森皱起眉头，敞着校服外套，拿胳膊肘往后顶了常兴宇一下，"撒开。"

常兴宇手上使劲："玩不玩？"

陈鹤森轻轻"啧"了一声，松口了："拿球去。"

常兴宇这才乐呵呵地放了手。

梁蔚站在人群中，李橙走了过来："蔚蔚，我要回教室了，你回吗？"

梁蔚的眼中闪过一丝迟疑之色："回吧。"

李橙挽着梁蔚从篮球场走过，直到上了一层台阶，梁蔚忽然停了下来。李橙愣了一下，看向她问："怎么了？"

梁蔚说："我突然有点儿口渴，想要去买瓶水喝，要不你先回教室？"

李橙迈下一级台阶："那我陪你去买啊。"

梁蔚拉住她的手臂，笑着说："不用，我自己去就行。"

李橙古怪地看了她两眼，最后说："好吧，那我先回教室啦！"

梁蔚点头。

等李橙上了楼，看不到她的身影后，梁蔚才长嘘了一口气，转身往篮球场走去。此时，她的心脏跳动得厉害，一下又一下重若擂鼓。走着走着，梁蔚不自觉地就跑了起来，全身血液迅速流动，后背也出了薄薄的一层湿汗。

她转了个弯，隔着一段距离，篮球场上男生跃动的身影撞入视野，周围还稀稀拉拉地站着一些女生观看。

梁蔚的脚步这才慢慢缓了下来。

陈鹤森脱了校服外套，里头穿着件白色的短袖，随着他来回奔跑的动作，额前的黑发被风吹起，露出男生清俊干净的眉眼。

梁蔚站着看了一会儿，不经意间转过脸，目光同不远处坐在水泥砌的乒乓球台上的李菀的眼神对上。李菀朝她扯了扯嘴角，略带敷衍地笑了笑，便扭过脸继续同身旁围着的几个女生聊天。

梁蔚怔了半晌，将风吹到嘴边的发丝拨到耳后，若无其事地抬眼看向篮球场。

"菀菀，那是 12 班的梁蔚吧？学霸啊，你们认识？"

"这你不知道吧？菀菀和梁蔚住一个宿舍的。"

"菀菀，你不是一般不和这些学霸来往吗？怎么还跟她打招呼？你跟她关系很好？"

"一般。"

李菀双手往后一撑，仰着头，视线再度落在梁蔚的背影上，盯着看了一会儿，又挪开视线看了一眼操场上的陈鹤森。

教室里，李橙正靠着窗户和一个女生聊天。

梁蔚从后门进来，李橙瞥见了，喊她："蔚蔚，你快过来看，学委打球也太帅了！"

篮球场上的气氛，正值白热化阶段。

在那群来回奔跑的青葱少年中，她总能轻而易举地捕捉到他的身影。陈鹤森起跳投了个三分球，在跑回程时伸出掌心，同擦肩而过的常兴宇轻轻碰了一下手掌。

常兴宇喊了一声："森哥，牛啊。"

临要下课时，这场篮球赛起了冲突。

那时陈鹤森他们队伍的人截到了球，准备传给陈鹤森。3 班的一个男生紧紧贴着他的后背，欲拦截下这个球。随着篮球划过一道棕色直线，陈鹤森直起身，站在他背后的男生突然往后一跌，一屁股坐在了地上。

"我去，他这是碰瓷吧……学委压根儿没碰到他啊？！"

"就是，就是，玩球也搞这种小动作！"

梁蔚没有出声，目光停在陈鹤森身上。陈鹤森似乎没有因为男生的举动而生气，举了下双手示意暂停，转过身，伸手去拉那男生起来。

男生握着他的手臂，借力站了起来。

下课铃声响起。

篮球场上的男生也就没再继续，常兴宇拿了瓶水丢给陈鹤森："那个朱岳是不是玩不起，搞什么小动作？"

　　陈鹤森拧开矿泉水瓶，仰着脖子灌了将近半瓶水。他拧紧盖子，甩了甩头上的汗："打着玩而已，你和他计较什么？"

　　常兴宇还骂骂咧咧地说着："和这种人玩，最没意思。"

　　陈鹤森轻笑了一声，俯身捞起挂在篮球架上的校服外套："回教室了。"

　　梁蔚和李橙回到自己的座位上，过了一会儿，陈鹤森和常兴宇聊着天从教室后门进来。

　　刚打了球，男生都热，就开了教室的风扇。那个时候的教室里，都是那种三片式的老旧风扇，扇叶慢悠悠地转动了两圈，最后高速旋转，在视野里形成一个模糊的旋涡。

　　课桌上的书本被头顶的风扇吹得哗哗作响。

　　"常兴宇，回你的位子去！"

　　常兴宇："大小姐，您行行好，坐我的位子去，让我坐这儿吹会儿风。"

　　赵雯不干，半开玩笑半认真地说了一句："要坐我也是坐学委的位子啊。"

　　男生里头有人开始起哄。

　　"别啊，我们的座位，你要愿意也可以去坐。"

　　"我那位子就是风水宝地，你去坐吧，不收费。"

　　李橙戳了戳梁蔚，悄声说："班里大概没谁不知道赵雯对学委的心思了。司马昭之心，路人皆知啊……不过她也是真大胆。"

　　梁蔚转过脸，看了陈鹤森一眼。

　　陈鹤森姿势懒散地倚靠着窗户，脸上挂着淡笑，拿着矿泉水瓶敲了敲常兴宇："回自己的座位去，快上课了。"

　　陈鹤森起身，走到自己的座位。

　　他就是男生头子，他一走，原本簇拥在窗前的男生也没了交谈的兴致，各自散开，回到自己的位子。

/ 第二章 /
粉笔

梁蔚收回了视线。

物理老师从前门进来，又是一节课开始。

上一节是体育课，大家的心思都有些活泛，这会儿上课铃声响起，班级教室里还有不少躁动声。

物理老师两手撑在讲台桌上，沉声道："上课了，各位。"

教室里一下子安静下来。

"这上课铃声都响了多久了，你们还没收回心思呢？是不是体育课没上痛快？要不，我这节物理也改成上体育课得了？"

底下的学生整齐默契地回道："好。"

物理老师被气笑了，推了推眼镜，拿着书本点了点班上的几个活跃分子："想得美，都给我把注意力收回来，开始上课。"

物理课上了一半，物理老师照例点人到讲台上做题目。

"一到这时候，都低着头不吭声了？出息！"物理老师抱着胳膊，扫视一圈教室，"梁蔚、陈鹤森，上来把这两道题做一下。"

梁蔚愣了愣。

李橙以为她走神了，拿笔头捅了捅她，压低声音说："老李叫你上去做题。"

梁蔚如梦初醒般松开攥着黑色水笔的手指，从座位上慢慢站了起来。她余光看见陈鹤森已经拉开椅子。男生身影高瘦挺拔，眉目间皆是轻松之意。

物理老师抱着手臂站在教室门口："下面的同学也别闲着，自己拿出本子，把这两道题做一遍。"

黑板槽里没有粉笔。

梁蔚伸手要去拿讲台桌上的粉笔，陈鹤森先她一步，拿了两根，将其中一根白色的递给了她。

梁蔚低声说："谢谢。"

陈鹤森挑眉："不客气。"

梁蔚捏着那根白色粉笔，手心里是薄薄的汗，转过头，入目是绿色的黑板。

旁边的陈鹤森已经开始解题，教室里的一切声音似乎都被过滤了，只有粉笔落在黑板上的书写声音。男生握着粉笔的手很白，消瘦的手指骨节突起，青色的静脉清晰可辨。

梁蔚收回游离的心思，努力集中注意力去看黑板上的题目，仔细读了一遍。

其实她的这道题，相比陈鹤森的那道算是简单的了。但她刻意放慢了动作，几乎和他一块儿放下手中的粉笔。

他将粉笔扔回纸盒里时，袖口轻轻擦过她的手指，梁蔚的心跳变得很快。

两个人从讲台两侧走回各自的座位。

回到自己的位子，梁蔚拉开椅子，李橙给她递来一张纸巾："擦擦手。"

梁蔚看了一眼手指上沾的粉笔灰，用指腹揉搓了一下，竟有些不舍得擦掉。

晚自习下课，梁蔚让宋杭杭先回去，她要把上交的试卷送到黎波的办公室去。送完试卷，出了教学楼，凉风迎面吹来，梁蔚浑身一颤，加快脚步往宿舍楼走去。

她临到宿舍门口时，就见隔壁宿舍的张霖探头探脑地往她们的宿舍门口张望着。

张霖说："梁蔚，宋杭杭和庄倩好像吵起来了，你快进去劝劝。"

梁蔚闻言眉头一皱，下意识地推开了宿舍门。

里头的争执声在她进来的那一刻停了两秒，而后继续。

宋杭杭："你凭什么把我的衣服往里面挪？"

庄倩坐在书桌前："这是我的宿舍，我想把衣服挂在哪儿就挂在哪儿！"

其实，这样的事情已经发生过很多次。

每回庄倩洗完衣服，碰上晴天，都会把自己的衣服挂在最外面的晾衣架上，把她们的衣服往里挪，梁蔚也碰到过几次。

宋杭杭："真自私！"

庄倩扔了书本，回头瞪她："我哪里自私了？上回宿舍停水，你们不是也没给我装一壶热水？你们就不自私吗？"

宋杭杭吃惊不已："真是无语，我有什么义务帮你装热水？"

庄倩说的这事发生在上周，周珍回来的那个周末，梁蔚不在宿舍里。庄倩晚上和对面的于雯出去玩，回来时宿舍停水了。

宋杭杭在庄倩进门时，就好心提醒了一句。

庄倩当时在脱鞋子，闻言便阴阳怪气地撑了一句："停水也不知道帮忙给我装一壶热水！"

宋杭杭被她堵得一句话都说不出来，在 QQ 上同梁蔚抱怨过两句。

梁蔚皱了皱眉，淡淡地说道："庄倩，当时宿舍停水，宿管阿姨也没提前通知，宋杭杭也不知道的。"

庄倩语气嘲弄地说："少在这里装理中客，你不觉得恶心人吗？来宿舍的第一天，你就给宋杭杭带奶茶，恶心谁呢？"

宋杭杭听不下去了："你有毛病吧？庄倩，那奶茶是我让梁蔚帮我带的，又不是她买给我喝的！再说，你当时也不在宿舍，谁知道你喝不喝？"

庄倩脸色难看地说："反正你俩玩得好，你们怎么说都有理。"

梁蔚看了她一眼，拉了一下宋杭杭的手腕："算了。"

庄倩冷哼了一声，直接收拾了书本，摔门走人。

宋杭杭："真够无语的。"

庄倩出去后就没再回来。

梁蔚洗完澡出来，问了一句："庄倩还没回来吗？"

宋杭杭盘腿坐在椅子上玩手机："没事，刚才于雯过来说庄倩晚上在她们宿舍睡，你没听到雯那语气，搞得好像我们欺负庄倩似的。"

接下来几天，庄倩也没和她们说话，在教室里碰见了也是直接无视，就连李橙都看出异常了，偷偷问梁蔚和庄倩怎么了。

梁蔚不想多说，只是简单地说了句有点儿误会。

李橙看了一眼她的脸色，"哦"了一声，没有多问。

中午化学课结束以后，梁蔚被黎波叫到了办公室里。

黎波坐在椅子上，拧开保温杯喝了两口水才说："梁蔚，你们宿舍几个是有什么矛盾吗？"

梁蔚看着黎波："老师，庄倩是怎么说的？"

黎波愣了一下，没想到这姑娘反应这么快，笑着说："她也没说什么，就说想要换宿舍。"

这时身后传来了脚步声。

黎波抬了一下眼，指了指办公桌上的几张单子："把这个发下去，让他们填一下父母的手机号码。"

"好。"

听到这个声音，梁蔚感觉大脑一片空白，有些慌乱地抬起头来。

陈鹤森伸手去拿放在最上面的几张 A4 纸，无意间接触到梁蔚的视线。见她的眼眶泛红，陈鹤森愣了一瞬，眉目微动，但没有多说什么。

黎波收回视线，抬头正欲说些什么，见这姑娘突然眼睛有点儿红。他"哎"了一声，回想了一下刚才的对话，自觉也没说什么重话，补充说："老师找你没别的意思，就是想了解一下情况。同学之间相处难免会有些误会，你先回教室吧，顺便把宋杭杭叫来。"

梁蔚陷在自己的情绪里，反应迟钝地"嗯"了一声，从办公室出来。

梁蔚回到教室，叫宋杭杭去一趟办公室。

宋杭杭似早有预料："是为了庄倩的事吧？"

梁蔚点头，走回自己的位置。

李橙趴在桌上，担忧地看了她一眼："你怎么了？波哥和你说什么了，你这个表情？他不会骂你了吧？不应该啊，波哥不像是会骂人的老师。"

梁蔚摇头："没有。"

"那你怎么这副表情？我还以为波哥骂你了。"

梁蔚不知道该怎么解释，心里酸涩，不知道陈鹤森听到了多少对话，会不会以为她是个搞团体孤立同学的人。

这事过了没两天，庄倩就搬出了她们的宿舍。

周五晚上，宋杭杭洗完澡刷 QQ 空间时看到庄倩发了条说说。

小庄："哇，新舍友好好相处啊，我爱这个宿舍的氛围。"

宋杭杭面无表情地念给梁蔚听，小声嘀咕了一句："不知道在硌硬谁……"

梁蔚拿过手机，登录 QQ，也看到了庄倩的那条说说，说说下面还有于雯的留言。

雨文："恭喜搬到新宿舍。"

梁蔚盯着手机看了两眼，就退出了空间。

这时班级群里弹出了消息，有人在群里聊天。

梁蔚顺手点开班级群里的群成员，一个个头像浏览下去，视线停留在某个黑底绿色字母的头像上——陈鹤森在线。

梁蔚点开他的头像，弹出了聊天界面。聊天框的最上方是他的名字，下面有一行小字——来自 12 班班级群。

梁蔚的手指停在输入框里，心里滋生一个念头，有一股按捺不住的冲动——她想跟他解释中午在办公室的事。

群里又接连弹出两条信息。

林东："学委，在不？"

林东："出来唠嗑啊？"

过了一会儿，陈鹤森回了一条消息："忙着呢。"

常兴宇："忙什么，不会在和妹子聊天吧？"

陈鹤森："注意点儿影响，波哥还在群里！"

常兴宇："了解，了解，咱俩私聊……"

梁蔚自嘲地笑了笑，心想她要是真贸然找他解释中午的事，他大概会觉得莫名其妙吧！

于是她手指轻点，退出了 QQ。

天气好像一夜之间就冷了下来，班级里不少同学感冒了，梁蔚也成了其中一员。

感冒持续了两天，还是没有好转的迹象。

趁着周末休息，梁蔚坐公交车去了附近的诊所看病。短短十五分钟的车程，梁蔚坐得十分煎熬，胃里翻搅得厉害，顶到喉咙口的恶心感快压不住时，幸好车子也到站了。

梁蔚忙不迭地跑下了车，抱膝蹲在地上，缓了一会儿才有力气拧开手上的矿泉水瓶，喝了一口凉水，才勉强把那股恶心感压了下去。

这是梁蔚多年坐公交车的习惯。她小时候就有晕车的毛病，长大后坐得多了，情况才有所缓解，但碰上身体状态不佳的时候，这毛病还是会冒出来。但不管状态好坏，她上车时总会带一瓶水，以备不时之需，就像刚才这样。

穿过马路，拐了个弯，她才看到那家诊所。两间房子打通的店面，玻璃门敞开着，隔壁是一家水果店。

梁蔚抬脚走了进去，诊所里没有人。

梁蔚出声："你好，有人吗？"

过了一会儿，从诊所里那扇光线昏暗的小门里走出来一个清瘦的男生，穿着黑色的短袖和破洞牛仔裤。

梁蔚脚步一顿——他是李菀的哥哥。

李卫也认出了她："什么事？"

梁蔚回答："我找这家诊所的医生。"

李卫看着她说："我拨个电话。"

李卫拿出手机，不知给谁打电话，等了几秒，他对着电话那端的人说："叔，财神爷来了，赶紧回来。"

梁蔚闻言看了他一眼。

说完话，李卫挂断电话，示意她："你自己找个位子，坐着等一会儿。"

梁蔚挑了个靠近门口的位子坐下，李卫也没走，靠在玻璃门边低头玩游戏。这一方空间，两个人都没再开口说话，只有李卫的手机的游戏音效响着。

过了十分钟，李卫口中的那位叔才来。

男人看着四十多岁，身材微胖，穿着白色衬衫和黑色西裤，一进门就问："人在哪儿？"

李卫正玩着游戏，头都没抬："在那儿坐着呢！"

梁蔚从椅子上站了起来，中年男人笑着说："闺女，哪里不舒服？"

"有点儿感冒，麻烦给我开点儿药……"

"咳嗽吗？"

梁蔚点点头说："晚上睡着的时候会咳。"

中年男人给梁蔚把了脉，转身去药房开药。

梁蔚站在玻璃窗口前等了一会儿，外头忽然下起了滂沱大雨，雨珠落在水泥路上腾起阵阵白雾。

梁蔚愣了两秒。她出门的时候还是艳阳天，压根儿没带伞，这场暴雨突如其来，梁蔚忽然不知道等一下该怎么回去。

中年男人将药袋子递给她，看了一眼门口："没带伞吧？"

梁蔚抿着唇"嗯"了一声。

中年男人冲门口的李卫说道："去屋里头拿把伞给这小姑娘。"

梁蔚说："不用，我在这里等会儿就好了。"

中年男人笑了一声："闺女，这雨一时半刻恐怕停不了。你拿去吧，再说你还生着病，等会儿淋了雨，要是病情加重了，这一趟不是白跑了？！"

梁蔚犹豫了两秒，说了声"谢谢"，不再拒绝。

李卫拿了伞出来递给她："你到时候将伞交给李菀就行。"

"闺女，你和菀菀认识？"

梁蔚轻声回答："嗯，我和她一个宿舍的。"

"原来是菀菀的同学啊，"中年男人说，"那你下次来，我给你打折。"

李卫哼笑了一声："叔，我还是第一次听说上诊所看病能打折的，你当你开服装店呢？"

中年男人瞪了李卫一眼："去你的……"

梁蔚撑着雨伞，走出了诊所。

一局游戏刚好结束，李卫收了手机，眯着眼睛盯着她的背影看了好一会儿。

中年男人问:"李卫,你在看什么?"

李卫收回了视线:"没什么。"

车子停在学校附近的公交车站,雨势渐渐小了。

梁蔚撑着雨伞往学校的方向走去,经过门口的奶茶店,下意识地往里头瞧了一眼,店里没人,就连点餐台后面的店员都不在。

心里涌上一股失落感,她就忽然听到了几道男生的声音。

"今天这球是打不成了……"

"烦躁,我的衣服都湿透了!"

烧烤店门口或蹲或站着几个男生,都是他们学校的,常兴宇也在其中。

梁蔚有种预感,陈鹤森也会在。她深吸了一口气,撑着伞往烧烤店走去。

这家烧烤店除了卖烧烤,还能做麻辣烫。

梁蔚和宋杭杭来吃过几次,他们家的麻辣烫里带着芝麻酱醇厚的香味,很多女生喜欢来这里解决午餐。

常兴宇蹲在门口,抬手打了声招呼:"嘿。"

梁蔚朝他笑了笑:"你们来学校打球吗?"

"是啊,打了一半,突然下雨了。"

"陈鹤森还来不来了?你给他打个电话催一催?"和常兴宇并肩蹲在门口的男生问。

常兴宇站起身,从裤兜里掏出手机,刚拨出电话,忽然眯着眼睛"嘿"了一声:"这不是来了嘛!"

陈鹤森收了伞:"东西都点了?"

"没,等你呢!"

陈鹤森眉毛一挑,笑了笑说:"怕我不来?"

"那可不是,毕竟掏钱的人没来,我们哪里好意思点啊?"

梁蔚一边心不在焉地挑选着冰柜里的食材,一边听着门口的动静,直到瞥到篮子里的食材拿得差不多了,才停下手,把装着食材的篮子递给老板。

老板顺口问了一句:"要辣吗?同学。"

"中辣。"

常兴宇听到了就说："你都生病了还吃辣啊？"

梁蔚注意到陈鹤森的视线落在她手中的药袋上，她心尖一颤，轻声解释："我不吃，给我的舍友带的。"

常兴宇"哦"了一声，随口说："生病了还是要多喝热水。"

"我去，宇哥，这是谁啊，你这么关心？"

男生话里的调侃意味很浓，常兴宇踹了那男生一脚："我们班的化学课代表。"

"哦……是化学课代表啊！"

梁蔚双手插在外套口袋里，装作没听见那群男生的嬉笑打闹。

陈鹤森在笑声中瞥了梁蔚一眼，见她神情不太自在，出声解围："别瞎开玩笑了，想吃什么，赶紧点。"

他放了话，其他男生便没再闹，走到冰柜前，笑嘻嘻地挑选着肉串和蔬菜。

陈鹤森看着她问："感冒了？"

梁蔚轻轻点了一下头，余光瞥见他手中的那把黑色折叠伞，伞面的雨珠子落在水泥地面上，汇聚成几个灰色的雨点。

"森哥，可以挑贵的点吗？"

陈鹤森回头，满不在乎地轻笑了一声："别浪费就行！"

"那妥妥的，你还不知道我的食量吗？"

老板将煮好的麻辣烫打包递给梁蔚，梁蔚接过时，借着余光瞄了一眼店里的情况。陈鹤森坐在那群男生中间，伸手打开了一瓶矿泉水。

下着雨，天色暗，烧烤店里也没开灯，但他在那群男生之中依然显眼。

男生穿着件黑色的卫衣，姿势放松地侧坐着，肩膀抵着身后的白色墙壁，蹭了点儿白色墙灰，他却没察觉，手指还轻轻敲着矿泉水瓶。

那群男生好像说了什么，他勾起嘴角笑了起来。

梁蔚拿着麻辣烫回到宿舍，宋杭杭感激之情溢于言表："哇，你怎么知道我刚好想吃麻辣烫？"

"昨晚我一直咳嗽，吵到你睡觉了吧？这就当补偿你啦！"

"这有什么呀，"宋杭杭摇了摇手，"你是生病了，又不是存心的。

你吃过午饭了吗？"

梁蔚将雨伞放到阳台上："吃过了。"

宋杭杭拿着筷子，夹了颗丸子送到嘴里，含混不清地说："水壶里有热水，温度刚好，你赶紧把药吃了。"

"好。"

梁蔚吃完药，接到了周珍的电话。

周珍听出她的声音有点儿不对劲："蔚蔚，你是不是感冒了？"

梁蔚坐在桌前，带着浓重的鼻音回道："嗯。"

"去看医生了没？"

"早上去诊所看了，也拿了药。"

"这几天衣服穿暖点儿，感冒这事可大可小的，"周珍叹了一口气，"妈妈不在你身边，你自己注意点儿。"

"知道了。"

梁蔚挂断电话，起身又看见了阳台上那把撑开晾晒的绿色格子伞。

想了想，她转头问宋杭杭："你有李菀的 QQ 号吗？"

"没有，怎么了？"

梁蔚摇头说："没事。"

最后梁蔚从李橙那里要来了李菀的 QQ 号，尝试性地加了，也做好了被拒绝的准备。

午睡醒来，意识还不大清醒，看到李菀通过了她的加好友请求，并且给她发来一个问号，梁蔚拿着手机，发了自己的名字过去。

过了一分钟，李菀回复："哦，是为还伞的事？"

梁蔚怔了怔，忽然想到应该是李卫告诉了李菀这件事。

李菀："不用，一把雨伞而已，又不是什么贵重的东西。你就放宿舍里，改天我回宿舍，自己去拿。"

梁蔚给她回了个"好"字。

梁蔚吃了两天药，周一上课，感冒的症状已经好得差不多了。

黎波上完化学课，公布了期中考试的具体时间，底下又是一片哀号声。

黎波在讲台桌后笑道:"你们这会儿就是喊破天也没用,赶紧趁着这几天抱抱佛脚,别周末再到学校打球了啊,庄主任都来我这儿念过几遍了。"

"打球都不让?"

"不是不让,高三周六还要学习,你们来学校打球不是影响人吗?要打你们周日来。"黎波说,"我不反对你们打球,毕竟这也是锻炼身体的事。"

"庄主任真绝。"

黎波拿起放在讲台桌上的手机看了一眼时间,收了书本,准备回办公室唠。

有男生嬉皮笑脸地留他:"波哥,别走啊,再唠两句。"

"要唠嗑上我的办公室去。"

傍晚时,天色渐渐暗了下来。

梁蔚和李橙站在走廊上吹风,李橙剥了一个橘子,掰了半个给她:"这次期中考,我不能跟你一个班了。"

李橙上回的月考,因为数学考得不太好,总分被拉了不少,年级排名掉到了百名外,为此黎波还找她谈过一次话。

李橙回来后,情绪消沉了好一会儿,还趴在桌上偷偷掉了几滴眼泪。梁蔚没有试图安慰她,只是贴心地从座位上走开,留给她宣泄情绪的空间。

梁蔚拿了一瓣橘子送到嘴里,安慰她:"你这个月挺努力的,这次应该会考好的,不用太担心。"

李橙鼓了鼓腮帮子:"反正……尽人事听天命啦。"

梁蔚笑了笑。

期中考当天,梁蔚一反常态,还未到六点便醒了。醒了以后她也睡不着,便放轻声音,悄悄地洗漱完,走出了宿舍。

因为这两天是期中考,所有的教室都没有锁门。梁蔚没有回班级教室,直接去了考场。雁南一中考试,基本不会贴号数,大多数同学进教室第一件事便是数座位。

梁蔚上回月考是年级第二十九名,也就是在第三组倒数第二桌。

刚坐下她就发现桌肚里有两团草稿纸,梁蔚捡出来扔到了垃圾桶里。她又去看陈鹤森的位子，他是年级第二名，年级第一名是 11 班的薛骁，那男生和陈鹤森的关系似乎也很好。

陈鹤森的桌肚里有碎屑般的纸屑和一个空的牛奶盒，梁蔚犹豫了两秒，起身往他的座位走去，手指探到桌肚里，将那些纸屑一点点地捡起。

陈鹤森是第二个进教室的，就拿了个透明的拉边袋，高考专用的那种。陈鹤森往她的座位瞥了一眼，随意地说道："来得这么早？"

梁蔚避开他的视线，淡淡地"嗯"了一声。

陈鹤森撑着桌面，低头扫了一眼桌肚，轻呵了一声："还挺干净。"

第一考场几乎都是他们班级和 11 班的同学，除了一个人例外——邬胡林。

邬胡林的座位就在梁蔚身后，他一坐下来就和梁蔚打了招呼："学委。"

梁蔚飞速地扭过头，朝邬胡林淡淡地笑了笑，便转回头去假装看摊在桌上的语文书。

"我还以为你这次月考又得考砸一次。"

"我哪儿敢？"

"下个学期还在 5 班待着？"

"应该是去你们班。"

"我以为邬叔会迫不及待地让你滚到我们班来。"

"这不是我和他谈了条件，"邬胡林说，"他才放我一马，让我下个学期滚回去。"

"这事你不——"陈鹤森看了一眼梁蔚的背影，顿了顿才说，"告诉她？"

"这关她什么事？"邬胡林低声说，"说了不就成道德绑架了，多没意思？"

宋杭杭两只手搭在梁蔚的桌上："梁蔚，你今天几点醒的啊？你什么时候出门的我都不知道。"

梁蔚留意着身后的说话声，有些心不在焉地回道："醒来后就睡不着，怕会吵醒你，干脆来教室复习了。"

"哎呀，那你明天要是还早起，也顺便喊我一起呗！我还定了几个闹钟，压根儿起不来……"

梁蔚点了点头说："好。"

宋杭杭走后，陈鹤森也回到了自己的座位上。

邬胡林拿手指戳了戳梁蔚的肩膀，梁蔚转过半边身子，疑惑地看向邬胡林。

邬胡林说："刚才的话你都听到了吧？帮个忙，别告诉姚知伽啊……"

梁蔚迟疑了一会儿，缓缓地点了两下头："所以……你是故意在文理科分班的时候考砸的？"

邬胡林没有直接回答，只是扯起嘴角无所谓地笑了笑。

梁蔚静了两秒，点头。

邬胡林说："谢了啊，下次请你喝奶茶。"

伴随着铃声响起，监考老师开始收卷子，为期两天的期中考试正式告一段落。

黎波先前让班长带话，让12班的同学考完试后回教室集中。

梁蔚从讲台上拿走生物书，走到门口脚下一顿。陈鹤森和邬胡林还没走，两个人正并肩站在后门处的走廊上，不知在说些什么。

突然，邬胡林从裤兜里拿出了一板巧克力扔给陈鹤森。陈鹤森伸手接过巧克力，抬眼看向邬胡林："你给我这玩意儿做什么？"

邬胡林"啧"了一声道："别自作多情，某人给的。"

陈鹤森敛着眉眼看了看手中的玩意儿，低笑一声，随手将其塞在了兜里。

邬胡林有些调侃地说道："她对你挺好的。"

宋杭杭突然从身后冒了出来，抱住梁蔚的肩膀，顺着她的视线看去："梁蔚，你看什么呢？"

梁蔚慌乱地收回视线："没什么。"

"要一起去洗手间吗？我都快憋死了。"

"好啊。"

梁蔚和宋杭杭上完洗手间回到班级教室时，黎波还没来，教室里闹哄哄的。刚考完试，大家都很松懈，前后桌的人聊着天，后排的男生则干脆堵在后门处，一阵嬉笑打闹。

梁蔚回到座位上，李橙找她对答案："梁蔚，你最后一道选择题选的什么？"

"C。"

李橙笑嘻嘻地说："那我和你一样。"

梁蔚笑了一下："我的又不是标准答案。"

"我不管，就是选 C 了。"

黎波从前门进来，也没让大家回自己的位子坐好，就直接开口说："也没什么事，就是咱们一中的惯例。期中考过后就开一次家长会，定在下周五了，每个人的父母都要来啊。"

底下响起一阵稀稀拉拉的回应声。

黎波笑了起来："德行！好了，值日生把卫生做了，其他同学可以散了，赶紧回去，别在街上逗留。"

常兴宇举高了手臂，黎波看过去："常兴宇，你想说什么？"

"波哥，家长会那天能帮忙说两句好话不？"

黎波："看你这次的期中考试成绩排名再说。"

黎波走后，班级里的同学也都散了。

梁蔚和宋杭杭吃完晚饭，往宿舍楼走去，宋杭杭问："梁蔚，家长会你爸妈要来吗？"

梁蔚："我也不大清楚，等会儿打个电话问问看。"

宋杭杭低声嘟哝了一句："每次家长会就好烦。"

梁蔚问："怎么了，你爸妈不方便来吗？"

"不是，每次开完家长会，就是我挨训的时候……"宋杭杭说，"你妈妈对你管得严吗？"

梁蔚想了想说："还好。"

其实周珍在学业上对她从来没什么要求，只有梁国栋偶尔想起来，才会过问一下她的考试成绩。

梁蔚拿着手机走到阳台上，给周珍打了一通电话，等了快一分钟也没人接听。梁蔚也没有继续拨打。

浴室的门被打开，宋杭杭披散着湿发出来："还有热水，梁蔚你赶快去洗澡吧！晚上九点要停水，刚才宿管阿姨说了。"

"好。"

梁蔚洗完澡出来，手机里有一通未接电话，是周珍打来的。

梁蔚站着，回拨了电话。

周珍问道："蔚蔚，你刚才给妈妈打电话是有什么事吗？"

"我们今天期中考刚结束，老师说下周五要开家长会，"梁蔚轻声说，"你有时间回来吗？"

周珍静默了半晌才说："妈妈等会儿和你爸爸商量一下吧。"

发尾的水珠滑落到脖子上，梁蔚抬手擦拭了一下，又说："要是实在回不来也没事，到时候我和老师说一声就好。"

周珍最终没来参加家长会，期中考和家长会结束后的第二周，学校举办了高二年级的表彰大会。

冬日的阳光干燥温暖，高二教学楼人潮涌动。

梁蔚和李橙一人抬着长条椅的一端，往楼梯口走去，在长廊上行走倒是方便，一旦遇到下楼梯，便不太好行动。

梁蔚说："要不我拿吧，两个人这样抬着不好下楼。"

李橙犹豫地问："你抬得动吗？"

梁蔚抬眼正想说话，陈鹤森突然从李橙身后出现，手上还拿着一张白色的 A4 纸。李橙"哎"了一声，叫住他："学委，你的椅子呢？"

陈鹤森说："赵南已经拿下去了。"

李橙不客气地说："那你顺便帮个小忙呗……"

梁蔚抿了抿唇："我们自己——"

"行。"

陈鹤森把手上的 A4 纸随意折了几下，塞入裤兜，便伸手接过长条椅。梁蔚松了手，往墙边一贴，让出了空间。

她一低头，发现摊开的手心因为刚才抬长条椅，变得一片红。

"哇，谢谢学委，好人有好报。"李橙拍马屁地说。

陈鹤森忽然笑了："算了吧。"

男生单手拎着长条椅，好像它毫无重量。他三两步就下了楼梯，男生个子高，长手长脚的，很快就和她们拉开了一段不远不近的距离。

李橙拉过梁蔚的手，跟了上去。

颁奖典礼是在室外操场上举行的。

12班的区域在末尾的那一块，操场上已经坐了不少学生，黑压压一片。梁蔚经过5班区域的时候，姚知伽坐在人堆里冲她挥了挥手。

周遭都是喧嚣声。

李橙说："这次的表彰大会，你也有份。"

"你怎么知道的？"

李橙拿手挡着嘴，偷偷说："刚才学委手上的那张单子，就是我们班级的获奖名单，我瞟到你的名字了，好像是优秀学生。"

梁蔚怔了两秒，又听李橙嘀咕："学委好像也是优秀学生。"

梁蔚和李橙到达12班的区域时，陈鹤森不在，常兴宇转过脸，喊道："梁蔚，你们的椅子在这里。"

李橙问："学委上哪儿去了？"

"给波哥送名单去了，"常兴宇又对梁蔚说道："恭喜啊，优秀学生。"

十五分钟后，颁奖典礼才正式开始。

12班的区域渐渐坐满了人，唯有她前面那个位子空着。

梁蔚短暂地发愣的间隙，余光里闪过一道人影，陈鹤森坐在了她面前的空位上。

梁蔚眼皮微微颤动了一下，男生脱了校服外套，随手将其放在椅子上，一截袖子垂落了下来，几乎是贴着她的白色鞋面，她下意识地缩回了脚。

风吹来，那袖子一晃一晃的，梁蔚平静的心湖也起了一丝波澜。

常兴宇调侃他："你这学委当得比班长还忙。"

陈鹤森无所谓地笑了笑。

庄主任在台上讲话，还是那一套说辞，讲了快二十分钟，才正式进入颁奖环节。一个个陌生的名字从庄主任口中冒出，大家都不太听，直到开始颁发优秀学生的奖状，才打起精神。

"接下来开始颁发优秀学生奖，12班陈鹤森、梁蔚，11班盛月……"

她和他的名字通过有些杂质的音响，一起传了出来。

梁蔚心底最深处浮起一丝隐秘的愉悦感，好像只是两个人的名字被连在一起叫出来，就足以令她喜悦。

年少时隐秘的暗恋，是阴暗天色里晦暗难明的云层，既怕露天光的那一刻，又怕永不露天光。

眼前的男生捞过椅上的校服外套，一面胡乱套上，一面朝颁奖台的方向走去。

梁蔚落后两步，众目睽睽下，亦步亦趋地跟在他身后。

庄主任给上台的同学一一发奖状，梁蔚的身边就是陈鹤森。男生站姿散漫，他抬手去接庄主任递来的奖状，手肘无意间碰到了她的。冬天衣服穿得多，其实并不痛，梁蔚稍稍愣了愣神，听到他低沉的声音响起："抱歉。"

因为等会儿要合照，大家都自觉地站得有点儿近，几乎没有空隙。他低头说话，似有温热的气息拂在她的耳旁，她浑身僵住，感觉耳朵发烫，一定很红。

她避开他的眼神，轻声说："没事。"

庄主任笑眯眯地递来一张奖状："继续努力。"

大合照后，大家有序地走下讲台。

"森哥，你的奖状借我瞻仰一下。"

陈鹤森将卷成筒状的奖状连带那个奖品递了过去。

常兴宇"嘿"了一声："给我的？"

"赏你了。"

常兴宇乐着说："谢了。"

梁蔚也回到了自己的位子上，李橙凑过来问："奖品是什么？"

"好像是杯子……"

李橙低声吐槽："咱们庄主任还真是十年如一日地抠啊。"

梁蔚浅浅地笑了笑。

表彰大会持续了两个小时才结束，散了后，学生们都各自回班级教室。

距离放学还有二十分钟，黎波也没继续上课，靠着讲台桌和他们唠嗑，有胆子大的同学关心起了黎波的个人情感问题。

黎波也不觉得被冒犯，点了点那位同学："不聊情感问题啊，谈别的。"

"噫——"

底下的同学一致放低了声音。

后来，黎波又和他们聊了些大学的事，说得底下的同学两眼放光，心生向往。

宋杭杭这个周末要回去，宿舍里只有梁蔚一个人。

写完两张数学试卷后，她看了一眼时间，差不多到饭点了。梁蔚收拾了笔，穿上外套出了门。

路过那家烧烤店，梁蔚站了一会儿，转身走进去，点了一份麻辣烫。

老板似乎也认出她了，熟稔地说："微辣，同学？"

梁蔚"嗯"了一声。

她是掐着高三下课的点出来的，这会儿吴记烧烤店里还没其他学生。梁蔚拿出手机登了QQ，班级群里弹出消息，有人@陈鹤森，问他下午出不出来打球。

陈鹤森没有回复。

梁蔚退出群聊天界面，姚知伽给她发来了一条消息。

姚知伽："你在干吗呢？"

梁蔚："在学校门口的烧烤店吃麻辣烫。"

姚知伽："就吴记那家吗？

梁蔚："嗯。"

姚知伽："我也好想吃，呜呜呜……"

梁蔚弯唇，头顶忽然传来一道声音："今天怎么一个人？"

梁蔚握着手机，抬了下头，发现是李卫。

他旁边还有几个男生，见梁蔚没作声，起哄说："卫哥，认不认识你就搭讪？"

梁蔚其实和李卫不太熟，但还是解释了一句："我舍友这周末回家了。"

李卫摸着鼻子点了点头，几个人去冰柜那里拿食材。

梁蔚给姚知伽回了短信，收了手机，听到男生问李卫："卫哥，这同学是哪个学校的？面生啊。"

"李菀的学校的。"

"雁南一中？"男生戏谑道，"你和人家很熟吗？"

李卫拿了两串羊肉放在盘子里，吊儿郎当地说道："问这么多做什么？"

梁蔚脸上发烫，低着头装作没听见。

老板将她点的麻辣烫端了上来，门外传来了说话声，陆陆续续有高三的学生进来了。

梁蔚挑了个鱼丸吹了吹，放到嘴里，被辣得呛到，闷声咳嗽了两下。这次的辣度和她往常点的微辣不太一样，辣味好像更重了点儿。

梁蔚不太能吃辣，顶多微辣，再上一个程度就会受不了，但她也不想浪费食物，所以吃得很慢。

李卫和那些男生走出烧烤店时，回头看了梁蔚一眼。

"这姑娘吃东西可真慢，跟吃猫食似的。"

"可不是嘛。"另一个男生说。

李卫笑了笑："女孩子吃东西不都那样？"

男生转了话头："卫哥，去网吧玩吗？"

李卫拒绝道："不去。"

"打球去？"

李卫不睬对方，直接走了："回家睡觉。"

梁蔚从吴记烧烤店里出来，又去对面的奶茶店买了一杯茉莉奶绿。回到宿舍，她刚拿出钥匙，就听到里头传来说话声。

李菀正抱着腿坐在椅子上，听见开门声，朝她看了一眼，又扭回头继续讲电话："他要是问你我在哪儿，你可千万别告诉他。"

先前走的时候，做了一半的卷子就那么摊在桌前，梁蔚这会儿也没心思继续做题，将卷子收了起来，夹进旁边的英语书里。

"太烦了，我打算这阵子住宿舍躲两天。"

李菀又说了两句话，挂了电话以后叫了声梁蔚。

梁蔚回头。

李菀对着她说："我这两天会住宿舍。"

"好。"

梁蔚说完，发现李菀一直盯着她看，疑惑地问："怎么了？"

李菀平铺直叙道:"没什么,我以为你和宋杭杭一样不怎么喜欢我待在宿舍里。"

梁蔚说:"没有,我们没有不喜欢你待在宿舍里。"

"你这话听起来有点儿假。"李菀停了一下,又说,"不过宋杭杭肯定不喜欢我在宿舍里。"

周日晚上,李菀准备出门,梁蔚随口问了一句:"快到门禁时间了,你要出去?"

"不出去。"李菀伸手指了指楼顶,"去楼上的天台。"

梁蔚有点儿蒙:"宿舍楼有天台吗?"

"你不知道?"

梁蔚摇头:"不知道。"

李菀问:"要一起去吗?"

梁蔚点头,拿了件外套,同李菀一块儿走去天台。

天台的风挺大,吹得两个人头发乱飞。

梁蔚转过头,盯着李菀的侧脸,没头没脑地说了一句:"你是知道的吧?"

李菀反问:"知道什么?"

梁蔚深吸一口气,垂在身侧的手指蜷了蜷,克制着语调,平稳地说:"我喜欢陈鹤森。"

李菀轻哼了一声,以不以为意的口吻回复道:"全校不是大部分女生喜欢他?你会喜欢他也不稀奇。"

是不稀奇,她只不过是众多偷偷喜欢他的女生中的一个,无足轻重。

时间一晃便到了一月,今年的寒假放得比以往早。临近期末考试的前一周,周珍也从南方回来了。

梁蔚这一阵子也就没住在宿舍里,都在家里陪着周珍。梁蔚明显地察觉周珍这次回来,心情不如上次好。

洗完澡,梁蔚从浴室里出来,周珍的卧室门没关严实,还留着一道缝隙,些许刻意压低的声音从门缝里飘了出来。

"我能怎么办?你别跟她提这件事。"

"蔚蔚正在关键期，就先这么着吧，我现在不想说这件事。"

梁蔚擦头发的动作停了下来，湿热的毛巾握在手里，她转身朝周珍的卧室走去。临到门口，周珍忽然开了门，把梁蔚吓了一跳。

周珍笑了笑说："洗完澡了？"

"嗯。"

周珍絮絮地念叨着："洗完头还不赶紧把头发吹干？等以后年龄大了，有你受的。"

梁蔚看着周珍的背影，想说的话哽在喉咙里。

不一会儿，周珍拿着吹风机走回来："肚子饿不饿？妈妈给你做点儿夜宵吃？"

"我不饿。"

"那吹完头发你赶紧去睡吧，明天还要期末考试。"

"好。"

期末考试那天，雁南市下了一场雪。

雪倒是不大，但温度直降好几摄氏度，就连嘴里呼出的热气都成了白雾，整个雁南市笼罩在一片淡淡的灰色天空下。

梁蔚怕冷，围巾在脖子上绕了几圈，全副武装地走在校园里，还是觉得手脚发凉。

进了考场，身上的寒意才退去不少，梁蔚在第二组的第五个位子坐下。

上回的第三次月考，梁蔚的成绩稳步上升，名次跳到了年级第十五名，这意味着她和陈鹤森的考场座位距离又缩短了。

他从那次期中考试后，几次考试成绩都稳居年级第一的位置。

陈鹤森是距离考试还有三分钟的时候才到，和他一起进来的还有邬胡林。

常兴宇伸了一下手，算是打招呼："森哥，你再晚点儿到，这期末考试年级第一的位置就不保了。"

陈鹤森声音低哑，语气随意地说："那正好，给你了。"

"别啊，我这实力也够不上。不对，你这声音怎么了？"常兴宇扯着脖子喊道，"感冒了啊？完，我看这次年级第一的位置估计是骁哥的了。"

梁蔚转过头，陈鹤森的脸色有点儿白，人看着也没什么精神。他似察觉她的目光，忽然抬头往她这边看了一眼。

梁蔚连忙低下头，心里怦怦直跳，手中的黑色水笔笔尖落在空白处，洇出一个黑色圆点。

为期两天的期末考试很快就过去了，中间又休息了两天，梁蔚再和陈鹤森见面便是去学校领期末成绩单那天。

梁蔚走的是另一侧的楼梯，经过5班门口的时候，姚知伽正和班级同学在走廊上聊天，一偏头便瞧见了她："梁蔚。"

梁蔚走了过去："你今天来得这么早？"

姚知伽双手托腮："这不是担心期末考试成绩，所以睡不着嘛。"

姚知伽身边的女生说："据说这次大家发挥得都不太好……这次期末考试的试卷难度大了不少。"

三个人又聊了一会儿，等姚知伽的同学进了教室，姚知伽说："等会儿去看电影吗？邬哥请客。"

梁蔚顿了一下，问："就你们俩吗？"

"不是，陈鹤森也去，还有一个他的朋友。"姚知伽劝她，"蔚蔚，你也一起去嘛，反正都放寒假了。"

梁蔚点头，说了声"好"。

梁蔚没在5班门口待太久，看了一眼时间也转身上楼了。

班级教室里已经来了不少同学，闹哄哄的，男生堵在后门处打闹。梁蔚走了进去，李橙给她递来一杯奶茶，说："你怎么这么晚啊？"

"刚才和知伽聊了一会儿天。"

李橙说："你这次化学又是年级第一。"

梁蔚偏头："是吗？"

"常兴宇跑去波哥的办公室看了，嘿嘿，我这次考得也不错。"李橙嚼着珍珠，笑嘻嘻地说道，"谢谢我们梁老师这个学期的辛苦辅导啦。"

梁蔚笑了笑，李橙又说："梁蔚，等会儿我们一起去看电影呗，就当我答谢你给我辅导化学了。"

梁蔚面露难色："今天可能不行。"

李橙问："你等会儿有事吗？"

"嗯，我们改天再约，到时候我请你。"

"行啊，等你给我打电话。"

陈鹤森是和黎波一起进的教室，班级教室里的躁动声消了不少。他今天穿了件立领的黑色羊羔毛外套，拉链没拉到顶，露出了清晰的喉结。他个子高，这样宽松的外套穿在身上也不显矮，反倒被衬得白皙俊朗。

黎波站在讲台上，把这次期末考的整个年级成绩情况分析了一番，又将成绩条发给了大家。

梁蔚看了一眼手中的白色条子，上头标了各科的成绩、班级名次以及年级名次。

梁蔚期末考试的名次和上回月考一样，班级第七，年级第十五。

李橙瞥了她手上的成绩条子一眼，羡慕道："我啥时候也能像你一样进年级前二十名呀？"

梁蔚说："会的，你现在的名次不也在慢慢上升？"

她正说着，手机忽然振动了一下，收到了姚知伽发来的信息。

姚知伽："等会儿校门口的奶茶店见。"

梁蔚看了一眼讲台上还在叮嘱寒假各注意事项的黎波，垂下眼睑，攥着手机偷偷给姚知伽回了个"好"字。

黎波讲完寒假注意事项后，又把梁蔚叫进了办公室。

梁蔚跟在黎波身后，不时抬腕看时间。黎波瞥见了，笑着问："怎么，着急走啊？"

梁蔚放下手，心虚地说："没有。"

黎波从抽屉里拿出一张表格："就几句话的事，明年有个化学竞赛，你有没有意愿参加？"

梁蔚愣了一下。

"你化学底子挺好的，要是参加竞赛，不说一等奖，二等奖应该是可以拿下的，而且参加这些竞赛，以后你去了社会上这也算加分项。"黎波说着就把表格递给了她，"这样吧，你先回去考虑两天，到时候再给我答复。要是你真准备参加，这个寒假周一到周五都得来学校上竞赛班的课。"

梁蔚现在的心思完全不在这上头，她忙不迭地点头："好的。"

梁蔚从办公室里出来，将报名表折了几下，放进了外套口袋里，便迅速跑下楼，来到校门口拐了个弯，就看到了奶茶店门口那道熟悉的身影。

梁蔚停下脚步，心跳快得厉害，慢慢地朝奶茶店走去。

邬胡林说："听说下个学期有化学竞赛，你去不去？"

"不去。"

"为什么？"

"给其他同学一些机会。"

"损不损啊你。"邬胡林笑骂了一句，又盯着他确认，"真不去了？"

陈鹤森低头看着手机，漫不经心地说道："嗯，这个寒假有事，去不了。"

"行吧。"

邬胡林挠着脖子回了一下头，看到不远处的梁蔚，笑了笑："总算把你等来了。"

梁蔚走近，面露抱歉之色："不好意思，黎老师找我谈话，耽搁了一会儿。"

邬胡林了然一般问："是为了化学竞赛的事吧？"

梁蔚点点头，犹豫了一下追问："你们也参加吗？"

"我就算了，"邬胡林搭着陈鹤森的肩膀说，"不过这位大神看不上这类小儿科竞赛，不打算去了。"

陈鹤森收了手机，朝梁蔚笑了笑："别听他胡说，我是这个寒假有事去不了。"

买的电影票是下午一点半的场次，现在过去还太早，于是他们几个人打算先去吃午饭。

姚知伽拍板决定吃火锅，两个男生都没有意见。

他们走去公交车站等车，梁蔚拿出手机给周珍发了条信息，说中午不回去了，和同学一块儿去商场吃午饭。

姚知伽挽着梁蔚的手臂，轻声问："那你打算参加化学竞赛吗？"

"我现在还不清楚，得和我妈妈商量一下。"

邬胡林伸手指了指陈鹤森，插话道："你可别学他不参加啊，不然波哥估计要吐血。"

梁蔚弯唇笑了笑，说了声"好"。

火锅是陈鹤森掏的钱。

梁蔚过意不去，偷偷和姚知伽说她的那份自己出。

邬胡林在前头听见了，回了一下头说："别管啊，让你们班学委请你一次也没什么。"

陈鹤森翘起嘴角，半开玩笑地说："别客气，这两个人坑我十几回了，也没见他们客气过。"

梁蔚不太自然地回了个笑容："好吧。"

电影院在这家商场的顶层，陈鹤森去取票，梁蔚和姚知伽去买可乐和爆米花。

陈鹤森拿了票回来，邬胡林问："怎么就四张票？桃子不来了？"

陈鹤森说："她临时有事，就我们看。"

姚知伽接过邬胡林递来的两张票，分了一张给梁蔚："不是说还有一个人吗？"

邬胡林幸灾乐祸地说道："对方放他鸽子了呗！"

梁蔚下意识地看了一眼陈鹤森，只见他神色轻松。接触到她的目光，他似乎有些误解了她的意思，长臂一伸，极为自然地分担了她手上的两杯可乐。

梁蔚手里一轻，听到陈鹤森问："这是谁付的钱？"

姚知伽歪头："梁蔚付的。"

陈鹤森看着她问："多少钱？我给你。"

"不用，没多少钱。"梁蔚目光一滞，舔了舔发干的嘴唇，"就当我请你们了。"

姚知伽也说："陈鹤森，你就让梁蔚请吧，不然今天的这顿火锅她估计没法消化的。"

陈鹤森也没坚持，简单答道："那谢了。"

梁蔚抿了抿唇："不客气。"

电影院廊道里光线昏暗，周遭沉寂无声。

邬胡林和陈鹤森走在前面，梁蔚瞥见邬胡林碰了碰陈鹤森的胳膊："这还是第一次被女生请客呢，感觉怎么样？"

陈鹤森似乎笑出了声："不怎么样。"

"桃子没来，你心情不爽？"

陈鹤森"啧"了一声："废话这么多？那我现在走了啊。"

"别啊，帮个忙呗。"邬胡林看了一眼身后的姚知伽，挤眉弄眼道，"兄弟的幸福就靠你了。"

陈鹤森轻笑。

梁蔚故意放慢了脚步，低声问姚知伽："陈鹤森那个没来的朋友，你认识吗？"

姚知伽摇头说："不认识。"

梁蔚握着可乐，杯身上的水珠滑落到她的手指上，冰冰凉凉的。

姚知伽拿了颗爆米花塞到嘴里："怎么问起了这个？"

梁蔚瞥了一眼前面的那道身影："就随便问一下。"

姚知伽"哦"了一声。

影厅里只有两旁的走道亮着灯，厅里已经坐了不少人，有年轻情侣，也有带着孩子的家长。

陈鹤森买的电影票座位都是在第六排，四个人的座位是连着的。梁蔚和姚知伽坐下，她和姚知伽的旁边各空着一个位子，不知道是谁的。

邬胡林和陈鹤森去了卫生间，还没回来。

影厅里陆续有人进来，有着刻意压低的说话声。直到电影的片头广告播了一半，陈鹤森他们才进来。邬胡林在前，陈鹤森跟在他身后。

厅里关了灯，梁蔚的脊背贴着椅子，身体僵硬，有些无所适从地看向投影幕布，余光却注意着从走道上过来的陈鹤森。

邬胡林弯着腰从她身前走过，梁蔚缩了缩腿，方便邬胡林经过。邬胡林便直接坐到了姚知伽的旁边，也就意味着梁蔚身边这个位子是陈鹤森的。

在意识到这一点后，梁蔚的睫毛轻轻颤了颤，她拈着吸管的手指顿了一下，呼吸有些紧张。

不久后，她身旁便落下一道阴影。

陈鹤森翻好椅子，坐了下来。光影明灭间，梁蔚有些恍神。

他往后靠着椅背，垂着眼眸拿出手机调了静音，便将其揣回兜里。他的存在感太强，这片空气瞬间变得稀薄又压抑，梁蔚轻轻地呼出一口气，觉得自己的脸颊在发烫。不知是影厅暖气开得太足还是其他缘故，她强迫自己将视线投向幕布，却仍旧无法逼迫自己入神。

电影播放到一半时，他似乎嫌热，伸手脱掉了外套，里头是件简单的黑色卫衣，他的外套的袖子短暂地落在她的膝头上，微轻的感觉一瞬即逝。

直到从影厅里出来，梁蔚坐上了公交车，出神地看向窗外，回想起刚才看的电影，却是一点儿片段都无法想起。她只记得黑暗中他轻轻敲击手机屏幕的手指，以及他身上淡淡的味道。

梁蔚回到了家，周珍在厨房准备晚饭，听到外头的动静，探出头来："晚上吃面？"

梁蔚换上拖鞋，应了声"好"。

周珍又说："我今天买了点儿草莓放在桌上，你想吃的话，自己洗点儿先垫垫肚子，面条没那么快煮好。"

梁蔚从袋子里拿了几颗草莓到厨房，周珍瞥见了，笑着问："怎么不多洗几颗？"

"我就吃几颗。"

周珍问："期末考试成绩出来了吗？"

梁蔚点了点头说："出来了，总分 620，年级排前十五名。"

"不错。"

梁蔚想了想，叫了声妈。

周珍回头："怎么了？"

"学校有化学竞赛，黎老师给了我一张报名表格，让我和你商量一下。"

周珍停下切菜的动作，说："你是什么想法，妈妈听你的。"

梁蔚抿了抿嘴唇，犹豫了一会儿说："我还没考虑好。"

"你们黎老师说了什么时候要交表格吗？"

"他说让我考虑两天再给他答复。"

周珍说："那不急，你这两天好好想想。"

梁蔚低头"嗯"了一声，拿了颗草莓送进嘴里。周珍今天买的草莓颗颗饱满红艳，吃到嘴里有浓浓的清甜味道。

　　周珍偏头看了她一眼："草莓甜吗？"

　　"挺甜的。"

　　周珍说："我今天去菜市场买菜，看到老人家挑的担子摆在路边，说是自家种的，看他年纪那么大，就想着帮衬点儿，买了两斤，你觉得好吃就多吃点儿。"

　　"好。"

　　梁蔚考虑了两天，最终给黎波打了通电话，说自己参加化学竞赛。

　　黎波的声音听起来很高兴："那行，你这两天在家把表格填一下，下周一来学校上竞赛课时交给我就行了。"

　　梁蔚"嗯"了一声，那边黎波还有事，两个人没说几句话就挂了电话。

　　梁蔚登上 QQ，12 班的群里有人在聊天。

　　常兴宇："化学竞赛报名是不是开始了？ @陈鹤森，你去吗？"

　　赵文杰："森哥不去。"

　　常兴宇："完，那我们班不是白白送了一个一等奖名额？ @陈鹤森 @陈鹤森 @陈鹤森，你真没参加？！"

　　陈东："宇哥，吵到我的眼睛了！"

　　常兴宇："Sorry（对不起）……"

　　过了一会儿，陈鹤森上线了。

　　"有事，去不了。"

　　李橙紧随其后："梁蔚化学那么好，应该会参加吧？"

　　常兴宇："@梁蔚，化学课代表，你要参加化学竞赛吗？"

　　梁蔚加入班级群这么久，从没在群里说过话，手指停在输入框里，回答了常兴宇的问题。

　　常兴宇："我们班就靠你了。"

　　陈鹤森："加油。"

　　梁蔚拿起旁边的水杯抿了口水，似有暖流注入心口，她澄澈的眼眸里隐隐浮现笑意，回了个"好"字。

周珍来敲门，喊她出去吃晚饭。梁蔚应了一声，放下手机往厨房走去。

周珍看了她一眼："有什么高兴的事？"

梁蔚神情迷茫地回："没有啊。"

"妈妈看你好像心情很好，还以为你碰到什么高兴的事了。"

梁蔚下意识地摸了摸脸，周珍又说："和你们老师说了竞赛的事了吧？"

梁蔚洗了手："说了，下周一就得去上课。"

"和平常一样，要上一整天的课？"

"没有，就早上半天。"

周珍继续问道："总共要上几周？"

"两周。"

休息了两天，在大伙都在睡懒觉的假期里，梁蔚开始了每天早起的日子。

这次上课的地点不在高二的教学楼里，而是一处贴着白色瓷砖的三层旧教学楼里。一楼有个小型阶梯教室，以前是用来给美术生上课的，这次拿来做竞赛班的教室。

梁蔚进教室的时候，里头已经坐了不少人，12班参加竞赛的除了梁蔚外，还有他们的班长王彤。11班的薛骁也在。

梁蔚随意挑了个靠窗的位子坐下，身后就是薛骁和王彤。

薛骁好奇地问道："陈鹤森真不参加啊？"

"嗯，他昨天在群里说了有事，不参加了。"

薛骁转着笔，语气闲适地说："得，少了一个竞争对手。"

王彤说："别啊，我们班梁蔚化学也很好的，你别小瞧人。"

薛骁摇头说不敢，伸手去拍梁蔚的肩膀，梁蔚回了一下头，薛骁自报家门："11班，薛骁。"

梁蔚朝他笑了笑："梁蔚。"

男生半开玩笑地说："这次化学竞赛手下留情啊。"

梁蔚抿了抿唇，不知该如何应对这种情况，只好讪讪地笑了笑。

很快，黎波就从阶梯教室的前门进来了。这是老式的阶梯教室，只有一个入口。

黎波早前也带过化学竞赛班，手下的学生有参加过市级、省级比赛的，也有进入全国高中化学竞赛的，也就是所谓的决赛。黎波带过的学生里就有一个曾经拿下了国家级的银奖。梁蔚他们这次参加的是省级竞赛，难度比市级预赛高一个阶梯。

　　黎波两只手撑着讲台桌："都来齐了吧？没有没来的吧？"

　　"波哥，陈鹤森怎么没来啊？"

　　"没他，你们就不参加了？"

　　"那不能够啊！这多好的机会？"男生嘿嘿一笑，"他没来，还少了一个人和我们竞争一等奖呢。"

　　黎波笑着指了指那男生："出息。"

　　底下又响起一阵哄笑声。

　　黎波屈指轻叩了两下桌面，大家就都安静下来。黎波开始进入正题，大概说了一下这两周的安排以及要讲的几块知识点。前面两节课黎波讲了原子结构，中途有二十分钟的休息时间，男生都去走廊上透气了，教室里显得空荡荡的。

　　王彤拍了拍梁蔚的肩膀，问她要不要去便利店买点儿吃的东西。梁蔚点了点头，和王彤一起去了便利店，只是没想到会在门口碰上李卫。

　　他穿着件蓝色卫衣，正蹲在门口低头看手机，梁蔚的脚步停了停。下一刻，他抬起头，撞上了她的目光："你怎么在这里？"

　　这话听起来感觉怪怪的，梁蔚愣了愣，走过去："我来上课。"

　　李卫站起来，伸了个懒腰："寒假也上课，好学生啊。"

　　"你在和谁说话呢？"

　　李菀探出头来看了一眼："梁蔚，你也在学校？你是来上那个化学竞赛的课吧？"

　　梁蔚点了点头。

　　等梁蔚和王彤进了便利店，李卫偏头问李菀："什么竞赛？"

　　李菀拿着手机回信息，头也没抬地说："反正就是好学生会参加的比赛。"

　　李卫挑了一下眉："她的成绩很好？"

　　李菀闻言探究地看了李卫一眼："你问这个做什么？"

李卫反问道:"不能问?"

李菀没接话,继续说:"是很好,年级前二十名。"

梁蔚在货架前挑了瓶豆奶,王彤眼神往门外瞟:"那男生是谁啊?看着不像我们学校的。"

梁蔚说:"嗯,茂华的。"

"那不是职高吗?"王彤嘿嘿一笑,"不过长得还不赖,你怎么会认识他?"

"他是李菀的堂哥,我跟李菀住一个宿舍,碰见过几次。"

王彤"哦"了一声,也挑了瓶和梁蔚一样的豆奶。

两个人付完钱出去,王彤揉捏着梁蔚的手腕:"梁蔚,你的手腕怎么这么细啊,跟小孩子的手似的,你是不是还不到 80 斤?"

梁蔚顿了一下说:"刚好 79 斤。"

王彤有些尴尬:"我去,我都快超过一百斤了。真是人比人,愁死人喽。"

梁蔚转过头说:"你高,看不出来胖啊。"

"也是,"王彤笑嘻嘻地又说,"哎,梁蔚,我原来以为你不大好相处呢。"

"为什么?"

"就是在教室里,你一般只和李橙、宋杭杭她们说话,"王彤看了一眼梁蔚的神色,舔了一下嘴唇,"然后庄倩也……"

王彤没再说下去,梁蔚也能领会她话里的意思,不太在意地笑了笑。

梁蔚上了三天的化学竞赛课后,和李橙约了周四下午见面,顺便请她看电影。

她们两个人直接约了在学校门口的奶茶店碰面。

梁蔚到的时候,李橙在奶茶店里低着头玩手机。因为放假,服装上没什么限制,李橙似乎花了心思打扮过。只见她披着头发,身上穿着件海军领的黑色大衣,脚上也是黑色的靴子。

梁蔚推开玻璃门进去,李橙站了起来,递给她一杯已经点好的奶茶:"波哥是不是又拖堂了?"

梁蔚轻声解释:"今天在讲卷子,所以耽误了点儿时间。"

"化学竞赛的卷子是不是很难啊?"

"是有点儿难度。"

李橙说:"那你们什么时候放假呀?"

"过年前两天。"

"哇,好辛苦哦。"李橙努嘴,"那你基本算没有寒假了。"

"算是吧,"梁蔚问,"你想好看什么电影了吗?"

提起电影,李橙的语气雀跃了不少:"就最近很火的那部暗恋电影呗,还是你有别的想看的?我都可以。"

梁蔚吸了口奶茶,奶茶有点儿凉了:"就看你说的这部吧。"

梁蔚和李橙去看的那部暗恋题材的电影剧情,有些出乎梁蔚的意料。她原本以为应该是一个女主人公视角的暗恋故事,毕竟大多数暗恋题材影片的主角是女主人公,但这部影片有些不按套路来,暗恋者是一个男生。

开头的某些片段,让梁蔚深有感触,仿佛看到了自己的样子。不过酸涩难言的暗恋基调并没有贯穿整部影片,因为这是一部关于双向奔赴的暗恋电影。

梁蔚看到最后,有些羡慕那个男生。她羡慕他什么呢?大概因为时机是那样好,他喜欢她的同时,她也在偷偷关注他。年少满腔纯粹炙热的爱恋,宣之于口时得到同等的回应。

但这样美好的感情只属于电影,现实中的大多数人只能将感情缄默于心中。

李橙看完电影后,感叹了一句:"其实吧,这部电影拍得有些理想主义啦,大多数现实中的暗恋感情是求而不得的,哪有那么巧我喜欢上你的同时你也偷偷在关注我呢?双向奔赴的感情就像中大乐透那样少见,可遇不可求啦,你说呢,梁蔚?"

梁蔚将视线从投影幕布上收回,很轻很轻地"嗯"了一声。

/ 第三章 /
合照

农历二十七日那天，梁国栋从南边回来了。

梁蔚上完竞赛班，掏出钥匙开门时，里头传来两个人的争执声。

"我不是都说和她没联系了，你还闹什么？有完没完了？"

"梁国栋，我是哪里亏待了你们梁家，你要这样对我？"周珍的声音里带着哭腔，"我不就是没给你们梁家生个儿子吗？可当初我生梁蔚时，你爸妈是怎么待我的？"

"行了，都多少年的事了你还拿出来讲？没完没了，是吧？"

梁蔚捏着手心里的钥匙，握得太紧，尖锐的钥匙刺痛了她的掌心。梁蔚眉头都没皱一下，似乎麻木得失去了痛感。

她不知道自己站了多久，直到对面的林阿姨开门出来扔垃圾，见她戳在门口，笑着问："怎么在门口站着，忘带钥匙啦？"

梁蔚稍稍回神，抿了抿唇说："嗯，一下子找不到了。"

林阿姨说："你妈应该在家的，你按一下门铃试试。"

等林阿姨进了电梯，梁蔚松开手掌，将钥匙塞入了锁孔。

门被推开，两个人也停下了争吵，朝门口看来。

周珍怔了一下，脸上的笑容有点儿僵硬："下课了，今天这么早？"

梁蔚低头换上拖鞋："今天最后一天，老师提前放学。"

梁国栋清了清嗓子，往垃圾桶里吐了一口痰，拿了桌上的烟盒和打火机，坐在沙发上点起了烟。

周珍往厨房走去："妈妈这就去煮饭，你先回房间休息一会儿。"

梁蔚回到房间里，从书包里拿出今天发的化学竞赛卷子，整整十张都是接下来两周假期里要做完的。

梁蔚登录了QQ，刷空间动态时看到王彤发了条说说动态，文字是"夭寿啦"，配图是一沓化学卷子。

姚知伽见她上线，给她发来消息。

姚知伽："化学竞赛课结束了吧？"

梁蔚："嗯。"

姚知伽："你们家今年过年是在哪里过，还要去你奶奶家吗？"

他们家每年过年都会去她爷爷奶奶家，梁蔚和她爷爷奶奶的关系不太亲近，其实她也不怎么喜欢去，但压根儿没有反对的权利，不然梁国栋还得骂她没良心。

梁蔚："应该是吧。"

姚知伽回复了一个摊手的表情："还想除夕夜约你出来玩呢。"

梁蔚："等我回来再约啊。"

姚知伽："好吧。"

晚间的时候，梁国栋有饭局出门了。晚饭是梁蔚和周珍两个人一起吃的。

梁蔚问起周珍今年去哪里过年时，周珍停下了筷子："今年你爷爷奶奶来市里过，明天我和你爸爸开车去接他们，你要一起去吗？"

梁蔚犹豫了几秒，摇头："我还是在家里等你们吧。"

周珍给梁蔚盛了一碗鸡汤："你小姨给你买了部新手机，在你屋里的抽屉里。你爸在的这几天，你就别拿出来用了。"

梁蔚不以为意，直到吃完晚饭，打开抽屉看到那个被咬了一口的苹果标识，才意识到周珍说这话的意思。

梁蔚的小姨周晓蕾向来和梁国栋不对付，但梁蔚喜欢小姨。小姨虽然长她十二岁，但梁蔚和她相处起来并没有隔阂，非常轻松自在。有些不能和周珍说的话，梁蔚也愿意和小姨讲。

梁蔚给小姨发了条感谢的信息，半个小时后收到了小姨的回复。

小姨："跟小姨客气什么？手机用得还习惯吗？"

梁蔚："很好用，不过好贵啊。"

小姨："贵什么呢？等小姨老了，你要连本带利地还回来的。"

梁蔚回了个开心笑的表情，把新手机重新放回了抽屉里。

第二天，周珍给梁蔚做了午饭，让她到时候自己把饭菜热了吃。

梁国栋站在玄关处换皮鞋，闻言说："她都这么大的人了，自己也该学着做点儿吃的了，不然以后有哪个男人愿意娶她？"

梁蔚在书桌前听到这话，手里的笔尖顿了一下。

周珍看了梁蔚的背影一眼，反手带上了她卧室的房门，声音有点儿远了："赶紧的，别让爸妈等着急了。"

"还不是你一大早起来要去买菜耽误的。"

"我不去买些食材，爸妈回来晚上吃什么？"

接着是"砰"的关门声。

客厅里安静了下来。

梁蔚盯着做了一半的化学卷子，深吸一口气，继续提笔做题。

做完两张化学卷子后，已经是中午十二点了，梁蔚没什么胃口，就没去热饭菜。她回到床上，闭眼休息了一会儿。

不知过了多久，她被外面的说话声吵醒了。

梁蔚到卫生间洗了把脸，开门出去。

爷爷奶奶坐在沙发上，梁蔚打了声招呼。

周珍端了一盘水果放在茶几上，奶奶拿了个橘子递给她，说："在屋里哪，奶奶还以为你出门玩了。"

梁蔚在旁边坐下："刚才写完考卷就休息了一会儿，不小心睡着了。"

奶奶说："放假了就和同学多出去玩，听你妈妈说，你还参加了什么竞赛？"

梁蔚解释道："化学竞赛，省里举办的。"

奶奶"哦"了一声，又说："女孩子死读书没用的，你看我们村那个郑奶奶的孙女，也是打小成绩好考了个什么名牌大学，最后出来连工作都找不到，还把自己给搞疯了，就你们年轻人说的那个什么抑郁症。"

梁蔚蹙眉，无声地动了动唇，周珍这时恰巧开口："蔚蔚，进来帮妈妈拿个东西。"

梁蔚起身走进厨房，周珍看了她一眼，压低嗓音说道："你奶奶就爱说这些话，你别放在心上。"

梁蔚闷声回道："知道了。"

周珍说："中午没吃饭吧？我看饭菜你都没动过，现在饿不饿？晚上你爸说要去外头吃，估计会比较晚。"

梁蔚垂眼："你早晨不是买菜了吗？怎么还出去吃？"

"菜放冰箱里，明天煮也行。"周珍说，"你又不是不知道你爸这人，有什么事就喜欢去外头吃饭。你爷爷奶奶来了，他哪里还愿意待在家里吃？"

梁蔚咬着唇点了点头："不在家里吃也好，你还可以少做一顿饭。"

出门时，下了点儿小雪，道路两旁的绿化树枝叶上覆盖着一层薄薄的积雪。

梁蔚和爷爷奶奶坐在汽车后座上，她看了一眼窗外，听到奶奶叹气道："这天气倒是一年比一年冷了。"

爷爷接着说："可不是。"

奶奶又开口说："梁蔚的小姨到现在还没找人啊？"

周珍坐在副驾驶座上，回了一下头："是没找，我妈反正是不管她了，由着她的性子来。"

奶奶说："这女人一到三十就不好找了，即便是二婚的男人也喜欢找年轻的女人。这一天天地耽误，亲家母就不着急了？这要是换成我女儿，那我可得愁死了。改天我给亲家母打个电话，好好聊聊这事。"

周珍尴尬地笑了笑，不再接话。

梁国栋还是在上回那家饭店订的包间。

梁蔚进入包间的那一刻，几乎下意识地就想起了陈鹤森。上回梁国栋请他爸妈吃饭的时候，也是在这家饭店订的包间。

正巧梁国栋的同事也在这家饭店吃饭，进来打了个招呼，还向爷爷奶奶敬了杯酒。

梁蔚全程吃着碗里的饭菜，等吃得差不多了，便和周珍说了一声，出来上洗手间。她出了包间以后却转身往电梯方向走去。

饭店门口不时有人进来，寒意袭人，她轻轻呼出了一口气。

"梁蔚？"

梁蔚循声看去，是邬胡林。

邬胡林说："你怎么在这里？"

话音刚落，便利店的玻璃门被推开，陈鹤森也走了出来。他手里拿着两瓶矿泉水，扔了一瓶给邬胡林，看见梁蔚，淡淡地朝她点了一下头："来这里吃饭？"

梁蔚点头："你们呢？"

邬胡林："我和陈鹤森来附近玩。"

陈鹤森伸手指了指对面："那我们走了。"

梁蔚站在台阶上，点了点头，忽然叫住了他。对上陈鹤森的视线，她目光闪烁："新年快乐。"

陈鹤森笑了笑："新年快乐。"

邬胡林说："真巧。"

陈鹤森掏出手机，心不在焉地问："什么巧？"

"碰见梁蔚呗。"

陈鹤森回答道："都是一个城市的，碰到不是很正常？"

陈鹤森他们走后，梁蔚又站了一会儿，直到接到周珍的电话，才回到楼上的包间里。周珍问："怎么去个洗手间去这么久，冻得耳朵都红了？"

梁蔚说："刚才碰到了同学。"

周珍问："哪个同学啊？看你一脸高兴的样子。"

梁蔚心虚地停了两秒，舔了一下嘴角："你没见过。"

临开学的前几天，梁蔚收到一条短信，是李菀发来的。

"明天我过生日，你来吗？不来就不用回了。"

梁蔚看到这条信息，忍不住抿嘴笑了笑。自从上回她和李菀上天台聊过后，两个人的关系似乎更进了一步。前几天过年，李菀还给她发了条"新年快乐"。

她靠着床头，支起双腿，拿手机给李菀回了信息。

"那我们先说好，别准备礼物啊，就是来热闹热闹的，带礼物不让进门。"

梁蔚又回了个"好"字。

第二天，梁蔚四点出门，约好了在李菀家碰面。

李菀的家就在那天的诊所附近，梁蔚拐进一条小巷子，再往前走两步就到了。这会儿正是做晚饭的点，巷子里飘来食物混合着调味料的香味。

李卫蹲在院子的门槛上，远远地见到她，抬了抬手："这里。"

梁蔚步子一顿，随后走了过去。

李卫从门槛上站了起来："在里头呢。"

梁蔚点了点头。

李卫身边的男生看了一眼梁蔚的背影，说："这不是我们上回吃饭遇到的那姑娘吗？她真是李菀的同学？"

"我蒙你做什么？"

"这气质看着跟李菀就不是一路的。"男生说。

李卫笑了："那她是哪一路的？"

"看着就像好学生，学霸呗。"

李卫笑说："你还真给蒙对了。"

梁蔚还未踏进屋里，就听见院子里的男生喊了一嗓子："走不走啊，李大小姐？"

"催什么催，这不就来了？"

李菀从屋里出来，迎面撞上梁蔚，眼睛一亮："你来了啊，我还想给你打电话问你到哪儿了呢。"

梁蔚微笑着说："也刚到。"

"那走吧。"

吃饭的地点就在这附近的一家大排档里。梁蔚还是第一次来这样的地方吃饭，屋子里用木板弄成隔断，大概有三间包间。梁蔚他们进了第一间，男男女女十多个人，很快就坐满了，本就不算宽敞的空间霎时就变得逼仄起来。

吃完晚饭后，一行人要去唱歌，临到 KTV 门前，梁蔚接到了周珍的电话，问她什么时候回家。

梁蔚说："估计要九点。"

"要不你等会儿要回来了，给妈妈打个电话，我去接你。"

门口有人要进来，梁蔚往旁边让了一下，说："没事，我等会儿和同学一块儿回去就好。"

李菀见梁蔚一直没上楼，下来找她："你妈打电话来催了？"

梁蔚点头。

李菀问："那……你要不先回去？"

梁蔚想了一下，也怕太晚回去惹来梁国栋的说骂，把手里一直提着的袋子递给了李菀："那我先走了，生日快乐。"

李菀不接袋子："不是说了不收礼物？"

梁蔚也不急，有些打趣地说："那我扔了？"

李菀伸手去抢袋子，梁蔚便顺势递给了她："我们好学生，朋友过生日就是得互送礼物的。"

李菀"喊"了一声："真装。"眼里全是笑意。

二月初，雁南一中正式开学。

这个学期，周珍没有跟梁国栋一起去南边，打算留在雁南市照顾梁蔚，毕竟这个学期结束，梁蔚就上高三了，这也就意味着梁蔚这个学期不再住校。

开学的前两天，宋杭杭在 QQ 上问过梁蔚这个学期还住不住校，梁蔚解释了一下原因，宋杭杭回了一个大哭的表情。

梁蔚这个学期的学习时间更紧，除了周一到周五要上课，周末她还得到学校参加化学竞赛班。偶尔上完化学竞赛课，从阶梯教室头昏脑涨地出来时，梁蔚的脑海里会闪过一个念头——当初要是她没报名就好了。但这个念头在她想到群里陈鹤森发的那句"加油"后，很快就烟消云散。

或许是学习压力太大，开学还未过一个月，梁蔚就发了两次烧，连体重都轻了两斤。周珍心疼地说："要不那个化学竞赛你不参加得了。"

梁蔚笑说："现在不参加，那我前面付出的努力就都白费了。"

梁蔚吃了药，周珍开着电瓶车送她去学校。

那天已经有点儿迟了，梁蔚踏进教室，班级教室里的气氛有些怪异，似乎比往常更躁动。

梁蔚在位子上坐下，李橙凑过来说："你刚才错过了一场好戏。"

梁蔚一头雾水："怎么了？"

前桌的林可也转过头来，偷偷看了一眼趴在桌上的赵雯，说："刚才赵雯向学委表白了。"

梁蔚愣了愣，掏书的动作顿了一下，脑中一片空白，过了好一会儿大脑才恢复运转，抿了抿唇问道："那陈……他接受了吗？"

林可摇头说："怎么可能啊？赵雯一看就不是学委喜欢的类型。"

李橙说："不过陈鹤森是真有喜欢的人了吗？"

"应该没有吧，在学校也没看学委和哪个女生走得近。"林可抠着手指甲，"估计就是他拒绝人的说辞而已。"

梁蔚觉得自己感冒的症状似乎加重了，耳边嗡嗡响，心跳得厉害。她听到自己略带迟疑的声音响起："他说他有喜欢的人了？"

李橙剥了颗白色巧克力塞到嘴里，含混不清地说道："嗯，先前赵雯在楼道上向陈鹤森表白，陈鹤森说自己有喜欢的人了，不过大家都觉得那是他拒绝赵雯的理由。"

"肯定啊……'我不喜欢你'和'我有喜欢的人'，"林可说，"这两个理由，你肯定更能接受后者吧，至少听上去会更委婉点儿……"

李橙还在嘀咕："不过你不觉得'我有喜欢的人'，其实也就是'我不喜欢你'的意思吗？"

林可噘了噘嘴："当然是一个意思咯。"

林可余光注意到梁蔚惨白的脸色，抬手碰了碰梁蔚："你怎么啦，脸色这么难看？"

梁蔚稍稍回神，垂眼说："哦，没事。"

李橙也关心地问："你感冒还没好全吗？"

"还是有点儿咳嗽。"梁蔚有些心不在焉地说。

晚自习铃声响起，林可转过身去。

陈鹤森从前门进来，神色如常。梁蔚下意识地瞥了一眼第四组的赵雯，赵雯依旧趴在桌上，就连黎波进来，她也没有抬起头。

晚自习下课后，黎波脸色严肃地把赵雯喊了出去。

班级里的人交头接耳起来。

"完，波哥估计生气了，毕竟连庄主任都撞见了。"

"赵雯也真是敢。"

"你不是也喜欢陈鹤森嘛，去表白呗？"

"滚啦。"

梁蔚脑子混沌，生出一股冲动想问问邬胡林。陈鹤森和邬胡林玩得那么好，陈鹤森有没有喜欢的人，邬胡林应该是知道的。她知道等自己冷静下来，肯定会后悔这番举动，但她还是一股脑地拿出手机，登录QQ，点开了高一（6）班的班级成员，找到邬胡林的头像，给他发了好友请求。

做完这一切后，教室后面传来椅子被拉动的声音，梁蔚偏了一下头，发现陈鹤森走出了教室。

梁蔚把手机塞入抽屉里，也跟着起身。李橙看了她一眼："你去哪儿啊？"

梁蔚低下头说："上洗手间。"

梁蔚从洗手间出来，走向教室时步子缓了缓，特意往前门走去。

常兴宇搭着陈鹤森的肩膀："森哥，嫂子是哪一位啊？"

梁蔚的眼睫颤了一下，呼吸微微发紧，她忽然觉得空旷的走廊有些憋闷，心脏像是被一双无形的手揉捏拉扯着，近乎透不过气来，然后清朗的声音传入耳中："真信了？"

常兴宇惊了："我去，你说着玩呢？"

陈鹤森低着头，额前的碎发稍稍遮住了眉梢，勾起嘴角说道："嗯。"

梁蔚说不清那一刻的心情，绷紧的神经霎时松弛了下来，恰如沉入海底即将溺毙的人抓住了救命稻草，心脏得以恢复正常跳动。

梁蔚回到教室后没多久，赵雯也红着眼进来了。

班级教室里的气氛几不可察地在赵雯进来的那一刻僵滞了一秒，继而又有低低的说话声响起。

李橙叹了一口气："虽然表白被拒绝有点儿丢脸，不过我还是蛮佩服赵雯的。"

女生趴在书桌上，试图借此隐藏所有的情绪，但微微抽搐的肩膀泄露了她的秘密。

梁蔚垂下眼，压平书脊，低低"嗯"了一声。

晚自习下课后，梁蔚回到家里，收到了邬胡林通过好友的消息。紧接着邬胡林发来一个问号，梁蔚攥着手机就好似握着一块烫手山芋，犹豫了两分钟后发了个看似蹩脚的理由，好在邬胡林没有继续追问。

梁蔚松了一口气，把脸贴在冰凉的桌上，脑海里不可抑制地回想起赵雯趴在桌上的画面。

在她意识迷糊、即将睡着时，周珍推门进来的声响把她弄醒了："怎么，困了啊？"

梁蔚抬起头，揉了一下眼睛："没有，就趴着休息一会儿。"

周珍把牛奶放在书桌上："喝完牛奶，洗漱一下就去休息吧。你还生着病呢，别刚好了点儿，等会儿又严重了。"

"知道了。"梁蔚喝着牛奶，声音有点儿闷闷的。

周珍等梁蔚喝完牛奶，又把玻璃杯拿出去清洗。

第二天早上梁蔚去学校，碰到了邬胡林。

邬胡林这个学期转到了 11 班。对他突然从 5 班转入 11 班，高二年级有些学生私底下也议论的，无非是说他家塞钱之类的传言。

姚知伽也在梁蔚跟前提过这事，她至今还是被蒙在鼓里，不知道邬胡林是为了她故意考砸文理分班考试的事。

邬胡林懒懒地靠在门口，双手插兜，同陈鹤森在 11 班教室门口说话，见到她，抬起手朝她挥了挥："早啊。"

梁蔚也朝两个人点了一下头，在陈鹤森的目光看过来时，心虚地别开眼，进了教室。

邬胡林见梁蔚进了教室，挑了一下眉："昨晚发生了一件稀罕事。"

"什么？"

邬胡林说："梁蔚昨晚突然加我的 QQ 号了。"

陈鹤森斜着身子："这有什么突然的？"

邬胡林一副"你不懂"的表情："我们高一同班一年，她都没加我的 QQ 号，昨晚突然加我，肯定是有什么事。"

陈鹤森抬了一下头，目光扫过去："那她说了什么事没？"

"就问我高一老班的电话，"邬胡林皱眉，"我总觉得她加我不单单是为了这事。"

陈鹤森把手机塞回裤子口袋里，没当回事。

赵雯向陈鹤森表白的事经过一晚时间的平息，这会儿教室里不再有人提及此事。早读课，梁蔚瞟了一眼赵雯所在的位置，赵雯和同桌打闹嬉笑着，好像也忘了昨晚的那件事。

但梁蔚没忘，总会想，如果她向陈鹤森表白，结果会如何？但梁蔚没有这种孤注一掷的勇气。

李橙推了一下她的胳膊："梁蔚，你在看什么呢？"

梁蔚回过神，打开书本："没看什么。"

下午三点是体育课，大家练了半个小时的羽毛球后，剩下半节是自由活动时间。李橙急着去洗手间，让梁蔚帮忙去便利店买瓶水。

梁蔚在货架跟前挑着水，便利店门口这时传来说话声。

"听说昨晚你们班的女生向你表白了？"

"是不是除了这件事，你就没别的话说了？"不太耐烦的声音响起。

男生："得，周末一块儿开黑？"

"看时间。"

男生："行吧，到时候有时间给我打电话。"

一声散漫的回应响起。

梁蔚没急着出去，在文具区挑挑选选，最后买了一小块橡皮。她出去的时候，陈鹤森已经不在门口了。

梁蔚拿着给李橙买的矿泉水回到教室，李橙在卫生间还没回来。

班级教室里还有其他几个偷溜回教室临时抱佛脚背英语单词的同学，下节是英语课，等会儿要听写单词。

梁蔚昨晚复习过了，还默写了一遍，现在没什么再看的必要。她看了一眼窗外，想起刚才在便利店门口听到他的声音，心中暗自高兴。

梁蔚走到窗前，一眼就看到了楼下操场上的陈鹤森。

他弯腰，双手撑着膝盖，低头喘着气。忽然间，他抬了一下头，似乎朝楼上看了一眼。梁蔚心下一跳，下意识地往窗帘后躲了一下，再看出去时，陈鹤森已经不在操场上了。

李橙上完洗手间回来，下巴抵着她的肩膀，好奇地问："梁蔚，你在看什么呢？"

梁蔚收回视线，离开窗前："没看什么。"

李橙说："下节课是不是要听写单词？"

"嗯。"

"完，我昨晚忘背了。"李橙从书包里抽出英语书，"我等会儿要是碰上不会的，你得帮我啊。"

英语老师向来重视英语听写，错一个就得被罚抄二十遍，所以大多数同学不敢随便应付。

梁蔚简单地回应了一声："好。"

周末的时候，李菀约了梁蔚在图书馆见面。

上回李菀过生日，梁蔚去她家里，李菀的父亲得知梁蔚成绩不错，便开玩笑让梁蔚有时间给李菀补补课。李菀成绩不算差，中等水平，能上二本线。可是她本人对学习不上心，虽说是在图书馆复习，事实上都是在闲聊中度过。

两个人买了杯奶茶，去附中小学旁边的图书馆复习，图书馆在四楼，楼下有游泳池和健身区。

李菀问："赵雯是不是向陈鹤森表白了？"

梁蔚纳闷地问道："连你也知道了？"

"毕竟表白对象是陈鹤森，能不知道吗？"

梁蔚苦笑了一下。

也是，枯燥乏味的学生时代，校园里的风云人物的一举一动，就好比明星的动向，无形中会被放大，更何况是这样张扬又带着粉红色彩的表白事件。

李菀盯着她问："你呢，什么想法？"

"什么？"梁蔚心虚地别开眼。

"表白啊？"李菀说，"你别装。"

梁蔚目光微闪，低头看向手中的笔尖："没想过。"

李菀轻哼了一声："我就是问问，也猜到你估计不敢表白。"

"是不敢。"

梁蔚自嘲，自己连他的 QQ 号都没好意思加。

其实她加一下也没什么，毕竟班里那么多女生加他，他都通过了。

但她已经错过了那个时机，现在再加倒显得奇怪。

梁蔚和李菀一直在图书馆待到下午四点才各自回家。

路上，梁蔚乘坐公交车，转头看向窗外飞驰而过的街景，还是不可避免地想起李菀的话，也想起那回她乘坐公交车回家，路上看见了他。他周遭的环境都成了背景板，唯有他是刻在她的眼底的。

半个小时后，梁蔚到家，家里关着灯，周珍没在。

梁蔚走入卧室，拿出手机给周珍打电话，那边是忙音，电话一直没接通。电话自动挂断后，梁蔚正要再拨，这时客厅传来了开门声。

梁蔚走出卧室，周珍手按着墙壁，换上了拖鞋："回来了啊？"

梁蔚"嗯"了一声："妈，你手机没带在身上吗？"

"带了啊，你给我打电话了？"周珍说着，从外套里拿出手机看了一眼，"我调了静音，你打电话来也就没听见。饿了没？妈妈这就给你热一下饭菜？"

梁蔚"嗯"了一声。

周珍看到茶几上她喝了一半的奶茶，说："少喝点儿这些东西，对身体不好，你不是说喝了奶茶容易睡不着吗？"

"没事，下周就要参加竞赛了，这个周末不需要去学校。"

周珍去厨房热饭菜，梁蔚跟着进去，周珍侧头看着她问："考场在哪里？"

梁蔚说："老师还没说，估计下周才会通知。"

周珍说："早点儿考完也好，不然你这周末都得去学校学习，也怪累的。还没高三呢，你要是就把身体累垮了，也不值当。"

梁蔚笑了一下："你就不希望我获奖吗？"

"你能拿奖当然是好的，"周珍说，"但是拿不了也没事，重在参与不是？"

梁蔚笑着说："应该是能拿奖的，只不过不知道会是几等奖。"

化学竞赛是在三月初举办的，考场在附中小学，离一中有半个小时的车程。

那天天气不太好，一整天都灰蒙蒙的，时不时还飘点儿小雨，空气里都是湿冷的水汽。黎波今天特意请了假，领着一群学生去参加竞赛。

考试时间从九点开始一直持续到十二点结束，总共三个小时。

梁蔚没什么紧张感，神色平静地站在警戒线外。相反，班长王彤倒是有些不镇定，一直翻来覆去地在背那些化学公式，一副如临大敌的模样。

黎老师也察觉她的反常举动，直接抽走了她的试卷，笑着说："现在还看什么？别瞎紧张，竞赛卷的题目就是我平常让你们练的那些，没什么难的。"

有了老师的安慰，王彤的脸色这才好看了点儿。

直到八点四十五，入考场的铃声响起，大家才各自散开，往自己的考场走去。

梁蔚和王彤是一个考场的，王彤挽着梁蔚的手，低声说："梁蔚，你怎么看上去这么镇定？你不紧张吗？"

梁蔚看向她："嗯，我还好，你别紧张，最后一次测试，你分数不是挺好的？所以没什么问题的。"

王彤勉强扯起嘴角笑了笑。

十二点考试结束，梁蔚放下笔，看了一眼窗外，雨已经停了，阳光穿过玻璃，在地面上投下一片阴影。

梁蔚出了校门，周珍开着电动车来接她："下午还去学校吗？"

今天是周一，因为他们参加化学竞赛，情况特殊，下午的半天课可以不去上，但梁蔚还是想去学校。她搂着周珍的腰："去吧，反正在家里也是睡觉。"

周珍带着笑意的声音被风从前头吹来："我女儿可真是爱学习。"

梁蔚耳根一红，有些心虚地把脸贴在周珍的后背上，转移话题："妈，你怎么不问我考得怎么样？"

"这能问吗？"周珍笑着问，"你们不是有什么重大考试最怕家长问？"

"又不是高考。"梁蔚弯了一下嘴角，放缓声音说，"我觉得我这次能拿一等奖。"

"那到时候成绩出来，妈妈带你去外面吃饭，给你庆祝。"

回到了家，梁蔚从抽屉里拿出手机，班级群里王彤发了一条消息。

王彤："终于考完啦。"附加了一个叹气的表情。

常兴宇："恭喜，恭喜，一等奖妥妥就是我们班的了。"

王彤："这可说不准。"

庄倩："班长别谦虚啊，你不能拿奖，那谁能拿奖？"后面跟着一个微笑的笑脸。

宋杭杭："梁蔚应该也能拿奖啊。"

王彤："我自己我倒不敢保证啦，不过我也觉得梁蔚应该能拿奖。我今天考试的时候都紧张死了。"

庄倩没再回复。

梁蔚没在群里说话，下意识地点开群里的成员，陈鹤森没在线，他的头像是灰的。

将手机重新放回抽屉里，梁蔚去厨房找周珍。

周珍听到声音了说："过两天你外婆会来住几天，到时候我抽个时间带你外婆去医院体检，你就在学校吃午饭吧。"

梁蔚问："外婆什么时候来？"

"我今天早晨给她打的电话，让她明天来的。她说有事，能有什么事？"周珍说到最后，叹了口气继续抱怨，"这人老了就成了老小孩，就是排斥体检。她总是说自己身体好着呢，哪里需要花这冤枉钱？我劝不动，就给你小姨打了电话，你外婆才答应来市里体检。"

梁蔚笑着替周珍剥蒜："那小姨会来吗？"

"你想你小姨了？不过你小姨工作忙回不来。"周珍又问，"下午真不在家里休息，确定要去学校？"

"要去的。"

"你啊，读书这方面向来没让妈妈操过心。"周珍笑着看了梁蔚一眼，"不然妈妈还以为你着急去学校是要见什么人呢。"

梁蔚耳根一烫，毫无底气地说道："哪有什么人？我就是不想落下课程。"

下午一点多，梁蔚到了学校。

走廊里都是声音，李橙见到她突然出现在班级教室里，有些讶异：

"不是可以休息半天吗？你怎么还来学校啊？"

"反正在家也没事，就来学校了。"

"我要是你就在家里看看剧什么的，多爽啊。"李橙歪了一下头，"竞赛考试感觉怎么样，难吗？"

梁蔚打开书包，拿出下节课要上的数学书："还行。"

"那就等着你拿奖啦。"

梁蔚笑了笑，侧过脸看了一眼陈鹤森的座位，他的位子是空的，他还没来。

李橙似乎想起了什么，拉开书包拉链，掏出一张卷子给她："今天早上发的物理试卷，我帮你留了一张，明天要交。"

"好。"

那天下午，陈鹤森没有来学校。

梁蔚心里有几分失落情绪，但也没维持太久。中途她上洗手间出来，见到了站在走廊上说话的邬胡林。

梁蔚迟疑了两秒，走去他旁边。

邬胡林转过头来："参加完竞赛就来上课，这么积极？"

梁蔚说："在家也是闲着。"

邬胡林说："你和姚知伽玩得那么好，她怎么就不像你学习这么积极？"

梁蔚不安地握了握搭在栏杆上的手指，然后才佯装一派自然地开口："陈鹤森今天怎么没来学校？"

"他啊，"邬胡林说，"他爷爷今天忽然住院了，他去医院看老人家。"

梁蔚点了点头。

邬胡林瞥了她一眼，半开玩笑地说："这么关心他？"

梁蔚呼吸一窒，眼神一下子就变得慌乱起来，像一只猫倏然被人捉住了尾巴，竖起了全身的毛防备。虽然她曾经主动告诉李菀自己喜欢陈鹤森，但让邬胡林知道不行。

毕竟邬胡林和陈鹤森走得近，梁蔚抿紧唇，突然有点儿后悔刚才的提问。

邬胡林并不知道梁蔚复杂的情绪，只是瞧见了她神色的变化，多看了她两眼，顿了顿说："我说着玩呢，刚才你们班已经有不少人来问我陈鹤森怎么没来学校了。"

"他在你们班还真是受欢迎。"他一副不堪其扰的模样。

她不大自然地低头笑了一下："是吗？"

响起的上课铃声及时解了围，梁蔚回到自己的座位上，心里还是乱糟糟的，不知道邬胡林会不会看出什么。

李橙紧紧盯着她的脸："邬胡林和你说什么了？你怎么脸色这么难看？"

梁蔚牵起嘴角淡淡地说道："没事。"

接下来的课，梁蔚有些走神，一直挨到下课铃声响起。

下午放学到上晚自习之间的时间不太长，也就一个半小时。梁蔚一般不回去，一来一回时间不太充裕，也折腾。

他们班今天放学晚了点儿，所以宋杭杭提议去食堂吃晚饭，梁蔚和李橙也没有意见。毕竟这个时间点她们若是到学校旁边的小炒店吃晚饭，估计都没位置了。

到了食堂，因为来得晚，菜肴剩得不多了，几个人将就吃了点儿。

吃到一半，宋杭杭忽然说："学委下午怎么没来上课？"

梁蔚闻言睫毛颤了颤。

李橙低头喝了口汤："我问过常兴宇，宇哥也是问了隔壁班的邬胡林才知道的，说学委家里有点儿事，具体什么事没说。"

宋杭杭接着问道："那他晚自习还来吗？"

李橙抬起脸，笑吟吟地盯着宋杭杭，拉长语调问："你干吗这么关心学委啊？"

宋杭杭突然涨红了脸，梗着脖子说："哎呀，都是同学，关心一下怎么了？"

李橙："我还以为你也喜欢学委呢。"

"喜欢啊，毕竟他长得那么好看，性格也好，不过我只是纯欣赏，知道他不会喜欢我的啦。"宋杭杭说，"我要是长成梁蔚那样，也许就会向他表白。"

忽然被点到名字，梁蔚的手僵了僵："不要瞎说，不然被别人听到，等会儿又得乱传了。"

宋杭杭笑嘻嘻地做了个闭嘴的动作。

几个人没再提陈鹤森，梁蔚无端松了一口气。

宋杭杭吃完餐盘里的饭菜，搁下筷子："等会儿你们要去买奶茶喝吗？奶茶店出了一款新品，我想去尝尝。"

现在天气渐渐热了，奶茶店出了许多新的饮品。

"就葡萄酪酪那个？"李橙又去看旁边的梁蔚："梁蔚你去吗？一起去买杯饮料呗。"

梁蔚："好啊。"

校门口的小吃摊前，不管什么时候，永远站了三三两两的学生。

宋杭杭偏头问她们："你们要吃寿司卷吗？"

李橙惊讶地说："你还要吃啊？"

宋杭杭不好意思地笑了笑："有点儿没吃饱……那我自己去买一盒，晚上还可以当夜宵。你们先去奶茶店买奶茶，不然等会儿又要排老长的队伍。"

宋杭杭往路边寿司摊的方向走去，梁蔚和李橙去奶茶店。奶茶店门口还有几个人在点单，等了差不多五分钟，才轮到她们。

李橙问她要喝什么，梁蔚摇头说："我不喝了，你们点吧。"

李橙"哦"了一声，转过头朝店员说道："要两杯葡萄酪酪。"

宋杭杭买好寿司过来找她们时，李橙点的葡萄酪酪也做好了。

三个人往学校走去，宋杭杭捧着杯子喝了一大口饮料："哇，太好喝了，虽然现在喝有点儿冰。"

梁蔚见状，抿着嘴角笑了笑。

李橙问："要先回教室吗？还是再逛逛？"

宋杭杭说："逛一会儿呗，呼吸一下新鲜空气。"

天色昏暗，夕阳沉了下去，校园的路灯渐次亮了起来，葱郁树木间掩映着橘色的光晕，旁边的篮球场上有男生在打球。

"喝着饮料，看看男生打球，也不错……"宋杭杭的目光在球场上扫视了一圈，语气有些遗憾，"虽然没有帅哥。"

李橙"扑哧"一下笑出声来，也朝球场看了一眼，说："怎么没有？那个穿黑色衣服的男生不是长得还可以？"

宋杭杭评价道："比起我们学委差远了。"

梁蔚听宋杭杭提及陈鹤森，又不可避免地想起下午邬胡林的那句话，脑子里仔细回想了一遍邬胡林说那话的表情。他应该没看出什么，大概只会觉得她小家子气开不起玩笑。

"你想什么呢？梁蔚。"

宋杭杭的一张脸突然在眼前放大，梁蔚眼皮跳了一下，随口搪塞道："在想一道数学题目。"

宋杭杭一脸无语的样子："我晕倒！你就连放松的时候都在想题目，还是人吗？说，你是不是觊觎年级第一的位置很久了？"

梁蔚笑了笑："没有，我哪里能考那么高的分数？"

宋杭杭开始胡言乱语："也是。学委的脑子怎么那么厉害呢？女娲娘娘捏泥人的时候，一定特别偏爱他。"

李橙吐槽："傻不傻，还女娲娘娘，我看估计是学委的父母也很厉害。"

快到上晚自习的时间点，篮球场上的男生也陆续散了。梁蔚她们从台阶上起来，拍了拍屁股准备回班级教室。

"呀，学委你来啦。"李橙的声音在耳边响起。

教室里亮着灯，灯光透过窗户照亮走廊，男生身影挺拔，姿态闲散地靠着栏杆把玩着手机，闻言目光一抬，不偏不倚地对上了梁蔚的视线。

梁蔚眼神闪烁，立即扭过头去和宋杭杭说话，心脏却跳得厉害，以至声音有些控制不住地发颤："寿司好吃吗？"

宋杭杭没听出异样："好吃的呀，你要尝尝吗？"

梁蔚装作若无其事地说："好，我尝尝，好吃的话，等会儿晚自习下课，我也去买一盒。"

学校门口的小摊卖的寿司大多就是米饭里头夹着黄瓜、萝卜条、肉松和火腿肠，然后再挤上些白色的沙拉酱，味道和那些高档的日料店里的东西自然是无法媲美的，但也还算可口。

梁蔚吃了一个寿司，手指沾上了点儿沙拉酱，她拿出纸巾，一点点擦拭着手指。

宋杭杭还要再分她一个，梁蔚说："不用了，我就尝尝，你留着晚上当夜宵吧，我等会儿放学再去门口买。"

回到了座位上，梁蔚翻出数学卷子来做，对着那道颇为复杂的大题看了一会儿，思绪渐渐游离。

她转头扫了一眼窗外那个身影，轻轻皱眉。邬胡林应该没和他提起她问过他怎么没来学校的事吧？

梁蔚心里隐隐有几分不安，李橙在她旁边坐下，好奇地问道："你在看什么呢？"

梁蔚的目光重新落在卷面上："没看什么。"

八点半，下课铃声准时响起。

整个高二教学楼像刚开锅的热水一般沸腾起来，梁蔚收拾了书包，准备去校门口买寿司。

校外的小吃摊要一直摆到十点，等高三学生放完。卖寿司的摊主是个不到三十岁的男人，见她过来，从摊后的蓝色塑料凳上站起来，热情地问："同学，要哪种？"

梁蔚看着小摊车上贴着的菜单，抿了抿唇："鸡排寿司吧。"

梁蔚刚点完，又来了几个女生买寿司，她们叽叽喳喳地聊着天，倒衬得她身影有些寂寥。

梁蔚双手插兜，往旁边站了站，目光盯着脚尖发呆。过了一会儿，水泥浇灌的地板上移过来一个瘦长得近乎变形的影子。

"叭"的一声，清脆的响指声落在耳边，梁蔚吓了一跳，抬起头的同时，眼睛也瞪得圆圆的。

邬胡林大笑出声："你在发呆啊？"

梁蔚瞥见了他身边的陈鹤森，动了动唇，没说什么。

陈鹤森看了她一眼，说："他就这德行，手欠，吓着你了？"

梁蔚放在上衣口袋里的手指蜷了蜷，声音轻缓："没有。"

邬胡林又说："你买寿司啊？这好不好吃？"

梁蔚淡淡地回复："杭杭买过，味道还不错。"

站在摊子旁边买寿司的几个女生也偷偷将目光落到了陈鹤森身上，然后交头低语了几句。她看着那个短发女生觉得有点儿眼熟，好像是10班的。

短发女生主动开了口："陈鹤森，你今天下午怎么没来学校啊？"

陈鹤森没有多说："有点儿事。"

邬胡林开玩笑："你一个10班的也这么关心他？"

女生倒一点儿也不忸怩，爽朗地说道："他长得帅嘛，受关注度自然高。你要是也这么帅，我们的目光也会黏在你身上的。"

邬胡林"嘿"了一声，随口说道："同学一场，不带拉踩的啊。"

陈鹤森几不可察地皱了皱眉："别贫嘴了，还吃不吃？"

"吃啊。"邬胡林叫道："老板，来一盒你们这里最贵的寿司。"

梁蔚的寿司做好了。她从老板手上将其接了过来，转身时脚步停了停，又回头向陈鹤森和邬胡林所站的位置，或者确切地说是对着陈鹤森的位置说："那我先走了，再见。"

陈鹤森抬手捏了一下后颈子，也看向她："再见。"

等梁蔚走远了，邬胡林想起中午的事，碰了碰陈鹤森："你觉得梁蔚怎么样？"

陈鹤森似乎没听清他的话，皱眉看了他一眼："什么觉不觉得？"

邬胡林从兜里掏出手机，忽然没了说话的兴致："算了，你现在眼里就看不上其他人。"

梁蔚回到家时，周珍的卧室门关着，门底下漏出一束橘色的光线，周珍应该还没睡。

梁蔚刚换上拖鞋，下一刻周珍就穿着睡衣从卧室里出来了："肚子饿不饿，要不要给你煮点儿夜宵？"

梁蔚提了提手上的透明塑料袋里装的寿司："我买了寿司。"

"你们这群小孩子就喜欢吃这些东西。"周珍眼神略带责备，"是在校门口买的吧？卫生怎么样？"

梁蔚曾经买过校门口的凉皮，吃完当晚就拉肚子，第二天醒来还吐了，把周珍吓得不轻，从此对她在外面小摊子上买东西吃这事就管得比较严。

"我看着人弄的，他还戴着一次性手套，还挺干净的。"梁蔚准备往房间走去，"妈，你去睡吧，我吃完这个再看会儿书也睡了。"

周珍不放心地叮嘱："别看太晚。"

"知道了。"

梁蔚坐在书桌前，揭开盖子，拿了个寿司送到嘴里。倒扣在桌面上的手机上响起 QQ 提示音，李菀发来一张图片。

梁蔚困惑地点开，图片像素模糊，亮度不太高，整张照片有种雾蒙蒙的感觉。

梁蔚第一眼就看见了照片里的陈鹤森，然后是她自己。

照片里的男生个子很高，足足比她高出一个头，穿着黑色的外套。浓墨般的夜色里，这张照片上他的皮肤很白，照片不是很清晰，但可以看出他五官出类拔萃，是她在寿司摊前和陈鹤森碰见时候被抓拍到的场景。

李菀："送给你了。"

梁蔚抿起嘴角，点了保存照片，然后回复她："你刚才也在吗？我怎么没看到你？"

梁蔚等了一会儿，李菀没有再发来消息，估计是有事没看手机。梁蔚想了想，给李菀回了条"谢谢"，便退出 QQ，拿出数学卷子来写。

周五课间，梁蔚去了一趟黎波的办公室拿批改完的练习卷。

黎波没在办公室里，梁蔚扫了一眼桌面也没看到试卷，正想着要不再等等，隔壁 11 班的班主任李老师就从外头进来了："梁蔚，来拿试卷啊？喏，试卷在我的桌上，你们班主任去卫生间了。"

梁蔚伸手抱走了桌上的一沓试卷："谢谢李老师。"

李老师接着说："卷面上那张运动会报名表，你顺便带给你们班的体育委员。"

"哦，好的。"

梁蔚抱着试卷回到班级教室，前门有两个男生在打闹，梁蔚避着两个人，多走了两步直接从后门进去，把运动会报名表递给了体委吴军。

吴军用手指弹了一下表格："我去，运动会要来了。梁蔚，要不你也报一项？"

梁蔚正要拒绝，吴军前排的庄倩转过头来，笑嘻嘻地说："体委，你认真的？就梁蔚那个跑步速度，她别给我们班拖后腿哦。"

体育课的长跑测试，梁蔚次次都在及格线边缘徘徊。

吴军脸色尴尬，讪讪地说："她不报跑步这些的，别的项目也可以啊。"

梁蔚浅浅一笑："体委，我运动神经确实不太好，还是不拖班级的后腿了，到时候就给你们送送水、加加油什么的吧……"

"那也行。"

梁蔚接着去发卷子，李橙过来，替她分担了一下，两个人很快就发完了五十三张试卷。

李橙撇了撇嘴："庄倩这也太无语了，都搬出宿舍了，怎么还老针对你？"

梁蔚牵起嘴角笑了笑，倒不怎么在意。

李橙说："要不，你运动会报铅球什么的？"

"算了，我也不爱运动啊。"

李橙点头："巧了，我也是。"

梁蔚忍不住笑出声，李橙又问："你中午要回去吗？"

"不回去了，"梁蔚说，"我妈妈今天带我外婆去医院体检，家里没人做饭。"

李橙愉快地拍板："那我中午也不回了，叫上宋杭杭，我们三个去校外吃。"

上午最后一节课结束，宋杭杭把书本随手往桌肚里一塞，就过来找两个人，准备去校外。宋杭杭唉声叹气道："自从梁蔚这个学期不住在宿舍了，我中午都找不到人一块儿吃饭。"

李橙故意说："听着好可怜哦。"

宋杭杭怒气冲冲，作势要去揍李橙，李橙灵敏地躲开，两个人顿时笑闹成一团。闹得差不多了，宋杭杭又气喘吁吁地问两个人运动会打算报什么项目，得到两个人一致不报的答案后，宋杭杭翻了个白眼："我打算报个 1000 米，我长跑还挺厉害的。"

梁蔚适时补充道："那到时候我给你送水。"

"好呀，那你就等我拿第一名。"

四月初，天气渐暖，运动会也如期而至，周三到周五，总共三天的时间。运动会一结束，又是两天的休息日，算起来也是个小长假了。

对枯燥单调的高中生活来说，这是一件值得高兴的事情。

雁南一中大概就是这点好，运动会从来不占用周末的时间。

周三那天，全校的学生按照正常时间到校，梁蔚还未走进班级教室，隔着一面墙壁就听到里头闹哄哄的，有嚷嚷声以及书本拍桌声。

梁蔚一进去，宋杭杭就跑了过来："梁蔚，你来了啊。"

梁蔚点头，下意识地扫了一眼教室，只有几个男生在，女生除了宋杭杭，其他的都还没到。

宋杭杭说："我还没吃早餐呢，你陪我一起去校外买点儿吧。"

"好，等我放书包。"

宋杭杭站在桌边等她："开运动会你还带什么书包啊，带作业来写吗？"

梁蔚顿了顿，回道："就带了两张试卷。"

宋杭杭不在意地说："那我明天也带两张卷子做。今天就算了，我下午还得跑步。"

两个人到校外去买早饭，宋杭杭要了一个饭团和一杯豆浆。梁蔚吃了早饭来的，也就没买什么。

原本她们打算买完早餐就回教室的，刚到高二教学楼入口的地方，就碰见了班长王彤。

王彤手里拿着一堆东西，仿佛看到了救星，连忙喊住两个人："帮我一起把这些东西拿到我们班的大本营去呗。"

梁蔚接过了王彤手里的海报和班旗，宋杭杭问："班长，这么多东西，你怎么不叫男生帮一下？"

王彤耸了耸肩："不知道他们跑哪儿去了。"

宋杭杭说："学委还没来吗？"

"还没呢，他好像有点儿事，今天会晚点儿到。"

梁蔚眼皮一颤，动了动嘴唇，想说些什么，就听到宋杭杭已经在问："什么事啊？"

"这我哪里清楚呀？"王彤笑着说。

时间还早，操场上弥漫着淡淡的雾气，红色的跑道、绿色的草坪之外，还有跑道旁边搭着的各色遮阳棚。12班的棚子是绿色的，棚里已经摆好了两张课桌，梁蔚帮着王彤把黑色硬纸板贴在支架上，三个人也就没再回到班级教室。

大概八点后，操场上陆陆续续有别的班级的同学进来，播音处也放起歌来。

宋杭杭跟着调子轻声哼歌："你说被火烧过，才能出现凤凰，逆风的方向，更适合飞翔，我不怕千万人阻挡，只怕自己投降。我和我最后的倔强，握紧双手绝对不放，下一站是不是天堂，就算失望不能绝望……"

宋杭杭哼完，说："哎，这歌我初中班级参加唱歌比赛时唱过，是我们班的班歌。"

王彤回答道："我们班的班歌是《夜空中最亮的星》，你哪个初中的？"

宋杭杭说："就立志中学的。"

"那不是和庄倩一个学校？"王彤看向梁蔚，"梁蔚，你呢？"

梁蔚说："东升中学。"

"东升中学啊，哇……听说那个学校好多读书厉害的人，难怪你现在学习这么厉害，你初中就是学霸吧？"

梁蔚笑了笑："也算不上。"

运动会上午半天是开幕式，没什么比赛项目，主持人上台讲话，然后伴随着激昂的国歌响起，各班级队伍入场。

梁蔚他们班级就统一穿了校服，也有班级的女生穿着白色衬衫和红黑色的格子短裙，青春气息十足，惹来其他班级女生的惊呼艳羡声，更有不少男生的起哄声。

"这裙子也太漂亮了吧，我也想穿。"

"你是想穿给某人看吧？"

"屁啦，我是想穿给自己看，不好吗？"

李橙也凑过来，语气羡慕地说："真的很好看哎，梁蔚，要是你穿这裙子，绝美！"

梁蔚笑了笑。

陈鹤森是在快到他们班级入场时才来的。他一来，后排的男生队伍里就传来不大不小的动静。

梁蔚在晃动的人影间迅速地扫了一眼，不敢停留太久便收回了目光。其实也没什么，班里大多数女生频频往后看，多她一个也不多，但她就是心虚。

梁蔚的目光没有焦距地盯着前面女生的马尾辫，耳朵却注意着身后的动静。

有和他玩得好的男生打趣道："这么迟才来，差点儿就赶不上咱们班入场了，有没有点儿班级荣誉感？"

"就是，就是，还班干部呢，这得罚啊。"

男生笑了一声："罚什么？"

"请全班同学喝奶茶呗。"

男生浑不在意地说道："行啊。"

运动会开幕式结束，梁蔚回到他们班的大本营，原本想拿出试卷来做，看了一眼周围三三两两或是聊天或是低头玩手机的同学，迟疑了两秒，触碰到卷子的手又缩了回来。

上午的比赛项目不多，毕竟开幕式就已经占据了大半时间。

姚知伽来他们的班级大本营找她玩，两个人聊着天。

姚知伽问："你那个化学竞赛成绩大概什么时候出来？"

"下个月吧。"

"哇，那还要好久哦。"

过了一会儿，几个男生手上抱着纸箱，大声说着话走近。

"砰"的一声，纸箱摆满了两张课桌，每个纸箱里满满当当地装了二十几杯奶茶。

李橙眼睛一亮："哇，哪个'土豪'请客？不会是你吧，体委？"

吴军不好意思地挠了挠后脑勺，腼腆地说："我哪有这钱？陈鹤森掏的钱。"

"呜呜呜……我去，学委也太好了吧。"

"果然大方的都是帅哥。"

李橙伸手先拿了两杯奶茶，分别递给梁蔚和姚知伽。

杯身温热，梁蔚握在手心里，听到姚知伽感叹了一句："陈鹤森还真是大方。"

梁蔚抿了一下唇,看向姚知伽:"他经常请人吃饭吗?"

姚知伽说:"不是很清楚,不过邬胡林他们和他一起出去玩,大多数时候是他掏钱。"

梁蔚点了点头。

姚知伽没待太久,轮到他们班同学跳高比赛的时候她就走了。

宋杭杭上完厕所回来,见梁蔚手中的奶茶还没有开封,奇怪地问了一句:"你怎么不喝啊,不喜欢这个味道的吗?"

梁蔚看了一眼手里的奶茶:"我现在还不渴。"

宋杭杭"哎"了一声:"学委真是挺好的,据说今天因为他晚到了,那群男生开玩笑让他请全班同学喝奶茶,他还真答应了。"

梁蔚是知道这事的,先前在排队入场时就听到了只言片语。宋杭杭又把头靠在她的肩膀上:"一想到下午要跑步,突然就有点儿紧张了。"

梁蔚露出了个笑容:"加油,别紧张,跑完全程就行。"

宋杭杭噘了噘嘴:"那不行,我是要拿奖的。"

到了下午三点,广播的女声提醒 1000 米长跑的同学请到检录台检录。操场上各班的大本营里原本闲散坐着玩手机或发呆的人都陆陆续续站了起来,拿了班级的红色横幅聚集到跑道边,和参赛的运动员一起等候。

像这种长跑类的比赛,是最容易看出一个班的集体荣誉感的。梁蔚是和宋杭杭一道去的检录台,早早就占了前面的位置,所以他们班级的加油团过来的时候,直接站在了她的旁边。

班长王彤拍了一下她的肩头:"还好你先占了位置,不然我们就得在后面挤着了。"

有男生将横幅拉开,梁蔚刚好站在队伍末端,男生朝她示意了一下:"梁蔚,帮忙拿一边呗。"

梁蔚应了一声,刚抓住一边的横幅,就听到身后传来一道声音:"陈鹤森,你也来给你们班的女生加油啊?"

梁蔚僵了僵,克制着不往后面看。

"让个位置啊,大家,让学委站到前面来。"

"班长，你这是在打什么主意啊？"

"能有什么主意？"

"嘿嘿，你是不是打算让学委来扰乱敌心？"

"你不要诬蔑我哦……这不是学委早上刚请全班同学喝奶茶嘛，拿人手短吃人嘴软，我们总得表示表示啊。"

队伍有点儿松动，梁蔚余光里有黑色身影一晃，然后男生身上特有的清冽气息传来。梁蔚一瞬间有些恍惚，手上倏然脱力，横幅的一角落到了地上，轻飘飘的，毫无声响。

她刚要蹲下去捡横幅，旁边伸来一只手臂，手腕上的黑色运动手表擦过她的手，梁蔚恍了神。就在她短暂恍惚的间隙里，男生修长的手指已经捡起了横幅，陈鹤森也没松手将横幅递还给她的意思，反问道："我来拿着？"

梁蔚抿着唇点了点头，心脏跳动得厉害，似有人在耳边擂鼓，一声比一声重。

哨声一吹，红色的旗子一挥，赛道上的女生瞬时全都冲了出去。

梁蔚眼前是晃过的人影，耳边是雷鸣般的加油声，声嘶力竭。

宋杭杭一直很稳，没有一开始就冲刺，而是保持着自己的速度。两圈下来后，一开始跑在前头的女生很明显慢了下来，宋杭杭逐渐提速，渐渐超过身边的对手。

红色跑道旁边的呐喊声越来越大，所有人的心都提了起来，就连梁蔚也是。她看着宋杭杭冲破红色的彩带，第一个到达终点时，眼眶莫名湿热。

12班学生的欢呼声霎时响起。

梁蔚伸手去扶宋杭杭，站在终点的老师说了一句："先扶着慢慢走一会儿，别急着坐下休息。"有男生递来一瓶刚打开的矿泉水，宋杭杭停了下来，喝了大半瓶水，这才有力气抱怨："累死我了，下次运动会我不跑了。"

"哎呀，你已经很强啦，"李橙说，"要是梁蔚去跑，估计一圈就不行了。"

宋杭杭："那是她瘦，你没看见梁蔚肺活量测试一直不太高吗？"

梁蔚："……"

宋杭杭走了一会儿，就喊腿酸。两个人扶着她回到班级大本营，梁蔚给她按了按小腿，宋杭杭倒有些不好意思："哎，可以啦，梁蔚，你真好，我要和你做一辈子的好姐妹。"

　　三天的运动会很快就结束了，12班这次参赛的同学取得的成绩都不错。周五中午那天，黎波提前得到消息，他们班级有望拿奖。黎波难得在群里发言，让班长王彤敲定饭店，晚上组织同学聚餐，超出班费的部分，找他报销。

　　他这话一出，群里瞬间热闹起来。

　　"爱你，波哥。"

　　"天哪，我上辈子是做了什么大善事，才碰上这么一个惊天地泣鬼神的好班主任？"

　　"别的班的人估计要羡慕哭了。"

　　"我已经哭了，咬手绢。"

　　黎波："你们这是打算集体恶心我，让我吃不下晚饭？我就不去了，我去了你们也玩不开，不过吃完早点儿回去，注意安全。"

　　"波哥英明，波哥威武。"

　　"波哥简直就是贴心！"

　　李橙也跟风发了一条消息，乐不可支道："我们班的男生可真贫。"

　　梁蔚也在看群消息，但没有加入聊天。

　　一分钟后，群里又有了动静，有人@陈鹤森："儿子不出来夸老子几句？"

　　过了一会儿，陈鹤森发了一个竖大拇指的表情。

　　"这儿子太敷衍了。"

　　"就是，就是……"

　　陈鹤森："@常兴宇，找抽啊？"

　　"波哥，你儿子要打人。"

　　梁蔚看了两眼，陈鹤森发完那两句话后，就没再在群里说过话。

　　王彤做事向来讲究效率，下午三点就已经定好了吃饭的地方，是一家小饭店。王彤在班级群里发了地址，七点集合，让不方便来的同学私聊她。大家基本都是要去的，毕竟明天是周末，也都没什么重要的事。

运动会闭幕式是四点多结束的，12班拿了个年级二等奖。王彤回家之前先回了趟班级教室，把刚领的奖状贴在教室后头。其他的同学则各自回家洗漱，等着七点聚餐。

梁蔚也回家洗了个澡，换了身干净的衣服。周珍喊她吃晚饭，梁蔚从卧室出来："今晚班级聚餐，我不在家吃了。"

周珍问："几点啊？"

梁蔚说："七点。"

周珍说："那不是还早？你先吃点儿垫垫肚子。"

梁蔚只好坐在餐桌前，一边吃饺子，一边低头刷手机。

周珍见她这样，笑着说："行吧，你要出门就出去吧，我看你这样等会儿别把饺子吃到鼻孔里了。"

听到周珍这样说，梁蔚立即放下筷子："妈，那我先走了。"

"早点儿回来，别玩太晚了。"

梁蔚坐在玄关处换鞋，敷衍道："知道了。"

她刚走出家门，手机里进来一通宋杭杭的电话，问她到哪里了。梁蔚去乘坐电梯："我刚出门，估计要一会儿。"

宋杭杭说："那你快点儿来呀，我一个人坐着好无聊哦。"

"好，估计要半个小时。"

"嗯。"

等梁蔚到地方的时候，饭店门口的台阶上已经站着他们班的几个男生。其中一个男生拿着手机，梁蔚从他们身边走过时听到有男生问："陈鹤森怎么还没来？"

"他说可能来不了。"

梁蔚顿了下，他不来了吗？失落感骤然侵袭而来。她转头朝那群男生看去，又听到其中一个比较瘦的男生问："他说什么事没？"

"没问。"

"那等会儿去 KTV 他也不来了？"

"等会儿打电话问问呗。"

梁蔚进包间的时候，宋杭杭正坐在包间门口的椅子上低头看手机。

宋杭杭见她进来，眼睛一亮："你可算来了，我一个人除了在这里玩手机就不知道该做什么了，好无聊哦。"

梁蔚扫了一眼包间，除了宋杭杭，还有其他几个女同学在。梁蔚在宋杭杭旁边的空位上坐下："李橙还没来吗？"

"还没。"

梁蔚和宋杭杭坐着聊了一会儿天，一直到七点二十分，班级的人才陆陆续续来齐，除了陈鹤森。

梁蔚自然是和宋杭杭、李橙她们坐一桌，宋杭杭先盛了一碗海鲜汤："妈呀，可饿死我了，我啥都没吃，就等着这顿，早知道就先吃点儿东西垫垫肚子了。"

李橙低头喝了一口果汁："下次高三谢师宴，你就有经验了。"

"那还有一年多……不过也快了，明年我们就高三了。"宋杭杭忽然说，"你们高三毕业后最想做的一件事是什么？"

李橙看了一下周围，压低声音说："其实我想毕业的时候去一次酒吧。"

宋杭杭"哇"了一声："橙姐，看不出来你这么野呀！"

"还好吧，就是想体验一下是什么感觉呀。"李橙有点儿不好意思，又碰了碰梁蔚，"你呢？"

梁蔚压根儿没听两个人的对话，有点儿没跟上节奏："什么？"

"就是高考结束以后，你最想做的一件事是什么？"

两双眼睛齐齐地注视着她，梁蔚的思绪陷入空茫状态，沉默了好久，就在李橙和宋杭杭以为她会说出一个很特别的答案时，梁蔚却说："睡上一天一夜？"

宋杭杭有些失望："梁蔚同学，你这个答案太没新意了。"

李橙也附和道："就是，就是，我还以为你想这么久，怎么也得是跟人表白这么一个重量级的想法啊。"

梁蔚短暂地愣怔了一会儿，别开目光："我确实也没什么特别想做的事。"

其间，梁蔚和宋杭杭去了趟洗手间，梁蔚出来时，宋杭杭还没从隔间出来。于是梁蔚就先到门口等她，拿出手机打算给宋杭杭发条消息。

梁蔚抬了下头，对上李卫的视线："真巧。"

梁蔚点了点头，不知道该说什么。其实她和李卫压根儿就不熟悉，仅有的几次见面，似乎都是他主动搭话。

"李卫，舅舅叫你呢。"

熟悉的声音传来，梁蔚回头，发现李菀朝他们两个人走来，眼里闪过一丝意外之色："梁蔚，你怎么在这里？"

"我们班聚餐。"

李菀说："是不是在 302 那间包间？"

梁蔚点了点头，说："你呢，也是班级聚餐吗？"

"不是。"李菀脸上流露出几分烦意，"家里亲戚请吃饭，推都推不掉。"

这时宋杭杭从洗手间出来了："梁蔚，你看手机了吗？刚才班长在群里问我们上哪儿去了，他们已经吃完准备去 KTV 了，让我们赶紧过去呢。"

梁蔚和李菀简单说了句话，就同宋杭杭快速离开了。

李卫手插兜，看了一眼梁蔚离去的背影。李菀捕捉到了他的视线："提醒你一句，她有喜欢的人了。"

梁蔚和宋杭杭回到包间，里头的同学走了大半，李橙坐在原位上一边玩手机一边等她们。听到脚步声在门口响起，她起身说道："你们可算来了，赶紧走吧，大家都等着去 KTV 呢。"

三个人下楼，她们身后也是班里的女生。

"班长，陈鹤森不会唱歌都不来了吧？"

"哎哟，你这么希望学委来啊？"

"帅哥看看还不行啊？"

"刚才宇哥问了，陈鹤森说在坐车来的路上了。"

"那他吃饭怎么不来？"

"好像是他家里人安排的饭局，和医学界的某个教授吃饭。"

"我去，学委家里是不是很厉害啊？"

"好像是挺厉害的。"

只言片语传入耳中，梁蔚心中原本因为他没来而滋生的遗憾情绪渐渐消散。

听见后头的谈话声，李橙压低了声音，神秘兮兮道："其实我也挺希望学委等会儿能来的。"

一旁的宋杭杭像是找到了突破口："哼哼，那你对学委不是也有贼心，上次还说我？"

"什么啊，我是听赵南说学委唱歌很好听，等会儿不是要唱歌嘛，不知道有没有机会听到哦。"

宋杭杭好奇地问："真的很好听吗？"

"赵南不是跟他一个班的嘛，他在他们班的元旦聚会上唱过一次。当时1班的女生都炸了，都懊恼错失了良机，忘记录音了。"

"是不是优秀的人，什么都优秀啊？"宋杭杭不禁感叹了一句。

时间已经不算早了，王彤订的KTV就在对面，穿过一条马路就到，KTV显眼的霓虹灯招牌在夜色里闪烁。

走在前面的男生忽然回头问了一句："班长，哪间包间来着？"

"2039。"

"群里不是都发了嘛，还问？"

"我没看群啊。"

狭窄昏暗的长廊里都是他们班同学此起彼伏的谈话声，2039在二楼最里面的一间，包间里开着灯，黑色的大理石桌面上已经摆着几盘小食。

王彤订的包间算是这家店里最大的，但他们班超过半数的人来了，这间包间一下子显得有些逼仄，走动不开，还有些同学站在门口没进得来。

王彤正为难之际，常兴宇说："班长，对面那间也是我们的。"

王彤"啊"了一声："我只订了一间啊……"

"森哥订的，你组织一部分同学到另一间去吧。"

王彤讷讷地说道："这不太好吧？"

"没事，他说了他聚餐没到，这算是补偿了。"

两个包间一分摊，空间瞬间就宽敞了不少。梁蔚和李橙她们没去另一个包间，宋杭杭坐在沙发上玩着俄罗斯方块，说："不知道学委等会儿在哪一间？"

李橙握拳:"希望来我们这间。"

半个小时后陈鹤森才到,先过来打了声招呼,然后没停留,径直去了另外一个包间。原本对面那个包间大多数是男生,所以女生都不愿意过去,现在陈鹤森一来,情况就有些不一样了,这边包间里的几个女生坐不住,悄悄溜了出去。

宋杭杭一副神机妙算的表情:"她们肯定是去对面包间了……"

梁蔚下意识地看了一眼紧闭的房门,李橙说:"要不我们也过去看看?"

宋杭杭说:"算了,目的性太强。梁蔚,你要唱歌吗?"

梁蔚摇头。

宋杭杭跃跃欲试地说:"嘻嘻,我有点儿想唱,可我唱歌一般般。"

李橙说:"这有什么的?来 KTV 本来就是发泄心情的,又不是开个人演唱会的。你要唱哪首啊?我给你点,班长都敢唱了。"

班长王彤原本在和另外一个女生说话,闻言也没生气,掐着腰佯怒道:"李橙,不带人身攻击的。"

李橙嘻嘻一笑:"我错了,班长大人。"

李橙和宋杭杭跑到点歌台的椅子上坐下,开始挑歌。

梁蔚从外套口袋里拿出手机看了一眼,已经九点多了。她又看了一眼门外,内心挣扎了一会儿,起身出门。

长廊光线昏暗,对面的包间门没关紧,还留有一道门缝,动感十足的音乐声从里头传来,震颤着耳膜,梁蔚微微蹙眉。

这时原本只留着一道小缝隙的门,被里头的人拉开,梁蔚在那一瞬间越过常兴宇的肩膀看向他身后,然而包间里关着灯,唯有射灯灯光乱闪,压根儿就看不清谁是谁。

常兴宇没将门带上,下巴往里头示意了一下:"要进来吗?"

梁蔚收回了视线,佯装镇定地说:"你误会了,我要去洗手间。"

常兴宇说:"我还以为你也跟那些女生一样,冲着森哥来的。"

梁蔚淡淡地笑了笑,岔开话题:"你去哪儿?"

常兴宇说:"喏,陈鹤森让我去前台拿饮料。"

梁蔚闻言就看见了靠在吧台旁的陈鹤森。

常兴宇的眼神充满了疑问:"就这些,你拿不动?"

陈鹤森："你拿进去。"

常兴宇愣了一下："你不进去了啊？"

"接个电话，你先进去。"

常兴宇没强求。

梁蔚去了洗手间回来，经过吧台时没看到陈鹤森的身影，只听到柜台处的两个女店员在聊天，声音还挺大。

"现在的高中生长得怪好看的。"

"你是说刚才那个吧？确实长得不错。"

"你看就刚才那个男生，指不定他们班有多少女生偷偷喜欢他。"

"其实吧，我高中的时候也喜欢一个男生，那人长得还不如刚才这位帅哥。不过我那时候确实怂，都不敢跟人说话，现在还挺后悔的，要是那时候向他表白，不说能不能在一起，但毕竟也勇敢过一回啊……唉，不说了，不说了，都是逝去的青春啊。"

第四章

旧梦

　　梁蔚原本都走过去了，余光捕捉到楼梯口的男生的背影时，身体先于大脑做出反应，不自觉地停下脚步。她连片刻迟疑都没有，便折返朝楼道走去。

　　吧台正对面就是楼梯口，男生的身影在泛黄的墙面上投下一团扭曲放大的光影，像个巨人。他今天穿了件白色的薄款卫衣，原本气质就干净，穿了白色的衣服更甚。陈鹤森举着手机贴在耳边，微微低着头，另一只手则轻轻敲击着锈迹斑驳的栏杆："班级聚餐，行，知道了。"

　　梁蔚盯了那个身影良久，直到眼前的人的身影渐趋模糊。她想起吧台后那两个小姐姐说的一番话，内心开始犹豫，自己要勇敢一回吗？

　　那一句"不说能不能在一起，但毕竟也勇敢过一回"，就像无意间掷落在她的心田里的猩红烟头，点燃了那条长长的红色引线，眼看就要烧到顶了。

　　好像有什么东西重重地压迫着胸肺，梁蔚忽然有些呼吸不过来，张了张唇："陈——"

　　陈鹤森把手机揣入兜里，回头时意外撞上梁蔚的视线。他愣怔了两秒，眼里闪过一丝惊诧之色："梁蔚，有事？"

　　梁蔚看着陈鹤森的脸，突然就说不出话来了。

　　陈鹤森皱眉又唤了她一声："梁蔚？"

过了许久，梁蔚才找回自己的声音，讪笑道："没事，我准备回去了。"

陈鹤森扬了扬眉梢："这么早，不多玩一会儿？"

梁蔚答道："我妈来接我了。"

梁蔚快步从男生身旁走过，连下了几级台阶，脚步顿住了，突然出声叫住他。

陈鹤森回头，灰色的影子投在阶梯上，与她的脚尖只隔了一层台阶，看着在咫尺之间，仿佛伸手就可以触到，其实远在天边。

梁蔚手指抠紧手机，轻声说："你能帮我和班长说一声我先走了吗？"

陈鹤森敏锐地察觉她的情绪变化，微微眯着眼睛，盯着她看了两秒，然后点了点头说："好。"

"谢谢。"

梁蔚转身快速下了楼，走出大厅，呼吸间尽是清冷的空气。她慢慢蹲下身，看着脚边的那团影子，眼眶渐渐潮热。梁蔚深吸了一口气，将那些酸涩情绪强压了下去。

她在十字路口等绿灯时，手机收到了宋杭杭的 QQ 信息，问她去哪儿了。梁蔚没有回复，直到上了公交车，找到一个空位坐下，才收拾好情绪，给宋杭杭回了条信息。

梁蔚："我回家了，你帮我和李橙说一声。"

宋杭杭："啊，你怎么突然就走了呀？"

梁蔚："我妈打电话催我了，所以我就先走了。不好意思啊。"

宋杭杭："没事啦，那你注意安全哦。"

梁蔚将手机重新放回外套口袋里，扭头看向窗外。玻璃窗上映出一张脸，神色黯淡，像失去了光彩。她朝玻璃窗里的自己挤了个笑容，却发现笑容比哭还难看。

梁蔚到家之后，QQ 消息提示音一直响。

她没什么心情去查看，拿了衣服去浴室洗澡，洗完出来，已经快十点。手机上有一通未接来电，是宋杭杭打来的。

梁蔚怕宋杭杭有急事，回拨电话，等了几秒，电话才被接通。

"哎，梁蔚，你怎么现在才接电话啊？"

"我刚才去洗澡了，没听见，怎么啦？"

宋杭杭语气中带着满满的遗憾之意："唉，你走得太早了！李橙诚不欺我，学委唱歌真的很好听！妈呀，我的耳朵都要怀孕了……啊，想想都激动。"

梁蔚目光微闪："是吗？"

"是啊，真的很好听。嘿嘿，不过我录音啦，已经在 QQ 上发给你了哦，记得查收。"宋杭杭说，"哎呀，我也要去洗澡了，先这样了。"

"好。"

梁蔚的卧室的窗户正对着马路，夜里她总能听到汽车驶过的声音。今晚却一反常态，车子似乎比以往少了很多。

这通电话之后，梁蔚困意尽消，睁着眼睛看着天花板。过了一会儿，她伸手从枕头底下拿出手机和耳机，将耳机塞入耳朵。手机屏幕的光照亮了她的脸孔，梁蔚犹豫了两秒，手指轻触播放键。背景音有些嘈杂，是常兴宇的高声提醒："想要录音的同学，赶紧准备啊。"

然后男生隐隐带笑的声音响起："别录音啊，各位，卖我个面子，要是唱得不怎么样，传出去不是丢我们班的脸面？"

李橙："学委，你这话就客气了，你这张脸就是我们班的门面啊。"

"就是，就是。"

又是一阵应和声响起，直到前奏缓缓响起，包间里的人才不约而同地安静了下来。

"总是梦见云层之上飞过子午线，分不清是黑夜还是白天，带着装不下的期待匆匆地赶来，我再想一遍，想一遍。我们寻找着在这条路的中间，我们迷失着在这条路的两端，每当黄昏阳光把所有都渲染，你看那金黄多耀眼……"

男生的声音富有磁性，温柔疏懒，没什么技巧，仅仅靠着感情娓娓唱来，似乎能让人疲倦的心情得到片刻抚慰。

梁蔚一瞬间产生了空间错乱感，好像她就身在那间包间里，听着他唱这首歌。

陈鹤森并没把这首歌完整地唱完，只唱了一小段。

音频播完后便自动停了下来，寂静长夜里，马路上不再有汽车来往的嘈杂声，周围静得落针可闻。梁蔚清楚地听见了她胸腔里失序的心跳声，一声响过一声。她紧闭着嘴唇，手指再次触碰屏幕，男生熟悉的声音再一次响起。

梁蔚昨晚睡得晚，第二天还是被周珍的敲门声吵醒的。她睁开眼，第一时间就去看手机，按了下侧边的按键，手机毫无反应，估计昨晚是电量消耗光自动关机的。

周珍推门进来："还没醒啊，昨晚很晚睡？"

梁蔚裹着被子坐了起来："这就起了。"

周珍催促："洗漱一下出来吃饭，我今天买了你爱吃的小笼包。"

"好。"

梁蔚洗漱完出去，周珍正坐在餐桌前，边剥着茶叶蛋边说："下周一我准备去南边看你爸爸几天，你一个人敢住家里吗？要是不敢，我把你姥姥接来，让她陪你住两天。"

梁蔚低头喝了一口豆浆："会不会太麻烦姥姥了？我还是自己住吧。"

周珍说："也行。不过你晚上睡觉前记得关好门窗，我和对面的林阿姨也说一声，让她稍微注意一下。"

梁蔚嘴里"嗯"了一声。

周珍又开始自言自语："这小区的安保情况也挺好的，应该没问题。"

梁蔚笑了："妈，你别瞎担心了，我这么大的人，一个人住没问题的。"

虽然梁蔚和周珍说好自己一个人住，但姥姥得知周珍要去南边一周怎么也不放心，直接收拾了几件衣服坐车来市区，打算陪梁蔚住几天。

周珍开门时吓了一跳："妈，你怎么突然就来了，也不给我打个电话？"

"你去南边几天，我外孙女一个人在家，我哪里放心？这几天我就在这里陪蔚蔚，顺便给我外孙女做好吃的。"

周珍接过老人手里的行李，将老人让了进来，忍不住说："那你也该给我打个电话啊。"

姥姥说："给你打电话，你又得开车去接我。蔚蔚呢？"

"在屋里看书呢。"

梁蔚塞着耳机在做英语听力，刚做完一道大题。她摘下耳机的同时，房间的门也被打开了。梁蔚循声望去，眼睛一亮："姥姥，你怎么来了？"

姥姥"哟"了一声，语气里满是宠溺之意："姥姥来看我的外孙女呀。"

周珍拿着水杯，出现在姥姥身后："你姥姥放心不下，打算来陪你住几天。妈，来客厅坐吧。"

梁蔚跟着出去，周珍把水杯递给老人家："你来这里住，那爸爸一个人在家，你放心啊？"

"你爸那么大的人了，哪里需要我操心？你去南边看国栋顺便多住两天，别急着回来。"姥姥看了一眼梁蔚，"我啊，就在这里照顾蔚蔚，我看她最近是不是又瘦了？"

周珍笑着说："哪里瘦了？她就这样，一日三餐都吃，就是这东西不知道都吃到哪里去了，一点儿肉都不见长。"

姥姥说："估计是脾胃不好，改天找个老中医看看。"

梁蔚其实挺希望姥姥来的，不过就是坐车来市区要两个小时，姥姥又有晕车的毛病，她不想让老人家多折腾。

姥姥坐在沙发上，笑眯眯地问："蔚蔚啊，明天想吃什么？姥姥给你做。"

梁蔚说："姥姥，你做的菜都好吃，我都想吃。"

姥姥摸了摸梁蔚的肩头："还是我的外孙女乖。"

周一早上，梁蔚经过别的班级教室门口时，还听到走廊里有人拿手机外放这首歌。

"好想和唱歌好听的男生谈恋爱哦……"

"这歌我打算一直听到高三。"

"虽然确实好听，但也不至于这么夸张吧？"

"哎呀，不是啦，就是这首歌的歌词总给人一种曙光就在前方的感觉，我觉得蛮适合用来激励自己的。"

梁蔚凝神回想了一下歌词，几乎瞬间歌词就在脑海中浮现。

"我们寻找着在这条路的中间，我们迷失着在这条路的两端，每当黄昏阳光把所有都渲染，你看那金黄多耀眼。"

——这确实很适合眼下的他们。

梁蔚回到班级教室，班长王彤今天来得格外早，一见她从后门进来便高声说："梁蔚，你周五晚上怎么那么早就走了啊？"

梁蔚抿着嘴笑了笑："临时有点儿事就先走了，不好意思啊。"

王彤拆开一块小饼干："没事啊，陈鹤森和我提过你要先走的事了，说是你让他和我说一声的。"

"嗯。"

"不过陈鹤森来和我说你先走的事，我还诧异了一下，"王彤接着说，"我看你们两个在班级里也没怎么聊过天啊。"

"我去洗手间回来，刚好碰到他了——"梁蔚停了一下，不着痕迹地说道，"学委在吧台，我就让学委帮忙代我和你们说一声。"

"你那天还是走早了，"王彤咬着吸管，语气颇为惋惜，"陈鹤森那晚唱歌了。"

"杭杭和我说过了。"

王彤说："那你听过那个音频吗？"

梁蔚的眼眸中闪过一丝惊惶之色，她顿了一下，犹豫着点了点头。

"好听吧？"王彤说，"其实音频还是没有现场效果好啦。下次陈鹤森唱歌，大概就是高三的谢师宴了。"

高三，大概高三过后，他们就各奔东西，再无交集了吧。

陈鹤森那天来得晚，一进教室就有男生调侃他："森哥，什么时候再表演一次？"

陈鹤森手插在裤兜里，懒洋洋地问："表演什么？"

"再唱一首歌啊！你那晚唱的《日落大道》，我估计得在雁南一中流传好几年，"男生继续撺掇，"要不改天咱们私下抽个时间再聚一次？"

"没空。"陈鹤森说。

"我这都没说什么时间呢，你就说没空。"男生不死心，"你还能再敷衍点儿吗？森哥。"

陈鹤森扬了扬眉梢："你都看出我敷衍了还问？"

男生无奈："我去，还有没有同学情了？"

梁蔚挺直脊背，注意着他和身后的男生的对话。大多数是别的男生在讲，他偶尔淡淡地回应几句，但又不让人觉得疏离淡漠。

不知道那晚她的反常状态，他有没有看出什么。梁蔚如今回想，忽然有点儿庆幸那一刻的怯弱，没有把那些话过早地诉之于口，不然她都不知道在接下来的高中生活中该怎么面对他。

她和赵雯是不同的，赵雯表白失败后，还能如常地和陈鹤森说笑，她不能。

而陈鹤森呢？他其实比班里的大多数男生早熟，优渥的家庭条件滋养得他行事作风比别的男生更成熟，但又不会给人一种圆滑的观感。

班级的男生拥戴他的同时，其实也暗羡他无法复制的人生。人总是趋向于靠近自己无法拥有的东西，但这些拥戴并非只明面上虚假地应和，也是心里实打实地认可。

他其实是一个很好很好的人，可是不属于她。

这几天晚自习一下课，梁蔚不敢在校外多停留，每次都是直接坐公交车回家。姥姥在家里住的这几天，总是要等她到了才会放心地回房间入睡。

周一那天的晚自习下课，梁蔚和宋杭杭在校门口吃夜宵也就耽搁了一会儿，回到家已经快十点了。

她推开门，就见姥姥躺在客厅的沙发上，电视开着，声音有点儿大。

姥姥姿势别扭地半坐半靠在沙发上，耷拉着脑袋睡着了，连她进门的动静都没听见。直到梁蔚轻轻拍了拍姥姥的肩膀，姥姥倏地惊醒，整个身体不可控制地颤抖了一下，才慢慢睁开眼睛："哎，蔚蔚，你下课啦……"

老人晚睡，有些熬不住，浑浊的眼中显出些许疲态。梁蔚有些心疼："姥姥，你可以先去睡的，我有家里的钥匙，你不用特意等着我。"

"那怎么行？你没回来，姥姥哪里睡得着？"姥姥"哎"了一声，按着沙发扶手坐起来，"饿不饿，给你下点儿水饺吃？"

"我吃过了，你快进去睡觉吧。"

周珍在南边待了一周，回来的那天是周五。

梁蔚在课间时就收到了小姨的一条短信，小姨等一下会来校门口接她回去。梁蔚微微蹙眉，心里顿时有不好的预感。

小姨不在雁南市工作，而是在旁边的抚市，不仅突然回来了，而且还要来校门口接她，梁蔚控制不住地猜测着原因，因此一整节课都有些不在状态，其间被老师点名回答问题，还差点儿答不上来。

好在她学习成绩好，老师对她印象不错，并没有说什么重话，只是让她上课注意听讲。

梁蔚点了点头坐下。

李橙捅了捅她的胳膊肘："你怎么啦？"

梁蔚苦笑了一下："没事。"

好不容易挨到下课铃响，梁蔚收拾好书包，第一个冲出教室。

小姨是开车来的，车就停在学校旁边的马路上。梁蔚走出校门，小姨按了一下喇叭，声音短促却足够吸引人的目光。梁蔚下意识地看去，就见小姨坐在驾驶座上，隔着前风挡玻璃朝她挥了挥手。

梁蔚打开副驾驶座的车门："小姨，你今天怎么突然来接我了？是我妈妈怎么了吗？"

周晓蕾脸色凝重："你先系好安全带。"

梁蔚系好了安全带，周晓蕾没急于把车开走："你妈回来的时候，骑电动车出去买东西出了车祸，小腿骨折需要住院几天，中午刚做完手术。"

梁蔚愣怔了两秒，问："那我妈现在怎么样了？"

"手术顺利，没什么大问题。"周晓蕾又问，"你是想先回家，还是直接去医院？"

梁蔚脱口而出道："去医院吧。"

周晓蕾点点头，打转方向盘，车子驶离学校。

梁蔚一路上心神不宁，周晓蕾放在中控台上的手机又响了起来。她在开车不方便接电话，示意梁蔚帮忙接一下。

梁蔚伸手将手机拿了过来，按了接听键，是姥姥打来的电话。梁蔚还未出声，就听到姥姥说："晓蕾啊，你接到蔚蔚了没？"

梁蔚咬了咬唇："姥姥，是我，小姨在开车。"

姥姥说："哦，蔚蔚啊，放学还没吃晚饭吧？让你小姨先带你去买点儿吃的东西再来医院。你妈妈没什么大问题，你别担心啊，孩子，那姥姥先挂电话了。"

梁蔚克制着情绪，轻轻地"嗯"了一声。

放学的点刚好是下班高峰期，路上车子开开停停，耽误了许久。周晓蕾把车子停在医院的露天停车场上，两个人先后下了车。

周晓蕾问："饿不饿，要不先吃点儿东西再上去？"

梁蔚摇头，如实说："小姨，我现在吃不下。"

周晓蕾摸了摸她的脑袋，张了张嘴想说些什么，最终叹了一口气："上去吧。"

周珍住的病房是三人间，这会儿正是饭点，病房里除了病人还有看护的家属，显得有些拥挤。但即便这么多人，病房里还是很安静。

周珍的状态比梁蔚想象中的好一点儿，周珍见孩子来了，第一句话就问她吃晚饭了没。

梁蔚说自己不饿，周珍勉强地笑了笑："怎么会不饿？让你小姨带你去楼下吃点儿东西。"

"妈，我等会儿回去了再吃。"

梁蔚没待太久，周珍就让小姨送她和姥姥先回家了。周晓蕾带着两个人下楼以后，径直去医院对面的面馆点了三碗牛肉面。

梁蔚没什么胃口，但不想让大人担心，还是将一碗面都给吃完了。

周晓蕾放下筷子："吃饱了没？要不要再点一份酱牛肉？"

梁蔚摇头说："我饱了。"

周晓蕾去结账。

在车上时，梁蔚问了一句："小姨，我妈出车祸，我爸知道吗？"

周晓蕾脸上的神情僵住，她偏了一下头："说过了，你妈进手术室之前，我就给你爸打过电话了。"

"那他不回来吗？"

"你爸这两天在出差，走不开。"

梁蔚蹙眉想说些什么，就听到旁边的姥姥叹了一声气。

回到房间，梁蔚拿出手机给梁国栋拨了一通电话。梁国栋去淮市的这一年多，这算是梁蔚第一次主动给他打电话。

梁蔚不清楚别的家庭里父女相处的模式是什么样的，但她和梁国栋的相处方式实在有点儿畸形。若没必要，她几乎不会主动和他说话。在梁国栋喝醉了动手以后，她曾经不止一次想象过如果她的父亲不是梁国栋，那会怎么样？

梁蔚记忆里最深的一次，是在她初中的时候，梁国栋和周珍吵架，拧着周珍的头就往电视屏幕上撞。电视屏幕受不住外力的撞击呈蜘蛛网状碎裂开，仿佛能把人吞噬进无尽的黑暗里。

电话那端是忙音，过了几秒，电话主动被挂断。梁蔚再打电话过去时，传来的是手机已关机的机械提示音。

梁蔚没再继续打电话，面无表情地将手机扔到抽屉里。这时门口传来敲门声，她走去开门。

周晓蕾说："我今晚在医院照顾你妈，你就和姥姥待在家里。"

梁蔚张嘴："小姨，要不我也和你一起去医院吧。"

"你就别去了，医院不是休息的地方。"周晓蕾说，"那种硬板床你也睡不惯的，你和姥姥在家里休息，明天我再来接你去医院。"

梁蔚点了点头说："小姨，那你开车小心。"

周晓蕾摸了一下她的脑袋："别担心小姨了，早点儿睡。"

周晓蕾开车到医院的时候已经快十点了，其他病床的病人都拉着帘子睡着了，只有周珍的床上还透出微弱的灯光。

周晓蕾走近，瞥见她手机屏幕上的备注名，气就不打一处来，直接抢过手机扔到床头柜上："你刚做完手术，好好休息。"

周珍问："蔚蔚没发现什么吧？"

"你还想瞒她多久？蔚蔚心思敏感。"周晓蕾没好气，"刚才在车上她就问了梁国栋那个死人知不知道你出车祸的事。"

周珍强撑了一天的镇定表情顷刻间土崩瓦解，她肩膀抽动，双手掩面，压抑着哭腔说："晓蕾，你说他怎么能这么对我呢？怎么能这样？他是不是没有心？蔚蔚也是他的女儿啊。"

周珍这次去南边看望梁国栋，到了住处拿钥匙准备开门，却怎么都打不开。她还当是门坏了，后来住在对面的那户男人出来倒垃圾，嘴里叼着烟，问她找谁。

周珍说："我找住在这户里的人。"

"早搬了。"

周珍蒙了："搬了？"

"是啊，不过你是那人的谁啊？"

"我是他老婆。"

男人显然也怔了怔，疑惑地问："他老婆？那天那女的和一个三岁的男孩是他的什么人？"

周珍手里提的东西"咚"地砸落在地上，她转头问："三岁的男孩？"

"是啊，大姐，我还以为他们是一家子，那男孩还喊他爸——"男人明显看出周珍的神情变化，讪讪地停下了话头。

"他什么时候搬的？"

"也就两个月前的事。"

周珍眼睛无神，喃喃自语："两个月前……两个月前……"

周晓蕾看着自己的姐姐，一时情绪复杂，也不知道该说些什么话来安慰对方。她坐在床边，伸手搂过周珍："我已经托我朋友帮忙打听了，你现在也别着急，先把自己的身体调养好。"

周珍压抑着痛哭的声音："这可怎么办？蔚蔚还在读书，他怎么能这么对我和蔚蔚？"

周晓蕾眼眶通红，吸了吸鼻子："一切还有我呢。"

隔着一片薄薄的遮光帘，有人安稳入睡，有人在深夜里压抑地痛哭。

对有些人来说，这注定是个不平静的难熬之夜。

周末两天，梁蔚白天都待在医院里，就连卷子也拿来病房里做。病房实在算不上适合学习的地方，病人家属及医护人员往来，总会闹出那么一点儿声音，但对梁蔚影响还好，她做卷子对环境没什么苛求。

她刚做完一套物理卷子，放下笔时手机突然振动了一下。她一边拿出手机，一边听周珍说："和同学去商场逛逛吧，周末两天别老待在这里。"

信息是姚知伽发来的，对方问她要不要出去玩，说邬胡林请看电影。

梁蔚笑了笑："他是请你，我就不去凑这个热闹了。"

姚知伽回了个捂脸的表情。

梁蔚回完信息，抬起头说："我不想出去玩，就想在这里陪着你，做做卷子也挺好的。"

邻床的阿姨说："哎，你女儿还真乖，不像我家那个，成绩一塌糊涂不说，还背着我谈起朋友来。"

周珍望着梁蔚，眼中充满欣慰之色："她是乖，什么事都不用我操心，我这个当妈的还拖她的后腿了。"

阿姨问："哪个学校的？"

周珍答："雁南一中。"

阿姨看了一眼梁蔚："这学校很好啊，小姑娘成绩挺好的吧，年级排名多少？"

梁蔚抿了抿嘴："前五名。"

"真厉害啊，我那女儿要是有你女儿一半乖，我就谢谢菩萨了。"阿姨对着周珍说，"你老公呢，怎么这两天没见他来？"

周珍脸上的笑容淡了点儿："他在出差呢，走不开。"

"这男人啊，关键时候就是靠不住。你说都劝女人要结婚，不然老了孤独，可是嫁给这样的人又有什么用？我家那个也一样，我们女人命苦哟。"

周珍勉强笑了笑，垂着眼皮拿起杯子喝水。

过了一会儿，梁蔚去楼下的便利店买水，手机又响了起来。梁蔚没急着进病房，而是在走廊墙边的椅子上坐了下来。

姚知伽："蔚宝，你还记得上回我们去看电影，你还问我认不认识陈鹤森那个没来的朋友吗？"

梁蔚的眼皮跳了跳。

梁蔚："记得，怎么了？"

姚知伽："呜呜呜……是个大美女，长得好好看。妈呀，她也好会打扮，我瞬间觉得我土得掉渣了。"

姚知伽："救命！而且我觉得她和陈鹤森关系不一般，女人诡异的第六感，你懂的。"

姚知伽："我问了邬哥，他说那个桃子，就是那个女生，演过戏，也是雁南一中的，不过在老校区读高一。她中考结束后被某导演看中去拍电影，休学了一年，不然就和我们同届了。难怪她这么会打扮，我心里平衡了些。她还有个微博，不过基本上是她妈妈在打理，微博昵称是她的名字，叫什么陶遥同学。"

QQ 信息接连响起，梁蔚的手心被振得发麻，她茫然地盯着手机，一瞬间失去了思考的能力，眼前是一阵阵令人发晕的白光。

她坐在窗户底下的长椅上，临近四月底的阳光落在手指上有淡淡的灼热感，好像在炙烤着那块皮肤，使其渐渐发热发烫。灼热感从指尖传达到心尖上，心脏好像被一根无形的绳子束缚着，不断地拉紧，直至让她喘不过气来。

空旷的走廊里的穿堂风似乎一瞬间也停止了。

六点半，周晓蕾照旧开车送她和姥姥回家，顺便洗个澡换身衣服再去医院陪护。小姨洗完澡，来敲梁蔚的房门，喊她去洗澡。

梁蔚应了一声，周晓蕾看了一眼她的脸色，皱眉："是不是哪里不舒服，怎么脸色这么难看？"

梁蔚不想让小姨担心，扯起嘴角笑了笑："没事，我洗个澡就好了。"

"那你赶紧去洗个澡，洗完换下的衣服顺便让姥姥一起洗了。"

梁蔚打开衣柜，拿了衣服走进浴室。她开了花洒，热水浇在身上，外头传来说话声。虽然不是太清晰，但梁蔚还是敏感地捕捉到了几个字眼，稍微调小了出水量。

"这两天还是没接电话？"

"没呢，关机好几天了，我去找了梁家那二老，他们都说不知道。他们哪里是不知道？我就不信梁国栋在外面有私生子这事，他们会不

116

知道！当初梁蔚出生，她爷爷奶奶那副嘴脸，我至今还记得。"

"作孽哟，这都是什么事？"

"行了，我走了，你别在蔚蔚面前抹眼泪，省得她看出了什么，那孩子心思细。"

"唉，我知道，你开车慢点儿。"

接着就是开门、关门的声音响起。

——私生子？

浴室里热气蒸腾，梁蔚却觉得手脚冰凉，仿佛坠入一个冰冷的深渊，脑袋嗡嗡作响。她怔怔地伸手去拿花洒，手指触到出水管，被烫得猛地缩回了手。

梁蔚看着被烫红的手指，视线渐趋模糊。她慢慢地蹲下身子，抱住了自己，像是有什么东西哽住了喉咙，吞不下去也吐不出来，良久后，眼泪才无声无息地大滴大滴砸落在瓷砖上，混着热水流进下水道。

姥姥在阳台上洗衣服，洗完见浴室里一直没声音，不放心地走过来敲了两下门："蔚蔚，洗好了吗？"

梁蔚打开花洒，吸了吸鼻子，按捺着情绪说道："唉，快洗好了。"

姥姥："别洗太久了。"

"知道了。"

梁蔚洗完澡出来，把脏衣服拿到阳台上，姥姥多看了她两眼："怎么眼睛红红的？"

梁蔚若无其事地说道："我刚才洗头发，泡沫不小心弄到眼睛里了。"

姥姥慈爱地看着她："哎哟，这么大的人了洗澡还这样，现在呢？"

"我拿纸巾擦了，现在没事。"

姥姥说："你先去休息，姥姥把这些衣服洗了。"

回到房间，梁蔚拿出手机给梁国栋打电话，那边依旧是关机声。梁蔚近乎麻木地打了十几通电话，直至手机电量耗尽，自动关机。

她似乎才觉得疲倦，可躺在床上又一点儿睡意都没有。她起身抱着枕头，推开周珍的房门。

姥姥还未入睡："怎么了，蔚蔚？"

"姥姥，我能和你一起睡吗？"

"哎，快上来，怎么连双拖鞋也没穿？"

梁蔚钻进被窝，抬手抱住老人家的腰，鼻息间尽是老人身上温暖的气息，这一晚上波动的情绪似乎才得到一丝安抚。

姥姥拍了拍她的手背："是不敢睡吗？"

这句话险些又让她流泪，梁蔚吸了吸鼻子，把所有情绪都压了下去，轻轻"嗯"了一声。

"胆子还这么小呢？"姥姥笑着说，"你还记不记得你小时候来姥姥家，那会儿姥姥出门，你和隔壁的弟弟在家里玩，电话铃响了，你也不敢接？"

梁蔚轻声问："是吗？"

姥姥笑着回应："可不是？"

过了许久，梁蔚低声问："姥姥，我爸怎么还没来看我妈？"

老人家叹了口气，良久才说："在忙吧，你小姨不是说了嘛，他在出差，忙完了应该就回来了。时间不早了，快睡吧。"

梁蔚点点头，眼角有潮热感。在眼泪快要溢出的那一刻，她紧闭着嘴唇，咬紧了牙关，硬生生地将那些汹涌而来的情绪尽数吞咽了下去。

五月下旬，化学竞赛的结果出来了。

雁南一中一等奖的名额有两个，梁蔚占了一个，另一个是 11 班的女生。校门口的宣传栏上当天下午就贴上了化学竞赛得奖学生的风采海报，海报上附带着几个人的一寸证件照。

梁蔚的那张证件照是高一时照的。那会儿还是初秋，她穿着学校的蓝白色校服，长发扎成一把，两侧的额角飘着几缕碎发，原本就巴掌大小的脸蛋，在刘海的修饰下显得更小，肤色白皙，嘴唇有点儿红。

梁蔚对这个结果早有预料，所以也算不上太惊喜。她当初参加化学竞赛，也不过是为了让陈鹤森看见自己，但现在看来，这似乎没什么意义了。

上体育课的时候，李橙经过宣传栏，停了下来："梁蔚，你这张证件照要是发到网上，那肯定是妥妥的校园文女主角的原型。"

宋杭杭也说："真的，好好看哦，你不拍一张吗？"

梁蔚瞥了一眼："不拍了，这张证件照的原件我还有。"

"你好没仪式感呀。"宋杭杭一边嫌弃地说，一边拿出手机拍了一张照片，"你不拍，我拍，哎呀妈呀，是真好看。"

李橙说："记得传给我。"

好看吗？她会比陈鹤森喜欢的那个女生好看吗？脑子里闪过这个念头时，梁蔚愣了一下，摇摇头赶走这个想法："我要去便利店买水，你们要吗？我帮你们带。"

宋杭杭说："好啊，好啊，帮我带瓶可乐。"

梁蔚点了点头。

李橙说："我陪你去吧。"

便利店在老教学楼旁边，李橙敏感地看了梁蔚一眼："我怎么觉得你心情不是很好？"

梁蔚牵起嘴角："没有啊。"

李橙又多瞄了梁蔚几眼，说："算了，你不说我也不多问了。"

便利店门口站着几个男生，邬胡林看见梁蔚过来，扬声道："一等奖得主来了。"

梁蔚抿了一下嘴角，嘴角的笑容还未退去，就看到从货架后走出来的陈鹤森。男生刚打完球，身上有薄薄的汗意，穿着白色的短袖，手上拎着一瓶水，斜眼看过来，抬了抬眉梢："恭喜。"

梁蔚眼底起了波澜，但很快又平息下去，她佯作镇定地应道："谢谢。"

她从他身侧走过，手背无意间碰到他手上的矿泉水瓶，瓶身上的水珠微凉。直到他整个人走进货架间，梁蔚才低下头，拿手指拭干手背上的水珠。

他还没走，门口还有男生的说话声。

邬胡林调侃薛骁："骁哥这次不行啊，就拿了个二等奖。"

"没办法，谁让我们这届的女生厉害呢？"薛骁为男生挽尊，"要是陈鹤森参加竞赛的话，怎么也能拿个一等奖。"

男生轻飘飘地说道："我去也悬。"

薛骁说："怎么，你觉得你会输给梁蔚？"

"她挺厉害的。"

邬胡林说:"就是,就是,你别歧视女同学啊。"

薛骁说:"我这哪是歧视女同学?……算了,不说了,说得多错得也多。不过你们班的梁蔚是真厉害,她上次月考不是年级第二?第一、二名都在你们12班,能不能给11班留点儿活路?"

邬胡林说:"薛哥,这次期末加把力,别被我给压下面。"

薛骁不服了:"谁压谁?"

李橙听到外面的谈话:"人人都说女生学不好理科,你和盛月算是为我们女生争了一回面子。"

盛月是另一个获得竞赛一等奖的同学。

梁蔚敛了心思,从货架里拿了瓶可乐:"你想喝什么?我请你和杭杭。"

李橙也没客气,挑了瓶椰奶:"这个,谢谢喽。"

"不客气。"

出院后没几天,周珍找了份超市的工作。

周珍换了新工作后,梁蔚晚自习下课回到家时,周珍还未到家,至于梁国栋的电话依旧拨不通。

周珍有意瞒着她,梁蔚也就装不知道,把心思放在学业上。只是她有时候会走神,想梁国栋,想姚知伽口中的那个陶遥。

有一次夜里失眠,她鬼使神差地下载了微博,在搜索框里输入"陶"这个字,剩下一个"遥"字却迟迟无法输入。

她觉得这两个字就像潘多拉的盒子,一旦打开,那个人就会变得具象化。她怕那人太优秀,又怕不是那么优秀。这种矛盾的情绪反复拉扯着她。

梁蔚有时候觉得自己仿佛溺水的人,每一秒都在往更深处下坠,直至透不过气来。

周珍今天下班早,梁蔚回到家的时候,周珍正在卧室讲电话,尽管关着门,还是有只言片语传出。

"梁国栋,你没良心!你把所有钱拿去养那个野女人和私生子,这房子呢?你要我和蔚蔚怎么办?我这么多年好吃好喝地伺候你,还不

120

如去伺候一条狗。你信不信，我告你重婚罪！"

女人声音尖锐，声嘶力竭。

梁蔚怔怔地听了一会儿，回到自己的房间，关上了门。

周珍讲完电话走出卧室，看到梁蔚的房间门关着，门缝底下透出了一线光亮。她又看了一眼玄关处的鞋子，心倏地一紧，快步走到房门前推开门。

周珍开门的声音有点儿重，梁蔚吓了一跳，转过头："妈，怎么了？"

周珍紧张的神色缓了缓："蔚蔚，你什么时候回来的？你这孩子走路怎么一点儿声音也没有？"

"刚回来，"梁蔚掩饰住眼底的情绪，说，"我还以为你没下班呢。"

周珍打量着她的神色，见没什么不对劲，才松了一口气，笑了笑说："妈妈今天下班早。"

"哦，对了，妈妈，"梁蔚从书包里拿出证书，"我化学竞赛结果下来了，拿了一等奖。"

周珍翻开证书看了看："等妈妈哪天休息了，带你去外面吃饭，我们好好庆祝一下。"

梁蔚说："我快期末考试了，还是等放假了再一起庆祝吧。"

周珍把证书放了回去："好，你早点儿睡，别熬太晚。"

周珍走出房门，顺手替她将门关上了。

梁蔚的手机响了一声，是李菀发来的信息，恭喜她化学竞赛得了一等奖。她今天收到了很多这样的祝贺，就连12班的班级群里也刷起了"为班级争光"诸如此类的话。

她笑了笑，给李菀回了条信息，然后关了手机。

盛夏的夜晚，有风，但都带着一股燥热感。

梁蔚翻出课外练习卷开始做题目，这是她这一个月来养成的新习惯。她需要把自己抛入学业中，学到身体感到疲乏才没有心思去想那些别的东西。

这种状态持续了好一阵子，梁蔚最终还是病倒了。夜里她突然发起高烧，整个人处于一种意识不清醒的浑浑噩噩状态，可把周珍吓得够呛，连夜拦车带她去医院。

梁蔚靠在周珍的怀里，看着她眼下青黑的眼圈，觉得周珍又老了几岁。她觉得心口好像沉甸甸地压着一块大石头，闷得她喘不过气，又愧疚自己不懂事。这个女人已经够累了，自己还要为她增加负担。

梁蔚轻声说："妈。"

周珍低头，嘴角碰了碰她的额头："怎么了？还难受？"

梁蔚内心愧疚："对不起。"

周珍神色紧张："好端端地说这个做什么？是不是人还难受？马上就到医院了。"

两个人到了医院，医生给梁蔚检查了一番，发烧已经引发肺炎，需要挂药水。周珍为此帮她向学校请了几天假，自己也没去上班，在家里精心照料她。

梁蔚这么一病，又轻了几斤。她本来就瘦，看得周珍心疼死，在她病好了以后又去买了些药膳给她炖补汤喝。

梁蔚生病的这几天，都没怎么看手机，一打开手机就是同学们发来的慰问消息。

李菀也发来了信息，说晚上来找她。

梁蔚这几天都闷在家里，也想出去透透气，和周珍说了一声。

周珍不放心："别喝冰的东西。"

"知道了。"

梁蔚和李菀约了在图书馆见面，李菀比她早到了，一见到她就说："你这感冒一场，怎么瘦了这么多？"

梁蔚扯起嘴角："病来如山倒，能不瘦吗？"

李菀多看了她两眼："梁蔚，不开心就不要强笑，很难看。"

梁蔚短暂地失神两秒，最后点了点头说："是有点儿不开心。"

李菀盯着她的脸问："怎么了？"

梁蔚深吸了一口气，嗓子干涩，想说她父母的事，可最后还是转了话锋："他有喜欢的人了。"

李菀问："谁？"

梁蔚目光微动："陈鹤森。"

李菀又问："谁告诉你的？"

"知伽说的。"

梁蔚忽然想起高二上学期到学校领成绩单那天，姚知伽约她去看电影。原本她还有些犹豫，在听说陈鹤森也会去时，就一口答应了下来，想着接下来的两个小时里能和他待在一个空间里，看同一场电影，满心欢喜。

现在看来，当时不过是那个女生凑巧有事，才让她得以捉住这个机会。

一想到这些，那些自厌的情绪便密不透风地裹着自己，梁蔚突然有点儿厌恶这样的自己，像个卑劣的偷窥者，企图拥有不属于自己的东西。

李菀撇了撇嘴，有些不屑："有喜欢的人怎么了？"

梁蔚忽然说："你帮我个忙吧？"

李菀不解："什么忙？"

"你能登录微博，帮我搜索一下那个女生吗？你帮我看看她是一个怎样的人。"

李菀情绪复杂地看了她一眼，但也没多说什么，径直拿出了手机。

李菀算是同龄女生中最早接触微博的，微博还有不少粉丝，所以也不用下载客户端。李菀直接点开微博，切到搜索界面："昵称是……？"

"陶遥同学。"

梁蔚目光定定地看着她的手机屏幕，当李菀输入最后一个字时，梁蔚倏地别开了目光："算了。"

李菀闻言，也退出了微博，把手机放回口袋里："厌不厌啊你？"

梁蔚低头看着自己的脚尖："我是挺厌的。"

她其实是想看看那个女生有多优秀，想让那一息尚存的死灰在无声无息中寂灭。她不想再喜欢陈鹤森了。

六月七号和八号那两天，高三学生高考，雁南一中作为考场之一，高一、高二学生得了两天的假期。

这两天，空气里都是高考的气味，就连电视新闻播报的内容也大多是关于高考话题的。班主任穿着旗袍为班里学生加油，又或是考生忘了带准考证诸如此类的乌龙事件……高考意味着一道分界线，考生们迈过这道分界线，人生将走向不同的节点。

室外温度攀升不降，站在窗前似乎都能感受光线的热度，这个炎热的夏天，似乎有些漫长。

梁蔚这两天一直闷在家里做练习卷，偶尔学累的时候，也会拿手机放首慢歌放松放松，但听得更多的是那首《日落大道》。

做完两张数学卷子，梁蔚看了一眼手机，五分钟前李橙发了条信息，问她某道题的解法。梁蔚还没做物理卷子，看了两眼，顺手将解题步骤写在草稿纸上，拍了图片传给李橙。

过了一会儿，李橙回复："哇，我想了半个小时都没想出来，你这么一提醒我就明白了，谢谢啊。"

梁蔚回复了一个笑脸的表情。

李橙："你在干吗嘞？"

梁蔚："做数学卷子。"

李橙："哎，我前两天听到一件事，陈鹤森好像真有喜欢的人了。"

梁蔚目光微滞："是吗？"

李橙："具体我也不太清楚，好像是真的。那女生好像长得还挺好看，据说还有个微博，不过微博昵称是什么就不知道了。哎呀，好想知道陈鹤森喜欢的人是什么样的啊，是跟他一样优秀的人吗？我好奇死了，啊啊啊……"

和李橙聊完后，梁蔚再提笔做题，却始终不在状态，频频走神，一道大题磕磕绊绊地做了快二十分钟。

梁蔚颓丧地放下笔，目光落到桌上的手机上，犹豫了两秒，伸手拿过手机，一鼓作气地打开微博，输入了女生的微博昵称。

那个女生的微博头像是她自己的照片。

那是一张散着长发的相片，女生身上是白色的运动半袖，整张相片呈现的状态，青春气息十足。她神色自然，看向镜头的眼眸清澈干净，一点儿都没有造作的痕迹。

梁蔚手指往下滑，微博上大多数是图片，有她在影棚拍摄杂志的现场小视频，也有和家人在高档餐厅吃饭的图片，看名家画展的图片，还有同学的抓拍照。

她和陈鹤森一样优秀，拥有出色的外表、殷实的家境，父母恩爱，未来可期。

心里似乎有浮冰碎裂，发出很轻的一声响，几不可闻。

梁蔚眼睛有点儿发涩，鼻腔似被什么堵住了，她眨了眨眼，将那股不可名状的酸涩感强压了下去。

她忽然回想起李橙在学校宣传栏前盯着她的证件照说她是妥妥的校园文女主角的话。

她不是，还不够格，陶遥才是，她连配角都算不上。

人要看清自己，不要试图摘月亮，也不要妄想月亮会奔你而来。

高考结束后的半个月，梁蔚迎来了最后一场期末考试，这也预示着高二生活结束，下学期他们就是高三学生了。

她前一次月考是年级第二名，陈鹤森第一。她努力了一年，在最后这一刻离他不过半只手臂的距离，可似乎他们之间的距离比以往任何时候都更远了。

梁蔚怔怔地盯着那个空位，邬胡林从教室前门进来，冲她打了声招呼："早啊，梁蔚。"

梁蔚倏地回神，也回了声"早"。

邬胡林把一瓶豆浆放在她的桌上："知伽让我给你带的，你怎么每次考试都来得这么早，都不睡懒觉的吗？"

"谢谢，"梁蔚浅浅地笑了笑，"一到考试，我就睡不着。"

邬胡林也笑："那你这心理状态不太行啊。"

梁蔚"嗯"了一声，自嘲道："是不太行。"

邬胡林愣了愣，还想说些什么，薛骁从后门进来，一屁股坐在了后面的椅子上，拉长声音道："森哥还没来啊？"

邬胡林坐在陈鹤森的座位上："他哪次考试会早到，不都是踩点儿来的？"

"年级第一就是牛啊。"薛骁拿着笔敲了敲梁蔚的肩膀，梁蔚回头，对上薛骁笑眯眯的脸，"梁蔚同学，你这次加把劲，帮我报仇，把他挤下年级第一的位置。"

邬胡林靠着背后的桌子，好笑道："我去，你自己没能力，怂恿别人。再说人家梁蔚凭什么帮你把陈鹤森挤下年级第一的位置？"

"这不是帮不帮的问题，你问她，她难道不想考年级第一？"薛骁转了话题，"要不我们打个赌，梁蔚这次要是考到年级第一，你帮我在39办张年卡。"

39是一家游乐场的名称，刚开业不久，装修高档，里面的设施都比较新，适合玩大型游戏，不少男生去过一次，但碍于价格太贵，还是学生的他们也消费不了几次。

邬胡林一点儿没犹豫："行啊。"

这时陈鹤森刚好进来，皱着眉，对邬胡林说："坐过去点儿。"

男生骨节分明的手指落在她的桌面上，梁蔚心思一晃，心跳顿时快了几分，视野里是他修长的手指和白色短袖的衣角。很快，男生就收回了手指，棕色的桌面上有个模糊的手指印。

邬胡林往里移了个位置，高声道："我和骁哥打赌了，这次期末考试，梁蔚要是考年级第一，我就给他办张39的年卡。你觉得梁蔚能不能考年级第一？"

"赌这么大？"陈鹤森偏头笑了一下，随口说，"就不能并列第一？"

他无心的话，却让她的心脏猛烈地跳动起来。

"我去，忘了还有这个选项。"

薛骁玩文字游戏："不管啊，反正我们说好了，只要梁蔚考年级第一，你就得给我办年卡。"

邬胡林咬了咬牙，心一横道："成。"

去学校领成绩单的前几天，梁蔚从姚知伽那里知道了她的成绩。她和陈鹤森并列年级第一，两个人的物理卷面都只错了一道选择题。

姚知伽："邬哥亏大了，你知道39的年卡要多少钱吗？"

梁蔚："多少？"

姚知伽："快一千了。"

梁蔚："这么多吗？"

姚知伽："笑死了，邬哥悔死了，还缠着陈鹤森让他出一半的钱，哈哈哈……"

梁蔚握着手机，想起了在做物理试卷时，那道让她犹豫不定的选

126

择题。最后她鬼使神差地改掉了原来的答案。只是她不敢再为这个并列的名次做多余的猜想，因为他已经有喜欢的人这个事实，就足以令她清醒。

她去学校领成绩单那天，刚好碰到上一届的高三学生回学校领报考书。高考分数线已经出来了，雁南一中摘得了省理科状元的桂冠，红色的横幅早早地悬挂在校门口，在灼热的阳光下闪耀刺眼。

高三教学楼比以往热闹，不再是克制的安静状态，每个人的脸上都是轻松的笑意，眼里充满对未来的希冀。

李橙站在走廊上，感叹了一声："他们解放了，接下来就轮到我们受苦了。"

梁蔚淡淡地笑了笑，不知道为什么心里仿佛被掏空似的，感觉空落落的，有一种难以言说的伤感。可明明不是她高考，不是她即将离开这所学校，即将结束三年的高中生活。她还有一年的时间，才会奔赴这场名为高考的战役。

或许是刚送走一届学生，黎波今天有点儿反常，话比以往多也密。以前来领成绩单和假期作业，黎波通常叮嘱几句暑假安全教育的内容，然后大家也就散了。然而今天他讲了半个小时还未结束。

"现在你们已经算是准高三生了，不能再松懈了同学们，高一、高二我们该学的知识也都学完了，接下来的一年就是冲刺复习的阶段。

"你们上一届的学长学姐考得不错，李何砚拿下了今年的省理科状元，我们这届就看你们了。这次放假你们也别想着是最后一个长假了就可劲儿玩。少壮不努力，老大徒伤悲啊，同学们。"

话音刚落，底下的同学笑了起来，常兴宇说："波哥，您老这话有点儿过时了。"

黎波指了指他："虽然这次高考一中整体考得不错，但你们应该也听说了，高考成绩出来那天，你们的一个学姐因为成绩不理想，关了手机消失两天的事，你们也都知道吧？"

这事梁蔚是清楚的，班级群里也讨论过，还有人问有没有见到过那个学姐。

黎波继续说："我想说的是接下来的一年，你们不努力，不需要等到老大徒伤悲了，高考成绩出来那天，你们就得悲。人的一辈子并不长，同学们，我希望你们在还能拼搏的年纪能够竭尽所能地不让自己留有遗憾。所以啊，这个暑假你们就别尽想着玩了，有时间可以把全国的高考卷拿来看看、做做，查缺补漏一下。

"还有你们可以向梁蔚同学学习学习，我带你们高二这一年，她一直在进步，这次期末考试拿了第一，和陈鹤森并列年级第一。人家女生这么厉害，我们班级的男生也得加把劲啊。行了，废话不多说了，高三见，同学们。"

"高三见！"

漫长的假期开始了，梁蔚有了大把空闲时间，周珍却忙碌起来，早出晚归。梁蔚白天几乎见不到她的人影，有时候就连她睡着了，周珍也还没回来。

除此之外，周珍还接到过几次电话，手机屏幕上没有备注名。有时候碰到梁蔚在场，她往往会神情不太自然地挂断电话，嘴里还会低声抱怨这种推销电话，过了一会儿就拿着手机躲进房间里去打电话了。

梁蔚内心隐隐有些不安，总觉得除了梁国栋的事，还有其他的事是她不知道的。她想去问小姨，又怕贸然开口会让小姨担心。

周晓蕾在七月中旬时来了趟家里，和周珍关着门在卧室里说话。梁蔚在自己的房间里做英语听力，做了一面的听力卷子。

她一边翻看答案检查，一边伸手去拿水杯，嘴角都触到杯沿了，垂眸才发现水已经被喝完了。于是她起身，拿着杯子走出房间，经过周珍的卧室门口。

周晓蕾："你一个月也就三千来块的工资，还了房贷，你和蔚蔚还要不要生活了？你就听我的，和蔚蔚跟我去抚市生活，我刚好有个朋友在抚市的高中当老师，蔚蔚这成绩进去没问题。"

周珍叹气："晓蕾，姐自己生活过得一塌糊涂，不想再连累你了。"

周晓蕾："你是我姐，又不是外人，有事不找自己的姐妹，难不成还指望外人吗？现在你讲这些话也没什么意思。就算你不为自己想，也该为蔚蔚想想，还有一年就高考了。高三是关键期，你也不愿意让她住宿舍吧？到时候上了大学还得花费一笔钱，你房贷断供有两个月了吧，银行是不是打电话来催了？"

"催了，除了房贷，还有罚息。"

周晓蕾皱眉："梁国栋那儿呢？卡上的钱都被他转走了，他一点儿都没留？"

周珍的声音透着浓浓的疲倦之意："都转走了，他过完年回南边，就把我的卡拿走了，说什么朋友介绍了个投资，他看前景不错想投一些，我也没多想就给他了。"

梁蔚站在门口，垂着眼眸，手指紧紧攥着杯柄。

"这种鬼话，也亏他说得出口，什么人渣？！"周晓蕾忍不住破口大骂。

周珍伸手抹了把脸，重重地叹了一口气。

周晓蕾看了一眼周珍的脸色，止住话头，想了想说："就照我说的来，你也别怕麻烦我。我这几年攒了不少钱，足够我们三个人生活的，你要是想找工作，我那边也有熟悉的朋友开超市的，我到时候和人说一声就行。"

"梁蔚在雁南一中待了两年，也不知道和她提这事，这孩子会不会不愿意。"周珍神色为难地说。

周晓蕾说："我这两天找个时间和蔚蔚说一下。"

话音刚落，房间门被敲响，屋里的两个人皆怔了怔。

没等周珍出声，梁蔚推开了门："妈，就听小姨的吧。"

周珍愣了两秒才反应过来，神情僵了一下："你这孩子，早就知道了？"

梁蔚还拿着水杯，点了点头说："妈，我年龄也不小了，家里的事你不用瞒着我，我能接受。"

周珍勉强笑了一下："可你还剩一年就高考了，妈妈怕贸然换环境，你会不习惯的。"

"没事的，高三一年主要是复习阶段，我没什么问题。"梁蔚顿了顿，抿了抿唇，"妈，还有，你找个时间和他离婚吧。"

周珍静默了两秒，眼睛泛红，点了点头："好，妈妈听你的。"

自从那天说开了以后，周晓蕾便着手安排梁蔚转学的事宜。梁蔚没把这些事和任何人提，不知道如果他们问起原因，自己要如何解释这一堆乱七八糟的事，而她也不想让陈鹤森听到哪怕一丁点儿关于她的这些事。

在内心深处她清楚自己会毫不迟疑地答应小姨的安排，还有另一个隐晦的原因。

明年他们就高三了，那个女生也就上高二了，也会搬到新校区来。梁蔚没法不去深想，她和陶遥在同一个学校的情形。

八月初，梁蔚就跟着周珍来到抚市，住在小姨的房子里。周珍也重新找了份工作，而雁南一中附近的那套房子因为断供几个月，被银行收走拍卖。周珍再也不用每个月提心吊胆地害怕接到银行催款的电话，生活似乎又恢复了平静。

梁蔚有时候从床上醒来，会恍惚以为自己还在雁南市，但很快就会意识到这不过是错觉。

抚市一中高三的学生开学比雁南一中早，八月下旬就开始上课了。梁蔚被分到了重点班，班主任是一个四十来岁的男老师，姓吴。只不过吴老师的带班风格不如黎波开明，较为古板严肃，和她高一的林老师的风格有些相像。

面对陌生的校园、陌生的老师、陌生的同学，梁蔚起初还有些不适应，上了将近半个月的课才渐渐习惯。九月初时，梁蔚收到了黎波发来的一条短信，大意是可惜不能再带她到高三，她永远是他的学生，希望她在新的学校继续努力诸如此类的话。

梁蔚猜想小姨在给她办转学手续时，黎老师大概听说了什么。梁蔚盯着这条短信看了许久，眼睛有些发涩，给黎老师发了"谢谢"两个字。

收到黎波的短信后，梁蔚又陆陆续续收到了李菀、姚知伽等人的信息，却不知道该怎么回消息，一整天都没看手机。

直到晚自习下课，走到校园里，梁蔚忍不住登录了QQ，看到李菀发来的相片。相片里是她家的棕色大门，门上已经贴着白色封条，黑色的"雁南市西普区人民法院"的封字映入眼帘。

梁蔚停下脚步，看着那几张封条，眼底情绪波动，抬手在输入框里打下几个字。

梁蔚："我转学了。"

李菀："家里出事了？"

梁蔚："嗯。"

李菀也就没再问是什么事，两个人的对话就这样中断。过了几天，李菀再找她聊天也没提起这些事，只是问她在抚市过得怎么样、有没有交到什么好朋友。

高三学习压力大，大家都在忙自己的功课，没有人会有心情在课间互相追逐打闹，而抚市的升学压力更大，就连做早操的时候都有学生拿着英语单词本抓紧时间多背几个单词。

梁蔚自然也交不到什么朋友。她记得有一次老师讲评化学卷子，她那天恰巧忘记带了，她的同桌就意思意思地把卷子往她这边稍稍移了一点儿。

梁蔚整节课都姿势别扭地看着那张卷子，直到下课铃声响起，才松了一口气。梁蔚只是有些费解，曾经她的同桌忘记带卷子，梁蔚不止一次地将卷子放在中间让两个人一起看，又不免多想难道自己不经意间得罪了她？但这件事没在梁蔚心里留下太多影响，只是往后她每次到学校前，都会认真检查一遍书包，看看是否遗漏了什么。

日子平静无波地过着，梁蔚也很少想起陈鹤森，只是在国庆的时候，短暂地想起了他。国庆节长假对他们高三生来说压根儿就不存在，他们只有三天的休息时间，但这短短的三天对他们来说已经弥足珍贵了，毕竟抚市一中的高三生就连周末也只能休息一天。

梁蔚那天从学校回家后，没什么心思学习，洗了澡出来，随手登录了QQ。

她现在其实已经很少登录QQ了，就是想避免看到陈鹤森的消息，但那天又鬼使神差地点开了12班班级群的成员。除了群主，成员的分类是按二十六个字母的顺序排的，"C"的那一栏里，他就排在首位，他的头像是在线的状态。

梁蔚眼皮颤了颤，然后切换到群聊天界面。

就在这时，常兴宇在群里发了条信息："森哥，你跟高二那个陶遥是什么关系？速速招来。"

然而下一秒，这条消息就被撤回，快得仿佛那只是她臆想出来的幻觉。但"常兴宇撤回了一条消息"这行灰色的字，实实在在地提醒着她这不是幻觉。

梁蔚怔怔地盯着屏幕，脑袋空白，还未吹干的发尾滴着水，水顺着脖子往下流，她感觉脊背一凉。

12班的班级群里，有人问常兴宇刚才撤回了什么。

过了一会儿，常兴宇回："没什么，发错了。"

好像只有她一个人看到了常兴宇撤回的那条信息。

周晓蕾下班回来，推开梁蔚的房间，看到她的卧室里关着灯，人却直直地戳在桌前，手里还拿着手机，头发更是湿漉漉地披散在肩后。

周晓蕾伸手摸到墙上的开关："怎么不开灯？"

房间瞬间大亮，梁蔚飞快地抬手抹了一下眼角，转过头，扯起一丝笑容："小姨，你回来了？"

周晓蕾没察觉异常："去把头发吹干，出来吃东西，小姨给你买了小龙虾和比萨。"

梁蔚点了点头说："好。"

她放下手机，昏昏沉沉地走进卫生间。

吹风机"轰轰"的声音充斥着整个卫生间，梁蔚的思绪因为常兴宇的那条被撤回的消息不断发散。他和陶遥的关系很亲近吗？就连常兴宇也看出了异常？

梁蔚吹头发吹得太久，周晓蕾又进来叫她。

梁蔚收拾了吹风机，放回抽屉，走了出去，在餐桌旁坐下。

周晓蕾有些担心地问："怎么一副不在状态的样子，心情不好吗？"

"没有啦。"梁蔚笑了笑。

周晓蕾切了一块比萨给梁蔚："这次国庆节休息几天，小姨带你出去玩玩，散散心？"

"只有三天，不过有好多卷子，"梁蔚垂眼，"还是等高考结束后再说吧。"

周晓蕾点头："也行。"

吃完回到房间，梁蔚又拿出复习卷来做，把老师发的卷子做了三分之一，拿起手机一看，已经凌晨了。

梁蔚去洗漱后躺在床上，登录了QQ，12班班级群里没什么消息。

梁蔚咬着唇，手指触到那个红色的退出群聊按键，弹出一个框框——"你即将退出群聊，退群通知仅群管理员可见"。

梁蔚深吸了一口气，点击退出。

退出那一刻，看着瞬间消失在消息框里的班级群，梁蔚一时间有些怅然若失。只是她不能再让这些事影响她了，她现在最主要的任务是高考，不能再出差错。她身上背负着太多东西。

隔天，李橙就来问她怎么退群了，梁蔚不知道该怎么回答这个问题，沉默了半个小时，才回复不小心按到的。

这是个漏洞百出的借口，李橙没戳穿她，也没说那"我把你拉回群里"的话。李橙只是静默了一分钟，便岔开话题和她吐槽同桌不是她后，再没有人不厌其烦地给自己讲题了，又讲 12 班现在的班级氛围也不轻松，每个人都绷紧了弦，像苦行僧一样埋头学习，是真的两耳不闻窗外事，一心只读圣贤书了。

李橙又说："哎，抚市一中学习压力很大吗？我听说你们那边住宿生每天五点就要起来上自习了，是真的吗？"

梁蔚："我没住宿舍，不是很清楚。"

梁蔚给李橙说了做课间操的时候，有同学会拿着英语单词本背书。

李橙感叹："那真是很刻苦啊，我下线啦，滚去学习了，早日顶峰相见。"

梁蔚："顶峰相见。"

日子过得飞快，转眼农历新年就到了，而距离梁蔚参加高考还有四个月时间。

过年前夕，被银行收走拍卖的房子在扣除交完首付所剩的 160 万元和起诉处置拍卖费用后，还剩了 20 万。银行把这钱打到了周珍的银行卡里，算是让周珍得以松一口气，不必再为梁蔚高考过后的大学学费和生活费而操心了。

梁蔚这个年是在抚市过的，小姨把姥姥和姥爷也接到了抚市，一家人其乐融融。在周珍和梁国栋办了离婚手续后，梁蔚就直接把梁国栋的手机号码拉黑了。

除夕晚饭，是姥姥和周珍一起下厨做的，虽然过去的一年不算安稳，但好在不好的事都即将过去，迎接她们的将是新的一年。

吃完年夜饭，梁蔚收到了不少拜年短信。她坐在沙发上，一一给姚知伽、李菀她们回了条"新年快乐"。回完信息，梁蔚想起了黎波，翻出了九月份黎波给她发的那条信息。那条信息梁蔚一直没删除，有时候学习累了会翻来看看。

梁蔚在输入框里输入了一句话："黎老师，新年快乐。"

收到黎老师的回信时，梁蔚已经钻进被窝里，只是还未入睡。

屋里关了灯，烟花爆竹声此起彼落，房间因为外头的烟花，时暗时亮，这注定是个不眠的夜晚。

还有两分钟，就将进入新的一年。

梁蔚思忖了许久，还是拿出手机，输入一串烂熟于心的电话号码，发了条新年快乐的短信。

"陈鹤森，新年快乐，愿你岁岁常欢愉，万事皆胜意。"

梁蔚发完信息后，正要放下手机，手机突然振动了一下。他回了短信，简单的四个字——新年快乐。

他大概以为她是班级里的某个同学吧。

新年过完，天气又逐渐热了起来。

高考前两天，气象预报将有台风经过抚市，搞得老师和家长都人心惶惶的，生怕高考当天会出岔子。然而真到了那天，台风改变了轨迹，没有经过抚市。

但那两天的天气也算反常，到了中午突如其来地下起一场暴雨，浇得人猝不及防，然而这场暴雨没过两个小时就停了。

在这样糟糕的天气中，两天的高考总算结束了。

他们三年的高中生活也算是告一段落。

高考结束的第二天便是各班组织的谢师宴。

梁蔚那天去了，但胃不太舒服，在饭席上吃了几筷子菜便停了，后面班长又组织大家去唱歌，梁蔚没有去，提早离开了。

灯火通明的街道上，梁蔚站在十字路口，鼻间是来往车辆的汽油味，她有一瞬间突然不知道该往哪条路走。这时手机突然振动了一下，梁蔚以为是班里同学发来的信息，点开手机，屏幕顶端的 QQ 图标闪了闪。

李菀发来一条音频，梁蔚心里隐隐有种预感，按下播放键，男生富有磁性的声音响起，是熟悉的声音。他唱到"年少"两个字，带了点儿淡淡的鼻音，其实不是很明显，但她还是捕捉到了。他是感冒了吗?

她没有戴耳机，努力将音量调到最大，虽然周遭环境嘈杂，男生的声音却清晰地荡入耳中。

"春天的花开秋天的风以及冬天的落阳，忧郁的青春年少的我，曾经无知地这么想，风车在四季轮回的歌里它天天地流转，风花雪月的诗句里我在年年地成长……流水它带走光阴的故事改变了两个人，就在那多愁善感而初次流泪的青春。遥远的路程昨日的梦以及远去的笑声，再次地见面，我们又历经了多少的路程，不再是旧日熟悉的我，有着旧日狂热的梦……"

抚市 1 班的班级群里，有人在刷毕业快乐。

他永远也不会知道，他也曾是她旧日里狂热的梦，一个无人知晓的梦。

陈鹤森，毕业快乐!

第五章

重遇

飞机缓缓降落在雁南城机场，已经是夜里十二点。

梁蔚走出航站楼，夜里雾气重，鼻间尽是空气湿冷的味道。她跟组了半年的戏在昨天正式杀青，梁蔚参加完杀青宴，便马不停蹄地订了机票飞回来。

上了出租车，梁蔚这才有空查看手机信息。

李菀给她打了两个电话，不过都是她在飞机上的时候。梁蔚登录微信，制片人舒乔姐给她发来信息，问她什么时候回雁南城。舒乔刚搬新家，准备叫几个朋友温居。

舒乔姐是梁蔚参与的上一部电影的制片人，梁蔚作为该电影的编剧，同舒乔相处得不错，电影结束后，两个人就还一直保持着联系。

现在时间太晚，舒乔作息习惯规律，梁蔚便没有回复消息，怕吵醒舒乔。梁蔚切出微信，转而给李菀拨去了电话。

这个时间点，李菀这个夜猫子应该还没睡，肯定在修图。李菀大学的时候就开始靠给一些姑娘拍照片赚钱，毕业时微博的粉丝数已经将近一百万。她就没有费劲去找个公司上班，成了摄影博主，自由职业者。她拍的照片有自己独树一帜的风格，粉丝黏性大，倒是不缺客源。

梁蔚等了十几秒，电话才接通，李菀那边声音有些嘈杂："到了没？"

梁蔚的声音里透着淡淡的倦意："刚下飞机，这会儿在出租车上呢。"

李菀说："要出来吃夜宵吗？"

"时间太晚了。"

"你这次应该会在雁南城待一阵子吧？"

"半年的休息时间。"

"那过几天再约。"

"好。"

梁蔚挂了电话，扭头看向窗外的景色，车子经过一处鳞次栉比的楼房，只有零星几户窗格子亮着灯。

这几年雁南城变化很大，旧城区改造，道路被拓宽，越建越高的楼房，熟悉中掺杂着一点儿陌生感。

梁蔚掏出钥匙开了门，这套房子是她毕业后开始租的，但因为工作特殊，时常要跟剧组，满打满算也没住上几个月。就连李菀都说她花这个冤枉钱，还不如住酒店划算。

可梁蔚知道她不过是在弥补高中的遗憾而已，这是她的心病。相较于她，周珍倒不怎么愿意回来，一直和小姨待在抚市。

时间太晚，梁蔚洗了个澡出来，拿起正在充电的手机，这时手机屏幕 Days Matter（手机应用软件）弹出一条信息。

"旧日里狂热的梦已经 3650 天。"

梁蔚愣怔了片刻，下一刻就按灭了手机。

这个软件是她在大二元旦的时候下载的，那个时候舍友和男朋友出去跨新历年，整栋宿舍楼人走楼空，梁蔚孤家寡人一个，没什么事可做，就待在宿舍里开着电脑写剧本。

高考过后，姚知伽报了和邬胡林同一个城市的大学，而陈鹤森也在那座城市。梁蔚高考分数挺高，选择去南边的 G 大读中文系。

虽然梁蔚在高中退出了 12 班的群，但偶尔还是会从姚知伽口中得知陈鹤森的一些消息。元旦那天，刚过零点，姚知伽就给她发了条"新年快乐"的短信。

梁蔚也给她回了条"新年快乐"，又继续埋头写剧本。等她写完一看，已经过了凌晨。那个时候微信还未研发出来，他们还在使用 QQ 分享生活动态。

梁蔚关了灯，钻进被窝刷了会儿空间，看到姚知伽两个小时前发的动态，上传了两张相片，附了一句话"携家带狗"，一张是她和邬胡林的情侣合照，还有一张是陈鹤森的单人照。

QQ 和微信功能最大的不同，大概在于不是共同好友也可以看见彼此的评论。姚知伽的这条动态，有很多陌生的昵称评论，但大多数人在问那个蹲着抽烟的男生是谁，又或者是男生好帅啊，更直白点儿的就问男生是否单身，能不能搭个便桥让喜鹊相会……

那张照片拍得很有感觉，背景是大片的玻璃墙，角落处有些碎纸和尘垢。男生穿着黑色的圆领卫衣，蹲在地上，一只手横在膝头上，姿态闲适从容，另一只手的两指捏着烟送到嘴里衔着，微微垂眸，将烟头凑近画面里另一个男生手上举着的打火机。

梁蔚猜想那只举着打火机的手臂应该是邬胡林的。

因为是俯拍的角度，只能让人窥见男生搭落在额角的碎发、俊朗的剑眉和高挺的鼻梁，黑长的睫毛遮住了眼帘，但即便这样，也可以确定这张照片上的男生的正脸不会令人失望。

梁蔚在看到这张照片的时候，情绪还是起了一点儿波动。其实她已经很久没有过这种感觉了。

她仔细看了会儿照片，他好像晒黑了点儿。这几秒间，姚知伽这条动态下面又增加了几条新评论。

姚知伽回复丸子："帅哥有主了。"

丸子回复姚知伽："呜呜呜，这个'狗'不是指'单身狗'吗？这是什么美丽的误会？？"

姚知伽回复丸子："哈哈哈，我男朋友在玩梗啦。"

梁蔚心里酸楚，退出 QQ 又去刷微博，看到关注的博主发了张 Days Matter 的截图。

你也曾热烈地偷偷喜欢过一个人吗？

这条微博有许多人评论，被顶到热一的评论是："没想到歪歪也暗恋过人啊，好好奇啊，是什么样的人呢？"

歪歪回复了那条评论："一个很优秀、很优秀的人。"

——一个很优秀、很优秀的人。

对每个暗恋中的少女来说，她喜欢的那个少年，大概永远都是最璀璨夺目的吧。

这条微博的热二评论是："暗恋最郁闷的大概是你偷偷喜欢的那个男生，有女朋友吧。"

走心路人："想想这句话就破防了，有种暗无天日的感觉。"

梁蔚看了一会儿，竟鬼使神差地下载了那个软件，编辑了事件名为"旧日里狂热的梦"，背景图片选择了李菀当初发给她的那张相片。Days Matter 的背景图可以做模糊处理，梁蔚把那条进度条拉到底，相片里的两个人影渐趋模糊，只有一个隐约的轮廓。

她不是为纪念，也不是痴想，只是这个旧日里狂热的梦，是该被遗忘了。

她在这个新的一年，放弃了一个很重要的人。

后来梁蔚也就忘了这事，没想到今晚猝不及防地弹了信息出来。或许这几年，Days Matter 每到这天都会弹出提醒窗口，但她都完美错过了。

不承想，今晚会这么巧，她恰好就这么看见了。

梁蔚心里有一点点怅然，但她没让自己在这种情绪里沉湎太久。

第二天，梁蔚在生物钟的驱使下七点就醒来了，给舒乔姐回了信息，说她已经回雁南市了。

舒乔："那晚上顺便过来吃饭。"

梁蔚："好。"

梁蔚打开行李箱，拿出前两天给舒乔姐买的一套餐具，打算下午带过去给她。刚做完这些事，她就接到了周珍的电话："蔚蔚，你出差结束没？"

"结束了，昨晚刚到雁南城。"

周珍忍不住数落她："怎么不直接来抚市？你那房子都没人打扫，放了大半年都落灰了，大晚上回去还得做卫生，不嫌累？"

梁蔚在床头坐下，笑了笑说："我让李菀提前找阿姨给我打扫过了。"

周珍语气缓和了点儿："那还好，你什么时候来抚市？你姥姥、姥爷挺想你的。"

梁蔚工作后，靠着自己的积蓄给周珍在抚市买了一套房子，周珍也就把两位老人家接到了抚市一起生活。

梁蔚说："过两天吧，今天还得去一个制片人姐姐家里吃饭。"

周珍想到了什么，提了一嘴："你小姨有个认识的不错的小伙子，年龄大你两岁，要不你到时候回来见见？"

"妈，你少来，小姨以前就烦相亲，"梁蔚笑了，"她怎么可能会给我安排相亲这事？"

周珍被梁蔚戳破了，停了停，继续说："行，是妈妈的主意，你到时候回来见一面，小伙子长得还不错，工作也可以。哎，是做什么的来着？我一时想不起来，等会儿我再去问问。"

梁蔚哄着她："行，等你问完后再说吧。"

到了下午四点，梁蔚拦了辆车，前往舒乔姐的住处。

舒乔的楼房是近几年刚开发的，单独的别墅房，房价贵得令人咋舌。梁蔚不知道自己还要努力多少年才能买上这样的房子，而梁蔚和舒乔接触过几次，也知道她家境殷实。

到了小区门口，梁蔚给舒乔打电话，舒乔穿着条黑色针织毛衣裙，笑盈盈地出来接她："好久不见，你看着怎么又瘦了点儿？"

梁蔚笑说："是吗？我穿这么多衣服，你还看得出来？"

"脸小了点儿，"舒乔仔细打量了她几眼，"这次要休息多久？"

梁蔚轻轻呼了一口气："打算给自己放个小长假。"

"是该放了，我就没见过你这么拼的人，好好休息一阵子吧，钱是赚不完的。"

两个人往屋里走，进了院子，门半开着，估计是舒乔刚才着急出去接她，也就没带上，里头的说话声传了出来。

梁蔚跟着舒乔进去，客厅的沙发上坐着几个人，舒乔的老公在厨房里，听到两个人进门的声音，探出脑袋朝梁蔚笑了一下："来了啊。"

梁蔚也笑："嗯。"

舒乔拉着梁蔚走到那群朋友中，在座的人年龄看起来都比梁蔚大。舒乔冲他们说："我刚认识的妹妹，梁蔚，也是在影视圈工作，做编剧这块的。"

有个留着中长鬈发的男人开了口："你不说，我还当是哪个刚签的小明星，原来是编剧啊。"

舒乔笑着说："我投资的那部电影的本子就是她写的。"

梁蔚和舒乔合作的那部电影，是关于一个穿越时空的暗恋题材的故事，拍摄周期长达两年。电影上映后爆冷门，成了2014年电影票房的黑马，梁蔚也是因为这部电影送到手头的项目也多了起来，算是和舒乔彼此成就。

"后生可畏啊！"男人的眼里流露出一丝赞叹之色。

眼前这个看起来快四十岁的男人，梁蔚是有所了解的，他叫徐东成，梁蔚很喜欢他拍过的两部关于恋爱题材的电视剧。在大学剧荒时，她时常会拿出来反复欣赏。

导演的拍摄手法细腻又充满氛围感，在如今动不动就咋咋呼呼的影视剧中，算是一股清流，这是一个用心讲故事的导演。

现在是好本子很多，但一个好好拍戏的导演可遇不可求。

"还是得向徐老师学习，我很喜欢徐老师早期拍摄的那两部电视剧，只是很可惜，自从你开始拍电影后，我就开始剧荒了。"梁蔚说到后头，顿了顿，才又继续说，"当然您后来拍的那些电影，我也是每部不落地去电影院看过了。"

徐东成显然很意外，拿出手机："加个联系方式，希望以后有合适的机会合作。"

两个人互加了微信，舒乔看梁蔚和他们谈得还算愉快，就进厨房帮自家老公打下手。

郑野摆手："我都弄得差不多了，你弟什么时候来？"

"他啊，大忙人一个。"舒乔说，"刚才来过电话了，让我们先吃。"

"行吧，"郑野开玩笑道，"你要给他介绍谁，梁蔚还是庄絮？"

舒乔："你猜？"

郑野："梁蔚吧。"

舒乔笑："为什么？"

郑野笑道："看着跟谪仙似的，和你弟的气质挺搭。"

饭吃到一半，郑野接了通电话，就说要出去接个人。

徐东成开了瓶啤酒，抬了下眼："接谁啊？"

郑野把下巴朝舒乔的方向一抬："舒乔她弟。"

说完这话，郑野就拿上外套出门了。

梁蔚和舒乔认识这么久，还不知道她有个弟弟，只听徐东成问："你不是独生女吗？什么时候冒出了个弟弟？"

"是表弟啦，不过我们的关系和亲姐弟差不多。"

徐东成喝了口啤酒："做什么的？"

"骨科医生。"

梁蔚听到"骨科医生"这几个字，恍惚了一下，那个人似乎也是这个职业，好像是在雁南城的六院工作。

徐东成仿佛知晓梁蔚的想法一般问："不会是六院的吧？"

舒乔往火锅里下了几颗虾滑："你还真给猜对了。"

徐东成笑着说："那是厉害，六院的骨科算是国内比较有名的，不是有个纪录片就是拍六院骨科的嘛！好家伙，那人的手掌都断成四段了还能接成功，这医生就是了不起。"

徐东成说的纪录片，梁蔚也看过，是一档急救知识真人秀，总共拍了两季。纪录片除了展现医疗行业的不容易，还能看到世间百态。一档真人秀节目能拍成这样，确实是不容易的。

庄絮捧场道："哎，我也看过，看完后，就觉得当医生确实挺辛苦。"

庄絮转过头又去问梁蔚："梁蔚，你看过吗？"

梁蔚动了动唇，正准备回答，这时门被人从外头打开了。

郑野立刻开口："你要是再迟点儿，就得给我们洗碗筷了。"

"那我现在走，还来得及？"

男人的声音带着浅浅的笑意，有点儿熟悉。

梁蔚一下子慌乱了，脑袋一瞬间有些空白，攥着筷子的手不自主地收紧。下一秒，就见对面的舒乔站了起来："来都来了，怎么还想着走呢？"

男人脱了灰色的呢大衣和领带，挂在玄关处的衣帽架上，里头是笔挺的白色衬衣，在暖黄的灯光下，面容俊朗，身影颀长。和记忆中那个少年相比，他拥有成熟男人所有的韵味。几年过去了，他依然是那样引人注目。

舒乔埋汰他："怎么穿成这样了？"

陈鹤森轻抬眉梢："下午参加了一个医工交叉学术会议，有着装要求。"

陈鹤森解了衬衫领口的扣子，朝餐桌这边走来，礼貌地冲众人微微颔首："抱歉，来晚了。"

庄絮仰着脸说："没事，医生行业忙，能理解。"

徐东成开玩笑："舒乔，你弟这脸不混影视圈可惜了……"

"他志不在此，打小就想学医。"舒乔说，"他要真有这个意向，我就自己开个公司捧他了。"

郑野把陈鹤森带来的红酒开了，给每人倒了一杯，倒到梁蔚这里时，问了一句："小梁，能喝酒吗？"

梁蔚察觉陈鹤森投来的视线，两个人的视线不偏不倚地短暂相接，陈鹤森微微眯了一下眼。梁蔚呼吸一紧，不动声色地扭头朝郑野笑了笑，说："能喝。"

舒乔开口了："她酒量不行，你给她倒点儿意思意思，让她尝个新鲜就成。"

上回电影的庆功宴，梁蔚喝了一杯葡萄酒就上头了，后来情绪有些崩溃，在舒乔面前掉过眼泪的事，舒乔至今还记得。只不过这姑娘喝完就彻底断片了，第二天压根儿不记得这事。

郑野给她倒了一点儿红酒，比其他人的都少，梁蔚说了声谢谢。

舒乔："这酒……你不会是从姨父的地下储藏酒窖里拿来的吧？"

陈鹤森在椅子上坐下，有些不以为意："反正他一个人也喝不完，放着也是放着，还不如拿来孝敬你。"

舒乔戳穿他的话："你这慷他人之慨倒说得这么冠冕堂皇，这不算我的温居礼物啊，改天再给我补上。"

陈鹤森无奈地笑："行啊。"

郑野要给他倒酒，他伸手虚虚挡了一下杯口："我不喝了，明早还得去医院。"

郑野放下酒瓶，总算可以坐到位子上，不轻不重地呼了一口气："这伺候的总算可以吃口热乎菜了。"

接下来的时间，梁蔚有些食不知味，好在吃到九点，众人也打算散了。

席上的人除了陈鹤森和郑野没碰酒，其他人多多少少喝了点儿，舒乔便安排陈鹤森送梁蔚和庄絮回去。

庄絮还在洗手间里，梁蔚便坐在沙发上等她。

郑野冲陈鹤森道："我们哥儿俩先下楼抽根烟？"

陈鹤森一眼看穿他的心思："我姐又给你安排了什么任务？"

郑野"哎"了一声，伸手抓了抓头发："还真是瞒不过你。"

两个人往门口走去，郑野不说，陈鹤森也不着急问。

夜里的风有点儿凉，郑野从兜里掏出包烟，递了根给陈鹤森："先铺垫一下。"

陈鹤森偏头笑了："你不是和我姐说了要戒烟吗？"

"烟哪里是那么容易就能戒的！我抽了十几年了，要戒烟也是很难的，慢慢来。"郑野径自点了根烟，"你和陶遥几年没联系了吧？"

陈鹤森靠着车身抽烟，眉头很轻地皱了一下："没联系。"

郑野吐了口烟，烟雾缭绕散开："没联系也好，省得你俩互相耽搁。"

陈鹤森轻飘飘地说："你要跟我说的就是这事？"

郑野弹了一下烟灰："不是，你姐要给你介绍女朋友。"

陈鹤森说："别，我现在工作这么忙，还是别耽误人家姑娘了。"

郑野忙说："你这人，我还没说是哪个呢……"

陈鹤森摁灭烟头，一口回绝："行了，这件事就不劳你俩费心了。"

这时门口传来清脆的笑声，陈鹤森目光偏了偏，郑野也循声看去。

庄絮忽然挽住梁蔚的胳膊，梁蔚愣了两秒，就听她说："梁蔚，等会儿让我坐副驾驶座好不好？"

梁蔚点头："可以啊。"

庄絮笑意明显："那谢啦。"

梁蔚微抬眼眸，就瞧见了站在低矮灌木丛旁的陈鹤森。他此刻穿了外套，长身玉立，在橘色光线下侧脸轮廓显得俊逸温柔。

梁蔚感觉自己的心跳忽然就快了几拍。

舒乔说："鹤森，你送一下梁蔚和庄絮。"

陈鹤森点了点头，拿出车钥匙绕过车头，率先上了驾驶座。

梁蔚和庄絮按照先前说好的，各自上了车。

庄絮说："哎，麻烦你了，陈医生。"

"不用客气，叫我的名字就行。"陈鹤森提醒了一句，"系上安全带。"

庄絮"哦"了一声，拉过车窗旁的安全带，低头扣上。

陈鹤森把车子开出去，淡淡地问："先送谁？"

庄絮忙不迭地说道："先送梁蔚吧，她住处近点儿，在世纪城小区，我住白马区。"

梁蔚这才后知后觉庄絮刚才问她住址的目的，也明白了在听到她的回答后，庄絮眼睛就亮了的缘由。不过这样也好，避免了她和陈鹤森交谈。她实在还没做好和他重遇的心理准备。

今晚这一出确实在她的预料之外，她曾经设想过两个人若干年后再见时的场景，却从来没想过会是这样的场面。

她居然是在他姐姐家吃饭，然后遇到了他。

两个人将近七年没见了，他看起来似乎也不像还记得她的样子，也许早就忘了他高二的班级里曾有一个叫梁蔚的同班同学。

车子行驶在大道上，庄絮时不时找些话题和他聊，陈鹤森一手握着方向盘，偶尔淡淡回应两句，又或者轻点两下头。

梁蔚坐的方向刚好就在陈鹤森背后，一抬眸，她就能看到他短短的发梢以及笔挺整洁的衬衣领口。

遇到一个红灯时，陈鹤森缓缓停下车子，伸手开了车载广播，刚好是音乐频道，在放一首歌，歌曲到了间奏部分。

梁蔚为这熟悉的旋律心下一跳，下一刻歌词就印证了她的猜想。

"遥远的路程昨日的梦以及远去的笑声，再次地见面，我们又历经了多少的路程，不再是旧日熟悉的我，有着旧日狂热的梦，也不是旧日熟悉的你有着依然的笑容，流水它带走光阴的故事改变了我们，就在那多愁善感而初次回忆的青春。"

庄絮说："听到这首歌，就想起了我的高中生活，我们班高考结束后的谢师宴，全班一起唱了这首歌。"

陈鹤森轻笑了一声。

庄絮又问："陈医生，你唱歌好听吗？"

陈鹤森淡淡地回应:"唱得一般。"

梁蔚心绪复杂,为今晚这微妙的巧合。

好在过了这个路口,她的住处就到了。梁蔚在下车之前,和他说了今天见面以来的第一句话,一句"谢谢"。

未等他有所回应,她就匆匆下了车。

梁蔚进了小区的单元门后,回头看了一眼。

他发动车子,掉了个头,然后将车子开走。

回到住处,梁蔚刚打开灯,就接到李菀的电话:"在你那个制片姐姐家吃完饭了没?"

梁蔚走到沙发前坐下,拿过一只抱枕随手垫在身后:"刚到家,怎么了?"

李菀那边有汽车鸣笛的声音,梁蔚微微皱眉,就听到李菀说:"没什么,就是打电话和你说一声。我这一周准备外拍,现在坐车去机场,这两天估计见不了面,等我回来我们再约。"

"好,你先忙。"梁蔚低声说,"我这两天也刚好要回一趟抚市。"

李菀敏感地听出她的情绪不对劲:"你怎么了,声音听起来兴致不高?"

梁蔚顿了两秒,张了张嘴,想说她今天遇见陈鹤森了,但忽然间又失去说话的欲望:"没有,估计是昨晚没睡好,今天有点儿累。"

李菀说:"那你早点儿休息,我快到机场了,要准备下车,不说了啊。"

梁蔚下意识地点了点头:"好,你外拍注意安全。"

挂断电话后,房间里一时异常沉寂,梁蔚忽然有点儿想抽烟。这是她这几年跟组生活养成的习惯,不是什么好的习惯。有时候熬夜改本子的时候,她会适当地抽上一根解解乏,但好在她的烟瘾没有李菀大。

手机突然振动了一下,是舒乔姐发来的微信消息,问她到家了没。

梁蔚:"到了。"

舒乔:"好,早点儿休息,以后有时间再聚。"

梁蔚回了个"嗯嗯"的表情包。

梁蔚又在沙发上坐了一会儿，不免想起他今晚孑然一身地就来了，也没带他的女朋友。是女朋友工作太忙了，还是……？梁蔚的思维有些发散，她赶紧让自己打住，停了下来。

梁蔚点开微信通讯录，找到姚知伽的头像。她有定期清理微信聊天记录的习惯，一般和人聊完天，如果不是工作上的事，就会直接清理聊天记录。李菀说她多少有点儿强迫症，还开玩笑说自己有个朋友是心理医生，要不要介绍给她认识。

梁蔚在输入框里打字，想问陈鹤森的事，又觉得贸然开口多少有些奇怪。自从姚知伽和邬胡林分手后，梁蔚就再没从姚知伽嘴里听到过关于陈鹤森的事情了。

梁蔚最终还是没有给姚知伽发消息，今天不过是凑巧碰面，下一次碰见还不知道是什么时候，这些举动实在有些可笑。

第二天，梁蔚就订了高铁票回抚市，去之前也没提前跟周珍说一声。

等她到了家门口，吃了闭门羹——没一个人在家里。

梁蔚站在门口，给周珍打电话，免不了被说教两句："你这孩子都这么大了，怎么做事还毛毛躁躁的，要来也不提前打个电话？"

梁蔚哭笑不得："那你们什么时回来？"

周珍说："吃完晚饭回去，你打辆车直接过来，我们都在你小姨这里。"

梁蔚又提着行李箱进了电梯，这一刻多少有些庆幸当初给周珍买房的时候，没有听周珍的买那种没电梯的老式小区，不然现在提着行李箱上上下下的，她这细胳膊细腿肯定吃不消。

半个小时后，梁蔚风尘仆仆地到了小姨家。

她进了门，周晓蕾伸手接过她的行李箱，下意识地提了提，沉得皱起眉头："这里头装的都是什么呀，这么沉？"

"给姥姥和姥爷买的一些东西。"

姥姥给她倒了一杯水："累了吧，提着这些东西跑来跑去的。姥姥都跟你说过多少次了，你赚钱了就攒着，自己往后要花钱的地方还多着呢，不用特意给我们买东西。姥姥、姥爷想要什么，会跟你妈和小姨说，下次不要买了。"

第十二章

梁蔚喝了口水，哄着老人家："知道了，下次不买了。"

姥姥拍了拍她的手："你啊，每回都这么说，下次该买还是买。"

梁蔚侧目，有些疑惑地问周珍："今天怎么都来小姨这里？"

周珍说："你小姨父请吃饭。"

梁蔚诧异地看了周晓蕾一眼："小姨父？"

周晓蕾笑了笑："八字还没一撇的事呢，别听你妈瞎说。"

周珍接过话头："我哪里是瞎说了？那今天晚上请吃饭的是谁？不明不白的人请吃饭，那我和爸妈就不去了。"

周晓蕾没辙了："行，行，行，你说什么就是什么吧。"

周珍又转了话题，对梁蔚说："你这次在抚市多待几天，顺便见见那个男生。"

梁蔚正在剥橘子，闻言停了停："妈，你说认真的啊？"

"这事哪有说着玩的？我上回给你打电话，你不是让我问清楚他的职业？我问了李阿姨，人家是在游戏公司上班，总监职位，收入也不错。"周珍说，"不过妈妈还没和人家确定时间，就想先问一下你的意思。李阿姨打电话催了我好几次，说等你来抚市了，一定要约个时间见见。"

梁蔚笑了笑："算了吧……"

"怎么就算了？"周珍不解，"哎，闺女，你和妈说老实话，你心里是不是有什么人啊？"

梁蔚浅浅一笑，无力反驳道："哪有什么人啊？你又胡思乱想什么？"

周晓蕾坐在沙发扶手上，跟着说："蔚蔚才二十几岁，着什么急呀？让她多玩几年，缘分到了，不用你催，她自己就会谈恋爱了。"

周珍叹气："我这不是也怕她因为我和她爸的事对婚姻有阴影嘛！"

梁蔚倒是没想到周珍还有这一层顾虑："妈，你别瞎想了，我这几年没谈男朋友，一来是因为工作忙，二来确实没碰到合适的。"

周珍脸色缓和了几分，不再坚持："那行吧，妈妈找个理由推了李阿姨那边的人，你自己要是遇到合适的，一定要试着和人家处处。"

周珍口中的小姨父全名叫周文晋，大小姨五岁，离过婚，不过没有孩子，相貌周正，性格温和，工作和人品都很好，除了离过婚。

回去的路上，姥姥忍不住和周珍说了两句："这小周啊，哪里都好，今晚相处下来，也看得出是一个不错的孩子，唉，就是离过婚。"

周珍说："小妹喜欢，你就随她吧。再说周文晋虽然离过婚，但好在没孩子，也算还好了。小妹脑袋瓜比我好，挑人的眼光总不会比我差，你也别瞎担心了。"

姥姥心下一沉："你妈我这辈子就没怎么看错过人，唯一看错的就是梁国栋。"

周珍心烦："妈，别提他了，破坏心情。"

经过今晚的这顿饭，梁蔚对小姨父的第一印象也不错。在餐桌上，他对周晓蕾照料周到不说，点菜时也一一问了大家有没有什么忌口的。偶尔周晓蕾使唤他给姥姥、姥爷盛汤，他坐坐站站好几次，也丝毫不见不耐烦的样子，是个温柔的人。

几个人说着说着，话题又扯到了梁蔚身上。

周珍说："你以后找人就找这种脾气好、对你也好的男人，有钱没钱不是顶重要的事。"

梁蔚看了一眼窗外，点头说知道了。

梁蔚在抚市住了一周就回雁南城了，刚回没两天，李菀外拍结束也回来了。

两个人约着碰了一次面，李菀请梁蔚吃日料。

李菀惯例拍了几张桌上摆盘精致的食物，一边修图，一边和梁蔚说："过一阵子，我们去滑雪吧！我顺便给你拍几张照片营业，我那些老粉还以为我和你闹掰了，都问什么时候能看到你出镜。"

早几年，李菀经常拿梁蔚来拍照练手，有时候还会发到微博上，导致梁蔚的微博小号也有一些颜粉。不过后来李菀在拍照风格渐趋稳定后，也就没再给她拍过了。

梁蔚说："行啊，要不就这几天吧。"

李菀说："那下周二吧，晚上我回去就把机票订了。"

两个人聊了一会儿，李菀忽然提及李卫今年过年可能会休假回来。

梁蔚上大学后，和李菀联系频繁，因此和李卫的关系也拉近不少，偶尔三个人还能约吃饭什么的。李卫高中毕业后就没再继续念书，混了一阵子，后来就直接去当兵了。服兵役满两年后，他又申请了转士官，顺理成章地留在了部队里，平常几乎没什么假期，因此很少回来。

梁蔚和他最近一次见面，还是两年前的事了。

"他现在在部队怎么样？"

李菀："就那样呗……"

梁蔚点了点头，也没再多问。

李菀忽然说："我那天去六院，你猜我碰到谁了？"

梁蔚心口一紧，下一刻就听到那个熟悉的名字从李菀嘴里蹦出。

"陈鹤森。虽然高中的时候有不少女生喜欢他，那个时候我是觉得这人确实长得不错，其他倒没什么太大的感觉，不过那天看到他穿白大褂的样子，确实还是有点儿被帅到。"

梁蔚的睫毛颤了颤："是吗？"

从日料店出来，李菀还有约，要去酒吧，梁蔚不太喜欢吵闹的地方，也就没跟去，两个人在店门口分开。

晚上十一点多，李菀发来机票的信息。梁蔚转手把机票钱转给了李菀，李菀没收，还骂了她一句"神经病"，梁蔚则调皮地回了句"谢谢老板"。

只是到了周一晚上，梁蔚突然接到周珍的电话，周珍火急火燎地让她马上回一趟抚市，说姥姥晚饭后到楼下散步摔了一跤，刚刚被送进医院，情况不是太好。

梁蔚的脸色都白了，她赶紧订了张动车票。等她到抚市医院的时候，已经是夜里十点多了。她出来得急，连外套都没穿，现在冷静下来，被冷风一吹，冻得直感觉手脚冰凉。

姥姥这一跤摔得挺严重，左股骨颈骨折是一方面，更加棘手的是还有脑出血的情况。碍于脑出血，姥姥目前无法马上手术，需要等出血稳定以后才能动手术。然而这一等不是几个小时就可以的，至少需要等两个月以后，姥姥才能被送进手术室。

周晓蕾不死心，又去找了一次医生，问能不能做手术，再次得到否定的回答后，周晓蕾失落的情绪溢于言表，总不能就这样眼睁睁地看着老人在床上躺两个月啊。

当晚，周晓蕾和周珍在急诊室外守着，梁蔚回家里照顾姥爷。等姥爷睡着了，梁蔚还在担心姥姥的情况，给周珍打了通电话，问姥姥现在怎么样，睡着了没。

周珍说："刚才一直喊疼，这会儿睡着了，你也早点儿睡。"

母女俩又说了几句话便挂断了电话，梁蔚刚从耳边拿下手机，手机屏幕还未暗下去，屏幕上又弹出一条微信消息。

梁蔚点开，是舒乔姐发来的信息，问她在不在雁南城。舒乔刚好在她的住处附近吃夜宵，喊她出来一起吃点儿东西。

梁蔚凝了凝神，给舒乔姐回拨了一个电话，舒乔很快就接听了。

"舒乔姐，我现在不在雁南城，回抚市了。"

舒乔有些疑惑："不是前两天刚回去吗？怎么又回去了？"

梁蔚伸手摸了摸额头："我姥姥摔骨折了，我回来看看。"

舒乔问："严重吗？"

梁蔚和舒乔稍微提了一下目前的两难情况，舒乔便直接开口说："转来六院看看，这样吧，我把鹤森的微信推给你，你加他一下。"

梁蔚还未说话，舒乔就雷厉风行地挂了电话。

梁蔚握着手机的指尖逐渐收紧，过了一会儿，手机振动，是舒乔给她推了陈鹤森的微信名片。

他的微信头像和当初的 QQ 头像一样，梁蔚久违地再次看到那个熟悉的黑底绿色字母的头像，目光微凝。

紧接着，舒乔又发来一条信息："你加他吧，我和他说过了。"

梁蔚回道："谢谢舒乔姐。"

梁蔚眼下也没太多其他的想法，姥姥的病情最重要。她直接点开了那个头像，选择添加到通讯录，弹出了申请添加朋友的界面。梁蔚再次点击那个绿色的发送键。

不到一分钟，陈鹤森就通过了她的申请。

梁蔚动了动指尖，给他发了条消息："你好，我是梁蔚。"

CHS："我知道。"

梁蔚愣了几秒，不知道他这话的意思，是指他知道她叫梁蔚，还是记起了她是他的高中同学。

梁蔚没有过多地揣摩他的心思，组织好了措辞，把姥姥的情况直接发了过去。

过了一会儿，对话框显示对方正在输入，梁蔚等了一会儿，他才发来信息，却只有简短的几个字。

CHS："方便接语音电话吗？"

手机似乎在发烫，梁蔚蜷缩了一下手指，抿了抿唇，回了"方便"两个字。

他似乎在外面，背景音有些嘈杂，隐隐有车流声，有一个带着点儿地方腔调的男声在问他："陈鹤森，你去哪儿？"

"接个电话，你们先吃。"他说。

"不会是女朋友吧？"

她听到了那句调侃，心跳瞬间快了一拍。他好像走到了僻静的地方，车流声和人声霎时就小了很多。

梁蔚失神片刻后，听到他低声唤她："梁蔚？"

微信语音通话，她按了外放。

寂静的房间里，他低沉的声音响起，像是石子掷入深潭，"咚"的一声，激起一圈圈涟漪。

梁蔚定了定神："我在听。"

陈鹤森说："你外婆的这种情况算是比较棘手的，加上患者年龄偏大，大多数医生是不会冒这个风险的。即便医生愿意动手术，在麻醉这一关上也存在不小风险。不过，要是让老人家就这样躺在床上等两个多月，也会有其他并发症出现。"

梁蔚呼吸一紧，有些着急："那怎么办？这边的医生说什么也不肯做手术。"

陈鹤森安抚她道："这样吧，我等会儿给我的导师打个电话聊一下，再给你回电。你顺便把你外婆的病历资料以及 CT 片子整理一下，拍照传给我。"

梁蔚抿了抿唇说："好，麻烦你了。"

陈鹤森似乎笑出了声："老同学，帮忙不是应该的？"

原来他那晚认出她了，紧接着她又听到他问："你的电话号码是多少？等会儿你一起发给我。我和导师通完电话再联系你，先挂了。"

梁蔚说："谢谢。"

陈鹤森笑了笑："客气了。"

梁蔚挂了电话，才发现自己的手心出了层湿汗。梁蔚马上给小姨发了微信，让她把姥姥的病历和 CT 片子拍照发给自己，周晓蕾直接打了个电话过来问原因。

梁蔚轻描淡写地说："我有个同学在六院工作，刚才把姥姥的情况稍微跟他说了两句，他让我把姥姥的病历资料发给他看看。"

周晓蕾也说："文晋也建议转去六院看看，行吧，我现在就把病历资料拍给你，你顺便问一下你同学病人转去六院要办什么手续。"

在等小姨把图片发来的间隙，梁蔚的手机屏幕突然亮起，来电显示是一串陌生的号码，归属地是雁南城。这不是她高中烂熟于心的电话号码，他什么时候换的手机号码？

梁蔚怕吵醒姥爷，特意将手机调了静音，此刻手机振得她手指一阵发麻。梁蔚吸了口气，按了接听键，轻轻地"喂"了一声。

陈鹤森说："你现在在不在抚市，明天方不方便来六院一趟，顺带把病历资料也带过来？"

"方便，那我明天回去一趟，"梁蔚说，"几点见面？"

"上午十点。"陈鹤森停了停，问她，"会不会太早？不然推到下午也行。"

"就十点吧。"梁蔚急忙说。

陈鹤森"嗯"了一声："你来的时候给我打电话，我在门诊大厅等你。"

"好的。"

隔天梁蔚醒来，到楼下给姥爷买了早餐，姥爷也想要跟着去，梁蔚劝了老人家一通，他才愿意在家里待着。梁蔚下了楼，就赶紧拦车去医院。

姥姥躺在病床上，一整夜被病痛折磨着，时睡时醒，脸色看起来有些憔悴，见她进来，就要起身。梁蔚快步走到床前，握住了老人家的手："姥姥，你别起来。"

姥姥忍着疼痛，不想让她担心，还有心情朝她笑，宽慰她："哎，姥姥没事，担心了吧？"

梁蔚轻轻"嗯"了一声："你这几天听医生的话，乖乖的，别乱动。"

姥姥抬手轻轻拍了拍梁蔚的手背："知道了，姥姥会听医生的话。"

梁蔚又和老人家聊了两句,时间差不多了,便准备前往高铁站。正好周珍装了热水回来,拦住她问了一句:"你和小姨说的那个在六院工作的同学是谁?"

梁蔚也没多想,脱口而出道:"陈鹤森。"

周珍皱眉想了想,声音响了一点儿:"就你爸那个大学舍友的儿子?你们还有联系?"

梁蔚抬腕看了一眼时间:"刚联系上的,以后再跟你说这事,我先走了,不然等会儿要迟了。"

梁蔚紧赶慢赶地到达高铁站时,她的那一趟车刚好在检票。检完票,她刚走到站台上,动车就呼啸着进了站,掠过一阵凉风。车门自动打开,秉持着先下后上的原则,等出站的人下得差不多了,梁蔚才随着人流上车。

梁蔚的座位是靠窗的,这一站上车的人比较少,整个车厢空荡荡的。她扭头看了一眼窗外,有一种不真切感。

过两个小时她就要见到他了。

那天在舒乔姐家遇见他,她不过以为是凑巧,觉得接下来他们也不会有碰面的机会,却没想到才过了几天,两个人不仅加了微信,还存了彼此的手机号码。

想起高中那会儿,她连加他的QQ都不敢,因为存了那点儿小心思,总觉得自己加他的QQ的心思不纯粹,生怕被他看出什么。

两个小时的时间很快,梁蔚到达门诊大厅时,就看到了站在石柱旁的那道颀长身影。

梁蔚脚下一滞。

她进来之前给他发了条信息,说自己还有十五分钟左右就到。她本以为自己到了后要再等他几分钟,不料他却已经先下来等着了。

他穿着淡蓝色的衬衣,白色大褂搭在手臂上,正低头摆弄着手机,神情认真,侧脸轮廓冷峻,表情若有所思。门诊大厅人来人往,他气质出众,有不少姑娘频频往他站的位置瞄上几眼。

他似乎有所察觉,抬了一下头,接触到她的视线,眼里露出些许笑意。

梁蔚望着他朝自己慢慢走来,直到他走到她跟前。

陈鹤森说："来了，怎么没给我发信息？"

梁蔚定了定神："刚想给你发条信息说我到了，就看到你了。"

陈鹤森把手机揣入裤袋里，换了只手臂拎着白大褂，下巴朝扶梯的方向抬了抬："走吧。"见梁蔚的视线还盯着他手上的白大褂，他挑起眉，"怎么了？"

梁蔚别开眼，佯装镇定地说："没有，你怎么不穿这个？"

陈鹤森抬了一下搭在手臂上的白大褂，笑着说："穿着这个，站这里太显眼了。"

两个人往扶梯走去，梁蔚落后他半步，一抬眼看到的就是他的背影。

陈鹤森说："你姥姥今天情况怎么样？"

梁蔚说："还是疼，她都不敢翻身，我小姨打算把她转到六院来，不知道需要办理什么手续？"

陈鹤森回头，发现她站在下一级的梯级上，扬眉走了下去，与她站在同一级梯级上。

梁蔚怔了怔，他神色如常，缓缓开口："需要你们家里人向主治医师提出要求，那边的医院领导批准后，再和我们医院联系。不过，我会先和我们这边的人打声招呼，这样也能节省点儿时间。"

到了他的导师办公室门前，陈鹤森穿上了白大褂。他身高本就高，穿上白大褂就更显身颀长。他抬手叩门，里头传来声音："进来。"

陈鹤森先进去，梁蔚跟在他身后。

他的导师叫吴广春，身材微胖，戴着副无框眼镜，看着面相和蔼。见两个人先后进来，他笑眯眯地看了他们一眼："这个小姑娘就是你的高中同学？"

陈鹤森点头，介绍了两句情况，把梁蔚带来的病历资料递给吴广春。

吴广春翻阅着资料，又去看 CT 片："这个手术做和不做都有一定的风险性，小姑娘，鹤森也给你讲过了吧？"

梁蔚点了点头说："他和我讲过了，我们家里人的想法是想做手术。吴教授，能不能先把我外婆转到六院来住院，后面等她的脑出血情况稳定点儿再看能不能动手术？"

吴广春把桌上的病历资料都收到装着 CT 片的袋子里，沉吟片刻，说："这样也行，不过我刚才看了一下你带来的片子，你外婆的脑出血情况还没有明显好转，这几天还是先别着急转院，等过一周再做一次头颅 CT 检查，情况稳定了，再给老人家办理转院手续，不然盲目转院也有一定的风险。"

两个人从办公室里出来，梁蔚动了动唇，正欲再道声谢，却听陈鹤森问："等会儿还要回抚市？"

梁蔚回道："下午再回去。"

陈鹤森一只手插在白大褂口袋里，眼神落到她的脸上："那你等我一会儿，咱俩顺便一起去吃顿午饭？"

梁蔚抬眼，疑惑地问："你不用上班吗？"

"我下午没班。"陈鹤森笑道。

梁蔚深吸了一口气："那我请你吃午饭吧，算是谢谢你帮我的忙。"

陈鹤森勾起嘴角笑了笑，以眼神示意走廊两侧的长椅："你在这里坐一会儿，我先回一趟休息室拿外套。"

梁蔚点了点头，应了声"好"。

陈鹤森走后，梁蔚在走廊的靠椅上坐下，视线还停留在他挺拔的背影上，直至他的身影经过一个拐角，再也看不见。

手机突然响起一声提示音，是周晓蕾发来的微信信息，问她到六院了没有。

梁蔚起身离开，给周晓蕾打了个电话，在等待对方接通电话的时间里，走廊上不时有来往的病人，声音有些嘈杂。梁蔚拿着手机往楼道口走去，推开了一扇消防门。

消防门厚重，她用了点儿力气才推开。电话接通后，梁蔚就听到周晓蕾在那端问："聊得怎么样？"

"吴教授建议让姥姥先在当地医院再住几天，等脑出血情况稳定一点儿了再转院。"

梁蔚边说边时不时注意着消防门缝外的长廊，怕陈鹤森拿完外套来找她，没看见自己以为她先走了。

闻言，周晓蕾说："这样也行，那你什么时候过来？"

"下午吧。"

周晓蕾说："你姥姥这情况，一时半会儿也做不了手术，你别着急，要不然就在雁南城待一天，明天再过来，跑来跑去也怪累的。"

梁蔚笑了笑："我不累，我请我同学吃顿饭，等会儿就回去。"

周晓蕾也肯定地说："是该请你同学吃顿饭，那先这样了，别的事等你回来再说。"

梁蔚挂了电话，原本一直按在门框上的手，力道不注意松了点儿，门便脱离了控制。眼看着门便要严丝合缝地砸上去，她轻轻"哎"了一声，外头已有一只骨节修长的手抵住了门板，大力顺势一推，门便被推开。陈鹤森的脸出现在门后，他微眯着眼，视线落在她的脸上："怎么在这儿待着了？"

梁蔚解释道："打个电话。"

陈鹤森挑了挑眉："说完了吗？要是还没说完，我先在外面等你一会儿。"

"已经说完了，我们现在走吧。"梁蔚忙不迭地说道。

陈鹤森"嗯"了一声，抬手按住门，让她出去。梁蔚从他的身旁走过时，肩头似乎碰到了他身上的黑色外套，窸窣的摩擦声飘入耳里，梁蔚睫毛一颤。

陈鹤森关上了门，走廊两侧都是坐着在等看病的人，陈鹤森一只手插在裤袋里，问她："你想吃什么？"

梁蔚浅浅一笑："我请你吃饭，应该主随客便，你来选吧。"

陈鹤森侧目："有忌口的吗？"

梁蔚摇头："没有。"

陈鹤森点了点头："那好办。"

陈鹤森挑的吃饭的地方就在六院附近的一家兰州拉面店。

梁蔚脚步微滞，陈鹤森见身后的人没有跟上来，回了一下头，以眼神示意："怎么了？"

梁蔚抿了抿唇，诚实地说："我请你吃饭，吃这个似乎不太好？"

陈鹤森笑着轻声反问："哪里不好？"

梁蔚还未说出个所以然来，店里的老板就已经从后厨出来，眼尖地看到了门口的陈鹤森，热情地招呼起来："陈医生，来吃饭啊？"

陈鹤森声音含笑地应道："是，带了个朋友一起过来。"

老板说："那赶紧进来呀，外面冷，等会儿别冻着了。"

两个人先后进了门，老板的目光率先落在陈鹤森身后的梁蔚的脸上，暧昧地在两个人身上来回打转："你这朋友倒是第一次见。"

陈鹤森说："高中同学。"

两个人来的时间刚过饭点，这会儿店里也没什么人，老板听到陈鹤森这话才缓缓收回了视线，拿着抹布过来擦干净其中一张桌子："陈医生，坐这儿吧……"

陈鹤森领着梁蔚过去，两个人面对面坐下，餐单就贴在桌上。陈鹤森说："这里的葱油饼不错，要不要尝尝？"

梁蔚点头，和陈鹤森各要了一份牛肉拉面。

等待面上来的间隙，梁蔚主动挑起话题："你和这家店的老板很熟吗？"

陈鹤森看了一眼手机："蛮熟的，这老板曾经是我的导师的病人。"

这时老板端着面从后厨出来，听到两个人的谈话，笑眯眯地说："我那会儿在工地上班，因为从高处跌落摔伤在六院住了一阵子。那时候陈医生也刚来六院不久，是我的管床医生。出院后，我的身体条件不允许我再在工地工作，我就干脆在六院附近开了一家面店养家。幸好陈医生时常带些朋友来光顾，这小店才开得下去。"

陈鹤森笑了笑："那也是你们家面店的东西味道确实做得好，不然就我偶尔带上几个朋友来吃饭，恐怕也只是杯水车薪。"

老板被夸得眉开眼笑："还是陈医生会说话。"

梁蔚看了他一眼，他态度真挚，这话不像是随口敷衍。她又想起以前在高中的时候，班级里的男生都服他，或许这就是原因所在。自幼家境殷实、生来天之骄子的他，却也能与那些为温饱挣扎的人共情，而不是以一种居高临下的态度倨傲相待。

从面店出来，陈鹤森开车送她回了住处。梁蔚不免多想，他待她这般，是因为她和舒乔姐认识，还是因为他们是同班同学？她转念又想，不管是哪种原因，他大概都会这样周到待人吧。

梁蔚回到家里，收拾了几件衣服和护肤品放到行李箱里。那天她回去得急，什么东西也没带，连身上的这件大衣都是小姨的。

梁蔚在抚市的这几天，每天都和陈鹤森保持联系，主要也是定期向他汇报姥姥每天的情况，他也会提醒些需要注意的细节。其间，舒乔姐也打来一次电话，问过她姥姥的情况。

一周后，姥姥再次做了脑颅CT检查，显示脑出血情况稳定，于是梁蔚他们便联系确定了转院时间，就定在这周三。

姥姥被转移到六院住院病房的第二天，陈鹤森跟着吴教授来病房查过一次房。吴教授的身后除了陈鹤森，还跟着几个年轻的医生，都穿着白大褂。但即便是寻常的白大褂，穿在陈鹤森身上，也与其他人不同。

梁蔚当晚在医院陪床，让周珍和周晓蕾回她的住处休息。周珍和周晓蕾已经连续陪护了将近两周，都有些体力不支。

陈鹤森来查房时，她刚好在给姥姥掖被角，姥姥还不停念叨着"我不冷"。梁蔚皱眉，板着一张脸，色厉内荏道："你昨晚都有点儿鼻音了，把被子盖好。你不是说要乖乖听话，不让我担心的吗？"

陈鹤森站在吴教授身后，不动声色地轻扬眉梢，就听到吴教授说："老人家，你外孙女对您真孝顺。"

梁蔚回了一下头，视线不期然地撞上吴教授身后的陈鹤森的目光。他眼底含着浅浅的笑意，梁蔚心下一跳。

姥姥说："哎，她是孝顺。医生，我这手术什么时候能做啊？这医院我都待烦了。"人临老了就会成为老小孩，说话也有些肆无忌惮。

吴教授也不觉得被冒犯，耐心地解释了两句，说要等脑外科医生来看一下她的脑颅CT片，她是否受得了麻醉，然后才能确定手术时间。

陈鹤森基本没怎么开口，直到他和吴教授走出病房，梁蔚才松了一口气。

姥姥问她："蔚蔚，你那个高中同学长得确实俊，他有没有女朋友？"

梁蔚心下一沉，垂下眼皮："我不知道。"

姥姥并没有察觉异常，低声说："这孩子我看着就喜欢，从待人接物也看得出家教良好，不知道我家蔚蔚以后的对象是什么样的？"

梁蔚牵起嘴角笑了笑："好端端地怎么突然说起这个了？"

姥姥有些调皮且无奈地说："唉，姥姥老咯，想喝我外孙女的喜酒咯。"

经过脑外科和麻醉科医生的会诊，姥姥的手术时间终于确定了下来。周晓蕾和周珍松了口气的同时，又不免为接下来要进行的手术感到担忧。

手术时间定在早上九点，陈鹤森和小姨她们进行了一次术前谈话，并告知对这类患者，股骨颈骨折采取的手术方案主要是髋关节置换术。姥姥活动能力较弱，属于高龄有基础病，便采取了创伤较小的半髋置换手术。

陈鹤森讲完手术方案，又讲了讲手术过程中可能遇到的风险。周珍听了以后脸色白了些，陈鹤森似乎看出了周珍的担忧之色，又宽慰了两句："阿姨，这只是术前必须要走的流程，您别太担心，老人家目前的身体情况是符合手术条件的，应该不会有太大问题。"

周珍的脸才恢复了点儿血色，她点了点头说："麻烦你们了，陈医生。"

术前准备完毕，姥姥被推进了手术室，梁蔚她们守在门口。

周珍坐在椅子上，叹了一口气："你姥姥这次手术要是成功，以后二老下楼散步，我都去陪着。"周珍对姥姥摔伤的事始终抱有愧意，觉得是自己照顾不周到才导致老人家受这大罪。

周晓蕾说："姐，没事的，别太担心，医生同意手术，肯定也是有一定把握的，你别瞎担心了。"

梁蔚坐在旁边，从头到尾没说一句话。

手术结束的时候已经将近十一点半。手术室的门被推开，陈鹤森先走了出来。他穿着绿色的无菌手术衣，整张脸只露出一双似深潭般的眸子："手术进行得很顺利，等一下病人就会被推出来，家属请放心。"

周晓蕾和周珍连忙起身："谢谢医生。"

陈鹤森声音沉稳温和地说："这是我们该做的。"

他再次折身进了手术室，等手术室的门再次从里头打开，姥姥躺在病床上被推了出来，麻醉效果还没过，姥姥还没清醒。

梁蔚跟着周珍她们，把姥姥送回了病房。

直到半个小时后，姥姥睁开了眼，梁蔚心中的石头才算落了地。她拿着棉签蘸了点儿水，润湿姥姥的嘴唇，又陪着姥姥待了一会儿。

等周珍和周晓蕾吃了午饭回来，梁蔚借口出去买东西走出病房，来到走廊尽头，拉开一道消防门走了进去。

这处楼道口有一扇小窗户，梁蔚伸手推开窗，指尖沾了点儿灰尘。她抿了抿手指，从外套口袋里拿出先前在六院附近的便利店买的那包烟，烟盒的塑料膜还没被拆。

刚才姥姥被推进手术室，她好几次想抽根烟缓解焦虑情绪，但最终都强压了下来，怕被周珍发现她抽烟的事。

梁蔚撕开塑料膜，刚抽出一根烟，身后的消防门再次被推开，梁蔚下意识地回头，就对上了陈鹤森的视线。

梁蔚呼吸微微收紧，下一刻，他的视线移向她手上的烟盒。他的目光烫人，几乎同一时间，她攥着烟盒的指尖收缩了一下。

陈鹤森轻轻扬眉，不由得想起那天在舒乔家里遇到她。她这几年变化似乎有点儿大，这种变化不仅是指外貌上的，就连性格都外向了一点儿。她高三转学，黎波为此还遗憾了一阵子。再后来班里有人传是因为她家里出了点儿事情她才转学的，具体是什么事，陈鹤森也不太清楚。

其实这几年里，陈鹤森曾经在邬胡林那里看过她的相片，是在他大四那会儿。那时他和陶遥分手不久，邬胡林从国外读研回来约他吃饭，给他看过手机里梁蔚的相片，那会儿邬胡林和姚知伽也还没分手。

当时两个人正在聊天，大多数是邬胡林抱怨在国外读研生活辛苦，又或者是有种族歧视的问题，其间姚知伽给邬胡林发来梁蔚的微博的相片，邬胡林看了一眼，就乐呵呵地把手机递给陈鹤森："你认认，这是谁？"

陈鹤森拿起啤酒喝了一口，瞟了他一眼，没什么表情地接过手机，以为又是哪个老同学发的搞怪照。他视线随意扫了一眼屏幕，是一张女生的相片。

相片风格趋向冷色调，女生是照片里唯一的亮色。女生蹲在地上，被冻得通红的手指握着一把透明的雨伞，伞面上是密密麻麻的碎屑般的雪花。伞下的女生穿着浅紫色的毛衣，长发散落在两侧肩头上，露出一张神色冷淡的侧脸，鼻梁秀挺，面容沉静。

邬胡林紧紧盯着他，说道："别说你认不出这是谁啊？"

陈鹤森点了点头，把手机还给他，几乎没有迟疑地说："梁蔚？"

"对，就是她。她这么一照，变化还挺大的。"邹胡林啧啧感叹，又抬头问他，"你觉得这张照片拍得怎么样，是不是挺好看的？"

初看第一眼，陈鹤森确实有点儿惊艳，诚实地说："是好看。"

其实那会儿邹胡林已经有点儿喝大了。两个人聚餐要结束时，邹胡林忽然冒出了一句话。陈鹤森轻轻敲击啤酒罐身的手指骤然停了下来，他目光笔直地看向邹胡林，而邹胡林在说完那句话后直接趴下了。后来陈鹤森也没把邹胡林的那句醉话放在心上，毕竟只是醉得不清醒的人说的胡话，如何能当真？

两个人就这么直接对上了，眼前的梁蔚忽然间没了遮掩的意图，若无其事地把烟摁回烟盒："你怎么来这儿？"

陈鹤森从白大褂口袋里拿出烟盒，直言道："和你一样。"

梁蔚顿了两秒，不知该如何回应。

陈鹤森却说："是不是我在这里，你不方便？"

梁蔚连忙说："不用，我不抽了。"

陈鹤森朝她看去："是还在担心你姥姥的病情？"

梁蔚点了点头。

陈鹤森笑了笑说："手术很成功，后期再进行定量的功能锻炼，基本不会有什么问题，不需要过多担心。"

梁蔚轻轻"嗯"了一声，这时她的手机铃声突兀地响起，是周晓蕾打来的电话。

梁蔚按了接听键，陈鹤森也默契地没有出声。

余光里，她看到他从烟盒里抽出一根烟，准备送到嘴里叼着时，似乎又想到了什么，拿下嘴上的烟，放在手里把玩着，没有抽。

这一方空间顿时寂静得令人无端慌乱，梁蔚心跳如擂鼓，眼神飘忽。她转过身背对着他，手指重重按了一下窗户的凹槽，钝钝的痛感唤回了一点儿理智，她这才听到周晓蕾在那端说："蔚蔚，你买个东西怎么去了这么久？我打算回去一趟，你要跟我一起回去吗？"

梁蔚昨晚陪护，身上的衣服还没换，是需要回去换套衣服的。于是她低声回复："我现在就回去。"

挂了电话，她回过头去，发现身后已空无一人，不知道他什么时候悄无声息地离开了。

梁蔚心里叹气，忽然意识到将姥姥转到六院来是个错误的决定，至少对她而言是这样的。她好像又回到了高中的时候，心绪时刻被他牵引着，这是个不好的预兆。

梁蔚乘坐电梯到楼下，周晓蕾坐在车里等着，见她空手而归，奇怪道："不是说去买东西吗？东西在哪里啊？"

梁蔚心虚地说："卖完了。"

周晓蕾顺口问："你要买什么东西，和小姨说说？小姨到时候给你找找。"

梁蔚说："没事，现在也不急着用。"

周晓蕾多看了她两眼："你这孩子，今天怎么有点儿怪怪的？"

梁蔚没说话，周晓蕾说："听你妈说，那个陈医生和你还是高中同学？"

梁蔚靠着椅背，看了一眼窗外掠过的风景，低低"嗯"了一声。

周晓蕾接着说："你这个同学是不是在高中也很受女生欢迎？"

梁蔚扭头看着她："怎么说？"

周晓蕾笑着说："我刚才从病房出来，还看见病人家属向前台的小护士打听陈医生是否单身的事，说要给人介绍对象。"

梁蔚心口一紧："那护士是怎么说的？"

周晓蕾说："小护士说他是单身来着，又说了两句他家里的情况。他家境是不是不错，听说他外公还是市医院的院长？"

梁蔚的思绪有些飘散。

"蔚蔚？"

梁蔚回神，倏然看向周晓蕾。周晓蕾皱了皱眉，盯着她的脸："你是不是累着了？要不你晚上就待在家里休息一晚，今晚我在医院看护就好。"

梁蔚点了点头，也说了声好。

当晚梁蔚没有去医院陪护，和周珍两个人留在梁蔚租的那套房子里。因为太累，周珍也没心情做饭，梁蔚点了外卖，两个人将就着解决了晚饭。

吃完后，梁蔚收拾了外卖盒子，周珍坐在餐桌旁看着她忙碌的背影说："你姥爷一个人在抚市，这几天也没人照料。我想着明天过去看看，这两天你没什么事，就和你小姨轮流陪护你姥姥吧。"

梁蔚洗了手说："我没事，我最近都在休假。要不然你把姥爷接过来住吧，姥姥还得在医院待两周呢，也没那么快出院。"

"我也是这个意思，"周珍说，"那我明天把你姥爷接过来。"

母女俩洗漱完，各自回房间歇息。

梁蔚没什么困意，想起下午周晓蕾说的那一番话，不免胡思乱想——他是和他的女朋友分手了吗？

这时手机响了起来，是姚知伽发来的微信，问她是否回雁南市了，又说她这两天回来给她妈妈过生日，要不要见个面。

梁蔚坐直了身体，给姚知伽回复了信息，接着姚知伽发来一个定位。

梁蔚放下手机，打开衣柜拿出套衣服换上，走出房间。周珍也从隔壁的客卧出来，看了她一眼："要出门？"

梁蔚点了点头："知伽约我见面。"

周珍叮嘱了一句："早点儿回来。"

梁蔚乘坐电梯下了楼，叫的车也就到了。

姚知伽发来的定位是在一家商场里的咖啡店，梁蔚到的时候，姚知伽已经在玻璃窗旁的座位上等着了，见到她，抬了抬手示意。

梁蔚朝她走了过去，姚知伽笑着推来一杯咖啡："给你点了美式。"

姚知伽毕业后就在淮市的律所工作，律所业务忙，她又经常出差，除了过年或者节假日回来那么一两次，基本上就不怎么回来了。而梁蔚有剧本要写，跟组的周期短则半年、一年，长则两年，所以两个人见面的次数屈指可数，好在她们的关系并未因此疏远。

姚知伽将落在颊侧的发丝拨到耳后："你什么时候回来的？"

梁蔚端起纸杯，浅浅地啜了口咖啡："有半个月了。"

姚知伽说："接下来要休息多久？"

"应该到年后吧。"

姚知伽说："今年过年估计又是一轮同学聚会，我前两天听李橙说，这次 12 班也打算办一次同学聚会，你到时候去吗？"

李橙和姚知伽在同一个律所上班，前两年 12 班同学聚会的时候，李橙就给梁蔚发过微信，问她去不去。梁蔚那个时候刚好在跟组，压根儿没时间回来。倒也不是她有意避之，这几年来王彤组织的 12 班同学聚会，梁蔚总是因为各种各样的事而完美错过。

梁蔚抿着唇说："看情况吧，要是没什么事情的话我应该会去的。"

姚知伽像是想起了什么，笑起来："你和陈鹤森算是两个极端了，他几乎每年都会去参加同学聚会。"

梁蔚握着咖啡，咖啡的热度透过纸杯传递到指尖上，她似被烫着一般抬了一下眼："是吗？"

姚知伽肯定地点头："是啊，而且他现在在六院工作，你知道吧？"

梁蔚点了点头说："我知道，我这两天刚跟他见过面。"

姚知伽问她："你怎么会跟他碰面？"

梁蔚解释说："我和他表姐认识，后来因为我姥姥摔骨折的事联系过他。"

姚知伽眉心一蹙："你姥姥现在怎么样，没什么大问题吧？"

"没事，今天刚做完手术，过一阵子也就能出院了。"

姚知伽长吁了一口气："那就好。"

梁蔚"嗯"了一声，姚知伽又说："不过陈鹤森和那个叫桃子的女生分手了。"

梁蔚目光微凝："怎么分了？"

姚知伽说："之前听邬胡林提过几句，大概两个人都忙，聚少离多，矛盾深积，到最后感情淡了也就分手了。"姚知伽似想起了自己和邬胡林，长叹一声，"其实早恋也不太好，大家都不成熟，也不能容忍对方的性子。所以，人哪，还是要在对的时间遇见对的人才能修成正果。"

梁蔚抬头看着她，轻声说："那你和邬胡林没联系了？"

"没联系，"姚知伽淡淡地说道，"其实邬胡林和陈鹤森一样，骨子里都是挺傲的人。"

那晚梁蔚和姚知伽没聊太久，过了十点就各自回家了。

第二天一大早，梁蔚送周珍到火车站后再赶到医院，已经九点多了。

梁蔚刚踏出电梯，就看到长廊处的陈鹤森神色温和地哄着一个看起来八九岁的小姑娘:"筱筱,大家说你是最勇敢的啊,怎么今天不听护士姐姐的话了?"

那个叫筱筱的小姑娘皱着一张脸:"可我怕苦。"

"那哥哥给你颗巧克力,吃完药就不苦了。"

陈鹤森从兜里掏出巧克力,小姑娘顿时露出了笑容,稚声稚气地说:"谢谢哥哥。"

陈鹤森直起身子,伸手摸了摸小姑娘的脑袋。

这时小姑娘似乎察觉旁边的梁蔚,扭头看向她,声音清亮:"姐姐,你也想要巧克力吗?"

梁蔚还未说话,就见小姑娘又去问陈鹤森:"哥哥,你还有巧克力吗?"

陈鹤森笑了笑,视线瞥向梁蔚,伸手从白大褂口袋里掏出一颗巧克力递给了她:"最后一颗,给你了。"

梁蔚愣了两秒。

陈鹤森向她投去一眼,挑起嘴角:"不想要?"

她下意识地伸出了手,陈鹤森垂眸睨了她的手掌一眼,她的手指纤细,掌纹清晰,指甲没有涂抹甲油,是那种自然的淡粉色。

陈鹤森扬眉,将巧克力递给她,指尖短暂地碰到她的手。梁蔚垂眸,攥紧了手心里的巧克力:"谢谢。"

"筱筱,来吃药了。"

小姑娘从椅子上站起来,姿势别扭地往病房走去。梁蔚的目光落到小姑娘的左腿上,眼神有些震撼,头顶一道声音解释道:"她去年出了车祸,整个脚后跟脱套,做了几次手术。小姑娘平时挺坚强的,不知道为什么,今天突然闹脾气不肯吃药。"

梁蔚偏头,陈鹤森一只手插在白大褂的口袋里,眼神温柔地注视着小姑娘的背影。梁蔚情绪复杂,突然不知该说什么。小姑娘小小年纪就要遭受这些非常人所能忍受的病痛,确实不容易。

护士站突然有人喊了声陈医生,陈鹤森说:"先走了。"

梁蔚点了点头,回到病房。周晓蕾正准备给她打电话,见她进来,拉着她到门口说话:"蔚蔚,你可算来了,小姨等会儿要回抚市一趟,这两天就要辛苦你了,稍微看着点儿姥姥。"

周晓蕾早上接了个电话，说她开在抚市的美容店有顾客上门投诉，还在店里大闹了一场。店里的几个员工年纪小，被吓得六神无主，不知道该如何处理这事，一早就把电话打到她这儿来了。

梁蔚说："好，姥姥由我照料，小姨，你快回去吧。"

周晓蕾风风火火地离开，梁蔚走进病房，姥姥正拿着手机看电视剧。她这几天在病房里无聊，让小姨给她找了部连续剧看。姥姥按了暂停键："你小姨怎么了，是遇上事了吗？"

梁蔚避重就轻地回答："小姨店里出了点儿状况，她回去一趟。"

姥姥不大相信，又问了一遍："真没什么事？"

"能有什么大事？您别瞎琢磨，好好听医生的话进行功能锻炼。"梁蔚拿了个苹果，岔开话题，"姥姥，你要吃吗？我给你削一个。"

姥姥摆了摆手："不吃了，我早饭吃得到现在还撑着呢。"

梁蔚把苹果放回了果篮里。

到了下午，李菀提着水果篮和鲜花来医院看姥姥，梁蔚笑着从椅子上起来："不是让你别买这些了吗？"

"又不是买给你的。"李菀从她身边挤了过去，乐呵呵地叫了声，"姥姥，我来看你了。"

姥姥笑眯眯地说："唉，让你破费了。"

李菀说："应该的。"

李菀放下鲜花和水果，又看了一眼姥姥床边的小床，压低声音说："你晚上就睡这里？"

梁蔚不以为意："医院看护条件就是这样。"

李菀蹙眉："这样睡上一天，估计腰得疼。"

梁蔚摇摇头，淡淡地说："睡习惯了也还好。"

李菀在病房里待了大约半个小时，临走的时候，梁蔚送她下楼。两个人刚出病房，迎面就碰到了陈鹤森从另一间病房里出来。

梁蔚脚步微滞，陈鹤森已经看见她了："准备出去？"

梁蔚抿了抿嘴唇："送我朋友下去。"

陈鹤森看了一眼梁蔚旁边的李菀，微微颔首。李菀挽着梁蔚的胳膊，也冲他笑了一下。

两个人走到电梯门口，不凑巧电梯刚下去，还需要再等一会儿。

李菀朝梁蔚挤眉弄眼："你和陈鹤森现在还挺熟的？"

梁蔚因为姥姥住院和陈鹤森联系的事没有瞒着李菀，李菀对两个人现在这种熟悉情况也是了解的。

梁蔚偏头看着她："还好吧？"

李菀双手插在外套口袋里，手肘碰了碰梁蔚的："你现在对他还有感觉吗？"

梁蔚低头看着脚尖，含混地说："什么感觉？"

李菀白了她一眼，直接戳穿她："你就装傻吧。"

梁蔚右边的电梯刚好到了她们所在的楼层，两个人前后脚地走了进去。

李菀："昨天李卫给我打电话了，说今年过年会回来，到时候一起聚一聚？"

梁蔚按了关门键："可以啊。"

李菀："那就这么说定了。"

梁蔚去而复返时，姥姥也没再拿着手机看电视，正和邻床的阿姨聊天。

"送完李菀啦？"

梁蔚"嗯"了一声，在姥姥旁边坐下，姥姥说："哎，李菀谈对象了没？"

梁蔚抬眼："姥姥，你问这个做什么？"

姥姥说："让李菀给你介绍男朋友啊……"

梁蔚有些啼笑皆非："姥姥，你怎么还想这个呢？！你晚饭想吃什么？我等会儿给你去买。"

姥姥叹气："给我买一份水饺就可以。"

梁蔚点头："好。"

眼看差不多到饭点了，梁蔚打算出门到楼下买晚饭，可忽然间觉得小腹有点儿胀疼。梁蔚去了趟厕所，纸巾上有一点点血迹，她微皱起眉头，真是所有的事都凑在一起了。好在她早有准备，从包里拿出先前备好的卫生巾。

给姥姥买了份水饺，看着姥姥吃下以后，梁蔚收拾了碗筷，去洗手间洗了手出来，就窝在硬板床上休憩。其实这几年，她生理期的毛病好了很多，不似高中那会儿。以前每次痛起来，她几乎连饭都吃不下，但今天的疼痛程度，比以往猛烈。

梁蔚思来想去地寻找原因，想起前一周贪嘴喝了杯冷萃冰咖啡，那会儿还抱着侥幸心理，以为就一杯应该没什么问题。

梁蔚看了一眼床上熟睡的姥姥。

老人家习惯早睡，还未到九点便已经睡着了。梁蔚实在痛得受不了，掀开被子起身，打算拿热水瓶倒点儿水喝，可瓶身轻盈——没水了。

梁蔚叹了一口气，拿上热水瓶，轻手轻脚地出了病房。

走廊上静悄悄的，除了医护人员来往的脚步声，基本没有什么声音。梁蔚经过护士台，几个小护士正坐在台后安静地玩着手机。

梁蔚接了热水回来，临到病房门口，小腹又是一阵疼痛，她只能暂时先在旁边的长椅上坐下。她就走这几步路，背后已经出了一身冷汗。

忽然，她的视线里出现一双黑色皮鞋，梁蔚后知后觉地抬起头，撞进一双深潭般漆黑的眸子。

"不舒服？"

梁蔚小声说："肚子疼。"

陈鹤森看了一眼她的脸色，她鼻尖沁出细密的冷汗，嘴唇微白。他皱起眉头："吃坏东西了？"

梁蔚的声音低不可闻："不是。"

陈鹤森沉默半晌后眉目微动，似想到了什么，低声说了一句："你坐在这里等我一会儿。"

梁蔚疑惑地抬起头，他已经朝护士台走去，只留下一个高瘦的背影。他站在护士台前，似乎和护士长说了一句什么，梁蔚就见护士长的视线越过他的肩膀，八卦地在自己的脸上停留了两秒，然后递了一个东西给他。只是隔得太远，梁蔚也没看清是什么东西。

头顶是白炽灯，灯光有些晃眼，她坐在椅子上，指腹触到冰凉的塑料椅，定定地看着他朝自己走来。

他走到她身前，梁蔚感觉能闻到他身上清冽的气息。

手中传来温热的触感，软软的，是一个粉色的热水袋，不像是他会用的东西，陈鹤森似看出她眼里的疑惑，率先解释："找护士长借的，你拿去用一晚。"

梁蔚咬了咬唇说："这样会不会不太好？她不用吗？"

陈鹤森说："她有两个，没事，你先拿去用。"

梁蔚轻声说："谢谢。"

回到病房里，梁蔚轻轻掩上门，姥姥似乎被她关门的动静吵醒，半睡半醒地问了一句："去哪儿了？"

梁蔚走到床边，压低了声音说："没热水了，去接点儿。"

姥姥含混不清地"嗯"了一声，又接着睡觉。

梁蔚揭开软木塞，倒了点儿热水到纸杯里，又兑了点儿矿泉水，水的温度尚可入口，梁蔚喝了半杯，又裹着被子躺了下去。

温热的热水袋隔着一层薄薄的衣服贴在小腹上，暖意蔓延，疼痛也稍稍缓解了点儿。

梁蔚迷迷糊糊地睡着了，一觉安稳到天亮。再次清醒时，她是被病房里低低的交谈声吵醒的。她睁开眼，映入眼帘的便是一群身穿白大褂的医生。

梁蔚蒙了两秒，连忙低头看了一眼身上的衣服，是件薄荷绿的毛衣，还算衣冠齐整。她前几次陪护，每晚入睡前都会定好闹钟，在医生查房前起来收拾齐整。

此刻，梁蔚裹着被子，目光飘忽，察觉陈鹤森似乎看了自己一眼，可是等她看过去时，他正低头拿着听诊器给床上的病人听诊。

梁蔚收回视线，从硬板床上下来，身上的热水袋因为她起身的动作掉落在地板上，沉闷的落地声又引来几道目光。

她脸一热，忙低头将热水袋捡起来放回床上，一回头就对上姥姥笑眯眯的眼睛。

"睡醒了啊？"

梁蔚轻声抱怨："姥姥，你怎么也没叫醒我？"

姥姥笑说："哎，姥姥不是看你这两天都没怎么睡觉，想着让你多睡一会儿嘛！"

梁蔚无奈地说道："你饿了吗？我现在去给你买点儿吃的东西。"

"不饿，你先去洗漱。"姥姥又说，"哎，你床上的热水袋哪儿来的？昨晚也没见过。"

听到姥姥的问话，他似乎偏了偏目光。梁蔚借着给姥姥掖被角的动作，心虚地垂着眼眸："昨晚找人借的。"

"是晚上睡觉冷吗？那你等会儿回去再带条毯子过来，可不要为了照顾我这个老太婆，把自己给弄生病了。"

"我知道了。"

梁蔚拿上牙刷和洗面奶，中间那张病床的床尾站着几个医护人员，堵住了她外出的过道。梁蔚抿了抿唇，正欲开口，忽然那群医护人员中的陈鹤森伸出了一只手，轻轻拍了拍堵在她跟前的那个医生的肩头。那个医生下意识地扭头，看到了身后的梁蔚，朝她露出一个抱歉的笑容，接着往床头走了两步，空出能让一人经过的身位。

梁蔚再去看陈鹤森，他背对着自己，她看不出他此刻的神情。梁蔚心下一跳，快速走进卫生间，顺手关上门，外头医生和病人的交谈声便减弱了不少。

洗脸台上有前一个人洗漱时未冲干净的牙膏沫，梁蔚怔怔地盯着看了一会儿，打开洗漱包，开始刷牙洗脸。

等她洗漱完出来，病房里查房的医生已经走了，病房一下子宽敞了不少。

梁蔚拿起床上的热水袋，打算去还给陈鹤森。她走出病房，经过护士台时，有个小护士叫住了她，笑盈盈地说道："你是来还热水袋的吧？"

梁蔚点头。

小护士说："哎，你给我就好了，等会儿我拿给护士长。"

梁蔚犹豫了两秒，把热水袋递给了她："那麻烦你了。"

"不客气。"小护士脆生生地说道。

梁蔚正准备离开，小护士却好奇地往前一探："哎，小姐姐，你和陈医生是什么关系啊？"

梁蔚愣了愣。

小护士解释说："他昨晚特意来借热水袋给你，我在医院两年了，还没看见陈医生和哪个异性走得这么近呢……我们都打赌陈医生不是在追你，就是你们是旧情人相见。"

梁蔚牵起嘴角笑了笑："你误会了，我们只是高中同学。"

小护士眼睛一亮："哇，你和陈医生是高中同学啊？"

梁蔚点了点头。

小护士说："哎，那陈医生在高中的时候是不是也是你们学校里的风云人物？我听我们医院的杨医生说，陈医生当年高考是雁南城的理科状元，B 大还来招生，不过他拒绝了，报了 Q 大的医学院？"

梁蔚弯了弯唇，如实说："他是挺受欢迎的。"

"我就知道，果然优秀的人是从小优秀到大的。"小护士笑嘻嘻地说着，一只手护在嘴边，又小声说，"陈医生在我们医院也很受欢迎，不少病人的家属来要过联系方式，那个儿科的覃医——"

"晶晶，你又在和家属瞎聊天了，我让你去给 26 号的病人换药，你换了没？"护士长朝护士台走来。

那个被叫作晶晶的女孩立刻溜了："我这就去。"

梁蔚没急着走，等护士长走近了，才向她道谢："谢谢您昨天借给我的热水袋。"

护士长和周珍差不多大，笑说："不用客气了，我这里还有一个，你还要用就拿去吧，在医院陪护，晚上睡觉确实容易冻手脚。"

原来他和护士说的是自己觉得冷了，梁蔚浅浅一笑："不用啦，我等会儿回去再带条毯子过来。"

梁蔚没有和护士长多聊，之后便乘坐电梯下楼去给姥姥买早餐，电梯里都是病人家属，气味混杂。

到了一楼，电梯门开启，梁蔚随着人流走出了电梯。

"陈鹤森，你吃过早餐了吗？要是没有吃，我多买了一份给你。"

男人低沉的声音响起："吃过了。"

女人略带遗憾地说道："啊，你吃过了？那行吧，我等会儿问问我们科有谁没吃饭的，便宜给他了。"

梁蔚闻声迅速朝那边瞥了一眼，只看到陈鹤森的侧脸，以及站在他身边扎着低马尾辫的女医生。

陈鹤森似有所觉，脚步稍停，往隔壁电梯里出来的人群扫了一眼。

女医生已经进电梯了，按着开门键："怎么了？"

陈鹤森若有所思地收回视线，抬脚迈进了电梯："没事。"

梁蔚给老人家买的肠粉，自己只要了一杯豆浆。她早上一般没什么胃口，吃得少。梁蔚回到住院部，经过护士台，刚才和她搭话的小护士叫住了她："小姐姐，你要吃草莓吗？"

晶晶举着手里透明盒子里装的红色草莓，往她这边探手，梁蔚低头拿了两颗："谢谢。"

小护士说："听说你是做编剧的啊？"

梁蔚点了点头："我先去给姥姥送早餐，待会儿再聊。"

"好嘞。"

梁蔚回到病房里，姥姥正在吃香蕉。梁蔚把豆浆放在床头柜上，又撕开一次性筷子的塑料包装袋，将筷子递给姥姥。

姥姥看了她一眼："你吃了没？"

梁蔚拆外卖袋子："我喝豆浆就行。"

姥姥语气嗔怪地说："就一杯豆浆怎么吃得饱？你还是要多吃点儿，哎，太瘦了。"

邻床的阿姨也搭话："你外孙女是真瘦，不过现在的年轻人成天喊着减肥，天天吃那些蔬菜，也不知道那玩意儿有什么好吃的。"

梁蔚笑了笑，没有出声。

下午的时候，周晓蕾处理完抚市的事情回来了，梁蔚得以抽空回去洗澡。电梯到了五楼，停了下来，电梯门开启。

陈鹤森和一个男医生走了进来，这趟电梯里没多少人。除了他们，还有梁蔚和一个四十多岁的中年家属。

陈鹤森偏了偏头，视线落到她的脸上，语气稀松平常地问："要回去？"

梁蔚"嗯"了一声，留意到陈鹤森旁边那个男医生也无声地看了她一眼，目光暗含兴味。

接下来，电梯里不再有交谈声。

电梯到了三楼，陈鹤森和男医生出去了，梁蔚听到那个男医生问陈鹤森："那姑娘是谁啊？长得还挺漂亮的。"

梁蔚没有听到陈鹤森的回答，关上的电梯门隔绝了他的声音。

陈鹤森看了一眼杨鑫，有些散漫地问道："问这个做什么？"

杨鑫执着地说："你先回答我上一个问题。"

陈鹤森说："高中同学。"

杨鑫疑惑："你就是为了她的事，让吴主任亲自主刀的？"

陈鹤森反问："那台手术本来风险就大，髋部骨折合并脑出血，有几个医生做得了？"

"你这话也对，"杨鑫点头，又说，"那你这个高中同学有没有男朋友？要不你介绍给我认识一下？"

陈鹤森的眉头几不可察地皱了一下："不清楚。"

梁蔚到家时，周珍在厨房里做晚饭，屋里飘出饭菜的香味。周珍听到动静，探出脑袋："你小姨到医院了？"

"嗯，小姨看着姥姥，我回来洗个澡。"

梁蔚换上拖鞋，将姥姥换下的脏衣服放到阳台上，周珍从厨房里跟了过来，说："衣服就那样放着吧，等会儿我来洗，你先去洗澡，洗完澡过来吃晚饭，等会儿我把熬好的鱼汤送到医院，你晚上就在家里休息一晚。"

梁蔚说："算了，我去送汤，你就在家里照顾姥爷吧。"

周珍点了点头："那也行，你现在去洗澡。"

梁蔚进了卧室，打开衣柜拿了件白色的毛衣和一条蓝色的小脚裤，去浴室冲澡，顺便洗了头发。她一边吹头发，一边凑到镜前打量了一眼自己的脸色。她这两天在医院基本没怎么化妆，素着一张脸，好在她底子好，倒也不显得十分憔悴。

吃完晚饭，梁蔚涂了下口红，又拦了车去医院。周晓蕾在卫生间里给姥姥擦洗身体。梁蔚把汤放在柜子上，提了提热水瓶，发现里头没水了，便提着热水瓶去外头的开水间接热水。

开水间已有家属在接热水，梁蔚站着等了一会儿。家属接完，拧上水瓶盖子，转头朝她笑了笑说："我好了，你来接吧。"

梁蔚把手机放入裤子口袋里，揭开软木塞，拧转水龙头，冒着热气的开水汩汩注入壶里。

这时外头的走廊上传来嘈杂声。

梁蔚屏息听了一会儿，好像是有人在吵架。伴随着"打人啦"等声音飘入耳里，她关了水龙头，提着热水瓶走出去，只见护士台黑压压地站着一群人，场面一片混乱。伴随着大叫声，有人在尖声嘶喊："保安呢？赶紧去叫保安上来！"

穿着黑色夹克的中年男人被人拦腰抱住，却仍然尝试挣脱，越过人群去打男医生。男医生一手护着额头，指缝间流着殷红的血迹。梁蔚仔细看了一眼，发现那个男医生正是中午她乘坐电梯时，站在陈鹤森旁边那个。

中年男人怒不可遏地伸着指头点着医生，眼看就要戳到他的眼睛上了："你是怎么当医生的？做了手术，病情还加重了，你要是不会医就别医！"

男医生似乎也克制了许久，这会儿忍不住抬手拍开中年男人的手："你指什么指？出院前还好好的，你们自己没有遵照医嘱好好躺床上静养，就去工地干活，现在又来找我？"

中年男人被医生拍了这么一下，原本平息的火气又瞬间"噌噌"地冒了上来，怒目圆睁，使劲推开制止着他的人，捡起地上的长棍，一瞬间就冲了过去。

梁蔚原本想避开，不想推搡的人群里有人撞了她一下，她重心不稳，险些跌倒，手上的热水瓶因此脱力，就这么砸落到了地上。

一声沉闷的钝响后，内胆破裂，热水四处流淌开来。

那男人也因为这突如其来的钝响而停了下来，保安这时也赶来，扳过男人的手臂制住了他，混乱的场面暂时得到了控制。

除了闻讯赶来的保安，陈鹤森也来了。

那男人嘴里还在乱骂，陈鹤森扫了一眼眼下的状况，冷声说："晶晶，打电话报警。"

中年男人吼叫道："报警就报警，你当老子怕你们？就是你们医生给医坏了！"

陈鹤森面色冷峻："当时你父亲刚做完手术还没一周，你们为了省钱就闹着要出院，后来给你们办了出院手续，我们也嘱咐你们让病人在家里静养，你们听医嘱了吗？"

中年男人目光闪躲了一下，还在据理力争："你怎么知道我们没有听医嘱？就是你们的手术出了问题！"

陈鹤森淡淡地笑了一下，笑意却不达眼底："既然这样，现在也没什么好说的。你到时候申请医疗事故鉴定，一切就清楚了。"

梁蔚站在人群外定定地看着他，这好像还是她第一次见他动怒的样子，面色冷峻，看起来十分有距离感。

原来，他这样好脾气的人，也会有生气的时候。

梁蔚失神片刻，陈鹤森已经近在身前，目光上下打量了她一眼："烫着了没？"

梁蔚下意识地把手背在身后，摇了摇头："没有。"

陈鹤森又扫了一眼地上的银白色金属内胆碎片："得赔你一个了。"

梁蔚没听清他说什么，不明所以地抬起头："什么？"

陈鹤森用下巴点了点地上的热水瓶。

梁蔚瞬间明白过来："没事，我自己买一个就好。"

话音落地，她脑袋发热地蹲了下去，伸手要去收拾地上的碎片。可她的手腕忽然被捉住，他的手指有点儿凉，温度落到手背上，梁蔚眼睫一颤，心跳瞬间快了几拍。

他拉着她站了起来，极自然地收回了手："别收拾了，等会儿有人来清理。"

梁蔚迟钝地点了点头。

她回到病房里，周晓蕾问："刚才外边闹哄哄的干什么？"

梁蔚还未回答，邻床的阿姨就说："病人家属来闹事，要打医生。"

周晓蕾好奇地问道："是因为什么事啊？"

邻床阿姨叹气说："就他家老头子做了手术，没几天他们就闹着要出院，医生迫不得已给他办了出院手续。他家老头子没听医生的话在床上静养，伤口没恢复好，就来医院闹事了呗。现在呀，什么人都有。"

姥姥冒出了一句："医生的话都不听，那还来医院看什么病？"

周晓蕾笑了一声："哎，妈，你这话说得好。"

老人家笑眯眯地说道："是吧？"

周晓蕾说："妈，你要喝水吗？我给你倒点儿。"

周晓蕾俯身，准备去拿床头柜旁的热水瓶，结果没找到，抬头去看梁蔚："哎，蔚蔚，你看到热水瓶了吗？"

梁蔚解释说："小姨，热水瓶刚才让我给摔了，我现在下去到便利店买新的。"

周晓蕾直起腰，关心道："怎么摔了？那你被烫着没？"

梁蔚摇头："我没事，我现在下去买，顺便买两瓶矿泉水上来。"

邻床阿姨出声："我这暖水壶里还有水，你先倒点儿给老太太喝。"

梁蔚出了病房，护士台前的热水瓶内胆碎片已经被清理干净，大理石瓷砖也被拖了一遍，光可鉴人。

刚才的那一场混乱好像不过是一场短暂的梦，梁蔚低头，抬手碰了碰刚才被陈鹤森的指尖触碰的手腕，似乎那点儿温度还残留在肌肤上。

梁蔚赶紧将思绪收回，到楼下挑了个比较贵的热水壶，又去隔壁药店买了烫伤膏。先前热水瓶砸到地上，还是有些许热水溅到她的手背上的，此刻虎口处微微泛红，还有淡淡的烧灼的疼意密密麻麻地蔓延上来，不过她还能忍受。

梁蔚买了烫伤膏和热水瓶回去，周晓蕾说："你回来了，刚才给你打电话怎么没接？"

梁蔚掏出手机一看，屏幕是黑的，按了开关机键也没反应："没电了。"

周晓蕾说："陈医生刚才来过了，拿了个新的热水瓶和烫伤膏给你。"

梁蔚微微一怔。

周晓蕾走过来，要去看她的手："哪里烫伤了？"

梁蔚缩回了手："没事，就被热水溅到一点儿，没什么大事。"

周晓蕾把药膏递给她："赶紧涂药。"

梁蔚接过药膏，周晓蕾也没多问，拿了新买的热水瓶去冲洗干净。

姥姥语气责备地说："你这孩子被烫到了，还不赶紧拿药涂？疼不疼啊？"

"没事，就溅到一点点。"

"要不要姥姥帮你涂？"

"没事，我自己来就行了。"

梁蔚在硬板床上坐下，拆开纸盒，拿出药膏，挤了点儿在手上，淡淡的药膏味盈满鼻间，她心里却疑惑他是什么时候发现她的手被烫到的……

　　姥姥夸道："这陈医生还挺好的，还给你买烫伤膏，现在这么细心的男生不多了。"

　　梁蔚涂完药膏，又倒了点儿鱼汤喂姥姥喝。姥姥喝了两口，接过她手里的碗和汤勺："我自己来吧，你的手还疼着呢。"

　　梁蔚笑说："涂了药膏也不痛。"

　　姥姥说："等姥姥出院了，你得请陈医生吃一顿。虽然你们是同班同学，但人家也没有帮我们的义务。这转院和做手术的事，也多亏了他，得好好谢谢人家。"

　　梁蔚应声："我知道了。"

　　姥姥又说："晚上你小姨陪我就行，你回去休息。"

　　梁蔚看了一眼充了百分之三十电量的手机，想了想还是登录微信，点开陈鹤森的头像。两个人的聊天记录，就停在姥姥转来六院的那一天。

　　梁蔚在输入框里打字，发了"谢谢"两个字。她握着手机等了一分钟，他没回复，估计是在忙。

　　姥姥刚喝完一碗鱼汤，梁蔚又给姥姥倒了一碗，哄着姥姥喝下。她再去拿手机时，两个人的聊天界面上有了新消息。

　　CHS："谢什么？"

　　梁蔚咬着唇，发了条信息。

　　梁蔚："谢谢你的药膏和热水瓶。"

　　CHS："药涂了没？"

　　梁蔚："涂了。"

　　接下来，他没再回复，梁蔚也放下了手机。

　　周晓蕾洗完热水瓶进来："蔚蔚，你早点儿回去吧，我看这天有点儿黑，估计等会儿要下雨。"

　　梁蔚扭头看了一眼窗外，一道白色的闪电穿过云层。她拔了手机充电线，把姥姥喝完的保温桶拿在手里："那我先走了，小姨。"

　　"赶紧回去吧。"

178

梁蔚乘坐电梯下楼，没想到刚走到住院部大门，一道惊雷轰隆响起，顷刻间密密的雨珠就砸了下来，雨声如滚珠子一般响亮。

梁蔚在心里叹口气，雨丝被风裹着往大厅里吹来，她的小腿感到一丝凉意。梁蔚往大厅里站了站，正想着晚上不回去算了，和小姨将就着睡一晚，忽然耳边就响起熟悉的嗓音："没带伞？"

梁蔚回头，是陈鹤森，不知道他什么时候出现的。

梁蔚点了点头，陈鹤森扬了扬手里的黑色雨伞："走吧，我送你回去。"

梁蔚眼里露出明显的迟疑之色："会不会太麻烦你了？"

"不麻烦。"陈鹤森说，"我今晚没班，现在也准备回去。"

陈鹤森撑开雨伞，梁蔚戳在原地犹豫了两秒，走进了他的伞下。他的伞很大，容纳两个人绰绰有余。鼻间闻到女生身上的一缕清雅馨香，是那种淡淡的味道，陈鹤森目光微动。

雨珠落在伞面上的声音清晰入耳，梁蔚庆幸雨声够大，掩住了她的心跳声。

陈鹤森咳了一声："刚才在交班，没看手机。"

他是指后来没回她微信的事。

梁蔚抬头看向他："没事。"

陈鹤森的车就停在住院部的露天停车场上，不算太远，短短几步路，梁蔚却觉得似乎格外漫长。陈鹤森从外套里拿出车钥匙按了一下，他的车灯闪了闪。

陈鹤森撑着伞一直把她送到副驾驶座，替她打开车门。梁蔚钻了进去，车门被他从外头关上，连风和雨都一并隔绝在外。

陈鹤森拿着伞，绕过车头，从另一侧收了伞，上了驾驶座。

梁蔚转过头，映入眼帘的是他被雨打湿的肩头，她有片刻失神。陈鹤森关上车门，对上她的眼眸："怎么了？"

梁蔚别开眼："没什么。"

陈鹤森把车子开出停车场："还是上回那个地址？"

梁蔚点了点头，又说："下午是怎么回事？"

陈鹤森侧了侧眸，声音带着笑意："吓着你了？"

梁蔚说："还好，虽然常看到这类新闻，但第一次见到，还是有点儿意外的。"

陈鹤森笑了笑："这事在急诊科最常见，门诊部还算少的了。今天这个病人是杨鑫做的手术，就是被打的那个医生。病人脚踝骨骨折，做完手术只要好好静养基本没问题，但人家不听，导致现在伤口肿胀，就来找医生的麻烦。"

梁蔚说："那接下来怎么办？"

"等他申请医疗事故鉴定再看。"

梁蔚张了张嘴，想说些什么。陈鹤森似乎洞察到她的心思，说："你是不是想问我有没有碰见过这种事？"

梁蔚点了点头。

陈鹤森握着方向盘，目不斜视道："碰过一次，不过遇到这种事，院里有规定，医生不能动手，也不能动口。你有没有观察过急诊处病人坐的椅子？"

梁蔚皱眉回想了一下："好像都是被链子锁着的……"

陈鹤森"嗯"了一声，缓缓说道："这是当时有位医生被家属拿椅子砸伤脑袋后，医生抗议，院方的领导才让人把椅子用链子锁起来的。这事在《急诊室故事》的纪录片里也播过，你看过这档节目吗？"

梁蔚回道："看过。"

陈鹤森笑了笑："现在大家都调侃劝人学医天打雷劈，我们同事之间偶尔遇到这种事，也会开玩笑后悔学医什么的，但大家心里都清楚，再来一次的话，还是会选择学医。"

梁蔚顿了一下，说："那你遇到这类事，难道不会觉得寒心吗？"

"不会，这都是个人认知差异而造成的矛盾。任何职业都会遇到这种事，有不理智的病人，也有理解你的病人，没什么可寒心的。"陈鹤森眼底漾着笑意，"就像老师这个职业，会遇到调皮捣蛋的学生，也会遇到乖巧听话的学生，你能说你不教了吗？该教育还得教育，该治病也还得治病，这是职责所在，所以也就没什么寒心不寒心的。"

梁蔚没出声，只是觉得她对他好像更了解了点儿，似乎越了解，曾经因为他而沉寂的浮冰便一寸寸消融。

陈鹤森见她良久没出声，挑了挑眉："你在想什么？"

梁蔚莞尔："没想什么，就觉得你说得很有道理。"

路上，梁蔚接到了小姨的电话，问她下雨了怎么回去。

梁蔚下意识地瞥了一眼陈鹤森，他神色专注地开着车。梁蔚小声说："有人送我回去。"

周晓蕾提高了点儿音量："陈医生？"

梁蔚含糊其词道："嗯。"

周晓蕾说："有人送就好，我还怕你冒着大雨去坐车。那先这样了，我有个电话进来了。"

"好。"

梁蔚挂了电话，陈鹤森说："是你小姨的电话？"

梁蔚回道："她问我下雨了怎么回去的……"

陈鹤森点了点头。

梁蔚又说："过两天我姥姥出院了，我请你和吴教授吃饭。"

陈鹤森笑了一下："为了感谢我？"

梁蔚："嗯。"

陈鹤森嘴角微扬："上回不是谢过了？"

梁蔚伸手将头发顺到耳后，弯着眼角说："上回那顿不算，太寒碜了。"

陈鹤森怔了怔，这才注意到她今晚好像涂了口红，是那种豆沙色，衬得她唇红齿白、眉眼明亮。陈鹤森忽然就想起了邬胡林给他看过的那张她在雪地里的照片。

他将视线在她的唇上停留片刻，又不着痕迹地移开，说："那我等着了。"

接下来两个人没再开口说话，陈鹤森放了首歌，是一首英文慢歌 *You Belong To Me*（《你属于我》），节奏舒缓，在这个下雨的夜晚，带了点儿浪漫色彩，透着点儿温馨感。

See the pyramids along the Nile,
看到尼罗河旁的金字塔，
Watch the sun rise from the tropic isle,
看到太阳从热带小岛上升起，
Just remember darling all the while,

亲爱的要一直记得，

You belong to me，

你属于我．

一首歌结束，车子到达了她的住处，这场突如其来的暴雨也停了，好像这一场大雨不过是为了成全她，让她碰到更真实的陈鹤森。

梁蔚解开安全带，扭头同他道了声谢。

陈鹤森勾着唇："不客气。"

梁蔚下了车，地面上是湿漉漉的雨水，旁边栽种的花朵，因为一场暴雨，花瓣七零八落地黏在水泥地面上。

梁蔚抬脚往单元门走去，进电梯之前，隔着玻璃门又回眸偷偷看了一眼，他的车还没开走，他似乎正在接电话。梁蔚在他看过来之前收回了目光，抬脚进了电梯。

周珍还没睡，和姥爷在客厅里看电视，看她开门进来，从沙发上起来："被雨淋着了没？"

梁蔚把保温桶放在鞋柜上："没有，陈鹤森送我回来的。"

周珍拿过保温桶，放到餐桌上，又给她倒了杯热水："他这孩子做事倒是周到。"

梁蔚没有说话，周珍又说："过两天你姥姥出院，我和你小姨商量着让你请他吃顿饭。我和你小姨就不去了，不然怕他不自在，你们年轻人自己吃一顿。你请人吃点儿好的，别像上次一样请人吃一碗拉面就打发了。"

梁蔚喝了口水："我知道了，我自己会安排好的。"

周珍说："那就行了。"

梁蔚问："姥姥出院后，你们就要直接回抚市吗？"

周珍说："你姥爷说在这里待着无聊想回去，我是这么打算的。你打算什么时候回抚市？眼看还有半个月也就过年了。"

"我晚几天再回去。"

姥姥出院那天是周三，小姨父周文晋特意开车来雁南市接老人家回去。梁蔚去办理了出院手续，回到病房里时，陈鹤森在病房里叮嘱姥姥回到家里后也要注意休息，一个月后再来医院复查。

姥姥握着陈鹤森的手："这次的事麻烦你了。"

陈鹤森笑了笑："我和梁蔚是同学，帮忙是应该的。"

姥姥有些不舍，很是热情："要是你以后有空，让蔚蔚带你来抚市玩，姥姥给你做好吃的。"

陈鹤森朝梁蔚望来一眼，说："好，有机会一定去。"

梁蔚心下一跳。

几个人乘坐电梯下了楼，梁蔚把姥姥扶上车，自己跟着坐了进去。

等周晓蕾上了副驾驶座，周文晋这才把车开出住院部，笑着说："蔚蔚这位同学看着就一表人才啊！"

"你也觉得吧？这个陈医生确实不错。"周晓蕾开玩笑道，"我都打探过了，人家单身，就不知道我们蔚蔚和他有没有缘分。"

梁蔚忍不住出声："小姨，你别说笑了，他这人的性格就是这样。就算不是我，换了另外一个高中同学，他也会这样帮忙的。"

周晓蕾透过后视镜瞟她："是吗？小姨看着他对你有点儿特别……蔚蔚，你别不信啊，小姨虽然没谈过几次恋爱，但看人的眼光还是挺准的。"

是吗？他对自己是有点儿特别吗？

梁蔚不想也不愿自作多情，他们俩见面不过是因为姥姥住院的事，等她请他吃了饭后，两个人也就没有再联系的理由了。

梁蔚忽然间觉得喉咙干涩，扭头看了一眼车窗，窗户映出的她的脸，有一瞬间和高二运动会因为错失表白勇气而狼狈地坐公交车回去的那个梁蔚的脸重合了。

梁蔚摇下点儿车窗，凉风涌入，吹乱发丝，也将那一点点酸涩情绪吹走。这么多年，在克制情绪这方面，她已经算得上游刃有余了。

手指无意识地抠着手机屏幕，忽然手机振动了一下，梁蔚低头，屏幕上弹出一条微信消息。她输入密码解锁，切到微信界面，是陈鹤森发来的信息。

陈鹤森："你的手表落在病房的洗手间里了。"

梁蔚下意识地去看手腕，手腕上空荡荡的。她收敛那些复杂的情绪，正准备回复他，陈鹤森又发来一条消息："我晚上下班，顺便带给你。"

梁蔚："好。"

梁蔚收了手机，视线重新落到窗外。

周晓蕾眼尖，打趣了一句："在回谁的信息呢？"

梁蔚佯装镇定地说："没谁。"

周晓蕾了然地笑了笑："是陈医生吧？"

梁蔚无奈地弯起嘴角，讨饶道："小姨。"

"行，行，小姨不说了，我们家蔚蔚脸皮薄。"周晓蕾笑嘻嘻地说完，转而和周文晋说，"我们吃完午饭再回抚市，吃饭的餐馆你订了吗？"

周文晋看着前方的路况："订了，是你说的那家。"

梁蔚坐在后座上，有些心不在焉。手机又振动了一下，她迅速低头看去，却是李菀发来的信息。

李菀："姥姥出院了没？"

梁蔚："今天出院。"

李菀："你怎么也没跟我说一声？这样我也能去接老人家出院。"

梁蔚："没事啦，你这两天不是忙着修片吗？我小姨父也来接了。"

李菀："好吧，我去忙了，明天中午你来我家吃饭，我妈来我这里住两天。你不是一直念叨着我妈做的香辣蟹好吃嘛，她说明天给你弄。"

梁蔚："好，帮我向阿姨说声谢谢。"

当天下午，周珍和姥姥吃完午饭便坐车回了抚市。

梁蔚没有回去，稍微把房间里的卫生打扫了一遍，又看了一部电影，洗个澡出来，就接到了陈鹤森的电话。

梁蔚刚洗完头发，还没来得及吹干，握着手机贴在耳边，听到他低声叫她的名字："梁蔚？"

他叫她的名字的语调似乎总和别人不太一样，低沉中带有一点儿温柔。梁蔚不知是因为他这个人对自己来说意义不同，还是心理作用。

梁蔚目光微动："嗯，我在听。"

陈鹤森笑了一声："同事家里有事，临时和我调了班，手表我明天下午下班了再带去给你，你看行不行？"

梁蔚静了一瞬，还未来得及回答，就听他说："生气了？"

梁蔚一颗心怦怦直跳，连忙道："没有……"

他笑着反问："没有什么？"

"没有生气，"梁蔚轻声说，"不然我明天坐车去医院拿吧。"

"不用那么麻烦，"陈鹤森说，"我明天下班带给你，顺便一块儿吃顿晚饭。你不是说要请我吃饭吗？那就明天？"

他的声音透过电流传到耳畔，梁蔚觉得贴着手机一侧的耳朵都热了起来，舔了舔唇："好，那明天见。"

"嗯，明天见。"

梁蔚握着手机站了一会儿，想起他刚才那句几乎是低哄的生气了的话，心情一时有些微妙。她摇摇头，赶走了这些不可思议的幻想和莫名其妙的思绪，转身回到卫生间吹头发。

周珍和小姨他们已经到了抚市，周珍还给她打来电话，让她不要忘了请陈鹤森吃饭。

梁蔚有些哭笑不得："我记着呢，不会忘了。"

周珍又说："你在雁南城待几天就回来吧，一个人住那里，成天吃外卖对身体也不好。"

梁蔚低头翻阅着手中的书，是一本要让她改的本子，梁蔚还没想好要不要接。她回应得有些漫不经心："嗯，我知道。"

周珍无奈："你在干什么，说话魂不守舍的？"

梁蔚在沙发上坐了下来："没，在看一个本子。"

"你不是说今年会在家里陪我过年吗？我们母女俩生活，需要花钱的地方也不多，你这几年赚的钱也够我们生活的了。"周珍想到了什么，情绪有了波动，停了停才说，"妈妈知道你上大学那会儿，你的同学都在享受大学生活，你为了减轻妈妈的负担，早早就兼职了。蔚蔚，妈妈不求你多有出息赚多少钱，只希望你能照顾好自己的身体，别那么累，也别那么拼。"

梁蔚眼睛发涩："我知道了，没打算接，今年会多休息一阵子的，好好陪你和姥姥。"

"好，晚上早点儿睡，别熬夜。"

这一天的心情就好像坐过山车，以至梁蔚到了晚上入睡前有点儿失眠。她这几年睡眠质量都不太好，也吃过网上一些博主推荐的褪黑素软糖，但对她来说都不太有效果。

直到凌晨两点，梁蔚才有了点儿困意。隔天还是李菀打来的电话叫醒了她，李菀无语："你昨晚多晚睡的？"

梁蔚裹着被子坐起来："凌晨两点。"

李菀说："赶紧洗漱一下过来吧，我妈都问好几遍你怎么还没到了。是我去接你，还是你自己打车？"

梁蔚悻悻地说："我自己打车过去。"

梁蔚走进卫生间稍微洗漱了一下，原本都不想化妆的，转而又想到晚上要同陈鹤森吃饭，就稍微化了一下。她赶到李菀的住处时，李菀的妈妈杜梅刚好把菜端上桌。

梁蔚叫了声阿姨，杜梅笑眯眯地应道："哎，来了啊。"

梁蔚将手中的礼品盒子递了过去："我想着我上回给你买的护肤品，你应该也用完了，这是新给你买的。"

"又花这钱做什么？我还没用完呢。"杜梅又叹了一口气，"还是你对阿姨好啊，李菀就没这心。"

李菀从卧室里出来："那可不是，我的粉丝都说你是梁蔚的妈妈。我说要吃香辣蟹，你嫌麻烦；梁蔚要吃，你二话不说就买了。"

杜梅伸手拍了李菀的肩膀一下，嗔怪道："你这个死孩子，赶紧洗手吃饭。"

梁蔚洗了手，帮杜梅拿了碗筷放在餐桌上，顺便递了副碗筷给李菀。

李菀回完信息，抬了下头："晚上要在这里过夜吗？"

杜梅从厨房里出来，也说："蔚蔚，你今晚就留在这里吃完晚饭，和菀菀一起睡觉。听菀菀说你妈和你姥姥她们已经回抚市了，阿姨做了这一桌的菜，晚上也吃不完。"

梁蔚浅浅一笑："阿姨，我晚上还有事，改天再来。"

李菀夹了半只螃蟹，闻言抬了一下头："你晚上有什么事？"

梁蔚轻描淡写地说道："约了人吃饭。"

李菀仔细地看了她两眼："这雁南城，除了我和姚知伽，你还会和谁吃饭啊？"

梁蔚拿下手腕上的发绳，把长发随意扎了起来，无奈地说道："就不能有别的人吗？"

李菀猜测："是那个舒乔请你吃饭？"

梁蔚眼睫低垂，用筷子戳了戳碗里的米粒，尽量控制语气平稳："陈鹤森。"

李菀搁下筷子，眼神疑惑："他怎么请你吃饭了？"

"算是我请他吃饭，毕竟我姥姥的事也麻烦他不少。"梁蔚说。

李菀点头说："那确实是需要请他吃饭的。"

吃完了午饭，梁蔚陪着杜梅一起在厨房洗碗，杜梅几次推她出去："去客厅和菀菀一起看电视吧，我自己来就行。"

梁蔚洗了手走出来，李菀在阳台上抽烟，听到声音，回眸看她。

"阿姨还在呢，你就抽烟？"

李菀无所谓地弹了弹烟灰："当着我妈的面我也抽，她早就知道了。"

梁蔚笑起来，李菀犹豫着说："蔚蔚，你和我说句实话。"

"什么？"

李菀盯着她的眼睛，语气严肃地说："你现在见到陈鹤森真没什么感觉了？"

梁蔚双手搭在栏杆上，望着前面的大楼，长呼了一口气："怎么可能，毕竟是读书时喜欢过的人。不说别的，至少见到他，我还是会有点儿情绪波动的。"

李菀转过脸："那这几年，你没谈恋爱，有没有他的因素？"

"你为什么会这么认为？"梁蔚歪了一下头，"那倒是不至于，是真没遇到喜欢的人，而且你也知道我大学一心只为了兼职赚钱，哪有时间去谈恋爱？"

李菀道："行吧，你这人有什么事都喜欢藏在心里，我还真怕你把自己憋出毛病来。"

梁蔚笑："你想多了。"

梁蔚在李菀家没待太久，过了三点就自己坐车回家了。到家已经是四点，她将阳台晾着的衣服收进客厅，放在沙发上的手机适时地响了起来。

梁蔚抱着衣服，瞥了一眼手机屏幕，来电显示 CHS。她放下手里的衣服，按了接听键，刚说了句"喂"，就听到他说"稍等"。

电话那端似乎有人问他能不能载他一程，是一道女声。梁蔚觉得这个声音有点儿熟悉，但一时没想起在哪里听过，只听他淡淡地回绝了。

"今天不太顺路，要去接个人。"

女声略带几分试探的声音响起："接谁啊？"

他没有回答，似乎坐进了车里，接着就是关车门的声音。

梁蔚手指无意识地玩着袖扣。

"梁蔚，你还在听吗？"

梁蔚回神："在听。"

陈鹤森笑了一声："我还有半个小时就到，你稍微准备一下。"

梁蔚下意识地回道："好，那我提早十分钟到小区门外等你。"

"不用，晚上冷，"陈鹤森说，"我给你发信息，你再下来。"

梁蔚一时不知该说什么。他是对任何一个高中同学都这样细致入微吗？她想起自己信誓旦旦地在小姨面前说的那些话，说要是换作任何一个同学，他都会这样对待，可真是这样的吗？

半小时后，梁蔚收到信息，乘坐电梯下楼。

小区的路灯依次亮起，寂静清幽中洒下影影绰绰的橘光。陈鹤森的车子就停在低矮的灌木丛旁边，他没在车里坐着，正靠着车身上抽烟，身影高瘦。

梁蔚脚步微缓，不由得想起上回在舒乔姐家吃饭，后来出门的时候看到他和郑野站在路边抽烟的场景。

那个时候，她还以为他没认出自己。

像是感觉到了她的视线，他抬头看了过来，两个人的视线隔空交会。梁蔚朝他露出一个淡淡的笑容，快步走过去时，陈鹤森已经掐了烟，将烟头扔到边上的垃圾桶里。

梁蔚双手插在大衣口袋里："等久了吧？"

陈鹤森笑笑，替她拉开副驾驶座的车门："我也刚到，上车吧。"

梁蔚俯低身子，钻入副驾驶座。她刚系上安全带，陈鹤森就从另一侧坐进车里，伴随着他坐下的动作，梁蔚嗅到了一丝淡淡的烟味。

梁蔚出声问他："我们去吃什么？"

陈鹤森打着方向盘，偏头看了她一眼："你想吃什么？"

梁蔚抿了抿唇："我没有什么想法，看你吧。"

陈鹤森："行，那我自己看着办。"

陈鹤森开车带梁蔚去吃的 S 市的菜，红瓦白墙的二层小洋楼，有点儿偏欧式建筑的风格，内部装修温馨雅致，统一的棕色座椅，圆桌上铺着白色桌布，桌上点缀着淡粉色的郁金香。

陈鹤森注视着她："要去二楼还是在大堂？"

梁蔚礼貌回应："就在大堂吧。"

陈鹤森点了点头，领着她走到一处靠窗的桌前，落地窗透明的白色窗帘拉着，外头停放的车子若隐若现。

穿着马甲的侍应生拿着菜单过来，陈鹤森示意梁蔚先点。梁蔚将视线落在菜单上，点了脆皮乳鸭和蟹粉烩豆腐两道菜后便将菜单递给陈鹤森。陈鹤森在她点的基础上，又添了几道菜。

菜上来时，梁蔚夹了片火焰焗牛肉，一时被呛到，喉咙里顿时火辣辣的。陈鹤森给她倒了一杯柠檬水，放在她手边，声音柔和地说："不能吃辣？"

梁蔚喝了几口水，把那点儿辛辣味道压了下去，才说："吃不了太辣，微辣是可以的。"

陈鹤森抬眼，看她因为刚刚咳嗽眼睛水润，一副要哭的样子，便点了点头说："知道了。"

两个人吃到一半的时候，身后传来一道略带试探的声音："陈鹤森？"

陈鹤森回了下头，来人穿着件黑色的羽绒服，身材微胖。那人定睛看了两眼，抬脚大步走了过来，手掌落在陈鹤森的肩膀上："哎，还真是你啊！我刚才远远看着就觉得像，还不太敢认，没想到真是你。听我们班的人说，你现在是在六院工作？"

陈鹤森起身："对，你来这里吃饭？"

"带女朋友的家里人来吃饭。"常兴宇将目光落到陈鹤森对面的梁蔚脸上，饶有兴味地说，"这位是谁啊，女朋友吗？你还不介绍一下？"

梁蔚眼眸微垂，握着杯子的指尖轻轻动了一下。

陈鹤森笑了笑："你也认识，梁蔚。"

常兴宇睁圆了眼睛，绕过桌子走到梁蔚跟前，上下打量了她一眼："梁蔚啊……这真是女大十八变，有点儿没认出来。自从你高三转学后，我们就没再见过了吧？"

梁蔚也从座位上起来，脸上挂着浅浅的笑容："是没见过了。"

常兴宇说："这几年同学聚会你也没来，怎么样？今年的同学聚会，你总该来了吧？"

梁蔚回应："那几年确实忙……"

常兴宇说："你现在在做什么？"

梁蔚回道："编剧。"

常兴宇："厉害，读理科的人竟然干编剧。"

这时常兴宇的手机响了起来，他按了接通键，对着那端的人说道："这就来了，你们先点，遇到几个老同学聊了一会儿。"

说完，常兴宇挂了电话，手机拿在手上："我还有事，先撤了。说好了，到时候同学聚会上见。"

常兴宇离开，他们这一桌又恢复了安静。

陈鹤森笑了笑："你是不是认不出他？"

梁蔚轻声说："他好像胖了点儿。"

"是胖了。"陈鹤森抬眼，"今年的同学聚会，你去不去？"

梁蔚咬了咬唇："去吧。"

梁蔚没想到他们这一顿饭，除了碰到常兴宇，临结账时，还碰到了舒乔和郑野。

梁蔚和舒乔去结账。

郑野看了陈鹤森一眼，目光探究："不是说不劳我和你姐操心吗？这是怎么回事？"

陈鹤森双手插兜站着，不置可否。

郑野又说："那晚吃饭，你姐说要给你介绍的对象就是梁蔚。"

陈鹤森眸色转深："她也知道？"

郑野揶揄道："你姐没和她说，只是让她过来吃饭。我听说小梁的姥姥摔骨折了，还是你牵线让你的导师给做的手术？"

陈鹤森"嗯"了一声，目光落在从结账台回来的梁蔚脸上。舒乔

190

正和她说些什么，她忽然眉眼微弯，嘴角牵出一抹弧度。

陈鹤森这才发现，她笑起来的时候，右侧嘴角有一个浅浅的酒窝，恰到好处。

舒乔走近，拿包砸了陈鹤森的胳膊一下："你还真让梁蔚请客啊，是不是男人？"

梁蔚伸手要去拿座位上的白色小皮包，陈鹤森刚好就站在她原先的座位旁边，伸手将包捞了过来，一边神色如常地递给她，一边散漫地对舒乔说："这和是不是男人有什么关系，下次再请回来不就得了？"

梁蔚神色微怔，为他这般自然的动作，也为他回请的话语，随后就听舒乔说："你们院里过两天是不是有篮球赛？"

陈鹤森颔首："是有，怎么了？"

"我打算去看看。"舒乔转过脸看向梁蔚："梁蔚，你去吗？他们院里打球挺有意思的。"

梁蔚还未出声，就见陈鹤森灼灼的视线落在自己的脸上，他笑着说："要来吗？给我加油？"

他抛下了诱饵，梁蔚就像一尾鱼，毫不迟疑地咬住了钩子，点头道："好。"

舒乔说："行吧，那到时候我开车去接你，我和郑野先撤了。鹤森，记得把梁蔚送回家。"

舒乔和郑野走了，陈鹤森也拿起搭在椅背上的外套："走吧，我送你回去。"

两个人从店里出来，各自上了车。陈鹤森一直把车开进她家小区楼下，梁蔚推开车门，对陈鹤森道了声谢，便下了车。

她转身时，身后忽然响起一声短促的鸣笛。梁蔚下意识地扭头，陈鹤森摇下副驾驶座的车窗，冲着她说："手表还没给你。"

梁蔚抬脚走近，低下头，探着脑袋往里看："是你刚好捡到的吗？"

陈鹤森说："曾阿姨在洗手间里捡到的，她不是知道我们的关系吗，就将其转交给我了。"

曾阿姨是姥姥同病房的邻床阿姨，也从她姥姥口中得知她和陈鹤森是高中同学，会把手表交给他也不足为怪。

不过他这个"我们的关系"，听在人耳里，无端让人遐想。

梁蔚面不改色地"嗯"了一声。

陈鹤森挑了挑嘴角，扭过头，拎过搁在后头位子上的大衣，从口袋里掏出了块手表递给她。

梁蔚伸手接过，指腹碰到表盘，手表放在他的大衣里一晚，表盘还有些温热，上面似乎还沾染了他的气息。

梁蔚低头对着他说："谢谢，你开车小心。"

"好。"

回到家，梁蔚戴上手表，手机突然传来一声响。

梁蔚点开微信，是常兴宇发来的好友申请，梁蔚点击通过。

常兴宇："我向陈鹤森要来了你的微信号，你是不是没在 12 班的微信群里？我把你拉进去？"

梁蔚思绪微顿，想起当初她退出 12 班 QQ 群的事。

梁蔚："好。"

过了一会儿，梁蔚的聊天界面上就弹出一个 12 班的班级群。

有人在群里问："常兴宇，你把谁拉进来了？这个 lw 是谁啊？"

常兴宇："你猜。"

有人说道："这我哪里猜得出来？"

常兴宇也不再吊大家的胃口："梁蔚。"

梁蔚顺势在群里打了声招呼，又发了个红包，不到两分钟，红包就被抢光了。

王彤："这群里除了陈鹤森，大概梁蔚是第二个发这么大的红包的吧？"

有人 @ 陈鹤森："学委，你今天不出来发个红包吗？"

梁蔚握着手机等了一会儿，陈鹤森没有回复。梁蔚想他估计是在开车，没看手机。她便放下手机，去卫生间洗澡。

洗完出来她拿过手机一看，陈鹤森也发了个红包。

群里有人调侃了一句："这又没什么节日，你俩这红包发得跟你们要说喜事似的。"

梁蔚看着那个"喜"字，呼吸不由得一窒。

陈鹤森："欢迎一下老同学。"

宋杭杭趁机说道："老同学没抢到红包，学委，要不你再发一个？"

两秒后，陈鹤森果然又发了一个红包，红包名称就叫给老同学的。梁蔚忽略了心底那些异样的情绪，伸手点开了红包。

红包界面弹了出来，他发了两百块。

王彤："学委，以后要是有别的老同学加微信群，你也得是这个待遇啊。"

12班的同学并没有都在微信群里，梁蔚看了一眼微信群人数，只有三十五个成员。

陈鹤森没有回复这条信息，不知道是不是去忙了。

梁蔚看着零钱里多出来的两百金额，心情一时有些微妙。微信通讯录里出现了一个红色的圆点，梁蔚点开看到是宋杭杭给她发了好友申请。自从高三转学后，她和宋杭杭就没再联系过。

宋杭杭："梁蔚，我是宋杭杭。"

梁蔚："我知道啊。"

宋杭杭："自从你转学后，我们就再没见过了，你现在在哪座城市？"

梁蔚："在雁南城。"

宋杭杭："我现在不在雁南城，过年同学聚会见一面吧，我们有好久没见了。"

梁蔚："好啊。"

陈鹤森院里的篮球比赛是在周六，他们医院向附近的体育馆租了半天场地。

舒乔下午一点多就开车来接梁蔚了。梁蔚坐进车里，舒乔用下巴点了点中央储物盒上的咖啡："给你买的。"

梁蔚笑意盈盈地说："谢谢舒乔姐。"

舒乔打着方向盘，把车子开出小区："我看你最近和鹤森关系还不错。"

梁蔚有些心虚："嗯，舒乔姐，其实我和他认识的。"

舒乔动了动眉梢，扭头看了她一眼："什么意思？"

梁蔚轻声说："我们其实是高中同学。"

舒乔略感意外："这倒没听鹤森提起过，不过不对啊，那天你来我家吃饭，我看你们的样子不像认识的。"

梁蔚解释说："我高二和他一个班级，高三就转学了。"

舒乔顺势问："高三怎么转学了？"

梁蔚轻描淡写地说："家里出了点儿事。"

舒乔是个机灵人，瞧见她一瞬间黯淡的眼神，当下便没再多问，岔开话题道："我原本还想着介绍你给他认识呢，他和上一任女友分手以后，这几年一直单着，我姨为了这事都愁死了。"

梁蔚看向前方的车流，想起了姚知伽说陈鹤森和陶遥分手是因为聚少离多，导致矛盾积深，到最后感情淡了。

梁蔚咬了咬唇："那他一直单着，是因为还放不下他的前女友吗？"

舒乔笑了一声："那倒不是，他这几年也忙，确实没什么时间。你别看他看着脾气挺好，做事也细致周到，但他说分手肯定也是认真的。如果他现在还惦念着前女友，也就不会分手了。就像他打小认定学医，高考分数线多出一本线那么多，最后他还是报了 Q 大的医学院。他对自己想要什么、不想要什么，心里都很清楚。"

不知为什么，听到舒乔这样说，梁蔚心里那点儿不安情绪消散了不少。

舒乔接着说道："说句实话，其实那天我让你来吃饭，也是打算介绍你们俩认识的。那天鹤森不是送你和庄絮回去了嘛，后来庄絮找我让我推一下陈鹤森的联系方式。我推了鹤森的微信给她，不过鹤森好像没通过。"

梁蔚不免又想起那天他在微信群里发的那个给老同学的红包，以及他问她要不要给他加油……心中不免起了一丝涟漪。可看他神色又是那样自若，梁蔚生怕这一切不过是自己想太多。

球场是在体育馆里，舒乔把车停在露天停车场上。两个人进去时，场馆里不时传来欢呼声，球赛已经开始了。

舒乔带着梁蔚挑了中间的位置，梁蔚刚坐下，一眼就看到了篮球场上的陈鹤森，此时还听到舒乔的声音在耳边响起："别说，我弟穿成这样，还挺有偶像剧男主角风范的。"

他今天穿着件黑色的篮球服，里面是件白色的半袖，看起来有点儿大男孩的明朗俊逸气息。即便大家都穿着篮球服，但他似乎永远是人群里最显眼的那一个。

他似乎察觉她的注视，隔着人群，抬头远远地朝她的方向瞥来一眼。

梁蔚立即别开眼，低头佯装去拿手边的咖啡，余光看到他似乎也低头笑了笑。

梁蔚转过头问："另一队也是他们医院的吗？"

舒乔看着球场："穿红色篮球服的人是市医院的，鹤森他们医院每年都会和市医院打联谊赛。"

梁蔚点了点头。

中场休息时，陈鹤森和队友到旁边的休息区拿水喝。杨鑫看见了梁蔚，用胳膊肘撞了撞陈鹤森："这不是你那个高中同学吗？她怎么出现在这里？"

陈鹤森拧松矿泉水瓶盖子，喉结滚动，喝了大半瓶水，然后拧紧瓶盖，将瓶子放回椅子上："我让她来的。"

杨鑫我："你什么意思？"

陈鹤森双手插着腰，轻吐了一口气，皱起眉头："什么什么意思？"

杨鑫直截了当地问："你是不是对你这个老同学有意思？"

陈鹤森轻笑："嗯，你说什么就是什么。"

杨鑫有些骂骂咧咧地说："难怪那天在医院，我让你介绍人给我认识，你那一脸不乐意的样子，原来自己早就看上了。"

这时哨子声吹响，中场休息结束，坐在椅子上休息的球员拍着手掌起身。

陈鹤森："好好打，等会儿结束了请你们吃饭。"

这场篮球赛一直到下午四点才结束。

梁蔚正要起身，手机突然振动了一下，是陈鹤森发来的消息，让她在门口等他一会儿。她下意识地回头去看陈鹤森，他低头拿着手机，正和同事往出口走去。

舒乔见梁蔚没跟上，回头问："怎么了？

梁蔚摇头："没事。"说着，她便把手机放回了口袋里。

梁蔚和舒乔走出体育馆，舒乔说："我是送你回去，还是你和我们一块儿去吃晚饭？"

梁蔚想起陈鹤森刚刚发来的信息，想了想说："不用送我了，你和郑野哥去吃饭吧，我就不当电灯泡了，等会儿自己叫车回去。"

舒乔确认道："你一个人能行吗？"

梁蔚无奈地笑了笑："怎么不行？我又不是小孩子，你快去吧。"

舒乔拿出车钥匙："行，那我先走了，你到家给我发条短信。

梁蔚站在原地，看着舒乔把车开走。过了一会儿，身后的玻璃门里传来男人的交谈声，她扭头就看见了走在前面的陈鹤森。他手上拎着个黑色的健身包。

陈鹤森走到她跟前："我姐呢？"

"她有事先走了。"

陈鹤森一只手插在外套口袋里，朝她笑了笑："等会儿我们同事聚餐，你要一起去吗？"

梁蔚语气迟疑地问："你们同事聚餐，我去会不会不太好？"

陈鹤森扬唇："没事，他们的女朋友也会去。"

梁蔚的心跳快了一拍，她抬头怔怔地看着他，两个人四目相对，他又问了一句："去吗？"

梁蔚抿了抿唇："去吧。"

身后有人叫他："陈鹤森，泡妹子呢，还走不走了？你不是说请我们吃大餐吗？"

陈鹤森对这话没太大反应，回头看了一眼："来了。"

梁蔚跟在他身旁，朝他同事站着的地方走去，陈鹤森自然给彼此介绍了一番："梁蔚。"

其他几个也自报家门，轮到杨鑫时，他却说："梁小姐，我们见过一次。"

同事中有人起哄："杨哥，你这搭讪手段不太对啊，正常的对话不应该是'梁小姐我们是不是在哪儿见过'。台词都说错了，走点儿心啊，哥。"

话音一落，人群里有附和的笑声响起。

杨鑫借着手上的健身包给了那人一下："去，去，去，我是真和梁小姐见过，什么搭讪手段……"

梁蔚弯了弯嘴角："我确实和杨医生见过，不过其实是见过两面。杨医生别客气，叫我梁蔚就行。"

杨鑫神情疑惑，陈鹤森替她解答："上回那个张德来闹事，她也在现场，她的热水瓶还因为这事给砸了。"

杨鑫恍然大悟，不太好意思地挠了挠后脑勺："那我该赔啊。"

陈鹤森："不用你，我赔了。"

"谢了啊，哥们儿。"杨鑫捶了陈鹤森的胳膊一下，"够义气，哥们儿。"

他的力道似乎有点儿重，梁蔚看见陈鹤森几不可察地皱了皱眉："别谢，不是为你。"

杨鑫一下被噎住了："走吧，赶紧开车去吃饭，不然等会儿到了饭点有的等了。"

杨鑫今天没开车来，和梁蔚一起上了陈鹤森的车子，只不过梁蔚坐副驾驶座，杨鑫坐在后头。

杨鑫一上车，就拿出手机刷微博，过了一会儿，拍了拍驾驶座的椅背："覃玥给我发微信，问我们打完球了没。我提了一嘴说打完了，正准备去吃饭，她好像要来，问我们在哪儿吃，要不要告诉她？"

陈鹤森的声音从前方传来："让她来吧。"

杨鑫看了看副驾驶座上的梁蔚，不确定地再问了一遍："你确定？"

陈鹤森淡淡地说："你废话怎么那么多？"

杨鑫噤了声，心说：老子这不是为你着想吗？这覃医生对你有意思的事，骨科里还有谁不知道的？

梁蔚觉得覃这个姓氏有点儿熟悉，微微蹙眉想了想，但还是没有头绪，只好作罢。

几辆车子开到了那家火锅店。

火锅店不在商场里，是位于菜市场附近的居民区里，一行人下车后，梁蔚跟着陈鹤森七拐八绕，走得晕头转向的。反观他驾轻就熟，好像来过好几次。

下一刻，杨鑫就印证了梁蔚的猜想："你别看这家火锅店位置不怎么样，却是开了几十年的老店，味道不错，主要是气氛也好。"

梁蔚笑着说："不过位置这么偏，你们怎么发现的？"

"我不是本地人，哪里能知道这个地方？"杨鑫笑了笑，"这是陈鹤森这个本地人发现的，他高中的时候和他家里人来吃过几次，后来我们科里聚餐，也就时常来这里，算是一个老窝了。"

一行人说着话，很快就到了地方，拐过一个窄小的巷子，视野就变得开阔了。这家火锅店的桌椅都摆在门口的空地里，此时已经坐了不少人。墙的另一面便是居民楼，外墙凋敝老旧，看着有些年头了，几户窗口里透出白色的灯光，市井气息十足。

桌上摆的锅也是那种传统锅灶的火锅，大理石桌面上还罩了一层透明的塑料桌布，不拘小节中又有几分家常的温馨感，确实如杨鑫所说，气氛很好。

他们人多，拼了两张长桌，要了两个铜锅。一行人还未坐下，杨鑫就拿着菜单吆喝起来："要喝酒吗？"

陈鹤森替梁蔚拉开了张椅子："我不喝，我等会儿要开车，你们点。"

"明天是周日，"有人说，"喝了叫代驾不就行了。"

杨鑫："行了，陈鹤森不喝就算了，我们喝我们的。"

陈鹤森拿了张菜单给梁蔚："看着喜欢吃什么，你随便点。"

梁蔚伸手接过菜单，目光低垂，仔细专注地浏览着菜单上的菜品。她的长发被她拿发绳随意编了个低低的辫子束着，但还有几缕碎发因为她低头的动作落在颊侧，勾勒出她柔和淡雅的侧脸轮廓。陈鹤森挪开视线，搁在桌上的手指轻轻敲击了一下桌面。

这时有道女声响起："你们这么快就到了啊，我还以为得等你们一会儿呢。"

梁蔚随着桌上其他人的视线看去，女人的面孔有点儿熟悉，梁蔚蹙眉，想起了她是那个在电梯口问陈鹤森吃没吃早餐的女医生，只不过今天她的长发没有扎着，而是披散在肩头。

"吃饭不积极，思想有问题，况且还是陈鹤森请客。"杨鑫说，"大家稍微挪一挪，给覃玥让个位子。"

最后杨鑫身边空出了个位子，覃玥也没扭捏，坐到杨鑫右边。她看了一眼杨鑫左边的梁蔚，低声说："这个姑娘瞧着面生，你带来的啊？"

杨鑫说："不是，鹤森带来的。"

覃玥向梁蔚投去一眼，她的咖啡色外套搭在椅背上，身上是一件黑色的贴身高领打底衣，领子处戴着一条银色项链，衬得肩颈线条纤柔，自有一股淡雅温柔的气质。

覃玥神色有些古怪："以前也没见过啊？"

杨鑫笑呵呵地打了个哑谜："以前没见过，不代表没有啊。"

覃玥瞪了杨鑫一眼，拿起边上的饮料打开喝了一口。

大家点好了菜，店员过来问汤底要辣锅还是鸳鸯锅。

陈鹤森淡淡地说道："我们这桌的就要鸳鸯锅了。"

坐在陈鹤森对面、戴着眼镜的男人说："不是吧，鹤森，你这战斗力下降了？你以前每回来不是都直接点辣锅？"

陈鹤森回道："她吃不了太辣的东西。"

眼镜男一声意味深长的"哦"里调侃意味渐浓。

梁蔚耳朵发烫，看向陈鹤森。陈鹤森微微偏头看向她，解释了一句："这家的辣锅没有微辣的选项，都是重辣，你吃了会受不了。"

梁蔚脸上不露声色，轻轻"嗯"了一声。

覃玥有些不是滋味。她喜欢陈鹤森一年了，也知道他这几年单着，但眼下突然冒出来的这个女生又是谁？覃玥不免胡思乱想起来。

杨鑫看着这一幕，忽然觉得自己在车上为陈鹤森担忧，不免有些多此一举。这一招连他都觉得高，一石二鸟。

不愧是雁南城的理科状元，杨鑫自愧不如。

点的菜品陆续被端了上来，铜锅里的汤底冒着腾腾的热气，不辣的汤底是骨头汤，味道鲜甜，没有一点儿腥气。

梁蔚吃火锅最头痛的就是蘸料，正打算胡乱调碗蘸料得了，陈鹤森似乎看穿她的心思，已经调好一碗放在她手边："尝尝这个。"

梁蔚下了片肥牛卷，蘸了一下碗里的调料，低头咬了一口，眼睛一亮："哎，好吃，你怎么知道这样调好吃啊？"

陈鹤森说："借花献佛，我妈来这里都是这样调的蘸料，看来你和她的口味是一样的。"

他们吃到一半时，客人陆陆续续地来了一拨又一拨，人声鼎沸的，头顶便是白色的灯泡，火锅的热气飘散开来，吃得人全身都暖融融的，就连夜晚的凉风吹来竟也透着一丝暖意。

陈鹤森说："会来这地方吃的基本都是本地人。"

梁蔚想起刚才杨鑫说的话，转头看着陈鹤森："你高中的时候也来这里吃饭吗？"

陈鹤森姿态疏懒："我初中就来吃过一次，这是我爸和我妈认识的地方。每年的结婚纪念日，他们都会来这里吃饭，不过都不带我，后来我和邬胡林也来过几次。"

梁蔚笑："阿姨和叔叔感情很好吧？"

陈鹤森靠着椅背，似想起了什么，翘起嘴角："是很好。"

杨鑫插了进来："你们俩说什么悄悄话呢，说来给我们大家一起听听？"

陈鹤森稍稍坐直了身体，手搭在梁蔚身后的椅背上，笑着说："要收费。"

杨鑫"喊"了一声。

覃玥这时好奇："陈鹤森，你还没介绍你旁边的这位给我认识呢。"

陈鹤森笑着说："梁蔚，她是覃玥。"

梁蔚隔着杨鑫朝覃玥点了点头，覃玥也露出个笑容："哎，梁小姐，你和陈鹤森是怎么认识的啊？你别嫌我话多啊，只是第一次见他带女生来参加同事的聚餐，有些好奇。"

梁蔚轻笑："我们高中的时候就认识了。"

有男生说："那是老同学了啊。"

有女生道："那他在高中的时候，是不是很多人追的？毕竟他长得这么帅。"

梁蔚今晚喝了点儿酒，不过也不多，就两小杯啤酒，意识有些放松。她支着下巴，借着那点儿酒意，扭头瞥了他一眼："嗯，他是很受女生欢迎。"

覃玥半开玩笑地说："那你是不是其中之一啊？"

梁蔚呼吸一紧，一时不知道该如何回答。

陈鹤森看她一眼，解了围："行了，交浅言深社交大忌，不懂？"

覃玥脸色一时有些难看。

梁蔚松了口气，身体往后靠，背部不小心碰到了他搭在椅背上的手指。梁蔚如同被烫到似的，不动声色地坐直了身体，与背后的手指隔着似触未触的距离。

陈鹤森扫了一眼她绷紧的肩头，收回了手。

200

/ 第六章 /
喜欢

吃完火锅，已经十点多了，他们这桌的人起身准备撤离时，其他在等位的客人立即走了过来。

陈鹤森去屋里头结了账出来，梁蔚抱着大衣等着他："这家火锅店会开很晚吗？"

陈鹤森把手机放回外套口袋里："凌晨四点。"

梁蔚说："那不是很累？"她看这店里的老板和老板娘都不年轻了，大约四十多岁，和她爸妈差不多的年龄。

陈鹤森笑了笑，稀疏平常地说道："生活不就是这样？他们应该也习惯了。"

梁蔚想起以前自己改本子的时候，也是没日没夜地熬着。确实，人活着本身就不是一件容易的事。

一行人走出巷子，喝酒的人在等代驾。

杨鑫很有眼力见儿，这会儿也不再搭陈鹤森的便车了，拿着手机叫了辆车，车子一到，就拉着覃玥火急火燎地上了车。

覃玥白了他一眼："你干吗，怕我坐陈鹤森的车啊？"

杨鑫今晚喝酒了，讲话也不太顾着她："覃玥，虽然你年龄小，不过你刚才问的那话也太没分寸了。"

覃玥油盐不进："就是开个玩笑，至于吗？她如果不是做贼心虚，

201

为什么不回答？"

杨鑫喝了酒，车里暖气又开得太足，他觉得热，边脱外套边说："你和陈鹤森是什么关系？说到底你们还不是一个科的同事，你刚才那话不是给人难堪吗？"

覃玥扭头，咄咄逼人地说："那你告诉我，陈鹤森和那个梁小姐是什么关系？"

覃玥年龄小，大四来六院的儿科实习，也是靠着关系进来的。杨鑫一直觉得人年龄小，不懂事也可以谅解，只要别太过火也就没什么。不过今晚这一遭，覃玥确实有点儿过了，杨鑫直接摊开了讲："我实话跟你说了，陈鹤森对他的老同学有意思，你以后别费那个心思了。"

覃玥："我费哪个心思了？"

杨鑫轻呵了一声："现在当着我的面，你又摆起姿态了，刚才在饭桌上，怎么不端出你这大小姐的姿态呢？"

覃玥拿手指指他："杨鑫，你——"

杨鑫嫌烦地挥开她的手："别拿手指指我，我现在最烦别人拿手指指我。"

吃了火锅出来，梁蔚现在感觉连脸都是烫的。

梁蔚降下一丝窗缝，凉风透过缝隙吹了进来，陈鹤森看了她一眼："热？"

梁蔚抿了抿嘴角："觉得有点儿热。"

陈鹤森"嗯"了一声："吹一会儿就关上，小心着凉，最近是流感频发季。"

"嗯，"梁蔚忍不住问出了心里的疑惑，"那个覃医生也是你们科室的吗？"

陈鹤森侧头看她："不是，她是儿科的。"

梁蔚点了点头："她看着年龄比我们小点儿。"

陈鹤森说："她是小，才大四，在六院实习。"

陈鹤森发动车子，等前头的那辆车子拐入大道，他也跟了上去。马路上水泄不通，前后左右都是密集的车辆。

梁蔚转头看向窗外，听到陈鹤森问："你什么时候回抚市？"

梁蔚收回了视线："就这几天吧。"

陈鹤森问:"高三转学后,你就一直待在抚市吗?"

"嗯,我小姨在那里,我妈也不愿意回雁南城。"

陈鹤森:"梁叔叔呢?"

梁蔚淡淡一笑:"我不知道,他和我妈离婚了,这几年我们都没联系过。"

陈鹤森捕捉到她眼里一闪而过的黯淡之色,眉头微皱。他倒是没有从他父母口中听到过这些事,思绪不免跑远,想起了高中时有人传她家里的事情,说看到她家的房子被法院贴了封条。

接下来的路程,两个人也就没再开口讲话。

车子停到小区楼下时,梁蔚解开了安全带,对陈鹤森道了声谢,便下了车。

陈鹤森把车子开出小区,不过没开回自己的住处,而是回了一趟父母家里。

陈鹤森拿着钥匙开锁进门时,陈母还没睡着,在客厅里看电视。陈鹤森低头换鞋,没看到他爸的鞋子,问道:"老陈又去应酬了,还没回来?"

陈母笑着说:"可不是,这两天他忙着呢,天天很晚回来,身上都是臭烘烘的酒味。还好你学医,要是你们父子俩每天都出去应酬到醉醺醺地回来,那我可受不了,伺候一个就够呛的。"

今晚吃的火锅味道重,这会儿有些口渴,陈鹤森便去厨房给自己倒了杯水。他拿着杯子走到客厅:"老陈没回来,你自个儿就先睡,干熬着做什么?"

"别说你爸,你今晚怎么突然回来了?"陈母皱了皱鼻子,"你身上是什么味,这么重?"

陈鹤森回道:"刚才和同事聚餐,吃了火锅。"

陈母说:"又是那家天津火锅?"

陈鹤森"嗯"了一声,若有所思地两只手指叩着玻璃杯:"妈,问你件事,你还记得爸爸的大学舍友那个梁叔叔吗?"

陈母想了一会儿,蓦然记起:"你是说梁蔚她爸?"

"嗯,是他。"

陈母说:"记得,怎么了?"

陈鹤森:"梁叔叔是离婚了吗?"

陈母叹了一口气："虽然那个梁国栋是你爸的校友，但他这个人做人实在不行，没责任。他确实是和梁蔚的妈妈离婚了，而且他在外面有女人，还有一个私生子，瞒着梁蔚她妈妈三年多。离婚之前，他还把所有的存款都拿走了，后来梁蔚她妈妈因为还不上贷款，房子也被法院收走拍卖了……这事也是我和你爸参加同事聚会时，听他那些老同学提起的。"

　　陈鹤森怔了怔，想起她刚才在车上反常的安静样子。

　　"虽然妈妈只见过她一面，但梁蔚这孩子确实乖。那个时候你周阿姨不是要和梁叔叔去南边，请我们吃饭来着？你那天不是还来晚了吗？"陈母说，"周阿姨说放心不下梁蔚，让她遇到什么事解决不了的给妈妈打个电话，不过这孩子从头到尾也没联系过我，是个懂事的人。妈妈还发过信息，让她周末来家里吃饭，不过她拒绝了，大概是不想麻烦我。"

　　陈母说完，见自己的儿子一副走神的模样，似乎没听，不由得问了一句："你今晚好端端的怎么问起这件事了？"

　　陈鹤森回了一下头："随便问问。"

　　他作势要起身，陈母不信，拉住了他的手臂。

　　陈鹤森叹了一口气，笑着坐回沙发："你不是让舒乔姐给我介绍对象吗？舒乔姐介绍的人就是梁蔚。"

　　陈母有些意外，消化了好几秒这信息，想到自己儿子今晚的异常，很快就抓住了关键点："那你们现在是谈着了？"

　　陈鹤森笑了笑："还没。"

　　要不是今晚陈鹤森突然提起他，其实梁蔚已经很久没想起梁国栋这个人了。

　　自从高三周珍和梁国栋办了离婚手续，梁蔚就再也没联系过他，即便是逢年过节，父女俩也没通过一次电话，或者发过一条节日祝福。

　　梁蔚大三那年寒假回到家，周珍和周晓蕾在客厅里聊天。梁蔚也是在那次谈话中得知梁国栋把爷爷奶奶接了过去，和那个女人住在一起。

　　小姨听了，冷嗤了一声："当时联系不上梁国栋，你还在住院，我开车去了趟老两口的家里，问他们知不知道梁国栋在哪里，那老两口还替梁国栋掩护。有他们这样的父母，才会有梁国栋这样没责任心的儿子。"

周珍叹气："你骂梁国栋就骂，别说老人，毕竟也算是你的长辈。"

周晓蕾生气："姐，你现在还为他们说话呢？当初你生蔚蔚，他们又是怎么对你的？在他们家里坐月子，你还得给老两口生活费，敢情生了个孙女就不值钱？他老梁家是有皇位要继承吗？"

周珍："行了，别提这事了。"

梁蔚收回思绪，拿着手机给陈鹤森发了条微信，问他是否到家。她握着手机等了一会儿，他没有回复，应该还在开车。

梁蔚把手机充上电，身上和头发上都是火锅底料的味道，有些难闻。她回到卧室，拿了换洗的睡衣，走进卫生间。

一个小时后吹干头发出来，梁蔚第一时间就去查看手机信息。陈鹤森在二十分钟前给她回了消息。

陈鹤森："到家了。"

梁蔚："今天路上很堵吗？感觉你开了快两个小时。"

陈鹤森："回我爸妈家，路程比较远。"

陈鹤森："你还没准备睡？"

梁蔚："要睡了，晚安。"

陈鹤森回复了一句"晚安"，附带一个笑脸的表情。

梁蔚原本想着过年前几天回抚市陪周珍过年，但12班的同学会时间已经确定下来了，在过年前三天。这打乱了她原本的计划，梁蔚只好先回了趟抚市，陪周珍和姥爷多待几天，等周末那天再返回雁南城参加同学聚会。

其间，她早上和周珍去超市买生活用品回家，坐电梯碰到了上回要给她介绍对象的李阿姨。李阿姨一见到她，就问周珍："这是梁蔚吧？"

周珍点头说："是，她这两天刚从雁南城回来。"

李阿姨又笑着打量了梁蔚几眼，然后试探地说道："梁蔚，我听你妈说你还没找男朋友，要不阿姨给你介绍一个吧？"

梁蔚没说话。

李阿姨又热情地说道："男方条件很好的，就是上回我要给你介绍的那个，你妈说你有事见不了面，不过人家男孩子还挺想见你一面的。"

梁蔚笑了笑，正准备拒绝，周珍就说："哎呀，那天是我没和你说清楚，这死孩子有正在处的对象，只是瞒着没告诉我，让你费心了。不好意思啊，改天我做东，请你吃饭。"

李阿姨闻言，笑着看向梁蔚："没事，没事，不过梁蔚的男朋友是做什么的？"

周珍说："在六院当骨科医生，这次她姥姥摔伤腿的事，就是她男朋友帮忙的。"

"六院啊，"李阿姨眼睛一亮，"那孩子应该挺优秀的。"

周珍有些开心："是挺优秀的，相貌也好，家里条件也不错，职业又是医生，我看着也喜欢。"

梁蔚从头到尾没开口，直到进了家门，忍不住笑说："妈，我这哪里来的对象，还是在六院工作的？"

周珍说："我这不是一时找不到借口，临时想的法子搪塞过去嘛，总不能和李阿姨说你不想找吧？那人家到时候会觉得我前面拜托她介绍，纯粹是耍着她玩。妈妈现在想通了，等你想找再找，我不催你了。"

梁蔚无奈地笑了笑。

周珍却又转移了话题，盯着梁蔚："你和那个鹤森真没什么关系？"

梁蔚："能有什么关系啊？"

周珍说："你昨天去洗澡，我一时找不到自己的手机，就拿你的手机给我打了个微信电话，不小心看到他给你发信息了，发了一张猫的图片。"

她在抚市的这几天，陈鹤森也一直和她保持着联系。昨晚他发了一张猫的图片，是一只橘色的小猫，梁蔚洗完澡出来才看到。

梁蔚："很可爱，你养的吗？"

陈鹤森："不是，住院部楼附近的。"

梁蔚："会挠人吗？"

陈鹤森："这只很乖，不会挠人，等你下次来带你去看。"

梁蔚："好。"

两个人除了聊这些生活里的事，陈鹤森偶尔也会问问她姥姥的情况。

梁蔚对上了周珍探究的视线，心虚地别开眼："他发错人了……"

周珍对这话半信半疑。

梁蔚在抚市待了一周，同学聚会当天，周文晋刚好要去雁南城参加个会议，梁蔚也就坐他的顺风车回去，到达雁南城时已经是上午十点多。

梁蔚回到了家，行李箱也没打开，就那么立在墙角，手机里有信息进来，是班长王彤在微信群里发了个定位地址，大概是晚上聚餐的饭店。

王彤发完，群里陆续有了回应。

常兴宇："都准时到啊，谁迟到就要在群里发红包。"

许东："那我必须准时。"

赵雯："陈鹤森今年也会去吗？"

常兴宇："他除了去年没来，哪一年没到？！不过赵雯，这么多年过去了，你不会还惦记着陈鹤森吧？"

赵雯："是呀，念念不忘呢。"

赵雯："@CHS，学委你现在要是还没合心意的人，要不考虑一下老同学我？"

梁蔚睫毛轻颤，这时微信又弹出了条消息，她点开，发现被李橙拉进了小群里。群里除了她们俩，还有一个宋杭杭。

李橙："中午要不我们先去学校逛一圈？"

梁蔚目光微凝，虽然她毕业后在雁南城租了这套房子，但至今都没有回过雁南一中。她短暂愣神的片刻，三人小群里又有了消息。

宋杭杭："好啊，好啊，梁蔚，你也来呗，你高三转学后，就没再回来过吧？"

梁蔚："嗯，是没有回去过。"

李橙："那你下午来吗？"

梁蔚："几点？"

李橙："三点吧，一个小时逛完，刚好打车去聚餐的饭店。"

梁蔚："好。"

梁蔚切出小群，又点进班级群，往上滑了滑聊天记录，没有看到陈鹤森回复赵雯的那条信息，心神稍微定了定。

到了下午一点多，梁蔚拦了辆车，前往雁南一中。

出租车行驶在一中校门前的那条街道上，梁蔚转过脸看向窗外，一排排熟悉又陌生的店面，令梁蔚感觉有些恍惚。她怎么就从一个高中生长成大人了呢？

车子停在校门口，梁蔚付钱下了车。

现在是寒假，校园里人去楼空，有一种空荡荡的寂静感，透着几分萧瑟的意味。

保安室的大叔将脑袋探出开了一半的窗户，瞅了她一眼："姑娘是想进去逛逛吗？"

梁蔚浅浅一笑："可以吗？"

保安大叔按了一下门锁，电动伸缩门缓缓缩起，他说："进去吧，你也是雁南一中的学生吧，哪一届毕业的？"

梁蔚说："2009届的。"

保安大叔喝了口茶："前几天还有个2003届毕业的学生来学校呢。你们这些学生啊，读书的时候不喜欢待在学校里，毕业了就一个个地往这里跑，也不知道瞎跑什么？"

梁蔚笑而不语，走了进去，耳畔是料峭寒风的呼啸声。

暴露在空气中的脖子有点儿冷，梁蔚拢了拢衣服，一直走到高二教学楼，迈了几十级台阶后终于到达12班的教室门口。

12班的教室门是锁着的，因为教室的窗户长时间关着，空气不流通，玻璃上蒙了一层淡淡的水雾。梁蔚往里看了一眼，教室的环境熟悉中又带了一点儿不同。

这时口袋里的手机突然振动了一下，梁蔚掏出手机，是一条微信消息。她点进去，以为是李橙发的消息，不想映入眼帘的却是陈鹤森在班级群里发的一条回复。

CHS："目前有喜欢的人了。"

梁蔚心口一烫，她又不是傻子。这阵子她和陈鹤森的相处，如果只是老同学的关系，那他未免有点儿过界了，他可不是一个没有分寸感的人。

梁蔚握着手机，心绪复杂，一时感到鼻酸。

陈鹤森发出这句话来，群里瞬间就炸了。一条条信息"唰唰"地顶了上来，陈鹤森那条有喜欢的人的消息很快被顶到看不见了。

梁蔚和李橙她们逛完了学校，坐车前往饭店的路上，宋杭杭还捧着手机，热心讨论着陈鹤森刚才在群里发的那条消息："陈鹤森说他有喜欢的人，是谁啊？"

李橙蹙眉："不知道。"

宋杭杭转过头看了一眼坐在车后座上的李橙和梁蔚："他不会是和他前女友复合了吧？"

李橙："没听常哥说过，应该不可能吧。"

宋杭杭又去看手机："那也未必，常哥现在不是也没怎么和学委联系吗？梁蔚，你知道？听常哥说，他前几天到徐记花园吃饭，碰到了你和陈鹤森，你们俩怎么一起吃饭啦？"

李橙也看向梁蔚，梁蔚抿了抿嘴唇，轻声解释："他不是六院的骨科医生吗？我姥姥前一阵子摔骨折了，所以我在六院碰见了他。那天我请他吃饭，也是为了我姥姥的事。"

宋杭杭点了点头："也是，学委在六院工作也算是福泽 12 班了，上回班长家里人摔伤，也联系了学委。"

梁蔚心里陡然松了一口气。

半个小时后，三个人到达吃饭的地方。这次聚会也就来了二十几个人，直到开席，大家都落座了，也没看见陈鹤森的身影，有人问了一句陈鹤森怎么还没到。

常兴宇站着给大家倒酒："人家医生忙啊，他要八点多才下班。没事，我们吃完这餐，不是还有下一轮吗？等会儿去唱歌他就来了，让他买单。"

问的人笑说："这不大好吧，读书那会儿学委就没少请客。"

王彤搭腔："就是，就是，你们薅羊毛也不能可着一只羊薅。常哥，要不今晚你大出血一回？"

常兴宇也没推拒："行啊，我今天就出血一回，不然回头你们得说我抠门。"

"我去，你还不抠了？你高中那会儿买瓶水，都要——"

常兴宇大手一挥，臊得慌："别提啊，给我留点面子，兄弟，我也不知道我当时怎么那么抠，家里也没缺我吃穿的，估计是缺心眼了。"

大家又是一阵哄笑。

过了一会儿，话题转向了梁蔚。

庄倩隔着一个人，脑袋前倾看向梁蔚："梁蔚，你现在是做什么的？"

梁蔚脸上挂着浅浅的笑容："编剧。"

"你理科不是挺好的吗，怎么做编剧了？"庄倩意味深长地顿了顿，然后放轻语气说，"你不会是高考发挥失常了吧？"

梁蔚说："没有，大学突然想念文，就报了 G 大中文专业。"

庄倩的脸色变了变，王彤插话："G 大的中文专业录取分数线也很高的，不过你高三突然转学了，也没和我们说一声，太突然了，波哥当时惋惜了好一阵子。"

梁蔚轻描淡写地说："当时家里出了点儿事情。"

庄倩紧追不舍地问："什么事啊？我听人说你家的房子——"

王彤突然从座位上站起来，适时打岔："大家都吃饱了吗？吃饱了我就去结账，我们继续下一摊。"

话题就这么被王彤岔开了，宋杭杭凑近梁蔚，小声吐槽："怎么这么多年过去了，她还这么针对你啊？"

梁蔚笑了笑，说要上洗手间。她走出了包间，追上王彤："班长。"

王彤回头见是她，略带意外地问："怎么跟出来了，吃饱了吗？"

梁蔚笑了笑说："班长，我是来付钱的。这几年聚会我没来，这次聚会也不好空手白吃。"

"不用，这钱都是来参加聚餐的同学一起出的，"王彤玩笑道，"不能让你当冤大头。"

"我请吧，就当把以后聚会出的钱先付了。"

王彤见梁蔚执意如此，也没再拒绝，笑着接受："那我就代各位同学谢谢梁老板了。"

这家饭店的楼上就有唱歌的包间，结完账，梁蔚和王彤一道上楼。

包间的门没关严实，鬼哭狼嚎的声音从里头传了出来。两个人推门进去，包间里关了大灯，只有宇宙球灯斑斓的光线投射在每个人的脸上，带了一种不真切感。

梁蔚刚在李橙旁边坐下，包间门又被人从外头打开。常兴宇眼尖看见了，把话筒扔给别人："你可算来了。"

陈鹤森穿着黑色外套，长身玉立，视线不着痕迹地在包间里扫了一圈，最后停留在梁蔚的脸上片刻便移开了。

"迟到了，罚一杯啊……"

赵南递来一小杯酒，陈鹤森没推却，接过酒杯一口喝光。

常兴宇竖着拇指："够爽快。"

赵南趁机道："再来两杯？"

陈鹤森脱了外套，淡笑着说："差不多得了，我一下班就开车过来，还没吃晚饭，再喝胃就受不住了。"

"行，放你一马，过两天我们私下再喝。"赵南说，"兄弟，透个底，你目前喜欢的人是谁啊？你该不会是和你那个前女友复合了吧？"

陈鹤森微微皱眉："没有的事。"

王彤唱完一首歌，包间里安静了下来，王彤朝陈鹤森说道："要不要来一首？"

陈鹤森坐在沙发的另一头，眼底带着笑意："今天就算了。"

常兴宇说："每年都唱歌多没意思？今年来个有意思的。"

"什么？"

"真心话大冒险呗。"

"你更没意思。"

"玩不玩？"

赵雯率先响应："玩呗，我今晚势必要套出陈鹤森喜欢的人是谁，少女心又碎了一地。陈鹤森，你喜欢的人是谁啊？"

陈鹤森脸上挂着笑容，从桌上拿了瓶矿泉水，配合地回答："还没追到。"

赵雯说："那我这不是又自取其辱吗？不问了。"其实赵雯如今对过去的那段暗恋早已释怀，她算是他们同学当中的早婚一族，在大学时谈了个男友，两个人感情甚好，一毕业就领了证。

虽然大家嘴里说着无趣，但真玩起来，一个个都兴致勃勃。空酒瓶子在大理石桌面上飞快地旋转，问出的问题一个比一个猎奇，包间的气氛逐渐高涨。

梁蔚兴致盎然地看他们玩，手机屏幕忽然亮了一下，进来一条微信消息，是陈鹤森发的。

陈鹤森："等会儿结束，我送你回去。"

梁蔚抬眼看过去，隔着一堆影影绰绰的身影，只瞥见他微低的眉眼。他上半身前倾，手肘搭在膝盖上，修长的手指交叠在一起，微微偏头听着赵南讲话。

只不过今晚游戏临结束时，酒瓶子一直没转到陈鹤森。赵雯不死心，喊着再玩一把。

酒瓶子又转起来，十几秒后，慢悠悠地停下，瓶口却对准了梁蔚。

梁蔚眼皮一跳，顿时有不好的预感，结果下一秒就得到了证实，提问她的人是庄倩。

庄倩笑了笑："梁蔚，那我就不客气啦，准备问了。"

梁蔚点了点头："你问吧。"

庄倩装腔作势地清了清嗓子："高中的时候有没有暗恋过人？"

梁蔚感觉原本吵闹的包间一瞬间就安静了下来，大家的目光都落在她的身上，仿佛探照灯。

梁蔚握着手机，心跳如擂鼓，察觉陈鹤森看过来的目光，感觉自己的呼吸都快了几拍。梁蔚吸了一口气，声音不轻不重地在包间里响起："有过。"

庄倩不舍地追问："是谁？"

梁蔚莞尔："这是第二个问题了。"

庄倩神色懊恼。

李橙凑过来，低声问："蔚宝，我还以为你高中那会儿所有心思都放在学习上，没想到你竟然也暗恋过人……厉害啊，学霸就是学霸，果然可以一心两用！"

梁蔚有些哭笑不得："暗恋只是我一个人的事情，又不是谈恋爱，怎么会影响学习？"

李橙努了努嘴："那还是不一样吧，我要是高中暗恋人，肯定没法把心思放在学习上，高考铁定得考砸。不过……你暗恋的人是谁啊？"

梁蔚轻声道："李橙，我能选择不说吗？"

李橙见她神色郑重，脑子里瞬间闪过一些片段，顿了顿，很快就笑着说："你不想说就不说呀，本来暗恋就是你自己的事情。"

梁蔚弯了弯唇："谢谢。"

李橙撞了一下她的肩膀："客气，你永远都是我的好同桌。"

聚餐到了后面，同学们陆陆续续走得差不多了，只剩几个男生在包间里喝酒聊天。

宋杭杭和王彤拼车走了，李橙和梁蔚一块儿下楼，李橙边拿手机叫车边问她："蔚宝，你要和我坐一趟车吗？"

梁蔚顿了顿，说："我朋友在这附近，我得先去找他，你先回去吧。"

李橙叫的车说话间就到了，梁蔚替她打开车门，李橙戳在车前，做了个打电话的手势："那我先回去，保持联系啊。"

梁蔚站在马路边上："好，你注意安全，到家给我发条信息。"

车门关上后，车子扬长而去。

梁蔚转身朝饭店走去，手机在这时响了起来，是陈鹤森打来的电话。梁蔚目光微凝，按了接听键，听到他说："已经走了？"

"没有，在楼下。"

电话那边传来常兴宇的声音，常兴宇似乎在问他在给谁打电话、是不是那个正在追的姑娘。陈鹤森走远了点儿，声音柔和地说："在大厅等我一会儿，别站在室外，今晚风大。"

梁蔚心思微动："好。"

挂断电话，梁蔚走进饭店大厅，店员以为她落了什么东西，上来询问，梁蔚笑了笑说在等人。

她没等太久，陈鹤森就拎着外套从楼上下来了。

梁蔚见他身后没人，问了一句："常兴宇他们呢？"

陈鹤森："还喝着，我们先走。"

梁蔚看了一眼楼上，有些担心："不会出事吧？"

陈鹤森勾起嘴角："放心，他们心里有数，不会喝醉。"

两个人走出大厅，梁蔚说："你是不是还没吃晚饭？"

陈鹤森扬眉："听到了？"

梁蔚点点头说："先去吃饭吧，都快十点了，难道你不饿吗？"

陈鹤森抬手按着胃部："你这么一说，确实有点儿饿了。"

梁蔚温柔地问："你想吃什么？"

陈鹤森眼神看向前面，抬了抬下巴："想喝点儿热汤，去对面的鱼汤店吧。"

他们要到对面的鱼汤店，需要穿过一个人行道。

两个人并肩站在路口等绿灯，边上是来往的电动车。忽然斜刺里开来一辆电动车，梁蔚原想让出地方，但电动车车速过快，她避之不及。陈鹤森伸手绕过她的肩膀，带了她一下，低沉的声音落在耳畔："小心。"

梁蔚垂眸看了一眼肩膀上的手，他并没有碰到她，隔着一点儿若有若无的距离。梁蔚想起那次在火锅店，她的背部贴上他搭在椅子后的手指。她敛了敛神，低声回了一句："谢谢。"

他的声音带着淡淡的笑意在她耳边响起："不客气。"

红灯转绿，等待的人动了起来，陈鹤森也收回了手，两个人跟着人群往前面走去。

梁蔚抬头看向他："你们医生下班都这么晚吗？"

陈鹤森温声解释："大多数正常，有时候遇到突发情况就会晚一点儿，譬如突然送进来的病人，在下班的前两分钟送进了，你就得处理好了才能下班。"

梁蔚"嗯"了一声。

陈鹤森说："你姥姥这两天情况怎么样？"

梁蔚笑起来："她可听话了，没怎么过度用脚，每天稍微走一会儿，就坐在沙发上休息了。"

陈鹤森也笑："你姥姥算是配合度比较高的病人了，过完年后，记得带她来复查。"

"嗯，记着呢。"

到了那家鱼汤店，两个人前后脚进去，这个时候店里没人，显得有些空荡。

陈鹤森要了份鱼头汤，又点了份米饭，梁蔚看了一眼，忍不住问："就这些吗？"

陈鹤森盯着她的眼睛："你要吃的话，我就多点些。"

梁蔚摇了摇头："我不饿。"

等服务员走了，陈鹤森才说："有时候在医院忙起来，吃饭连菜到嘴里是什么味道都没来得及品尝，就吞下去了，导致我现在对吃的东西要求不高，能填饱肚子就行。"

梁蔚点了点头。

等陈鹤森吃完，两个人再从店里出来，已经十点多了。

陈鹤森抬腕看了一下手表："时间好像有点儿晚了？"

梁蔚："没事，反正我明天也不用上班。"

陈鹤森忽然说："要去看场电影吗？"

梁蔚神色微怔，抬眼看着他问："你是喝醉了吗？"

陈鹤森笑了一下，反问："你觉得我是喝醉了才会请你去看电影吗？"

"我不是这个意思。"梁蔚动了动唇，"只是你上了一天班，我怕你会累。"

"我明天也休息。"陈鹤森又重复了一遍，"梁同学，去不去看？"

梁蔚没有迟疑："去吧。"

陈鹤森眉眼舒展，四处张望了一下："你在这里等着，我去把车开过来。"

梁蔚没有动，看着他高瘦的身影穿过马路，跑到对面去取车。她从口袋里掏出手机，想问一下李橙到家了没，点进微信，刚好看到李橙给她发来一条安全到家的消息。

梁蔚："早点儿休息。"

李橙："你到朋友家了吗？"

梁蔚："到了。"

陈鹤森的车子开了过来，梁蔚收了手机，小跑过去。

陈鹤森摇下后车窗，梁蔚瞥了一眼驾驶座上的人，是个陌生的男人，估计是他叫的代驾。陈鹤森长臂一伸，替她打开了后车门。

梁蔚钻了进去，便闻到他身上清冽的气息："这附近有个电影院，十分钟就到了。"

"好。"

车子开动，陈鹤森的手机突然响了起来，他按了接听键。

电话里常兴宇兴奋地说："我刚才好像看见你的车了，还看见梁蔚进了你的车，你俩什么意思？"

陈鹤森看了一眼身边正低头看手机的梁蔚，淡淡地说："就你看到的意思。"

常兴宇："我去，你说的那个喜欢的人不会是梁蔚吧？"

陈鹤森含混地"嗯"了一声："别在群里乱说。"

"得，哥们儿知道了，保留神秘感，我懂，等明年同学聚会吓死他们。"常兴宇说。

陈鹤森说道："挂了。"

常兴宇："行，不打扰你俩约会了。"

陈鹤森挂了电话，伸手揉了揉额角，想起刚才的聚会，庄倩问梁蔚高中有没有暗恋过人。他以为她会回避，或者干脆不回答，没想到她却坦然地承认了。在庄倩紧接着问第二个问题的时候，她又略带狡黠地带过了。

陈鹤森又想起高二那次运动会过后的聚餐场景，他在楼道口打电话，她眼中所暴露的情绪有些异常。那个时候他看不懂，只是在邬胡林说了那句话后，似乎一切都有迹可循了。

"是有什么事吗？"

梁蔚见他挂了电话后，若有所思地拿着手机，以为是发生了什么事，不免问了一句。

陈鹤森闻言转过头，骤然对上她清润的眼眸，瞥见她眼里的紧张情绪，安抚地笑了笑："没事，是常兴宇打来的电话。"

"他说什么了？"

陈鹤森："没说什么，约了下次和我喝酒。"

"你们经常见面吗？"

"那倒没有，常兴宇没在雁南城工作，只有过年这段时间偶尔聚一聚。"

"他是做什么的？我到现在还不知道他的职业。"

"律师。"

梁蔚想了下："那也挺厉害的，邬胡林现在还在澳洲吗？"

陈鹤森"嗯"了一声。

梁蔚有些感慨地说道："我以为他和知伽会一直在一起，没想到他们分手了，他在国外怎么样？"

陈鹤森笑说："人要适当学会往前看，感情这种事变化莫测。他在澳洲过得挺好的，也谈了个女朋友。"

梁蔚脱口而出道："那你也是吗？"

话音落下，梁蔚意识到自己失言了："抱歉，我这话没有别的意思。"

陈鹤森不太在意地笑了笑："嗯，我是这种人，有些人过去了就是

216

过去了，我不会在原地止步不前，那样对眼前的人也是不负责，听着是不是觉得有点儿淡漠？"

梁蔚挪开视线："不会，这很正常。"

两个人说着话，车子就到达了商场的地下车库。电影院在商场顶层，两个人乘坐电梯上楼。

陈鹤森拿着手机，问她想看什么。梁蔚下意识地凑过去，她的发尾落在他的手臂上，她没有察觉，低头看了两眼，手指在屏幕上点了点："就这部科幻片吧，你想看吗？"

陈鹤森直接买了两张中间位置的票："听你的。"

到了四楼，两个人走出电梯，陈鹤森拿着手机去取票。刚好有个女生也要取票，陈鹤森做了个手势，示意她先取。女生在取票的时候偷瞄了他好几眼。他全程低头看手机，似乎并未发觉。

即便这么多年过去，他还是她高中时暗恋过的那个陈鹤森，人群中扎眼的存在。

梁蔚坐在检票口的环状软椅上休息，望着他站在机器前取票的俊挺身影，思绪发散，不由得想起高二时和他看过的那场电影。她全程不知所云，所有的注意力都集中在了他的身上。后来大一时，她在电脑上看了那部电影才知道是一个关于亲情题材的故事。

陈鹤森转过身时，梁蔚的目光避之不及，她就这么骤然同他对视。他似乎也愣了一下，继而嘴角牵起弧度。他笑的时候，是那种明朗和煦的笑容，给人一种阳光大男孩的感觉。

陈鹤森朝她走来，手里捏着两张票："还有五分钟才入场，再等一会儿。"

他就站在她面前，梁蔚忽然有一种压迫感，仰头看着他，撞入他漆黑的眼眸里："你坐会儿。"

陈鹤森垂眸"嗯"了一声，在她身边坐了下来。

梁蔚："你以前也看过这么晚的电影吗？"

他似没听清，又凑近了点儿，身上温热的气息倏然凑近，梁蔚攥住手机，听到他低声说："什么？"

梁蔚抿了抿唇，又重复了一遍："你以前也这么晚来看过电影？"

陈鹤森笑了一下："没有，这是第一次，你呢？"

梁蔚："也是第一次。"

很快就轮到他们的场次检票。

两个人走到入口处，陈鹤森自然地将手里的两张电影票递给了检票员，"咔嚓"一声轻响，原本完整的电影票出现小小的缺口。

梁蔚原以为都这个点了，观影的人应该不多，可当她和陈鹤森进入影厅时，座位区域已坐了不少人，大多数是年轻情侣。

两个人在位子上坐下，他们这一排除了她和陈鹤森，还有两对情侣。

头顶的照明灯关上了，影厅陷入昏暗之中，背后刻意压低的说话声也停了。

梁蔚盯着幕布，其实她很少看科幻类的电影，就连大多数影迷为之沉迷的漫威电影，她到如今也只看过一部《蜘蛛侠》。这算是她第二次看科幻类的电影，却没想到会是跟陈鹤森一起看。

观影到了后半程，梁蔚的腰有些受不住，这是她长期坐在电脑前遗留的职业病，久坐后就容易腰酸背痛。她身体后仰靠着椅背，下意识地想把手搭在扶手上，却不想指腹碰到了他温暖的手背。梁蔚的大脑空白了一瞬，接着她像是被烫到一般无所适从地收回了手。

梁蔚悄悄瞥了一眼，他的视线仍停留在幕布上，梁蔚松了一口气，过了一会儿，再去看扶手，发现他已经把手收了回去。

电影结束时，已将近凌晨一点。

两个人从电梯里出来，梁蔚酸涩地眨了眨眼，陈鹤森扬了一下眉："困了？"

梁蔚诚实地点头："有一点儿。"

陈鹤森："那我现在送你回去。"

夜里的马路上车辆不多，陈鹤森今晚聚会除了来时赵南递的那一杯酒，因为没吃饭，后面就没再碰过酒杯，这会儿那点儿酒意早就散了。

车子开了一半，忽然下起雨来，密密的雨声和车里放着的歌声交织在一起。

梁蔚扭头看着他问："你今晚为什么不唱歌？"

陈鹤森表情微怔，过了会儿，似意识到什么，说："你想听我唱歌？"

218

她想听吗？

窗外是雨声，车子行驶在雨夜里的声音、车里的音乐声混杂在一起。在这密不透风的空间里，她忍不住问："可以吗？"

他扬唇："你想听什么？"

梁蔚私心作祟："《水星记》你会吗？"

他说："可以试试。"

他伸手点击中控台的屏幕，操作一番后，舒缓的前奏在车厢里流淌，他的嗓音低沉温柔地在耳畔响起。

"着迷于你眼睛，银河有迹可循，穿过时间的缝隙，它依然真实地，吸引我轨迹……咫尺远近却无法靠近的那个人，也等着和你相遇，环游的行星，怎么可以拥有你……"

相比高中时，他的声音多了几分成年男人的低沉。如果可以的话，梁蔚希望这条路没有终点，车子可以一直开下去，车上只有他和她。

陈鹤森并没有从头唱到尾，仅仅唱了小半段，就停了。他不是个会刻意卖弄自己的人，梁蔚永远喜欢他身上的这些特质，低调谦虚又富有教养。

她想起大学里有个同班的男生，因为会一些小魔术，除了在专业课上向班级里的女生展现，就连在选修课上，也不放过这些展现的机会，魔术已然成了他撩妹的手段。

一首歌放完，她住的小区也就到了。

陈鹤森特意把车子开进单元门的屋顶下，梁蔚解开安全带准备下去时，陈鹤森说："我送你进去。"

梁蔚："外面还下着雨。"

陈鹤森不置可否："时间太晚了，我就送你到门口。"

梁蔚推开车门，先下了车。

陈鹤森没有直接把车子横在单元门口，而是开到旁边的停车位上，然后下车，绕过车头加快脚步地走到她身边。

梁蔚的视线落到他被雨打湿的肩头上，说："等会儿我给你拿把雨伞吧。"

陈鹤森顺着她的目光，偏头扫了一眼自己的肩膀："也行。"

梁蔚的住处在七楼。

电梯一直到了七楼才停，电梯门打开，两个人前后脚走了出去。

梁蔚停在门前，掏出钥匙开门，顿了顿，回头看着他："要进来坐一会儿吗？"

陈鹤森说："时间太晚了。"

梁蔚神色自若地说："行，那你等我一会儿，我进去给你拿伞。"

雨伞就放在鞋柜旁边的雨伞架里，梁蔚连拖鞋都不急着换，拿了把黑色的折叠伞递给他。

陈鹤森接过伞："早点儿休息。"

"好。"梁蔚说道，"你开车注意安全，到家给我发条信息。"

陈鹤森笑了："好。"

他转过身，梁蔚看着他的身影进了电梯，才把门关上。她去洗手间卸了妆洗完脸出来，时间已经很晚了。

梁蔚躺在床上，把手机充上电，却迟迟无法入睡。过了一会儿，手机屏幕亮了起来，来电显示是陈鹤森。

梁蔚按了接听键，他的声音传来："你先睡吧，我开回去还要半个钟头。"

梁蔚："好，我知道了。"

话音落下，两个人都没再说话，但谁也没试图先挂断电话，他那端的雨声清晰地传入她的耳朵里。他忽然叫了一声她的名字，梁蔚屏息等待，他似乎轻吐了一口气，声音带着无奈的笑意："早点儿睡，晚安。"

梁蔚总觉得他刚才要说的不是这句话，轻轻"嗯"了一声。

电话挂断，梁蔚却毫无困意。

同学聚会结束的第二天，梁蔚就回了抚市，又是一年新年，李卫也回到了雁南城。梁蔚收到了他的信息，说他回雁南城了。

他长年在部队里，部队对通信管理严格，两个人几乎一整年没联系了，当他的头像突然从微信里跳出来的时候，梁蔚还愣了好一会儿。

梁蔚："我在抚市，等过完年回雁南城，再请你和李菀吃饭。"

李卫："就不能单独请我？"

梁蔚手指停在输入框里，还未回复他的这条信息，李卫又发来一条消息："开个玩笑，年后见。"

梁蔚："年后见。"

周珍不知道什么时候坐到了她旁边，指着李卫的头像说："这就是菀菀的那个堂哥，李卫？"

"嗯。"梁蔚退出微信。

周珍问："他不是在部队当兵吗？今年回来了？"

梁蔚解释了一句："他今年有探亲假。"

周珍又问："他有对象了没？"

梁蔚抬头看着她妈，无奈地说道："妈？"

周珍："我就问问，没别的意思，妈说了不催你就不催。"

因为上次周珍在那李阿姨跟前说了梁蔚有男友的事，梁蔚这次回来，偶尔在电梯里碰见李阿姨，李阿姨都会问上两句怎么不带男朋友来家里玩之类的话，梁蔚只好推托说人家工作忙走不开，内心颇为苦恼。

回到家里，梁蔚和周珍提起了这事。

周珍语气轻松地说："那你找一个骨科医生不就行了？"

周珍说者无心，梁蔚却不免想到了陈鹤森，又想起他那晚开车回去的时候给她打的那通电话。

其实，梁蔚隐隐能猜到陈鹤森未说出口的那句话是什么，他们两个人现在的关系，就像隔着一层薄薄的窗户纸，只是不知道谁会是先捅破这层窗户纸的人。

梁蔚走进卧室，拿起床头柜上的手机，点开微信，才发现五分钟前陈鹤森给她发了张图片，还是他上次发的那只橘猫。

梁蔚眼里浮上笑意："好像胖了点儿？"

她等了一分钟，才收到他的回复。

陈鹤森："是被喂胖的，我们科里的同事的功劳。"

梁蔚："没有你的功劳吗？"

陈鹤森："那倒也有一点儿。"

梁蔚看了一眼手机屏幕左上角的时间，已经五点多了。

梁蔚："你今天要值晚班吗？"

陈鹤森："没有，刚下班，这会儿在等电梯。"

梁蔚："那先不聊了，不影响你开车。"

陈鹤森："还有五分钟。"

梁蔚怔了怔，心跳骤然快了一拍，他的意思是说他们还有五分钟能聊。

梁蔚："不知道该聊什么？"

陈鹤森："［叹气］。"

梁蔚："［疑惑］。"

陈鹤森："有点儿挫败，原来梁同学跟我没话聊。"

梁蔚忍不住嘴角上扬，没想到他也有这样鲜为人知的一面。他这是在向她撒娇吗？梁蔚控制不住嘴角上扬的弧度，斟酌着措辞。

他又发来一条消息："开个玩笑，我进电梯了，过会儿再聊。"

梁蔚回了个"OK"的表情包。

梁蔚没有刻意等他聊天，在抚市的这几天，两个人每天都会在微信上聊上几句，没有什么实质性内容，但每次都是他主动找她。

他现在不是高中那个近在咫尺却无法靠近的陈鹤森了，她能感觉到，他在一点点地向她靠近。

周珍来敲门喊她出去吃饭，梁蔚放下了手机。姥爷和姥姥这两天在周晓蕾那边，周珍就简单煮了三菜一汤，母女俩刚坐下，门口就响起了按铃声。

梁蔚起身要去开门，周珍挥了一下手："你坐着先吃，我去开门。"

梁蔚"嗯"了一声，拿起汤勺给周珍盛了一碗排骨萝卜汤。

周珍刚一打开门，李阿姨的哭声便传了进来。梁蔚忍不住起身走到门口，李阿姨见到她，忙不迭地紧紧攥住她的手，梁蔚的手被她捏得生疼："蔚蔚啊，你男朋友不是在六院吗？你能和阿姨一起去一趟六院吗？我那孙子小东在楼下玩，被汽车给碾伤了脚……"

李阿姨的儿子和儿媳常年在南边工作，孙子就留给李阿姨一个人照料，李阿姨的男人走得早，这会儿家里就剩一老一小，今天她一没留神就出了这事，李阿姨顿时慌了神。

周珍安慰着说："你先别着急，小东呢？"

李阿姨抹着眼泪，语气焦急："他在楼下呢，我回来拿卡和身份证的，楼下的邻居正帮忙看着。我这不是想起你说蔚蔚的男朋友在医院吗？我这一个老太婆到了医院，也不知道该怎办，就来找你们了……蔚蔚啊，你帮帮阿姨吧。"

梁蔚二话不说，回卧室拿了外套就准备出门："李阿姨，走吧。"

周珍也说："我也跟你们一起去。"

几个人下了楼，叫的车子也到了。

小东面无血色地躺在李阿姨的怀里，嘴里不停喊着疼，右脚的创面已经让附近的医生简单做了包扎，殷红的血迹渗透白色纱布，看着惊心。李阿姨担心得不停掉眼泪，周珍在旁边不时安慰两句。

梁蔚坐在副驾驶位上，给陈鹤森打了一通电话。没隔几秒，电话就被接通，他似乎刚下车，梁蔚隐约听到了关车门的声音。

他有些意外，声音染着笑意问道："你怎么给我打电话了？"

梁蔚没有回他，而是直接说道："有件事可能要麻烦你。"

陈鹤森听出了她语气里的异常，眉心微微一蹙："什么事？"

梁蔚尽量长话短说："我邻居的小孩被汽车给轧了脚，要送去六院治疗，我现在正坐车去雁南城。"

陈鹤森很快就领会了她话里的意思："好，我知道了，等会儿在急诊室门口见。"

这样麻烦他，梁蔚其实有些歉疚："谢谢。"

"梁蔚，"他似乎笑了一下，"你不用跟我这么客气。"

两个小时后，车子停到了六院急诊室门口。

陈鹤森已经在门口等着。他今天没班，身上穿的是自己的衣服。梁蔚看到他的那一刻，慌乱的情绪似乎平复了一些。

她们三个女人带着个男孩，小东七八岁的年龄，个子比同龄孩子高，体重也重。李阿姨抱着他有些吃力，陈鹤森见状，从李阿姨手中接过了孩子，又叮嘱李阿姨去窗口挂号。

一行人去急诊室的骨科看了医生，又去缴费、拍片子，一系列流程走下来，已经快八点多了。虽然小东脚上的创面看起来有些恐怖惊心，但好在血管还是好的，医生经过检查后，确定需要立即动手术。

李阿姨红着眼睛签了手术同意书，不到一个小时，小东便被送入手术室。李阿姨早前来六院的路上，就给儿子和儿媳妇打了电话，这会儿夫妻俩还在路上，周珍陪着李阿姨。

梁蔚坐在周珍旁边，长舒了一口气，四处张望了一眼，没看见陈鹤森的身影。她低声跟周珍说了句话，便出去找他。

她刚经过电梯门口，电梯门开了，陈鹤森从里面出来，看见她，问道："找我？"

梁蔚轻声问："你去哪儿了？"

陈鹤森提了提手中的袋子："给阿姨买了点儿水，你拿去给她们吧。"

梁蔚接过水，余光瞥见他风衣上沾染了血迹，皱起了眉："把你的衣服给弄脏了。"

陈鹤森顺势看了一眼，不太在意地说道："没事，洗洗就干净了。"

梁蔚说道："你等我一会儿，我先把这些东西拿给我妈。"

陈鹤森"嗯"了一声："不急，你先去。"

梁蔚折身把陈鹤森买的饮料拿给周珍她们，周珍瞧见了她身后的陈鹤森，低声说："帮妈妈谢谢人家，今晚又麻烦他了。"

"我知道了。"

梁蔚转过身，想起刚才电话里的关车门声，不免问了一句："你吃晚饭了没？"

陈鹤森启唇："你想要听实话？"

梁蔚："实话。"

陈鹤森笑了笑："接到你的电话时，我的车刚好停在小区的楼下。"

梁蔚："你去吃饭吧。"

陈鹤森顺势说："你不陪我吃点儿？"

梁蔚没犹豫地点了点头，两个人乘坐电梯下楼。

陈鹤森说："那位阿姨和你们关系很好？"

梁蔚："还行吧，她和我妈关系挺好的，出了这事，她家里也没别的可以帮衬的人，我和我妈就陪她一起来医院了。"

陈鹤森说："一个人照顾七八岁的男孩也挺辛苦的。"

梁蔚："是挺辛苦的……李阿姨平时也挺乐观的一个人，这还是我第一次见她这样方寸大乱。"

两个人没走远，就打算在医院附近解决晚饭，只不过去的还是上回那家面馆，还碰到了陈鹤森的几个同事，是上回打篮球的那几个，还有杨鑫。

杨鑫见两个人进来，"哎"了一声："奇了，在这儿碰见你俩。"

梁蔚打了声招呼："杨医生。"

杨鑫说："梁蔚，你别叫我杨医生了，怪生疏的，叫我杨鑫就好，要不叫杨哥也行。我大陈鹤森三岁，应该也大你三岁，你们不是同一届嘛。"

梁蔚浅浅一笑："杨哥。"

杨鑫又看向陈鹤森："你不是早就下班了，怎么这个时间点出现在这里？"

陈鹤森轻描淡写地说："有点儿事要处理。"

杨鑫显然不太相信，但也没再追问。

陈鹤森挑了杨鑫旁边的那一桌空位，两个人各自要了一碗牛肉面。和上回一样，梁蔚又让老板过会儿她吃完的时候，再给她打包一碗带走。

对上陈鹤森的眼睛，梁蔚垂眼解释了一句："我妈也还没吃晚饭。"

陈鹤森倒了杯柠檬水递给梁蔚："那刚才应该让阿姨一起下来。"

梁蔚抿了口水："我先前问过她了，她说还不饿，等会儿我打包面带回去给她就好了。"

陈鹤森说："好。"

杨鑫吃完，还顺便把他们这桌的钱给付了。

梁蔚："这会不会不太好？"

陈鹤森挑起嘴角："没事，他不是让你叫他一声杨哥？这声哥也不能白叫。我平常也请过他吃饭，你不用跟他客气。"

梁蔚小声嘀咕，那哪里能一样？

快吃完面的时候，梁蔚接到了周珍的电话，问她在哪里，说李阿姨的儿子和儿媳妇到了，她们可以不用在医院陪着了。

梁蔚吞下嘴里的面条，抽了两张纸巾擦拭嘴角，这才出声："我在医院旁边的面店，你下来在大门口等我，我这就过去。"

梁蔚挂了电话，正要说话，就见陈鹤森站起身说："我送你和阿姨回去。"

梁蔚："会不会太麻烦你了？"

陈鹤森见她没跟上，回头看着她说："不麻烦，走吧，别让阿姨等久了。"

从店里出去，走到医院门口需要五分钟的路程，两个人到的时候，周珍已经在楼下等着了。

梁蔚走了过去："妈，走吧，陈鹤森送我们回去。"

周珍看向陈鹤森，抱歉地笑了笑："鹤森，今晚实在是麻烦你了。"

陈鹤森颔首："您客气了，阿姨。"

陈鹤森伸手打开后座车门，梁蔚让周珍先进车里，她再钻进去，感觉陈鹤森好像看了她一眼。

两个人上了车，周珍在和陈鹤森聊天。

"你爸妈最近还好吧？我很多年没见过你爸妈了。"

陈鹤森礼貌回答："他们挺好的。"

"上回梁蔚她姥姥的事也麻烦你了，原本想着请你吃顿饭，但又怕我和她小姨在场让你不自在，就让蔚蔚请你吃饭了。"

陈鹤森笑说："嗯，她请过了。"

周珍说："她没请你去吃面吧？"

"没有，是在徐记花园吃的晚饭。"

周珍拍了一下梁蔚的胳膊："她这孩子就是不会来事，有时候跟小孩子似的。"

梁蔚忍不住出声："妈，你别说话了，别影响他开车。"

周珍讪讪地笑了两声："也是，阿姨今天话有点儿多了。"

陈鹤森透过后视镜看了梁蔚一眼，声音柔和地说："阿姨，没事。你和我说说话，我开车也不会犯困。"

周珍笑眯眯地"哎"了一声。

陈鹤森把她们母女送到小区楼下，就开车走了。

周珍进了电梯，嘴里还不停地念叨："鹤森这孩子还真是挺好的。"

梁蔚有些哭笑不得。

周珍似乎想起了什么，又拍了一下她的手臂："你带没带家里钥匙？别等会儿到了门口，我们又进不去。"

梁蔚笑说："我藏了一把钥匙在门口的垫子下。"

周珍皱眉，忍不住数落她："你这孩子，钥匙怎么随便藏在垫子下？万一被人发现了怎么办？"

"我都藏了一年了，也没人发现。"

到了家门口，梁蔚掀开垫子拿出钥匙开门，周珍说："明天我们去医院看一下小东，回去的时候你这钥匙也给我带身上。"

梁蔚失笑："行，我听你的。"

两个人已经折腾了一天，都很累了。周珍吃完打包回来的面条，洗漱好，两个人就各自回了房间。

梁蔚躺在被窝里，给陈鹤森发了条短信，问他到家了没。

过了几分钟，她才收到他的回复。

梁蔚："好，早点儿休息。"

陈鹤森："你和阿姨是明天回抚市？"

梁蔚："嗯，不过回去之前还得去一趟医院。"

陈鹤森："好，我知道了，明天见。"

——明天见。

梁蔚盯着这三个字，心脏泡在蜜罐子里似的甜滋滋的。她在输入框里打字："明天见。"

隔天是梁蔚先醒来，去敲周珍的房门，周珍刚准备起床。梁蔚推开房门，探进脑袋："妈，我去楼下买早餐，你要吃什么？"

周珍将被子抖了抖："一起去吧，等会儿吃完早饭再去六院一趟，我们就回抚市。昨晚走得急，家里的饭菜都还搁在桌上，也不知道臭了没……"

等周珍刷完牙、洗好脸，母女俩下楼，在小区附近的早餐店各自吃了碗馄饨，又到对面的水果店挑了些水果，让老板包装好才打车前往医院。

小东昨晚出了手术室就被转进了普通病房，在骨科那一层。周珍在车上给李阿姨打了通电话问病房号，两个人又聊了几句，周珍才说："好，那不说了，等会儿医院见。"

周珍挂了电话，梁蔚偏头看着周珍问："小东怎么样了？"

周珍说："做了手术，现在精神头挺好的。"

半个小时后，车子停到六院门口。

梁蔚和周珍下车，乘坐电梯到了骨科那一层的病房。小东在吃早饭，小东的妈妈见到周珍和梁蔚进来，笑了起来："哎，周阿姨和蔚蔚来啦。"

周珍走到病床前："小东还好吧？"

小东妈妈回道："还行，早上他还喊伤口疼。昨晚真是谢谢你们了，不然出了这么大的事，我妈一个人估计也没法处理。"

周珍笑了笑："都是邻居，应该的，不用说这些话，你妈平常也没少帮衬我。"

梁蔚见周珍和小东妈妈在聊天，自己就走出了病房。她刚才从电梯出来，也没在走廊上看见陈鹤森，不知道他来了没。

她正想着，手机屏幕亮了一下，进来一条微信，是陈鹤森的。

陈鹤森："来医院了吗？"

梁蔚："来了，不过我没看见你，你在忙吗？"

他没有回复，梁蔚蹙了蹙眉，往护士台走去，忽然听到一个熟悉的声音："哎，陈医生。"

梁蔚循声望去，是李阿姨在和陈鹤森说话。

李阿姨笑容可掬地道："昨晚真是麻烦你了，我听蔚蔚说她男朋友在医院，所以才让她给你打的电话，打扰你了。"

梁蔚感觉脑子轰然一声响，石化在原地。

陈鹤森微微挑眉看向她，眼底漾开一点儿笑意。在他专注的目光下，梁蔚感觉头皮发麻，忍不住悄声说："等会儿我再跟你解释。"

陈鹤森扬唇："好。"

李阿姨看两个人这副模样，笑眯眯地说道："那阿姨不打扰你们了，以后你和蔚蔚来抚市玩，阿姨请你们吃饭。"

陈鹤森微笑着说："没事，应该的。"

等李阿姨走了，两个人之间的气氛有些微妙。

梁蔚清了清嗓子："这事是李阿姨误会了……"

陈鹤森的声音里明显有了笑意："误会什么？"

梁蔚有些无所适从，脸微微发烫："误会你是我男朋友……我妈瞒着我拜托过李阿姨给我介绍对象，我后来推了没去，我妈不知道该怎么解释，就和李阿姨说我有个男朋友在六院工作，所以李阿姨才会误会你就是那个男朋友。"

陈鹤森眼皮上挑："我以为你只有我一个相亲对象，原来还有其他候选人，看来梁同学很抢手。"

梁蔚呼吸一室，愣愣地仰着脸盯着他。他怎么也知道这事？是还没见面之前他就知道的吗？

陈鹤森注视着她，轻声解释："那天你在我姐家，她想把你介绍给我认识的。"

"蔚蔚。"

周珍的声音传来，梁蔚扭头，敛了敛脸上的神情。周珍朝两个人走近，看见陈鹤森，打了声招呼："你订好车票了没？我们回抚市吧，你小姨刚才来了电话，妈妈先去趟卫生间。"

周珍说完就走了，梁蔚转头看向陈鹤森，说："我先走了。"

陈鹤森掏出手机："等会儿，我让杨鑫送你，我今天有班走不开。"

梁蔚："我们打车到车站就行。"

陈鹤森："梁同学，听我的一回怎么样？"

梁蔚心跳加速，鬼使神差地点了点头。

陈鹤森笑着垂下眼皮，又看了一眼手机信息："杨鑫已经在楼下大厅等着了，你和阿姨下去吧。"

梁蔚和周珍下楼，一眼就看到了站在门口的杨鑫。杨鑫也看见了她，朝她挥了挥手。

梁蔚走近："麻烦你了，杨哥。"

杨鑫不大在意地"嗐"了一声："客气了，我和鹤森是什么关系？"

杨鑫又看向周珍，打了声招呼。

他带着两个人往停车场走去，周珍扯了扯梁蔚的袖子，压低声音问："这人是谁啊？"

"陈鹤森的同事，陈鹤森让他送我们到车站。"

"鹤森这孩子也太客气了。"

从六院到动车站只有二十分钟的车程，杨鑫很快就把人送到了车站，看着梁蔚和周珍下了车。

杨鑫给陈鹤森发了条信息："人送到了。"

陈鹤森："谢了，哥们儿。"

杨鑫："真行，还是第一次见你追姑娘，连哥们儿都使唤上了。你俩最后要是没成，我可不干。"

梁蔚她们回到抚市的第二天，便是除夕夜。

周珍把姥姥和姥爷从小姨那里接了回来。小姨今年去小姨父家过年，所以今年家里就他们四个人，姥姥和周珍在厨房忙着做晚饭。

梁蔚坐在沙发上边玩手机边陪姥爷看电视，姥爷有些剧情看不懂，会不时问上梁蔚几句，最常问的便是这个人是好人还是坏人，梁蔚也都耐心地给老人家解释。

一旁的手机振动个不停，除了好友发来的拜年短信，还有一些工作上接触的同事发的消息。

班级群里，大家都在刷除夕快乐，还有人发了年夜饭的图片，梁蔚也在群里发了两个大红包。红包被抢光了，陈鹤森也没在群里出现，有人还在群里 @陈鹤森，问他怎么不出来说话。

十分钟过去了，陈鹤森还是没有回复，梁蔚猜想他估计在忙。她放下手机，去了趟洗手间。

她出来时，放在沙发上的手机屏幕亮了一下。梁蔚解锁手机，是陈鹤森发来的一条语音消息。梁蔚有点儿意外，两个人自从加了微信，他从来没给她发过语音消息。

他会说些什么呢？她点开语音，不料却是一道稚嫩的童声问："姐姐，你是鹤森哥哥的女朋友吗？"

梁蔚握着手机，神色微怔。只是她还未来得及回复，下一秒，那条语音消息就被撤回了。

微信对话框显示对方正在输入中，停了一会儿又显示正在输入中，过了许久，他才发来一条信息。

陈鹤森："抱歉，家里的小朋友拿我的手机玩胡乱发的。"

梁蔚指尖轻轻抠了一下手机边缘。

梁蔚："刚才你发了什么吗？我刚才没看手机，只看到系统提示撤回了一条消息。"

陈鹤森握着手机，看到这条回复，眼皮动了动，食指敲了敲手机屏幕，顺水推舟地回了一条信息。

陈鹤森："没看到？那没事。"

陈鹤森偏头看了一眼趴在他的膝头上的"罪魁祸首"团团，小家伙睁着圆圆的眼睛盯着他。陈鹤森轻笑了一声："下次不要拿舅舅的手机乱发信息，懂了没？"

团团双手合十，可怜巴巴地说道："团团知道了。"

陈鹤森轻叹了一口气，突然间有了搬起石头砸自己的脚的错觉。他嫌麻烦，手机一向不设密码，没承想今天借给外甥女玩一会儿就惹出了这样的事。

团团好奇心十足："舅舅，那这个姐姐到底是不是你的女朋友啊？"

小家伙一直穷追不舍，陈鹤森说："舅舅还没向姐姐表白。"

团团努起嘴巴，理直气壮地说："可我刚才不是帮你问了吗？"

陈鹤森眼底蕴着笑意，拿手指轻轻弹了一下小姑娘光洁的额头："舅舅不用你帮忙，舅舅自己来。"

刚才的那条语音消息就被两个人这般粉饰过去了。

周珍做好了晚饭，喊梁蔚和姥爷洗手吃饭。窗外是嘈杂的鞭炮声，节日气氛浓厚，梁蔚想起刚才的那一条语音消息，心情莫名其妙地松快了几分。

她拿手机拍了张年夜饭的图片上传到朋友圈。

没过几分钟再点击微信，她发现这条朋友圈底下有不少人点赞留言，那一行点赞的昵称里，不出意料地出现了"CHS"三个字母。

其乐融融地吃完年夜饭，梁蔚让姥姥和姥爷在客厅看春晚，她和周珍则一起在厨房洗碗筷。周珍看了她一眼，状似不经意地问了一句："你刚才在饭桌上一直发信息，和谁聊天呢？鹤森吗？"

梁蔚垂着眼皮："不是他，和一些高中同学。"

周珍感叹："我闺女又大一岁咯……"

梁蔚闻言微怔，思绪游离。她二十六岁了，那他也二十六岁了。他们是同龄，梁蔚在 12 班的时候，波哥让大家填家庭住址等资料时，她留意过陈鹤森的出生年月，他是 6 月 28 号出生的，典型的巨蟹座。

梁蔚高中时买过一些关于星座分析的杂志，上面列了几个比较温柔的男生星座，其中就有巨蟹座，里头分析说巨蟹座的男生温柔又有分寸感，但并非毫无底线。

　　姥姥和姥爷看电视到九点就犯困了，回房间休息，客厅里只剩下周珍和梁蔚。周珍嗑着瓜子，忽然说了一句："蔚蔚，你爸这些年有没有联系过你？"

　　骤然间听到这个名字，梁蔚愣了几秒才说："没有，自从高二转学后，他就没有联系过我了。"

　　周珍忍不住骂了一句："这个死东西！"

　　梁蔚平静地说："他最近几年怎么样？"

　　周珍摇头："我也不太清楚。"

　　梁蔚"哦"了一声，话题就此中断，谁也没再提梁国栋，仿佛这个人于她们而言不过是一个素昧平生的陌生人。

　　距离零点还有半个小时，周珍打了个哈欠，从沙发上起来："我熬不住了，先去睡了，你也早点儿睡。"

　　"知道了。"

　　梁蔚没什么困意，怀里塞了个抱枕，靠着沙发背，点开微信浏览着朋友圈，大多数的配图是年夜饭。

　　梁蔚刷得入了神，直到电视屏幕里主持人激动的倒数声响起，她才回神，退出朋友圈，点开和陈鹤森的聊天界面。

　　手机屏幕上的时间跳为四个零时，她的手机振动了一下。

　　陈鹤森："新年快乐。"

　　梁蔚："新年快乐。"

　　陈鹤森："我以为你睡了。"

　　梁蔚："没有，我都很晚睡的，只是没想到你今天也这么晚。"

　　陈鹤森："新年嘛，得熬夜表示一下重视，阿姨他们呢，都睡了？"

　　梁蔚："他们熬不住，先前就回房间休息了。"

　　陈鹤森："什么时候回来？"

　　梁蔚眼睫微动，手指在输入框里打字，过了许久发出了一行字："过两天就回去。"

　　陈鹤森："好，那到时候见，晚安。"

　　梁蔚："晚安。"

/ 第七章 /
愿意

　　梁蔚在抚市待了两天便打算回雁南城，周珍对此颇有微词，想让她再多住两天。梁蔚笑说："我和菀菀约了吃饭，还有她哥哥，不好食言啊，大不了过两天我再回来陪你。"

　　周珍帮她把行李箱提到门口："不要天天点外卖吃，也不要熬夜。"

　　梁蔚连声应道："知道了，知道了，我都多大的人了，还照顾不好自己吗？"

　　周珍回了一句："我看你跟高中的时候也没什么区别。"

　　梁蔚进入电梯："行了，我走了，你进屋里去吧。"

　　梁蔚买的十点多的车票，到雁南城车站的时候已经十一点多。她刚随着人流走出车站，就接到了李菀的电话，说在动车站楼下的停车场里，让梁蔚直接往地下停车场走。

　　梁蔚提着行李箱，换了两次扶梯才看到李菀以及她身后的李卫。

　　一年多没见，李卫穿了件黑色羽绒服和牛仔裤，似乎又黑了点儿，五官硬朗。因为长年在部队，他即便随意站着，脊背也挺得笔直。

　　梁蔚弯了下嘴角："好久不见啊。"

　　李卫伸手接过她的行李箱："是很久不见了。"

　　李卫拿着行李箱，在前面带路。

　　李菀挽着梁蔚的手臂："还没吃午饭吧？"

"还没。"

李菀说："等会儿去我家里吃点儿，我叫外卖到家里吃，晚上咱们再出去吃饭。"

梁蔚转头看着李菀："你和李卫也没吃吗？"

李菀撇了撇嘴："他吃过了，我还没吃。我今天睡到十点多才起来，洗了个脸就和他一起来接你了。"

梁蔚提议："要不先到我家，我放行李箱，我们吃完午饭再去你那里。"

"行吧。"

三个人上了车，李菀和梁蔚一起坐在后座，李菀抬手拍了拍驾驶座上的人："先去梁蔚家。"

李卫回了一下头，视线落在梁蔚的脸上："地址？"

梁蔚出声："世纪城小区。"

李卫拿出手机输入地址，导航的声音在车厢里响起。

"这小区怎么没听说过，这几年刚开发的吗？"

梁蔚"嗯"了一声。

这时李菀的手机响了起来。

"哥和我在一起，怎么了？好，我知道了，我等会儿跟他说。"

李卫在前面问了一句："我妈的电话？"

李菀说："嗯，伯母把电话打到我这里了，说让你通过一下那谁的微信。"

李卫："行，知道了。"

梁蔚的住处离车站不远，半个小时的车程，很快就到了。李卫绕到车尾，取出了梁蔚的行李箱。

梁蔚伸手要去接行李箱，李卫说："我拿着吧，我一个男的，怎么也不能让你拿行李箱啊。"

李菀也说："你就让他拿着呗，他在部队里天天负重跑，这行李箱对他来说算不上什么重量。"

三个人聊着天，走进电梯。

李卫问："几楼？"

梁蔚回道："七楼。"

梁蔚问："部队生活苦吗？"

李卫抬手按了楼层键，又按了一下关门键："就那样，不过有时候确实会觉得有点儿枯燥。你那工作，天天能见到明星吧？"

梁蔚点头："是能见到一些。"

李卫笑了笑："那比我的好多了。"

晚间三个人吃饭的地点是李菀定的地方，依旧是李卫开车。一路上李卫的手机响个不停，但他似乎没有要接的意思，任由手机在一旁响着。

李菀听着有些烦，不由得说了一句："你要不接，干脆就挂断。"

梁蔚问："怎么，是有什么事吗？"

李菀幸灾乐祸地说："哪有什么事？是我伯母给他打电话，要给他介绍相亲对象，他不想搭理。"

梁蔚看向李菀："是约在今晚吗？"

李菀摇摇头说："不清楚。"

恰逢前面是一个红灯，李卫踩了刹车，车身缓缓停了下来。李卫从兜里掏出手机，按了接听键，举到耳边："刚才没听到，晚上回去再说，我现在有事。"

说完，那边似乎又说了几句话，他才挂了电话。

他听到身后的李菀问梁蔚："你今年回去过年，阿姨没给你介绍相亲对象吗？"

"我出差回来，她就说了，不过被我推了。"

李卫握着方向盘的手指动了动。

三个人出门的时候，遇到晚高峰，车子开开停停的，等到了吃饭的地方，已经快六点了。梁蔚和李菀下车之后才发现，今天吃饭的地方就是她上回跟陈鹤森去的那家——徐记花园。

李菀说："这家味道不错，是前几个月刚开的，我看评价挺好。"

梁蔚"嗯"了一声："味道确实挺好的。"

李菀笑着看了她一眼："怎么，你来这里吃过啊？"

"我请陈鹤森吃饭，就是在这家餐厅吃的。"

"得，那等会儿你来点菜，我最烦点菜了。"

两个人说着话，李卫停好了车，朝两个人走了过来。

大厅里客人很多，他们没打算上二楼的包间，直接在大厅找了张空桌。

桌上摆着菜单，李卫让她们俩先点。其间他的手机又响起来，这次他直接接通，说："明天再约，今晚有事。"

他挂了电话，李菀调侃他："大忙人啊，你这一回来电话挺多的，这次又是谁？"

李卫淡淡地说道："许明他们喊我去吃夜宵。"

李菀说："许明是不是都有孩子了？"

李卫靠着椅背，点了一下头。李卫身边的那些朋友念到高三，有的大专就直接不念了，谈了女朋友，现在连二胎都生了。

李菀问："小孩几岁了？"

李卫皱眉回想了一会儿："四岁还是五岁的，我记不清了。"

梁蔚坐在椅子上，看了一眼手机。上回拒绝的那个本子的制片人又来问她能不能接，梁蔚看过那个本子，题材虽然新颖，但要是真接了并不好改，而且这种本子也拍不好。

她委婉地拒绝了制片人，微信又弹出一条信息，是陈鹤森发来的。

陈鹤森："到雁南城了？"

梁蔚："上午十点多到的。"

陈鹤森刚给梁蔚发了条信息，坐在旁边的小姑父贺沣齐就看了他一眼，饶有兴致地问："和谁聊天呢？女朋友？"

陈鹤森笑着把手机放回口袋里："还不是。"

贺沣齐咬文嚼字："还不是……那就是目前有相处的姑娘了？"

陈鹤森也没遮掩："是有。"

贺沣齐顺势问："那姑娘是什么人？"

陈鹤森说："高中同学。"

贺沣齐笑了一声，半开玩笑道："高中同学，那你现在才看上人家？"

陈鹤森低头笑了笑："以前缘分没到。"

这时司机把车子停好，扭头朝后面说了一句："贺总，到了。"

贺沣齐今天有酒局，他有意投资一家医疗器械公司，让陈鹤森一起来，就是想让陈鹤森替自己参谋一下。

客户早就订好了楼上的包间，陈鹤森和贺沣齐一道进去时，在大厅候着的客户就热情地迎了上来。贺沣齐和客户经理寒暄了两句，陈鹤森手插在裤兜里，目光随意扫了一眼，视线倏然在某处顿住。

梁蔚侧对着他的方向，她对面是一个男生，她动了动唇瓣，跟男生说了句什么，男生将旁边的蘸料瓶递给了她，继而她的嘴角牵起淡淡的笑容。

陈鹤森眉心微蹙，这时贺沣齐伸手拍了他的胳膊一下，顺着他的视线看过去："看什么呢？走了。"

陈鹤森不着痕迹地收回了视线，淡淡地说道："没什么。"

陈鹤森跟着贺沣齐前后脚上了楼。

李菀从洗手间回来，坐了下来，拿手碰了碰梁蔚，低声说："我刚才好像看到陈鹤森了。"

梁蔚偏头看向她："在哪儿啊？"

李菀说："身影有点儿像，不过也可能是我看错了。"

梁蔚想了想，拿出手机给陈鹤森发了条信息，不过他没回，梁蔚便估计是李菀看错了。

吃完晚饭快九点，李菀让梁蔚干脆去她家住，梁蔚笑说："过两天吧。"

梁蔚的家比较近，李卫也就先把梁蔚送到家。等车上只有他和李菀时，李卫才问了一句："梁蔚和那个陈鹤森又联系上了？"

李菀摇下车窗："你刚才听到了？就前两个月吧，蔚蔚的外婆摔伤了腿，去六院看病，是陈鹤森给帮的忙。"

话音落下，李卫没出声。

李菀紧紧盯着李卫的背影："哥，你不会这么多年了还喜欢蔚蔚吧？我以为你早就不喜欢了，毕竟蔚蔚上大学那会儿，你不是也谈了个女朋友吗？"

李卫摇下车窗，看了一眼窗外："随便问问。"

李菀接着说道："你要是前两年追她，估计你们还有在一起的可能。现在啊，我看她和陈鹤森走得挺近的，你已经错失良机了。"

李菀说完，李卫良久没有动弹，直到前面的红灯变成绿灯，他才又缓缓开动车子。

陈鹤森这边结束时，快到十点了。他今晚喝了两杯酒，但还不至于到醉的地步，只是小姑父没少喝。他扶着贺沣齐上了贺沣齐的车，自己跟着坐了进去，拿出手机一看，不知道什么时候手机没电了，已经自动关机。

司机把车子开出停车场，很快便驶入车流中。

陈鹤森仰着头靠着椅背，伸手揉了揉太阳穴，脑子里不可避免地又想起刚才在徐记花园看到的那一幕场景。他伸手要去掏烟，摸了半天才发现没把烟带在身上。

陈鹤森轻叹一声，心里有个念头滋生，他忽然出声："吴叔，等会儿到前面那个路口，放我下来。"

原本闭眼休憩的贺沣齐闻声睁开了眼："怎么，有事要处理？"

陈鹤森回道："去见一个人。"

车子拐了个弯，靠着路边停了下来，陈鹤森拿了外套下车，关上车门。

贺沣齐转过身，看着陈鹤森穿过马路，拦了辆出租车，于是收回了目光，摇摇头笑了笑："年轻人啊……"

车子停到梁蔚的小区门口，陈鹤森没急着进去。他到附近的便利店买了包烟，站在门口点了烟，接连抽了两根，那点儿情绪被压下去后，他才抬脚走进小区。

这个时间点，他也不知道她睡了没有……

梁蔚在床上看了一会儿书，正准备关灯睡下，门外忽然响起了按铃声。

她掀开被子下了床，走去开门，心里还疑惑这个点会是谁来找她。打开门，见陈鹤森出现在门后，梁蔚愣在原地："这么晚，你怎么来了？"

陈鹤森望着她，眸色很深："有个问题想问你，没得到答案前，我今天晚上估计睡不着。"

"什么问题？"

梁蔚心里隐隐有预感，就听到他说："上回那条语音消息，你是不是听到了？"

梁蔚目光微凝，指尖紧绷到发白，最后缓缓地点了点头："是，我听到了，所以，陈鹤森你是喜欢我吗？"

"愿意做我的女朋友吗？"

两个人同时开口，声音落下的同时，两个人目光交会，皆怔了怔。

陈鹤森低低地笑了一声："所以你愿意吗？"

梁蔚抬眸，似要看进他的眼睛里："那你也能回答我一个问题吗？"

他将声音放低："什么问题？"

"你现在心里还有别人吗？"

陈鹤森眉心一蹙，继而摇摇头："没有，忘记我上次和你说的话了？我是个往前看的人，有些人过去了就是过去了。"

梁蔚眼睫轻颤，低低地"嗯"了一声。

"所以你的答案是……？"

他目光灼灼，梁蔚在他的视线下，感觉脸上温度渐渐热了起来。她深吸了一口气："我愿意。"

陈鹤森原本紧盯着她不放的专注神色有了片刻松动，他眉眼舒展，笑了起来："能抱一下我的女朋友吗？"

梁蔚忍不住弯唇，只是还未回答，他已经直接一把拽过了她。梁蔚猝不及防地撞入他的怀里，额头抵在他的胸口，垂放在身体两侧的手臂抬起，慢慢环住了他的腰。他身上的温度很高，滚烫的气息落在她的耳边，她半边的身子似乎都酥麻了。

梁蔚吸了吸鼻子，闻到了他身上淡淡的烟味。

"你抽烟了吗？"她瓮声瓮气地问。

陈鹤森低头："在你们小区楼下抽了两根烟。"

梁蔚轻声问："是遇到了什么事吗？"

"嗯。"他似乎笑了一下，"怕你跑了。"

梁蔚从他怀里抬起头，不明所以地看着他。

陈鹤森问："你今晚是不是在徐记花园吃饭？"

梁蔚目光微动："你看到我了？"

陈鹤森没否认："看到你和一个男生在吃饭。"

梁蔚顿了两秒，才反应过来："所以你没回我信息，是因为这件事吗？"

陈鹤森眼皮微抬："不是，是我的手机没电了。"

梁蔚："那个男生是李菀的哥哥。今天晚上吃饭，李菀也在，只不过她中间去上了一趟洗手间，李菀回来的时候还跟我说看到你了。你怎么会在徐记花园，和人吃饭吗？"

陈鹤森解释道："陪我小姑父参加一个饭局。"

两个人戳在门口抱着说话，这时电梯上来，有人走出来，好奇地瞥了两个人一眼。

梁蔚有些不自在，从他怀里离开："你要进来吗？"

陈鹤森摇头："太晚了，我明早还得去医院。"

梁蔚"嗯"了一声，陈鹤森似想到了什么，说："下次开门前先问一句或者在猫眼里看一眼，大晚上的，女孩子不要随便就开门。"

梁蔚："我以前都会注意，今天一下子忘记了。"

陈鹤森笑了一下："进去睡觉吧。"

梁蔚关上门，心情还是难以平复。她走进卧室里，拉开窗帘，看到了他从小区单元门出来的颀长身影。

梁蔚躺到床上，困意全无，想了很多事，一直睡不着。她拿出手机，忍不住给陈鹤森发了条信息："到家了吗？"

他直接打了电话过来。

梁蔚按了接听键，听到他在那端说："到了，手机刚充上电开机，就看到你发来的消息。"

他含混地笑了笑："睡不着？还是反悔了？"

梁蔚静默了一秒，轻声说："没有反悔。"

陈鹤森笑了一声："过两天邹胡林回国，我们一起吃顿饭。"

梁蔚在被窝里翻了个身："好啊，不过他不会带女朋友来吧？"

陈鹤森："没有，这次他女朋友没回来。"

梁蔚打了个哈欠，陈鹤森说："去睡吧。"

梁蔚听到他打开衣柜的声音："你要去洗澡吗？"

"嗯，身上都是烟酒味。"

240

他语气里似乎有点儿嫌弃身上的味道。

"那你去洗澡吧，我要准备睡觉了。"

"晚安，我明天24个小时都要待在医院里，后天中午接你去吃饭？"

"好。"

第二天梁蔚醒来时，是上午十点多，下意识地去摸过床头柜上的手机看了一眼时间，又习惯性地点进微信界面，发现陈鹤森在早上六点多的时候给她发了两条信息。

早上6：30，陈鹤森发的是："睡醒了吗？"

早上7：00，陈鹤森发的是："看来还没醒［笑］。"

除了陈鹤森，舒乔姐也给她发了条信息，让她晚上去家里吃饭，说那个徐东成导演也会来，他近期打算接个本子，有意同梁蔚合作，准备晚上边吃饭边聊。

梁蔚给舒乔姐回了信息，又点进同陈鹤森的聊天界面。

梁蔚："醒了。"

她又躺在床上玩了会儿手机，陈鹤森没有回复她的消息，估计是在忙。

梁蔚放下手机，去卫生间洗漱，又点了份乌冬面。

她吃完乌冬面，收拾了餐桌，准备倒水喝时，收到了陈鹤森的微信消息。她又给他发了条信息说晚上要到舒乔姐家吃饭后，接着给周珍打了通电话，让周珍记得下周带姥姥来医院复查。

周珍："我都记着日子的，你吃午饭了没？"

梁蔚："刚吃过了。"

周珍问："吃的什么？"

梁蔚忍不住笑了笑："我自己煮了点儿面条吃。"

母女俩又说了两句话，直到电话那端传来姥姥叫周珍的声音，周珍也就没再和她多说，直接挂了电话。

下午三点多，梁蔚拦了辆出租车到舒乔家，舒乔已经和保安室打过招呼，所以梁蔚直接就进去了，没被拦住。

只不过这算是梁蔚第二次到舒乔家，一时忘记了是哪一幢，只好拿出手机给陈鹤森发信息。

陈鹤森直接弹了一个视频电话过来，梁蔚按了接通键，他俊逸的面容就出现在屏幕里。他身后的背景是玻璃窗户和白色墙壁，他应该是在办公室里，看见她的脸，忽而一笑，半是调侃地说道："看来我的女朋友还是个路痴？"

　　梁蔚确实方向感不大好，以前上大学，和舍友去小吃街吃晚饭，偶尔进了巷子里头吃完晚饭出来，就分不清出口是哪个方向了。

　　梁蔚转换了一下视野，摄像头对准小区的环境："这两条路，往哪边走？"

　　陈鹤森："宣传栏的那条路，36号，别走错了。"

　　梁蔚："嗯。"

　　梁蔚边走边看别墅的门牌号，直到看到围墙上挂着36号的门牌，语气里透着一股雀跃："我找到了。"

　　陈鹤森笑着说："切换一下摄像头，让我看看你。"

　　梁蔚耳根发烫，点击了一下切换按钮，她的脸出现在了右上角。陈鹤森看了两眼，留意到她涂了睫毛膏的眼睫和唇上的口红，往后靠了一下椅背，轻扬眉梢："今天化妆了？"

　　梁蔚面对屏幕里他直视她的眼神，不太好意思："是，毕竟要见导演，还是得收拾一下。"

　　他那边忽然传来杨鑫的声音："你在和谁打视频电话呢？"

　　杨鑫的脑袋在视频里一晃而过，陈鹤森似乎换了只手拿手机，朝她说："先挂了。"

　　"好。"

　　陈鹤森切断视频，把手机放入白大褂口袋里。杨鑫一屁股坐在桌前，把玩着笔筒里的黑色签字笔："你俩这是好上了？"

　　陈鹤森笑了笑："嗯。"

　　杨鑫道："得，那要请吃饭了啊？"

　　这时，覃玥走了进来，听到杨鑫的话，问道："谁要请客吃饭啊？"

　　杨鑫伸手指向陈鹤森："他啊，他脱单了，可不得请我们吃饭？"

　　覃玥表情古怪地问："女朋友是谁啊？"

　　"就梁蔚呗，还能是谁？"

　　陈鹤森从椅子上起来："走了，去查房。"

陈鹤森出去后，覃玥戳在原地，不太甘心地说道："那梁小姐也没什么好吧？"

杨鑫失笑，也站了起来："你一个儿科的人，天天往我们骨科跑，实习证明还要不要了？"

覃玥赌气道："我又没说不要。"

杨鑫将手中的签字笔扔入笔筒里："回你自己的科室去吧，妹妹，听哥一句劝，感情的事强求不来，你这一年天天往骨科跑，人家要对你有意思，也不会拖到现在了。"

覃玥气鼓鼓地扔下一句话："要你多嘴。"

杨鑫站在门口，伸手挠了一下后脑勺："我去，这没良心的，我这是为了谁好？"

梁蔚按了两下门铃，郑野出来开门，梁蔚叫人："郑野哥。"

郑野从旁边的鞋柜里拿了双拖鞋递给她："你舒乔姐在洗手间呢，你先进来坐一会儿，要喝什么？"

梁蔚换上拖鞋："水就可以。"

郑野给她倒了杯水，梁蔚刚喝了一口，舒乔就从卫生间出来了："老徐还没来呢，估计会晚点儿到，你晚上想吃什么菜？让你郑野哥给你做。"

梁蔚笑了笑："我什么都可以。"

郑野说："别客气了，来这里就当来自己家一样。"

梁蔚想了想，点了一道菜："菠萝排骨吧。"

郑野打了个响指，胸有成竹地说："这简单。"

徐东成是五点多才到的，几个人边吃边聊。徐东成说的这个本子，题材有点儿特别，是讲女主角和男友长达三年的感情到了冷淡期，女主角机缘巧合下对男主角一见钟情的故事。这种题材的作品国外也有，但放到国内来拍，其实算是一种不小的挑战。

"毕竟从目前这个欠缺包容度的互联网状态来看，将作品拍出来也不容乐观，恐怕会引来争议。而且这几年网络环境也不太好，保不准到时候就会有人来骂你这个编剧，毕竟就连一个演员演了个小三的角色都被骂了一年多。"

徐东成说到最后，和梁蔚碰了碰杯子："你这两天先把本子过一下，再想想要不要接？"

梁蔚："好，徐导，我后天给你答复。"

徐东成说："不着急，我给你一周的时间考虑。"

几个人吃到一半时，门口响起按铃声。

郑野起身去开门，嘴里问了一句："乔乔，你还叫谁来家里了吗？"

"没有啊。"

梁蔚下意识地看向门口的方向，听到了郑野的声音："鹤森，你怎么今晚突然来这儿了？"

陈鹤森底气十足地说道："来接人。"

"接人？接谁？"郑野问完之后才反应过来，略带试探地问了一句："梁蔚？"

陈鹤森点了点头。

郑野吃了一惊："你们什么时候谈的？不会那天在徐记花园吃饭的时候就谈了吧？"

"那个时候还没，"陈鹤森摇头，笑着问，"你还让不让我进门了？"

郑野侧开身，把人让了进来。

陈鹤森朝餐厅走来，梁蔚扭头去看他，两个人目光短暂交会，她就欲盖弥彰般佯装低头喝汤。陈鹤森心里一笑，脱了身上的外套丢在沙发上。

舒乔问了一句："你晚饭吃了没？"

"还没吃。"陈鹤森摇头。

舒乔说："你要是不嫌弃我们吃剩的，就坐下来吃点儿。"

陈鹤森点了点头，语气随意地说："都是自家人，嫌弃什么？我先去洗手。"

他边将起衬衫袖子边往客厅的公共卫生间方向走去。舒乔使唤郑野："去帮我弟拿副碗筷。"

郑野坐在椅子上不动弹，看了梁蔚一眼，笑笑说："让小梁拿吧。"

舒乔奇怪地瞪了他一眼："你这人怎么回事啊？蔚蔚也算是个客人，你让她去拿碗筷？"

梁蔚往后拉了一下椅子："没事，舒乔姐，我去拿吧。"

陈鹤森从卫生间出来，没见到梁蔚的人影，问了一句："梁蔚呢？"

郑野下巴往厨房的方向示意了一下："给你拿碗筷呢。"

陈鹤森二话不说，直接往厨房的方向走去，郑野脸上则是乐呵呵的表情。

舒乔狐疑地说道："我怎么觉得你怪怪的？"

"哪里奇怪了？"郑野剥了只虾扔到舒乔碗里，又给徐东成添满杯里的酒："徐哥，喝酒，喝酒。"

舒乔家里的厨房是独立空间，做了隔断，和餐厅还是有点儿距离的。

梁蔚踮着脚从橱柜里拿出碗筷，又放在水龙头底下冲洗了一遍，转身时不小心撞到了前面的人。她吓了一跳，抬起头见是陈鹤森，松了口气的同时又不免小声抱怨了一句："你怎么走路都没声音啊？"

陈鹤森勾着唇，接过她手中的碗筷："怎么突然给我拿碗筷了？"

"郑野哥让我给你拿的。"梁蔚说，"你不是说晚上还要上夜班吗？怎么又来了？"

陈鹤森："上回不是有同事和我调班吗？这次我和他调回来了。再说确认关系的第二天，我也不能就冷着你了。"

梁蔚无所谓地说："没事啊，你们医生工作忙，我可以理解的。"

"嗯。"陈鹤森笑了笑，抬手碰了碰她的脸，"原来梁同学这么善解人意，我下次知道了。"

梁蔚嘴角微弯，拉下他的手："我们快出去吧，不然舒乔姐还以为我们在做什么呢。"

陈鹤森气定神闲地反问："能做什么？"

梁蔚耳朵发烫，没搭理他这话，率先转身走出了厨房，直到在餐桌旁坐下，她的耳根还是烫的。她拿起杯子喝了口酒，强力压下过快的心跳。

舒乔看了她一眼："鹤森呢？"

梁蔚目光微闪："他在里面，把碗筷过一下水就出来。"

舒乔一脸无奈的样子："是不是医生都有点儿洁癖？"

徐东成笑着说："嘿，医生嘛，都比较注意卫生。我记得我有个堂弟的女朋友是护士，过年大伙一块儿吃饭，饭桌上就念叨着让我堂弟

245

去洗手，最后一大桌子人都洗了手才吃饭，挺有意思的。"

陈鹤森出来时神色自若，拉开梁蔚旁边的椅子，刚坐下，徐东成就说："舒乔弟弟，喝点儿酒吗？"

陈鹤森摇头笑道："不了，我等会儿还要开车送人回去。"

舒乔盛了碗汤递给陈鹤森："你今晚怎么会来我这里？"

陈鹤森直接拿着碗喝了口汤："给你送温居礼。"

"隔了快两个月了，你才记得给我送礼，我还以为你忘了。"舒乔抽了张纸巾擦拭手指上的汤汁，"那我的搬家礼物呢？"

陈鹤森："在车上，等会儿吃完饭再拿给你。"

一顿饭大家边吃边聊，九点多才吃完。

临出门时，舒乔照例让陈鹤森送梁蔚回去，郑野听见了，插了一句："这还用你说？"

舒乔一头雾水："你今晚讲话怎么跟打哑谜似的？"

郑野低声说："你弟和小梁谈上了。"

舒乔的眼眸里闪过一丝讶异之色，她赶紧去沙发上找手机："我得打个电话问问。"

郑野拿走她的手机："行了，别打扰人家小情侣。"

舒乔："你怎么知道？"

郑野："刚才我给你弟开门，问他怎么突然来了，他说来接人。我们今晚吃饭的人除了老徐，就是梁蔚了，他可不是来接梁蔚的吗？"

这边梁蔚和陈鹤森刚上车，陈鹤森的手机就响了起来，他按了接听键，将手机举到耳边，她的一只手还被他握在掌心里。

他指节修长，梁蔚捏了捏他的手指，他也由着她把玩，虽然那触感让他有些心不在焉。

两个人靠得近，她能听到一些声音，几乎都是电话那端的人在说话，他偶尔应上几句"知道了""行了"。

梁蔚听了一会儿，最后听到他说："她在我旁边，还能在哪儿？你自己发微信给她吧，先挂了。"

他挂了电话，梁蔚抬头看他："舒乔姐的电话？"

陈鹤森的声音带了点儿笑意："听到了？"

梁蔚摇了摇头："没有听清讲什么，就是听声音觉得像舒乔姐的。

246

她说什么了？"

陈鹤森把手机放回外套口袋里："我姐夫和她说了我和你在一起的事，她特意打电话来，让我好好对你，别欺负你。"

梁蔚"哦"了一声。

陈鹤森把车开出小区，说："你打算接徐导的那个本子吗？"

梁蔚："还没确定，不过我挺想和徐导合作的。我上大学那会儿就很喜欢看他拍的剧。"

陈鹤森笑了笑："你作为编剧拍的片子都有哪些？"

"你想看吗？"

陈鹤森颔首："了解一下女朋友的工作。"

梁蔚："那你可能看不来，都是爱情片子。"

"等哪天有时间了，我们一起看看。"

"好。"

话音落下，梁蔚的手机响了起来，是李菀打来的电话。车里放着歌，陈鹤森把歌声调小了点儿。

梁蔚清了清嗓子："菀菀，你打电话给我是有事吗？"

李菀说："你今天不在家吗？"

"你来我家了？"

"是啊，想找你聊聊天。"

"你不是有我家的钥匙吗？你直接开门进去吧，我快到了。"

梁蔚挂了电话，刚好车子也开进了小区，她解释了一句："我朋友来找我了。"

陈鹤森扬眉："是那个李菀？"

梁蔚点了点头，问他："你要上去吗？"

陈鹤森停好车："我送你上去，不过就不进去了，毕竟你们两个女孩在一起，我进去，你朋友也不自在。"

梁蔚解开安全带，下车以后风迎面吹来，她觉得有点儿冷。陈鹤森拉开车门，直接下车绕过车头，走到她身边，极为自然地牵过她的手。

他手心干燥温热，梁蔚忍不住问他："你不冷吗？"

"不冷。"他侧过头，握紧了她的手，"你觉得冷？"

"有一点儿。"

"那赶紧进去。"

两个人走进电梯，陈鹤森去按楼层键时也没放开她的手。电梯到了二楼，电梯门开了，进来一个女生，手上牵着一条狗。

梁蔚的身体下意识地往陈鹤森旁边靠了靠。陈鹤森见状，笑着和她换了个位置，稍微挡在她面前，低头问："现在还怕狗？"

忽然，梁蔚那点儿惧意消散了不少："嗯。"

陈鹤森问："以前被狗咬过？"

"也没有，就是害怕。以前在网上看到有些养猫的博主说她去上洗手间，养的小猫也会乖乖在门口等着，就觉得挺温馨的，自己也挺想养一只，但一直不敢碰猫。"梁蔚说完，又问他，"是不是有点儿奇怪？"

陈鹤森说："这没什么奇怪的。"

梁蔚问："那你会想养吗？"

陈鹤森看穿她的心思，笑说："我工作那么忙，养这些小玩意儿，可不得饿着它们？"

两个人说着话，电梯很快就到了楼层。陈鹤森送她到门口，看着她进了门就走了。

李菀听到声音，好奇地探了一下脑袋："你和谁说话呢？"

梁蔚弯腰从鞋架上拿了双拖鞋："陈鹤森。"

"他送你回来的？"李菀接着道，"你们最近关系飞速进展啊。"

梁蔚直起身子："我和他在一起了。"

李菀的表情十分平静，倒惹得梁蔚好奇："你怎么一点儿都不意外？"

李菀往沙发边走去："你姥姥住院那会儿，我就觉得你们俩关系走得挺近的。"

梁蔚在她旁边坐下："有吗？"

李菀："怎么样？和以前喜欢的人在一起是什么感觉？"

梁蔚想了很久，最后说："形容不来。你今晚怎么突然来找我，遇到事了？"

李菀说："没什么，就老杨来找我了呗。"

老杨是李菀以前谈过的男友，比李菀大七岁，两个人分分合合好多年了，关系剪不断理还乱。

梁蔚问："那你呢？"

李菀没什么情绪地说："不知道，目前走一步看一步。"

两个人聊了一会儿，李菀说要去洗澡，梁蔚给她拿了一身睡衣，又去阳台把晾晒的衣服收了进来，这时手机收到了陈鹤森发来的微信消息，说他已经到家了。

梁蔚给他回了个表情，又去翻了翻徐导今晚给她的本子。她看了半个小时，直到李菀从洗手间出来，问她在看什么。

梁蔚头也没抬地说："接了个新本子。"

李菀："导演是谁？"

梁蔚："徐东成。"

李菀擦着头发，侧头看着她："你以前不是就念叨着想和他合作嘛，那现在不是梦想成真了？"

梁蔚说："不过这本子的题材有点儿特别。"

李菀来了兴趣："怎么特别了？"

梁蔚把剧本放在一边，去给李菀拿吹风机："你先把头发吹了。"

李菀翻了两页剧本，接过吹风机调了小挡吹头发，梁蔚在一边和她解释大概剧情。李菀听完后说："这拍出来估计够呛的，虽然女主角的行为是合理的，但你知道有些人看这种爱情剧总是带着消遣的目的。悬疑推理剧，他们或许还愿意动脑子去理解人物行为的动机，但是这种感情剧就悬了……你信不信到时候拍出来，有些观众会直接给女主角贴上劈腿的标签，你可要考虑清楚。"

梁蔚说："可我还是想接，这个故事其实写得挺好的，我相信应该也有一部分观众能看懂这个故事。"

李菀将头发吹得半干，耐心就告罄了，关了吹风机，笃定地说："嗯，你想做什么我都支持你的，大不了到时候被骂了，姐妹帮你刷好评。"

梁蔚看着她，情不自禁地说道："菀菀，高二能认识你，真是我的幸运。"

李菀打开冰箱，拿了瓶可乐："是吗？我看你第一次见我不是很待见我？"

梁蔚说："怎么会？我没理由不待见你。"

李菀点了点头："也是。"

两个人洗完澡后，把换下的衣服扔到洗衣机里清洗，便回到卧室挤在一张床上。梁蔚刷着微博，问了一句："李卫休假结束了吗？"

李菀声音含混地说："还有一周。"

梁蔚问："你不是说阿姨给他介绍相亲对象了吗？他和人家姑娘怎么样了？"

李菀翻了个身子看手机："两个人见了一面，不过人家姑娘觉得他这个职业不太能接受，将来两个人在一起的时间也少，所以不是很满意。他那天态度也不怎么样，那姑娘还找说媒人抱怨了两句，我伯母被他气得半死，也不想再管他了。"

梁蔚"嗯"了一声，李菀又说："蔚蔚，你知道吗？他以前喜欢过你。"

梁蔚脸上的笑容一僵："你开玩笑的吧？"

"这事我能拿来开玩笑吗？"李菀神色认真地说。

梁蔚没说话。

李菀看了她一眼，继续说："我说这话也不是增加你的心理负担，他高中的时候确实喜欢过你，我那个时候也察觉到了。

"后来你上大学了，他不是还交过女朋友吗？我就以为他不喜欢你了，毕竟他这个人对感情也不是很认真。那天吃完晚饭送你回去之后，他在车上问起你和陈鹤森的事，我才发现他好像还喜欢你。"

梁蔚静默半晌，回想了一下自己高中和李卫仅有的几次接触。即便上大学的时候，她和李卫的关系更进了一步，她也没察觉他喜欢自己。

李菀继续说着："所以啊，你现在能和陈鹤森在一起，我为你开心，姐们儿希望你能得偿所愿。再说高中暗恋的人，这么多年还能在一起也不容易。"

梁蔚用了两天的时间把徐东成导演给的本子翻完，之后又找个合适的时间，给徐东成打了一通电话，表明她已经决定接这个本子。

徐东成倒也不意外："行，我这两天在外地，等下周一回趟雁南城，我们先开个讨论会，看一下剧本怎么改。对了，除了你，还有另一个编剧和你合作，我等会儿把她的微信推给你，你加一下。"

梁蔚说："好，徐导你先忙。"

梁蔚挂了电话，点了份外卖。外卖到的时候，陈鹤森给她发来消息，问她中午吃什么。

梁蔚拍了张外卖图片给他，是一份麻辣烫。

陈鹤森："就吃这个？"

梁蔚："不知道该吃什么，就随便点了一份。"

陈鹤森："等男朋友下班，带你去吃好吃的。"

梁蔚眼眸里浮现笑意，他谈恋爱都是这样的吗？但不得不承认她有一种被人精心照料的感觉。

两个人没聊几句，陈鹤森又去忙了。梁蔚吃完麻辣烫后，收拾了外卖盒子，微信进来一条消息。她以为是陈鹤森，点开却是李卫发来的，说他明天要回部队了，晚上能不能一块儿吃顿饭。

梁蔚握住手机，自从李菀提及李卫曾经喜欢她以后，梁蔚有时候看微信消息，无意间瞥到李卫的头像，心里总会有点儿异样。这种异样倒不是排斥，更多的是诧异。

梁蔚犹豫片刻，给李卫回了条信息。

梁蔚："好，不过让我请你。"

李卫："谁请都可以，这次就别叫上李菀了。"

梁蔚："她这两天正好在外地出差。"

李卫："行，总算甩了她这个包袱。"

四点的时候，梁蔚拦了辆出租车前往李卫发来定位的位置。李卫早就到了，正站在店门口抽烟。

她从车上下来时，李卫刚好看过来。梁蔚脚下一滞，继而朝他露出了一个笑容，抬脚走了过去。

李卫掐了烟，将烟头扔到旁边的垃圾桶里："你那里过来这边，是不是还挺远的？"

梁蔚说："还行，打出租车还可以的，四十几分钟。"

两个人进门，这是一家汤锅驴肉，店面装潢古色古香，随处可见雕花木窗，是他会来吃饭的地方。李卫问了一句："你吃得来吗？不然我们换个地方？"

梁蔚忙说："不用，以前跟剧组的时候，也去过这种店。"

李卫往楼梯走去，边回头边说："这家的驴骨汤味道不错，你等会儿可以尝尝。"

梁蔚垂着眼回道："好。"

李卫看了她一眼，想说些什么，可话到嘴边又咽了下去。

过道两边都是桌位，李卫伸手指了指其中一桌："坐这里？"

梁蔚点了点头。

两个人刚落座，就有服务员拿着餐单过来。李卫点了份驴肉骨汤，又问梁蔚想吃什么。梁蔚说："你点吧，我也不知道要点什么。"

李卫又点了几道菜，服务员问："要蘸料吗？"

李卫："来一份辣的和一份不辣的。"

服务员走后，他们这桌的气氛又陷入莫名的沉默之中，相对于他们旁边那几桌的人声喧哗场景，他们这桌确实过于静谧了。

李卫皱了一下眉，似乎半开玩笑地说道："李菀是不是和你说了什么？"

梁蔚"啊"了一声，眼神飘忽："没有，她没和我说什么。"

李卫一只手搭在胳膊肘上，目光直直地盯着她："梁蔚，你不擅长撒谎。"

梁蔚抿了抿嘴唇，忽然觉得今晚来见他，也许是个不太明智的决定。

李卫偏头看了一眼邻桌的人，过了一会儿，又将视线移到她的脸上："李菀是不是和你说了我喜欢你？"

梁蔚倏然抬眸看向他，李卫见她这反应，心里了然。

他打开一罐啤酒喝了一口，又长吐了一口气："我以前是喜欢你，其实这次回来也有一半是因为你，所以梁蔚，我现在有机会吗？"

梁蔚眼皮颤动，攥住手机："我和陈鹤森在一起了。"

李卫悬在啤酒罐上方的手指落了下去，他低头笑了笑，佯装满不在乎地说道："看来我确实来晚了。"

对两个人来说，今天这顿饭好像都有些食不知味。

梁蔚去了趟洗手间，出来时接到陈鹤森的电话，问她吃饭结束了没，他下班顺便过来接她，梁蔚便给他发了个定位。

她回到餐桌边时，李卫已经走了，桌上还搁着两罐喝空的啤酒罐。

梁蔚站在原地片刻，握着的手机突然振动了一下，是李卫发来的微信消息："有事先走了，账我已经结了，等我下次回来，你再回请。"

梁蔚给他回了一个"好"字。

陈鹤森来接她，是半个小时后的事。

梁蔚打开副驾驶座车门坐了进去，陈鹤森替她系安全带时，目光瞥到店门口的一个身影。两个人的视线隔着车窗交会片刻，陈鹤森不着痕迹地收回了目光，看了她一眼："今晚这顿饭吃得不太开心？"

梁蔚摇头："没有啊。"

远处的车子汇入车流，李卫的身影才从旁边停放的车里露出来。

李卫站在原地，从口袋里掏出烟盒，点了根烟，直到抽完两根烟后，他的手机进来了一条消息，是李菀发来的。

李菀："蔚蔚已经和陈鹤森在一起了。"

李卫低头看了一眼，没有回复这条信息，把手机放回了口袋里。

车子停到小区门口，两个人下了车，走进电梯。

梁蔚忽然开口："他向我表白了。"

陈鹤森眉头微皱，过了片刻，低头看着她问："知道我那晚为什么来找你吗？"

梁蔚顺着问："为什么？"

陈鹤森："他看你的眼神不一样。"

那天在徐记花园餐厅撞见她和李卫吃饭，同样都是男人，他看得出李卫看梁蔚的眼神不同，所以那晚饭局散了以后，才会在半路拦了辆出租车到她家。

那事放在今天看来多少有些冲动，或许也有酒精作祟的缘故，所以车子停在小区门口后，他没有直接进去，而是在便利店门口接连抽了两根烟，直至酒意散去，确定了自己的心意以后才上楼。

梁蔚说："是吗？为什么我没感觉？"

陈鹤森注视着她的脸，不答反问："那你怎么回答的？"

梁蔚："还能怎么说？我就说我和你在一起了。"

陈鹤森似乎很满意这个答案，握紧了她的手："这个答案，我很喜欢。"

梁蔚笑了笑。

开了门，梁蔚问了一句："你吃过晚饭了吗？"

陈鹤森摇头："我一下班就去接你了，哪里来的时间？"

梁蔚说："那我给你点外卖？"

陈鹤森扬眉："能尝一下女朋友的手艺吗？"

梁蔚笑说："那我得看一下冰箱里有没有食材。"

梁蔚打开冰箱，陈鹤森也跟了过来，看了一眼几乎空荡荡的冰箱，把脸埋在她的肩头上，低笑了一声："算了，还是点外卖吧，下次再品尝你的手艺。"

他的气息落在她裸露的肩颈处，那一块皮肤仿佛被烙铁烫着般热了起来。

梁蔚扭头："其实我很少下厨。"

陈鹤森又看了一眼冰箱："嗯，看得出来。"

梁蔚咬着唇，陈鹤森又说："下次我给你做。"

梁蔚眼睛一亮："你会下厨？"

陈鹤森的目光落在她抿着的嘴唇上，喉结滚了滚："简单的菜会一点儿。"

梁蔚抬眸："那——"

他忽然低下头，嘴唇贴上她的，梁蔚还未说完的话就被他堵在了嘴里。她的脊背贴着身后的冰箱，是沁凉的触感，身前又是他的身体散发的温暖热度，带来两种截然不同的体验。

他的手掌落在冰箱上，护着她的后脑，他先是试探性地啄了两下，最后撬开她的嘴唇开始攻城略地。梁蔚尝到了他嘴里淡淡的烟味，耳边是两个人粗重的呼吸声。

待吻结束时，梁蔚的耳边是自己剧烈的心跳声，安静的空间里一时暧昧气氛涌动。

梁蔚佯装镇定，伸手去拿桌面上的手机："我去给你点外卖。"

陈鹤森握住她的手，梁蔚仰着脸看他，陈鹤森摇了摇头："不用，我回去再吃。"

梁蔚轻轻"嗯"了一声,又说:"那你快回去吧。"

陈鹤森无奈地笑了笑:"现在就想赶我回去了?"

梁蔚解释:"不是,我怕你太晚回去,等会儿胃受不了……"

陈鹤森:"没事,再陪你待一会儿。"

梁蔚想了想又去拿手机,皱着眉说:"我还是给你点外卖吧,这附近有家粥店味道挺好的,我给你买一碗好不好?"

她语气温柔,跟哄孩子似的,这对陈鹤森来说多少有点儿特别,鲜少有人这样和他说话。陈鹤森心底有些触动,笑了笑:"好,听你的。"

梁蔚坐在沙发上,给陈鹤森点了一份海鲜粥,又怕他不够吃,另外点了份煎饺,付完钱,微信里弹出消息提示,她点了进去,是12班群里有人在聊天。

王彤往群里丢了张她自己和波哥的合照。

庄倩:"你今天去看波哥了?"

常兴宇:"波哥看着发福了不少。"

王彤:"你小心我把你这话截图给波哥看〔大兵点烟〕。"

陈鹤森讲完电话,从阳台进来,见她一脸出神地盯着手机,不由得问了一句:"在看什么呢?"

梁蔚说:"看班级群聊天,你毕业后去看过波哥吗?"

陈鹤森笑了一下,在她旁边坐下:"我每年都会去。"

梁蔚垂眼:"我都没去过。我那个时候转学到抚市,波哥还给我发过信息,这样看来,我好像有点儿没人情味。"

陈鹤森语气随意地说:"瞎想什么?明年我们一起去看波哥不就行了?"

梁蔚点了点头说好,又问他:"你刚才和谁打电话呢?"

陈鹤森:"老邬,他说他明天的航班回国。"

梁蔚"嗯"了一声:"他现在知不知道我们在一起?"

陈鹤森:"还没跟他说,到时候吃饭再告诉他。"

梁蔚:"那他到时候会不会被吓一跳?"

陈鹤森眼底漾开笑意:"那倒不会。"

梁蔚没怎么注意他这话的意思,刚好门口响起了按铃声,是她点的外卖到了。她正准备起身，陈鹤森按住她的肩头，先她一步从沙发上起来："你坐着，我去拿。"

梁蔚拿起遥控器打开了电视。

陈鹤森打开门，和外卖员说了声谢谢，就拿着外卖进来，直接放在茶几上。他拆开塑料袋子，盒子里的粥洒了点儿出来，梁蔚拿过沙发上的抽纸，放在他的手边。

陈鹤森看了她一眼，又低眉笑了笑。

梁蔚见他舀了一勺粥，问他："味道还可以吗？"

陈鹤森颔首："不错，你要不要尝尝看？"

他重新舀了一勺，喂到她嘴边。

梁蔚垂眼："我还是用另一把勺子吧。"

陈鹤森扬眉："嫌弃我？"

梁蔚说："你不是有洁癖吗？"

陈鹤森笑了："这是两回事。我不嫌弃你，给个面子尝一口？"

梁蔚弯唇，按住两边的长发低头尝了一口。温热的海鲜粥滚入喉咙，她感觉还尝到了一丝不该有的甜味。

陈鹤森接着拿她用过的勺子喝粥，吃完后收拾了外卖盒子："姥姥的复查时间到了，这几天让阿姨带她来复查一下。"

梁蔚："我和我妈说过了，她说明天就带姥姥过来复查。"

陈鹤森手中的动作停了停："阿姨明天几点的车票？"

梁蔚说："八点多，你要去接她们吗？"

陈鹤森："我明天没班。"

梁蔚抿着唇，隔了两秒说："我还没和我妈说我们在一起的事。"

陈鹤森"嗯"了一声，然后盯着她的眼睛，半开玩笑地问："你的意思是我现在还不能见人？"

梁蔚急了："我不是这个意思。"

陈鹤森嘴角牵起一丝弧度："逗你的，我明天开车送你去接阿姨她们。"

梁蔚："好。"

陈鹤森没待太晚，喝完粥收拾了外卖盒子，十点左右离开了。

梁蔚拿了衣服去卫生间洗澡，脑子里想起刚才那个吻，情绪还是难以平复。回想这几天的相处，她还是有种不真实感。

她一直以为她的暗恋早就结束在高二那个暗无天日的冬天，不承想有一天他还能成为她的男朋友。她只要一想到"男朋友"这三个字，心里的喜悦之情就像汩汩冒泡的汽水。

洗完澡出来，微信显示有好友添加，添加留言框备注的名字是苏淼，梁蔚点了通过，对方应该是徐东成导演推荐的另一个和她合作的编剧。

梁蔚给她发了条信息，两个人简单聊了几句。仅目前的聊天情况来说，对方是个挺好相处的姑娘，梁蔚略微松了一口气。合作改编剧本这事，也得看合作搭档，如果两个人投契，那么接下来的工作也更容易推进。

梁蔚回完苏淼的信息，看了一眼时间，估计陈鹤森也差不多到家了，给他发了条信息，问他到家了没。

他很快就回了消息过来："刚到。"

梁蔚："我去休息了。"

陈鹤森："好，明天七点半去接你。"

梁蔚昨晚定了闹钟，陈鹤森来接她的时候，她已经收拾齐整了。陈鹤森一只手插在裤兜里，看着她："我以为你还在睡觉。"

梁蔚："我提前定了闹钟。"

陈鹤森："那现在可以走了？"

梁蔚点了点头，拿上钥匙出门。陈鹤森很自然地牵住了她的手："老邬约我们晚上吃饭。"

梁蔚回握了一下他的手："好啊。"

陈鹤森开车到车站时，周珍她们的那一趟动车晚了十分钟，陈鹤森把车停到地下车库，同梁蔚一起去接人。

昨晚梁蔚入睡前给周珍发了条微信，告诉了周珍她和陈鹤森在交往的事。周珍直接打了电话过来，好一番盘问，最后才说："鹤森这孩子不错，你和他在一起，妈妈也放心。"

梁蔚开玩笑地说："妈，你和他才见过几次面，就这么了解他了？"

周珍说："妈妈的眼光是不怎么样，但你小姨看人眼光好，她不是都说陈鹤森还不错嘛。"

梁蔚想到这里，忍不住笑了笑。

陈鹤森捕捉到她嘴角的笑意，低头问她："笑什么？"

梁蔚说："没什么，就觉得你好像天生就招人喜欢？"

陈鹤森反问："那你呢？"

梁蔚脸上发烫，把问题打了回去："你知道的。"

陈鹤森见好就收，没再继续问。

两个人等了快十分钟才看到周珍和姥姥出来，她们也没表现得太异常，对待陈鹤森还是以往那个态度。

一行人到了停车场，梁蔚下意识地要去开后座车门，陈鹤森握了一下她的手，梁蔚不明所以地看向他，直到他说："你坐副驾驶座，就别跟阿姨和姥姥挤后座了。"

说完，他绕过车头上了驾驶座。

梁蔚扶着姥姥上了后座，帮姥姥关上车门，又去打开副驾驶座的车门。

陈鹤森示意了她一下："系上安全带。"

梁蔚拉过车窗旁边的安全带，扣上搭扣后，他才把车子缓缓开出停车位。

一行人到了医院以后，先带姥姥去拍了片子，然后再拿到吴教授的办公室去。吴教授看过片子后，笑眯眯地说道："老人家身体恢复得挺好，现在没什么问题了。"

周珍说："谢谢吴医生了，原本想着请您吃顿饭的，但想着您工作忙，也就没打扰您。"

吴教授态度和蔼地说："客气了，我是医生，这是我的本职工作，没什么好谢的，再说我这学生和你女儿还是老同学，这个忙怎么也得帮。"

两个人又简单交流了几句，周珍扶着姥姥准备出去时，吴教授忽然叫住了陈鹤森。梁蔚以为吴教授有事要和陈鹤森说，就和周珍她们先出去了。

吴教授等门被关上了才从抽屉里拿出手机："你今天不是没班吗？去见个人。"

陈鹤森挑着眉，有些不解地问："见谁啊？"

吴教授叹气："你师母说要给你介绍女朋友，在我耳边都念叨好几次了，要不你抽空去见一面，就当帮你老师我了？"

陈鹤森一只手插在裤兜里，闻言嘴角微勾："抱歉，老师，这个忙我帮不了。"

吴教授还在劝："怎么就帮不了了？你就当去吃顿饭交个朋友嘛。"

陈鹤森打断他的话："老师，我有女朋友了。"

吴教授静了一瞬，推了一下眼镜："女朋友？你小子什么时候处对象了？别蒙你老师我，你今天要不说出个名字来，我就不放你走。"

陈鹤森散漫地说道："不敢，真有了，是梁蔚。"

吴教授顿了两秒，似反应过来什么，伸手点了点他："行啊，你小子，难怪为了人家姥姥的事这么上心。你还说是高中同学，老实交代，是不是以前就谈过？"

陈鹤森摇头："真没谈过。"

吴教授明显不信，陈鹤森也没再多说。

陈鹤森从办公室里出来，梁蔚看了他一眼。陈鹤森接触到她的眼神，好笑地问了一句："看什么？"

周珍和姥姥在前面走着，梁蔚刻意落后几步，轻声问："你老师和你说什么了？"

陈鹤森侧了侧眸："没什么。"

梁蔚明显不信："真的没有吗？"

陈鹤森笑了，如实告诉她："他说要给我介绍相亲对象。"

梁蔚心里一堵："那你怎么说的？"

"能怎么说？"陈鹤森扬起嘴角，"当然是推了，还是你想让我去？"

梁蔚抿着唇，故意问："那我让你去你就去吗？"

陈鹤森忽然攥了一下她的手，力道有点儿重，梁蔚微微蹙着眉，就听到他沉声问："所以你是这样看我的？"

梁蔚扭头看他，似难以置信："陈鹤森，你是生气了吗？"

陈鹤森垂眸盯着她的脸，她眼睫微敛，表情无辜地盯着他。陈鹤森哪里会真跟她计较这些，淡笑反问："你说呢？"

这时走在前面的周珍突然回头看了两个人一眼："蔚蔚，电梯来了，你们赶紧跟上。"

梁蔚猛然从他的掌心里抽回手，陈鹤森见状，低低地笑了一声："阿姨都看到了。"

梁蔚充耳不闻,抬脚快速跟了上去:"妈,我来了。"

周珍和姥姥吃了晚饭后,又直接坐高铁回抚市了,依旧是陈鹤森开车送她们到车站。回程的路上,陈鹤森接到了一通电话,是陈阿姨打来的。

陈鹤森戴着蓝牙耳机:"在开车,嗯,今天没上班。梁蔚在我旁边,算了,她估计没做好心理准备,下次再带她去见你,等会儿我们还和胡林约了吃饭。"

他说了几句话,摘下了耳机,丢到中控台上。

梁蔚出声:"阿姨的电话?"

陈鹤森微微侧头:"嗯,她让我带你回家吃饭,你要不要去?"

梁蔚说:"你刚才不是拒绝了吗?"

陈鹤森作势去拿手机:"那我给她打个电话,说我们准备回去吃?"

梁蔚拦住了他的手,明显迟疑了几秒:"算了,还是下次吧。"

陈鹤森似笑非笑地瞅了她一眼:"我妈又不会吃了你。"

梁蔚话锋一转,问:"邬胡林到了没?"

陈鹤森将手搭在方向盘上:"他刚才发来信息,说已经到店里了。"

梁蔚蹙眉:"我们这边过去,还得半个小时。"

陈鹤森嘴角微微上扬:"没事,让他等一会儿,反正他回国也是闲人一个。"

陈鹤森停好车子,梁蔚和他前后脚下了车,陈鹤森的电话再次响了起来,是邬胡林打来的,陈鹤森没接,直接按了挂机键。两个人走到店门口,邬胡林等得烦了,刚好出来抽根烟解解闷。见到两个人,他定睛瞅了两眼:"梁蔚,我没认错人吧?"

梁蔚弯唇:"好久不见。"

邬胡林又扫了一眼她旁边的陈鹤森,不过两秒就反应过来是怎么一回事。邬胡林是个人精,所以也没过多表现出异样:"是好久不见,你是越来越好看了。"

梁蔚笑了笑。

陈鹤森开口:"进去吧,别在门口堵着了。"

邬胡林掐了烟,将烟头扔到旁边的垃圾桶里。

梁蔚走在前面,邬胡林撞了一下陈鹤森的胳膊,目光落到梁蔚的背影上："行啊，给我惊喜是吧？你俩什么时候谈的？"

陈鹤森也看了梁蔚一眼："前两周的事。"

三个人挑了大厅的位置坐下，梁蔚脱了外套，陈鹤森接了过来，和他的外套一块儿叠放在旁边的椅子上。

服务员上前，三个人点了一盘蒜香味烤鱼，又点了几道小菜。等店员走了，梁蔚主动开口："你这次回国要待多久？"

邬胡林说："一周吧。"

梁蔚点了点头，邬胡林给自己开了一罐啤酒，又给陈鹤森递了一罐。

陈鹤森摇头，撕开一次性筷子外包装，递给梁蔚："晚上还要开车送她回去。"

邬胡林笑着看向梁蔚："梁蔚，今晚让他喝点儿，我难得回来一趟，不喝说不过去啊。"

梁蔚转过头，柔声说："你喝吧，等会儿叫代驾就行。"

听了这话，陈鹤森没再推拒，接过了啤酒罐。

邬胡林喝了一口酒，不爽地说道："你俩这是喂我'狗粮'呢？"

陈鹤森说道："你明年就要毕业了，是打算回国还是留在那边？"

邬胡林皱眉，满不在乎地说道："再说吧，现在我自己都不确定，走一步看一步呗。"

梁蔚忍不住问："那你女朋友呢？"

邬胡林将啤酒罐放到桌上："前一周刚分了……知伽现在怎么样？"

梁蔚言简意赅道："嗯，她挺好的。"

邬胡林说："我和她分手没一个月，她转头就交了个男朋友，这姐们儿够狠的。"

梁蔚没说话，陈鹤森挑了块没刺的鱼肉放在梁蔚的碗里，淡淡地说道："你真舍不得人，当初还跟她分手？"

邬胡林说："那会儿在气头上，两个人性子急，一冲动就提了分手，谁能想到后来还真分了。"

梁蔚心里唏嘘，看邬胡林这样子也不像是对姚知伽没感情了。

三个人说着话，邬胡林今晚喝得有点儿多，陈鹤森去结账时，跟梁蔚说了一句："你看着他点儿。"

梁蔚点了点头，陈鹤森一走，邬胡林就说："你别听他的，我还没喝醉，这点儿酒才哪儿到哪儿。"

梁蔚拿起旁边的热水壶，倒了半杯水递给他。

邬胡林喝了两口水，意味不明地说道："恭喜你。"

梁蔚神情一愣，过了片刻，定了定神："你高中那会儿就知道我喜欢他吧？"

邬胡林掏出烟盒，没有否认："嗯。"

梁蔚问："是我问你他为什么没来学校那次吗？"

邬胡林说："对，是那次。其实一开始我并没有多想，你知道的，他在高中人缘就好，那天他没来学校，很多女生来问我的。你来问我时我也没多想，只是当我说了句'这么关心他'，你那个表情让我看出来的。说实话，学校那么多女生喜欢他，我都觉得没什么，你会喜欢他，我确实挺意外的。"

"为什么？"

邬胡林解释说："就觉得你那时候一心只有学习，虽然我这哥们儿确实很优秀，招女生喜欢。"

陈鹤森结完账回来，远远地看见两个人在说话，等他走近了，两个人都没再开口，他笑着说："背我说什么呢？"

邬胡林站起身："说你的坏话。"

三个人出门，陈鹤森叫了代驾，等代驾的间隙，陈鹤森和邬胡林在另一边抽烟聊天，不时有路过的女生朝两个人偷偷望去一眼。

梁蔚手里抱着陈鹤森的外套，也在一旁看他。虽然他们隔了点儿距离，但他不再是遥不可及。烟雾模糊了他俊逸的眉眼，他似乎察觉她的视线，偏头看过来，漆黑的眼眸里透着温柔的笑意。

梁蔚无端想起那晚的画面。他喝醉了来找她，问她有没有听到那条语音消息，后来两个人讲明心意，他站在楼下路灯旁抽烟又抬头看了一眼她的房间。

梁蔚看了一会儿，忍不住朝他走近，陈鹤森微眯着眼，在她走近时掐灭了烟："有烟味。"

梁蔚不以为意："我又不讨厌烟味。"

邬胡林还在抽，陈鹤森一把夺走他手上的烟掐了，将烟头扔到了垃圾桶里。

邬胡林不满:"你不抽烟,我还不能抽了?"

陈鹤森眉眼未动:"熏到她了。"

邬胡林一脸郁闷的表情,直接走远了点儿,掏出烟盒又点了根烟。

梁蔚把外套递给陈鹤森:"你把外套穿上,这外面还挺冷的。"

陈鹤森没去接外套,顺势拉过她的手:"刚才和邬胡林说我什么坏话了?"

梁蔚眨了眨眼:"没说你什么坏话啊。"

陈鹤森不可置否地笑了笑,也不知道是真信还是没信。

邬胡林抽完一根烟,刚好两个人叫的代驾也前后脚地到了。邬胡林跟两个人说了一声,就先上了车。

陈鹤森牵着梁蔚的手,往他停车的方向走去。两个人上了车,代驾问地址,陈鹤森看了她一眼,说:"晚上去我那里?"

梁蔚犹豫了两秒,点了点头。

陈鹤森报了地址,代驾把车子开出了停车位。

梁蔚靠着他的肩膀,拿起他的手放在鼻尖嗅了嗅。他刚才抽过烟,手指上还残余淡淡的烟味。梁蔚动了动唇:"我感觉邬胡林还在意知伽。"

陈鹤森的声音落在她的头顶:"可能吧……"

梁蔚把玩着他的手指,想问他和他的前女友是怎么分手的,但又不想破坏今晚的气氛,便硬生生地忍了下去。她就这么倚着他的肩膀靠了一会儿,呼吸间是他身上温暖的气息,眼皮忽然有些沉重,困意袭来。

陈鹤森垂眸,拿嘴角碰了碰她的额头,声音低沉地问:"困了?"

"有点儿。"

陈鹤森温柔地说道:"那你睡一会儿,到了我再叫醒你。"

梁蔚声音含混地应道:"好。"

陈鹤森稍稍放低肩膀,让她倚靠得更舒服点儿,过了一会儿,听到她低声说:"陈鹤森。"

"嗯?"

"你知道吗?"

"什么?"

"我很喜欢很喜欢你。"

/ 第八章 /
想你

她的声音其实很轻，低如蚊蚋，车窗外还有摩托车轰鸣而过的声响，可他还是捕捉到了。

陈鹤森感觉心口一震，仿佛被重锤敲击。

她倚靠着他的肩头，闭着眼，睫毛投下一片淡淡的阴影，紧抿着嘴唇，睡着的样子透着几分恬静，还有点儿可爱。

陈鹤森伸手替她捋了捋额前的碎发，她似乎睡得不太舒服，又往他身上靠了靠，滚烫的气息喷在他的脖颈处，热乎乎的。

陈鹤森开了一点儿车窗，沁凉的夜风吹来，那点儿被她勾起的心猿意马的想法才逐渐消散。他调整了一下坐姿，就听见前面的代驾说："看得出你女朋友很喜欢你。"

陈鹤森脸上浮现浅浅的笑意，他刚要说些什么，放在外套口袋里的手机就振动了一下。他拿过手机，是邬胡林发来的信息。

邬胡林："梁蔚挺好的，你好好对待人家。"

陈鹤森侧目看了一眼熟睡中的梁蔚，手指微动，发了条信息出去。

陈鹤森："还用你说？"

邬胡林："得，兄弟多嘴了。"

车子开进小区，经过减速带时，车身稍稍颤了颤。梁蔚被吵醒，惺忪着睁开眼，车子已经稳稳地停在车位上。

梁蔚轻声问："到了吗？"

陈鹤森垂眸看她："刚到。"

梁蔚坐直了身体，往窗外看了一眼，正要伸手推门时，手上一紧。她转过脸去，陈鹤森握住了她的手腕，把外套递给她："先穿上衣服，再下车。"

梁蔚接过大衣穿上，发尾被领口压住，她伸手绕到后面，想要把头发拨出来时，陈鹤森已先她一步拢住她的发丝。他的指尖触到她耳后的皮肤时，一点儿微凉的触感让两个人的动作都凝滞了一瞬。

"好了。"

他的声音从身后传来，梁蔚低低"嗯"了一声，打开车门下车。

她还是第一次来他的住处，多少有些好奇。她站在他身后，看着他在指纹锁上一番操作后，突然回头看着她说："把手给我。"

梁蔚不明所以地把手伸过去，他握住她的拇指，放在指纹锁区域，梁蔚还未反应过来，二十秒后，就听到一个机械的女声在昏暗的楼道里响起："指纹添加成功。"

门被打开，他说："下次来，你直接按指纹就好。"

梁蔚心里一暖："那我是不是也要把我家的钥匙给你？"

陈鹤森给她拿了双拖鞋，笑了一下说："这不是交换游戏，等你想给我的时候再给，不必因为今晚我给你添加了指纹锁，就觉得你也需要表示什么而给我钥匙。"

梁蔚低头"嗯"了一声，穿上拖鞋。

陈鹤森脱了外套放在沙发上："要喝什么？"

"水就好。"梁蔚又说，"你家里有洗面奶吗？"

"没有，你要用？"陈鹤森说，"我等会儿去旁边的商场给你买。"

他家位于商业圈附近，旁边就是一个大型商场。

梁蔚觉得他又要跑一趟，多少有点儿愧意："会不会太麻烦？"

陈鹤森给她倒了杯水，半开玩笑地说："我把你拐到我家，做这些事不是应该的？"

梁蔚脸上发烫，捧着杯子，垂眸喝了口水。

陈鹤森笑了笑，拎起沙发上的外套，从口袋里拿了手机和钥匙："我现在出去给你买，要什么牌子的？你发到我手机上。"

"好。"

梁蔚看着门被关上，放下手中的杯子，打量起房间的格局。他家里的装修色调以黑、白、灰为主，就连沙发也是灰色调的，是比较简约的现代风格，挺符合他的个人气质。

她逛到书房时，手机响了起来，是陈鹤森打来的电话："你要哪种卸妆水？"

梁蔚这才想起自己忘了给他发卸妆水和洗面奶的牌子，正欲说话，就听到那边的店员同他介绍："先生，这一款女士洗面奶就挺好的，适合混油皮的肤质。"

梁蔚正欲开口，就听到他在那边说："抱歉，我先问一下我女朋友。"

梁蔚心下一跳，抿了抿唇，说了两个牌子的卸妆水和洗面奶。陈鹤森找了一会儿，才找到她说的洗面奶和卸妆水，又问她："还需要别的东西吗？"

梁蔚想起自己家里的那套乳液也快用完了，便一起说了。

挂了电话，梁蔚坐在沙发上。他刚才出门没穿大衣，大衣的袖子垂落在地板上。梁蔚将大衣捡起来，抱着走进了他的卧室。

她开了灯，映入眼帘的就是一张灰色的大床。梁蔚心下异样，将手上的大衣挂在衣帽架上便没停留，走出卧室后顺便把房门带上了。

这时，玄关处传来开门声，陈鹤森推门进来。梁蔚戳在原地，舔了舔唇："我把你的大衣放在卧室里了。"

陈鹤森点了点头，提了提手中的袋子："嗯，你来看一下我有没有买错？"

梁蔚朝他走近，发现他手里除了她要他买的护肤品，还拎着一个小纸盒。她仰着脸看他，语气雀跃地问："给我买的吗，什么东西？"

陈鹤森翘起嘴角："一块小蛋糕，刚开业，我看店里挺多女孩在排队的，就给你也买了一个，你要不要尝尝看？"

梁蔚两手抱住他的胳膊："我洗完澡再吃吧。"

陈鹤森扬眉："那我去卧室给你拿衣服。"

梁蔚点头，接过他手里的袋子，除了卸妆水和洗面奶，发现里头还有一小盒卸妆棉。她拿上东西准备去外头的洗手间洗澡，陈鹤森在

266

卧室里叫了她一声："梁蔚。"

她走到卧室门口，有些疑惑："怎么了？"

陈鹤森指了指衣柜旁边的浴室："用这间，外头那间是给客人用的。"

梁蔚洗完澡出来，陈鹤森在客厅里讲电话，听语气好像是在跟邬胡林聊天。他的运动裤裤头对她来说太大了，梁蔚没穿，直接穿了那件黑色的长袖卫衣，长度快要过膝。

陈鹤森听到身后的脚步声，微微侧目，视线上下打量了她一圈，最后落在她白皙笔直的长腿上，目光黯了黯。

梁蔚忽然伸手拽了拽卫衣下摆，原本她觉得这个长度没什么，可此刻他这个意味非凡的眼神，让她觉得是不是这卫衣的长度有点儿短了。

邬胡林说了两句话，没听见陈鹤森回应，不由得问了一句："喂，怎么不说话了？"

梁蔚有点儿紧张："你的运动裤太大了，我穿不了。"

陈鹤森回神，冲着电话那端的人淡淡地说道："挂了。"

邬胡林也听到了梁蔚的那句话，"哦"了一声，十分识趣地说道："行，哥们儿不打扰你俩了。"

陈鹤森挂了电话也不说话，梁蔚觉得他的眼神熬人，脸慢慢热了起来。她想了想，艰难启唇："要不，我还是换上我自己的裤子吧。"

陈鹤森来到她身边，握住她的手腕，嗓音低哑地说："别换，就这样，挺好看的。"确实挺好看的，她皮肤白皙，很适合穿黑色的衣服。

梁蔚张了张唇："我还是换——"

还未说完的话，被他悉数吞了下去，他微低下头，吻住了她的唇。额前的碎发拂过她的脸，跟羽毛扫过似的，带来若有似无的温柔触感。

梁蔚身体往后一靠，半靠半坐在沙发后背上，仰着脸静静承接他的吻。他的手扶着她的腰，隔着薄薄的布料，温度似乎一直传达到心尖。梁蔚心跳失常，喉咙干涩，双手牢牢攥紧他的衣服，一呼一吸间尽是他身上的男性气息。

这个吻一直持续到她的手机铃声响起，才被打断。

陈鹤森松开了她，长臂一伸，捞过沙发上的手机递给她。梁蔚看着来电显示，是一串陌生号码。她迟疑地按了接听键，"喂"了一声，那边却没有声音。梁蔚又开口问了一句，电话就直接被挂断了。

梁蔚皱了下眉，陈鹤森问："怎么了？"

梁蔚摇了摇头："不知道，对方没说话，估计是打错了吧。"

陈鹤森点了点头："那我去洗个澡，蛋糕在餐桌上，你等会儿拿去吃。"

梁蔚说："好，我知道了。"

陈鹤森进了卧室，梁蔚放下手机，也没再去想今晚这通莫名其妙的电话。她绕过吧台，去拿餐桌上的蛋糕，拆开纸盒，看见是一块黑森林蛋糕。

梁蔚将蛋糕端到沙发上，拿着塑料勺挖了一点儿，嘴巴里是奶油和巧克力混合的甜香，味道不至于过分甜腻，挺符合她的口味。

梁蔚边吃蛋糕边看手机。

陈鹤森洗完澡出来时，蛋糕已经被她吃得差不多了。他走到她身边坐下，抬了抬下巴："看来味道还可以？"

梁蔚回头，他身上穿着白 T 恤和黑色运动裤，头发刚洗过，但他没有拿吹风机吹，就擦了半干没管了，额前半湿的碎发后捋，俊朗的眉眼间多了几分少年气息，也有点儿高中时候的影子。

梁蔚说道："挺好吃的，你要尝尝吗？"

陈鹤森摇摇头，伸手去拿手机："你吃吧。"

"你不喜欢吃甜食吗？"

"不太喜欢。"

梁蔚嘟哝了一句："好像你们男生都不喜欢吃甜食？"

陈鹤森笑笑，上下打量她："还有谁不喜欢吃甜食？"

梁蔚对上他的视线，顿了顿才说："没谁啊，就感觉好像大多数男生不怎么喜欢吃甜食。"

陈鹤森"嗯"了一声，又去看手机。

等她把剩下那点儿蛋糕吃完，陈鹤森收拾了垃圾，眼看时间差不多了，给她拿了一把新的牙刷。梁蔚接过牙刷，想起了什么，又叫住他。

陈鹤森停下脚步，回过头来。

梁蔚踌躇着问："我晚上在哪儿睡？"

陈鹤森一副要笑不笑的样子："你想在哪儿睡？"

梁蔚试探意味明显："客房？"

陈鹤森语气自然地说："客房没收拾，晚上你就在主卧睡。"

梁蔚"哦"了一声，溜进浴室刷牙，洗漱好出来，听到陈鹤森在客厅的脚步声，也不知道他在做什么。梁蔚掀开被子钻入被窝，瞬间被暖意包裹。

鼻息间是洗衣剂的淡淡香味，梁蔚却总觉得能闻到他身上的气味。她翻了个身，刷着手机。陈鹤森关了客厅的灯，脚步声临近门口时，她屏住了呼吸，虽然目光仍旧落到手机屏幕上，但全副心神地注意着他的动静，直到旁边床垫微微下陷，听到他带笑的声音从背后传来："还在玩手机？"

梁蔚转过身，不怎么敢直视他的脸："有点儿睡不着。"

陈鹤森拿过旁边的枕头，语气正经了几分："刚才和你开玩笑的，你在主卧睡，我去客房。"

梁蔚内心松了一口气，又听到他说："晚安。"

梁蔚轻声回应："晚安。"

他出门之前，指了指床边的台灯："这灯你等会儿自己关，还是我现在帮你关？"

梁蔚："我等会儿再关。"

等他出去后，梁蔚睡不着，又点开手机，想了想，给他发了条微信："如果你想在主卧睡，也可以。"

她攥着手机等了一会儿，屏幕亮了起来，是他的回复。

陈鹤森："今晚带你回家，并不是真的想对你做什么，不过是平常工作忙，休息的时候想多陪陪女朋友。"

梁蔚忍不住弯起了嘴角。

一夜好眠，梁蔚第二天醒来时，陈鹤森已经去上班了，给她发了条消息，告诉她早餐已经买了，就在餐桌上。

梁蔚握着手机，给他回了条消息说知道了。

两秒后，她的手机振动起来，是他打来的电话。梁蔚按了接听键，听到他问："睡醒了吗？"

梁蔚说："我以为你在忙，应该不会看手机。"

陈鹤森笑了一声："刚查完房。"

梁蔚"嗯"了一声，又问："你今天要上晚班吗？"

陈鹤森说："今天不用，不过下班也要七点多了。"

梁蔚："那好吧，我今天约了徐导见面，估计也要聊到很晚。"

话音刚落下，她就听到那端杨鑫的声音："弟妹，你和鹤森什么时候请我们吃饭啊？"

梁蔚耳根一热，还未说话，就听到陈鹤森似乎和杨鑫说了什么，接着她就没再听到杨鑫的声音。

梁蔚问："杨哥知道我们的事了？"

"嗯，他早就知道了，天天嚷着让我请客。"陈鹤森说，"先不说了，我要去忙了。"

"好。"

"早餐记得吃。"

"知道了。"

挂了电话，梁蔚起床换上自己的衣服时，余光瞥到旁边的单人沙发上放着他昨晚穿的那身衣服。他早晨什么时候进来的，她都没察觉，应该是他刻意放轻了动作。

好像和他待得越久，她就越能发现他身上的魅力，但不得不承认，她很享受现在和他在一起的感觉。

徐东成和梁蔚约了下午五点见面，顺便一块儿吃晚饭，再讨论一下剧本大纲等事宜。梁蔚在徐导的家里也见到了苏淼。苏淼虽然大她五岁，但个子娇小，长相又趋可爱的类型，圆脸短发，因此更显年轻。

一见到梁蔚，苏淼便大大咧咧地说道："没想到我的搭档长得这么好看，东哥，你从哪儿找来的？"

"舒乔介绍的。"

梁蔚莞尔："你也很好看。"

苏淼摆了摆手："我只能算萌妹子啦，希望后面磨剧本的时候，我们能合作愉快。"

"好，合作愉快。"

吃完了晚饭，几个人坐在客厅里讨论。

徐东成说："虽然我们国产片子大多是三十集起步，但我们这部片子就不拍长集了，本身这个题材也不适合，一旦拍长了就容易注水。这个本子，我就打算拍个十八集的短剧。"

苏淼斟酌了一下，问："这十八集，投资方也拍板了吗？"

梁蔚也有些意外，毕竟十八集的电视剧在国内确实少见。

徐东成弯着腰，双手交叉搭在膝盖上："这部片子我就是投资人，我拍了太多商业片，现在只想拍一部把故事讲好的电视剧，不去考虑收视率、赞助商这些问题。"

徐东成指关节微屈，在桌上重重地叩了两下："所以你们俩只要琢磨怎么把本子改得好看就行，其他方面的问题就不需要你们操心了。"

等会议结束时，已经将近九点。

梁蔚上了个洗手间，苏淼伸了个懒腰，告诉她："蔚蔚，你去洗手间的时候电话响了，你回一下吧。"

"好的，谢谢。"

梁蔚抽了两张纸巾擦干净手上的水渍，解锁手机，屏幕上的未接来电显示是陈鹤森的。梁蔚眼睛一亮，回拨电话，不到两秒，电话就被接通，他嗓音低沉地问："开完会了？"

梁蔚轻轻"嗯"了一声。

"那出来吧。"

梁蔚蒙了："你在哪儿？"

陈鹤森轻笑了一声："还能在哪儿？来接女朋友回家。"

梁蔚挂断电话，苏淼瞧见她的表情，了然地问："男朋友来接你？"

梁蔚笑着点头，去拿沙发上的包。

苏淼说："一起走。"

"好。"

两个人和徐东成说了一声便一同出门了，乘坐电梯时，梁蔚给陈鹤森发了条信息，说她马上就下去，让他再等一会儿。

苏淼随口和她聊着天："你男朋友是做什么的？"

手机屏幕亮了一下，收到了陈鹤森的回复，梁蔚把手机揣入口袋里："骨科医生。"

苏淼语调微扬："医生啊，医生这个职业不错。"

电梯到达一楼，两个人走出单元门，就看到陈鹤森顾长的身影立在车旁。

梁蔚眼睛陡然一亮，苏淼顺着她的视线望过去，看到一张白皙俊逸的面孔。年轻的男人身上穿着黑色的毛衣和同色系的西裤，低着头，嘴里衔着根烟，打火机的火苗闪了闪，随后男人吐出了一个烟圈。

苏淼惊呼出声："你男朋友长得也太帅了。"

陈鹤森似乎听到了苏淼的声音，循着声音看了过来，目光触及梁蔚，眼底漾开浅浅的笑意。

苏淼见状，识趣道："我的车停在另一边，我先走了，就不打扰你俩了。"

梁蔚和苏淼说了声再见，朝陈鹤森走去。快到他身前时，她终于没忍住，扑到了他的怀里。头顶传来一声温和的轻笑，陈鹤森腾出没拿烟的那只手抱住了她的腰。

梁蔚抬头看着他，略显困惑地问："你怎么知道徐导的家在这里？"

陈鹤森掐了烟："问了我姐。"

梁蔚下意识地问："是问了舒乔姐吗？"

陈鹤森脸上笑意不减："不然我还有哪个姐？"

梁蔚抿了抿唇："那你等多久了？"

陈鹤森打开副驾驶座的车门，示意梁蔚坐进车里，随意道："大概一个小时。"

"其实你可以直接进去的。"

陈鹤森笑了一下："你在工作，我直接进去对你影响不好。"

他关上车门，绕过车头，上了驾驶座，一回头，就见她一动不动地盯着自己。陈鹤森的视线在她的脸上定格了两秒："怎么了？"

梁蔚脱口而出道："就感觉和你谈恋爱还挺好的。"

陈鹤森笑了笑："那多谈谈？"

梁蔚眉眼微弯："好啊。"

陈鹤森顺势说："那今晚去我家谈个恋爱？"

梁蔚愣了一下，没想到他在这里等着，点了点头："可以，不过后面几天我得在家里写分集大纲，估计到时候就没什么时间陪你了。"

陈鹤森："嗯，我明天刚好也要和导师去昭城参加会议。"

话音落下，陈鹤森的手机响了起来，是杨鑫打来的电话，叫陈鹤森出来吃夜宵。陈鹤森将手肘搭在窗沿上，随意地说："我报销，你们吃，我就不去了。"

杨鑫："谁缺你那点儿钱了？这不是科里同事知道你交女朋友了，想看看你女朋友长什么样嘛……来不来？你不来的话，我直接打电话给梁蔚了。"

陈鹤森无奈地笑了笑："行，我问她去不去。"

"你问，电话别挂啊。"杨鑫在那端说。

陈鹤森扭头看向梁蔚："要去吃夜宵吗？都是我科里的同事。"

杨鑫嗓门大，梁蔚多多少少听到了些他的话："去吧。"

陈鹤森又把手机举到耳边："地址发给我，我们现在开车过去。"

杨鑫他们是在一家烧烤店吃夜宵，离徐导家有半个小时的车程。两个人到的时候，杨鑫他们已经吃得差不多了。

陈鹤森领着梁蔚进去，杨鑫招呼身边的人挪了位置，又让店员过来加了几道菜，问梁蔚想吃什么。

梁蔚说："烤茄子吧。"

"行，来一份烤茄子。"杨鑫冲服务员说道。

这次吃夜宵的人不是上次打篮球的那一拨，很多也没见过梁蔚，不由得都把目光落到她身上。

陈鹤森这人在医院一向人缘好，就连住院部的家属都有意给他介绍对象，但他几乎都推了，共事这么久大家也没见过他身边出现什么姑娘。今晚听杨鑫说陈鹤森要带女朋友过来，大家多少有些好奇，虽然科里的人多多少少从杨鑫口中得知了陈鹤森已经有女朋友的事。

有人说："这妹子瞧着有点儿眼熟，是不是来我们科里看过病？"

杨鑫拿了串羊肉："她是来过医院，不过是陪她姥姥来的，就左股骨颈骨折那位老人家。"

那个说话的男生拍了一下自己的脑门："我想起来了，我见过这位小姐。我们不是去302查房吗？我当时挡着她的位置，森哥还拍我的肩膀提醒我来着。"

他这么一说，梁蔚也看了他两眼，同时也想起了那件事。

吴小舟看向陈鹤森，八卦兮兮地说道："森哥，你是不是那时候就在追人家了？"

陈鹤森往椅背上一靠，不置可否地笑了笑。

杨鑫瞅了陈鹤森一眼："我看他给人转院的时候，估计就打算追梁蔚了。"

好在他们没有聊这个话题太久，转而问起了梁蔚的职业，梁蔚说了是编剧后，吴小舟兴致勃勃地问："你都写过哪些剧啊？"

梁蔚简单提了两部，吴小舟说："哎，那部分手题材的电影我看过，当时还是和我前女友一起去看的，她在电影院里哭成了狗。"

有人问吴小舟："你没哭吗？"

吴小舟不太自然地清了清嗓子："还是有点儿触动的，故事讲得确实挺有代入感的，只不过看完那部电影没多久，我的现女友就成前女友了。"

一桌人爆发出一阵哄笑声："这电影还有这功能呢？"

因为他们第二天都还要上班，夜宵没吃到太晚，十一点半后，大家也就散了。

陈鹤森去柜台结账，杨鑫跟了过来，拦住了他："哪能真让你请？！下次再请吧，你明天是不是还要去昭城？"

"对。"

杨鑫说："到时候有时间，你顺便给我带盒柿子饼回来。"

陈鹤森好奇地挑了挑眉："给谁？"

"我奶奶，她牙口不好，就喜欢吃这些东西。我回去问一下我妈店铺地址，到时候发给你。"

陈鹤森："行，你晚上发给我。"

陈鹤森回到他们那一桌时，人都走得差不多了，只剩吴小舟和梁蔚两个人在说话，看样子，两个人聊得还挺投缘。

陈鹤森挑了挑眉，拿过椅子上的外套："走吧。"

梁蔚起身，吴小舟还在说："哎，姐，你到时候再给我推几部剧啊，我发现我们看剧品味挺一致的。"

陈鹤森说："你和他还挺有话聊的。"

梁蔚："他挺有趣的。"

两个人走出店门，梁蔚晃了一下陈鹤森的手，动了动唇："我能问你一个问题吗？"

陈鹤森侧头看向她："什么？"

梁蔚说："你是什么时候开始喜欢我的？"

陈鹤森神色微怔，继而低头看着她，笑着问："为什么问这个问题？"

"只是有点儿好奇，"梁蔚抿了抿唇，"很难回答吗？"

陈鹤森将视线落在前面的路灯上，想了想说："也不是，很难说清楚是在哪个时间点喜欢上的，因为连我自己都不清楚是什么时候心动的。"

也许在邬胡林给他看了她的照片，他说出好看的那一刻，有过一瞬的心动；也许是冷不丁从邬胡林嘴里得知她曾经喜欢自己时；也许是在舒乔姐家里再次遇见她，那晚开车送她回去以后。那天晚上他回到家里，却莫名其妙地想起邬胡林说的那句"梁蔚高中时候喜欢过你"。

他不是个自恋的人，但又诧异她对自己的喜欢，这句话就像一句魔咒，以至后来她姥姥出事，他们在医院朝夕相处那几天，他会不自觉地将目光落在她身上。

陈鹤森能肯定的是，要是没有后来的交集，他们俩的关系大概只会停留在邬胡林问他照片好不好看、他说好看的那一刻。

梁蔚没有说话。

陈鹤森低头瞅她："不相信？"

梁蔚摇了摇头："不是，那你高中的时候有没有注意过我？"

陈鹤森眉头轻扬："你成绩那么好，想不注意都难，波哥不是都把我的化学课代表的位置给了你？"

梁蔚莞尔："你还记得这茬呢？"

陈鹤森握了握她的手，半真半假地颔首："嗯，还记着。"

梁蔚忍不住笑起来，晃了晃他的手臂："那你说说，你那个时候对我是什么印象？"

陈鹤森静了一瞬，似在回想她高中时候的样子。两个人高中时交集不多，他对她唯一的印象大概就是她的成绩很好。

陈鹤森目光沉静地说："就觉得这个女生理科很厉害，挺佩服的。"

梁蔚脸上的笑意淡了淡："是吗？我高中的时候是不是有点儿高冷？"

"那倒不是，就是看起来不太爱说话。"

梁蔚说："你还记得吗？有一次黎老师因为庄倩要搬宿舍的事，找我去办公室谈话。你后来不是也来了办公室，是不是听到了一些话？"

陈鹤森未否认："嗯。"

梁蔚犹豫了几秒，说："其实那个时候，我很怕你会觉得我是那种欺负同学的人。"

陈鹤森瞬间就想起了那件事。

很奇怪，他原本以为高中那些事都忘得差不多了，但在她提起的这一刻，脑海里清晰地浮现他去办公室拿名单，她看见自己时眼睛隐隐泛红的样子。

陈鹤森心里滋生一股说不清道不明的情绪，他揉了揉她的脑袋，嗓音微哑："怎么会这么想？"

梁蔚眼神飘忽不定，声音不自觉地低了下来："我们那时候交集也不多，你难道不会这样想吗？"

"不会。"陈鹤森脚步微顿，把她牢牢扣在臂弯里，"你看起来只有被别人欺负的份。"

梁蔚声音闷闷地问："你真没那么想过？"

"没有。"陈鹤森眉心微蹙，似笑非笑道，"还是你觉得我是个会随意揣测别人的人？"

梁蔚松了一口气："好吧，我随便说说的。"

陈鹤森低下头，手指微屈，轻轻弹了一下她的额头，以示小小的惩罚。

梁蔚伸手捂住额头，眼眸盈盈地瞪着他。

陈鹤森拿开她的手，嘴角轻轻贴了贴她的额头，又直起身子，笑了笑说："既然你提起这些事，我也顺便说一句，上次的那件事不要再来一回了。"

梁蔚一头雾水："什么事？"

陈鹤森提点她："热水瓶。"

梁蔚目光微闪，低下头："你早就知道了？"

陈鹤森"嗯"了一声，笑了笑："虽然你的出发点是好的，但要是稍微有个万一，可不仅仅是烫伤手背这种小事。"

梁蔚的眼神飘忽不定："我看当时那个场面实在混乱，而且那人手里还拿着棍子，又被撞了一下，一时没多想。后来想想，我确实还是有点儿后怕。"

"后怕就对了。"陈鹤森说。

"不过下次要是再遇到什么事情，还是先确认自己的安全。"陈鹤森注视着她，低声说，"别让我担心。"

梁蔚声音轻快地答应："好。"

陈鹤森陪导师到昭城参加研讨会那几天，梁蔚原本打算都待在自己家写分集大纲的，陈鹤森却说让她直接去他家的书房办公，顺便帮他把晾在阳台上的衣服收一下。

梁蔚想了想也没拒绝，于是这两天都待在他的家里写分集大纲。李菀来陈鹤森的住处找她时，梁蔚也事先给陈鹤森发了条信息告诉他这事。

过了几分钟，手机亮了一下，她收到了他的信息。

陈鹤森："你的朋友也就是我的朋友，她们要来家里玩，你不用特意给我发信息。"

梁蔚看着这条消息，因为"家"这个字，像是被什么东西戳中了心里最柔软的地方，心跳加速起来。他似乎就是这样一个温和的人，一旦她和他有了亲密的关系，他会让她享受这个身份应有的一切待遇，让她觉得自己被重视、被珍惜。

李菀来的时候，打量了一圈屋子，摇头感叹："他能在这个地段买房，看来高中那些传他家里有钱的小道消息是真的了，他家真是医学世家？"

梁蔚回道："嗯，他外公外婆也是医生。"

李菀思维跳脱，又换了一个话题："所以你们现在是同居了？"

梁蔚给李菀倒了杯水："没有，他说我那里没有书房，平常我都是在餐桌上工作，他觉得那个高度坐久了对脊椎不好，让我这几天用他的书房工作。"

李菀啧啧感叹："听你这么说，感觉他对你也挺好的，不枉你喜欢他这么多年。"

梁蔚笑了笑。

李菀又说："他不知道你以前喜欢过他的事吧？"

梁蔚打开电脑的动作微顿："应该不知道。"

李菀继续说："他不知道也好，你也别告诉他。有些狗男人，要是知道你喜欢他比他喜欢你来得多，就会轻视你的感情。"

梁蔚把这两天写的分集大纲导出文档，准备传给李导，闻言下意识地为陈鹤森辩解了一句："他不是这种人。"

李菀喝了一口水，开她的玩笑："哎哟，你这还没嫁进他家，现在就为他说话了，看来陈鹤森真把你迷得团团转了。"

梁蔚也不恼，笑着导出文档。

李菀坐在她旁边："陈鹤森什么时候回来？"

梁蔚："他说今晚回来。"

话音刚落，门口就响起了按铃声。

两个人面面相觑，李菀循声看过去，顿了顿，问："不会是陈鹤森回来了吧？"

梁蔚蹙眉："应该不是，他说了要晚上七八点才到。"

梁蔚迟疑地合上电脑，起身准备去开门，只是还未走到玄关处，门就被外面的人打开了。

门里门外的两个人皆怔了怔，过了片刻，还是陈阿姨先开口："你是梁蔚吧？"

陈阿姨还是梁蔚记忆里温柔的样子，好像这么多年过去了，她依旧那样年轻。

梁蔚凝了凝神，让开身子："阿姨，您好。"

陈阿姨"唉"了一声，走了进来，微笑道："我刚才应该给鹤森打个电话再过来的，会不会打扰到你们？"

"不会，我们也只是在闲聊。"梁蔚说。

李菀这时也走了过来，同陈鹤森的妈妈打了声招呼。

陈阿姨朝李菀笑了笑："你们坐，我把东西放到冰箱里就走。"

梁蔚伸手去帮忙，陈阿姨拦了一下，说："我自己来就行，你去做你的事。”

“我都弄好了，我帮您吧。”

陈阿姨说：“鹤森有没有说什么时候回来？”

梁蔚垂下眼帘：“他说晚上回来。”

陈阿姨把拿来的水果都放在冰箱里，说：“那让他过两天带你回家吃饭。”

梁蔚应了声：“好。”

“上回我就让鹤森带你回来吃饭了，他说你们已经和胡林约好了。”陈阿姨又说，“你妈妈这几年怎么样？”

梁蔚眼皮跳了跳：“她这几年挺好的，和我姥姥他们在抚市生活。”

陈阿姨叹了一口气：“那就好，上回鹤森还来家里问过你父母的事。”

梁蔚的身体僵了僵，陈阿姨倒是没察觉，关上冰箱门，直起身子：“哎，那我就先走了。”

梁蔚送陈阿姨到门口，陈阿姨回头道：“你就别送了，忙你的去吧，我先走了。”

刚从会议室出来的陈鹤森接到自己母亲的电话，挑了挑眉，按了接听键，就听陈母说道：“我今天去你那里了。”

陈鹤森很快就领会过来陈母的意思，笑着说：“看到梁蔚了？”

陈母忍不住抱怨了一句：“人家姑娘在你家里，你怎么也没提前跟我说一声？”

陈鹤森轻笑了一声：“我哪里知道你今天会上门？”

陈母清了清嗓子，语气不太自然地说：“你和梁蔚是同居了？”

陈鹤森往旁边的吸烟区走去，从裤兜里掏出烟盒：“没有，只是我这两天不在家，让她住我那里。”

陈母松了一口气：“那就行，没结婚前，你别占人家姑娘的便宜。”

陈鹤森动作一顿，有些啼笑皆非：“你打电话来就是为了这件事？”

陈母：“我给你的冰箱里放了些水果，你到时候记得拿出来吃，别放太久。”

陈鹤森懒懒地说道：“知道了。”

陈母似想起了什么，又说：“我刚才好像说错话了。”

陈鹤森漫不经心地问："你说什么了？"

陈母说："我说了你来家里问过她爸爸妈妈的事，这孩子性格文静，也不知道会不会多想。"

陈鹤森很轻地蹙了一下眉头："行，我知道了。"

挂了电话后，陈鹤森摸出根烟送到嘴里，低头点了火，吐出一个烟圈。他斜靠着墙壁，无端想起那个晚上，她小心翼翼地问自己会不会认为她是欺负同学的那种人……

陈鹤森心底叹气，似乎和她相处越久，就越心疼她。

抽完一根烟，陈鹤森拿出手机正准备给梁蔚拨一通电话，吴广春这时也从会议室出来了，朝陈鹤森的方向叫了一声："鹤森，干什么呢？走了。"

陈鹤森锁了手机屏幕，把手机放回口袋里，朝吴广春走过去。

看着房门被关上，李菀长吁了一口气："第一次见未来婆婆，你是什么感觉？"

梁蔚握着玻璃杯，有些心不在焉，不免想起刚才陈阿姨口中的那句话。陈鹤森问过陈阿姨关于她父母的事，他是早就知道了她高中时家里发生的事吗？

李菀伸手在她眼前挥了挥，梁蔚回了神，若无其事地看向李菀："什么？"

李菀古怪地打量了她两眼："你在想什么呢？"

梁蔚掩饰地牵起嘴角："没想什么，你刚才说什么？我没听清。"

李菀停了停，然后说："没说什么，就是陈鹤森的妈妈看起来还挺好相处的。"

梁蔚浅浅笑道："陈阿姨是很好相处。"

李菀撩了撩头发："这怎么说的？你好像见过她？"

梁蔚解释道："我高二的时候见过她，陈鹤森的父亲和我爸认识，以前大学是同一个宿舍的。"

"你们还有这一层关系啊？"李菀很快就抓到重点，"那他家里人是不是知道你父母的事情？"

梁蔚眼神一黯，声音放低："应该多多少少知道点儿。"

李菀察觉梁蔚情绪低落，语气一松："知道了也没什么，毕竟那只是你父母的事，和你也没什么关系，而且陈鹤森的父母看起来不是不通透的人。"

梁蔚淡淡一笑。

晚间，梁蔚和李菀在外面吃饭时，李菀接到了朋友的电话，喊她去酒吧玩。李菀挂了电话，顺口问了句梁蔚去不去。

梁蔚犹豫了两秒才开口："去吧，我这几天一直待在家里写剧本也有点儿累了，出去透透气也好。"

梁蔚不是个喜欢这种场合的人，李菀听到她的回答，明显怔了怔，但无意戳破，粉饰太平道："行，姐们儿带你放松放松。"

李菀开车带梁蔚去了朋友的酒吧，说是酒吧其实是清吧，一共有两层。酒吧刚开业不久，人不多，不过现场氛围很好，特别适合上班族下班后和朋友过来小酌放松。

整个清吧光线昏暗，舞台上的驻场歌手抱着吉他在深情演唱。

因为工作关系，李菀认识的朋友各种行业的都有，年龄有比她们大的，也有比她们小的。

梁蔚点了杯鸡尾酒，有个看着年龄比梁蔚小的年轻男孩多看了梁蔚两眼："菀菀姐，这个美女是谁啊？"

李菀拿起酒杯喝了一口酒："我亲姐妹。"

黄子左右打量了两个人一眼，傻里傻气地说道："亲姐妹，你俩看着不像啊？"

李菀一字一顿地说道："亲如姐妹。"

黄子挠了挠后脑勺："我就说呢，你俩这长相，明显不像亲姐妹。"

李菀翻白眼道："你埋汰谁呢？"

黄子赶紧拍马屁："得，菀菀姐，你误会我的话了，我这话的意思是你们俩各有各的美。"

李菀捡起桌上的一包烟就砸了过去："滚滚滚，我姐们儿有男朋友了，你别打她的主意。"

黄子夸张地叹了口气："得，我来晚了。"

李菀气笑了："有你什么事啊？你还来晚了。"

楼下的驻场歌手又换了首歌，是一首慢调的抒情歌。

"记得吃早餐，记得带雨伞，你的关心总是那么平淡……当我回头看，曾奢侈地享受你的陪伴，也许是因果的循环……我对着镜子，劝自己理智，只是自我保护的机制……有两个灵魂，在一副身体里争执。"

一首歌完毕，梁蔚的手机适时响了起来，是陈鹤森打来的电话。梁蔚拿了手机，走到安静的走道处接了电话。

陈鹤森："在外面？"

梁蔚轻轻地"嗯"了一声："你到家了？"

陈鹤森环视了一圈空荡荡的客厅，笑了一声："还以为我到家，某人会在家里等我。"

梁蔚没吭声。

陈鹤森又问："今天是不是见到我妈了？"

梁蔚回道："阿姨来家里给你送水果。"

陈鹤森说："她给我打过电话了，你在哪里？"

"我和菀菀在清吧。"

不知为什么，她在说这些话时，声音莫名弱了几分。

陈鹤森问："好玩吗？要不要我现在去接你？"

梁蔚沉默了两秒，平静地说："好，你来接我。"

梁蔚拿下手机，给陈鹤森发了定位地址。李菀见她迟迟没回来，出来找她。

"和谁打电话呢？"

梁蔚转过脸："陈鹤森打来的。"

李菀同她并肩靠在墙壁上，歪头瞧着她："蔚蔚，自从下午见了陈鹤森他妈，你的状态就不太对，要和我说说吗？"

梁蔚抿了抿嘴唇。

李菀猜测："是因为陈鹤森的父母知道你家里的事？"

"不是他父母的原因。"梁蔚深吸了一口气，"我只是不想让他知道我家里这些乱七八糟的事，他父母的感情很好，而我家里……"

李菀叹气道："我看陈鹤森不像是会介意这种事的人。"

"可我介意。我希望我自己在他面前各方面都是好的，包括我的父母也是。"梁蔚自嘲道，"我是不是有点儿庸人自扰？"

李菀微微皱眉，拿肩膀碰了碰梁蔚："宝贝，我没暗恋过人，说实话不是很能明白你的这种情绪，但不会对你这种情绪妄加揣测。你有什么事都可以和我说，我永远是你坚强的后盾。"

梁蔚挤了挤笑，由衷地说道："谢谢你，菀菀。"

梁蔚没等陈鹤森发短信让她下去，就先到清吧门口等他了。她今晚喝了不少酒，其实这会儿还有点儿醉意。

今晚的雾气有点儿大，陈鹤森的车子驶来时，车灯射出的两道白色光线晃了她的眼睛。

梁蔚站在街角，静静地看着他下车后朝自己走近，直到他的眉眼近在咫尺。梁蔚站了太久，感觉脚像灌了铅似的沉重，慢慢蹲下了身子。

陈鹤森皱紧眉头，快步走近，也跟着蹲下身子，伸手按住她的肩膀，盯着她的脸问："喝醉了？"

梁蔚摇摇头，莫名其妙地说了一句："今天你妈妈来家里，我都忘记给她倒杯水了，是不是不太礼貌？"

陈鹤森现在能确定她是真喝醉了，安抚着她的情绪："没事，她不在意。"

"可我在意。"她喃喃自语。

陈鹤森说："她很喜欢你。"

"是吗？"梁蔚抬起头，"她喜欢我吗？"

"她以前对你的印象就不错。"陈鹤森放低声音，柔和地问，"怎么不在里面等我？"

"想让你一来就能看见我。"

陈鹤森握着她的手，带着她站起来，眼皮上挑："你在里面，我也能一眼就看见你。"

"是吗？"

梁蔚抬头去看他的眼睛，他深潭般的眼眸里映着她的身影。陈鹤森伸手将她落到眉眼处的发丝捋到耳后，她喝了酒，眼睛明亮，酒后泛红的脸颊，也让她看上去又多了几分娇憨感。

陈鹤森的视线落到她红润的唇上，喉结滚了滚，只是他还未有所动作，她便骤然抬头吻住了他的嘴。

陈鹤森怔了怔，为她的大胆。不过很快，她唇瓣上醇香的酒味就吞噬了他的理智。陈鹤森反客为主，长臂一伸将她带入怀抱里，手心

283

贴着她的后脑勺，先是轻轻地啄吻着她，最后与她唇齿纠缠，呼吸也渐渐沉重。

两个人分开时，梁蔚把脸埋在他的颈窝里，陈鹤森搂着她站了一会儿，鼻息间是她身上淡淡的馨香。街道上经过的路人，不时朝他们偷偷瞥来一眼。

他低头看了看靠在自己怀里睡着的人，心里浮起一丝无奈情绪。他不是个会在外头秀恩爱的人，但今晚这一出，多少有些出乎意料。

她似乎觉得有点儿冷了，又往他怀里贴了贴。陈鹤森低叹了一口气，把人打横抱起，往停车的方向走去。

陈鹤森刚把梁蔚放到副驾驶座上，给她扣上安全带，关上车门，一回头，就看见李菀站在他身后。陈鹤森挑了挑眉。

李菀主动自我介绍："你好，我是李菀，梁蔚的朋友。我们谈谈？"

陈鹤森看了一眼李菀，闲适地点了点头。

李菀抬脚挪动了几步，陈鹤森跟了上去："就在这里说吧，她还在车里睡着。"

李菀顺着陈鹤森的视线看去一眼，梁蔚靠着车窗，紧闭着双眼。李菀收回了视线，从外套口袋里掏出烟盒："介意我抽根烟吗？"

陈鹤森摇头，一只手插在口袋里："她抽烟的事，该不是你教的吧？"

李菀点了根烟，语气平静地说："这还真不是我教的。"

陈鹤森神情微怔，李菀也捕捉到了他眼底一闪而过的诧异情绪。

李菀笑了笑，将手中的烟盒转了个方向，开口朝向陈鹤森："是不是觉得有点儿意外？毕竟她高中那会儿给人的印象就是一个好学生。"

陈鹤森不置可否，伸手取了根烟，就听到她说："听梁蔚说，她爸和你爸认识。"

陈鹤森低头点烟，含混地笑了笑："是认识，他们是大学同学，一个宿舍的，不过毕业后没怎么联系。"

李菀吐了口烟雾："她高三转学的事，你知道为什么吧？"

陈鹤森眉头微皱，掀起眼皮瞄她："了解过一点儿。"

"她高中那几年过得不是很好，其实这么说也不太对。"李菀弹了一下烟灰，"其实她从小到大的生活都过得不太好，我不知道你有没有从你父母口中了解她父亲的为人，反正她父亲不是什么好东西。"

李菀停了停，才继续道："她父母离婚后，她上大学的那四年，除了应付正常的学习，还要负担自己的生活费和学费。她那时刚入编剧行业，给人家写稿，写了两个月，那人拿了她的稿子以后直接消失了。那段时间，她几乎每天都是吃一顿饭，就连感冒了都不敢上医院去看。这事她也从来不让她妈妈和小姨知道，而她的这些破事，也是有一次我过生日，她喝醉了才全都说了出来。"

陈鹤森静静地抽着烟，李菀深吸了一口气："直到前两年，她的情况才好转点儿。她和你不一样，你一出生就拿了一手好牌，家境优越，父母恩爱，天之骄子，不需要为生计烦心。而她除了要让她和她妈的生活过得更好，还要和原生家庭带来的那些情绪进行自我拉扯。和你这样的人谈恋爱，对她来说并不是一件轻松的事。"

李菀掐了烟，最后说："我今天找你说这些，也不是为了增添你的心理负担，更不是道德绑架。陈鹤森，如果你和她在一起只是玩玩而已，我希望你们早点儿分手。"

陈鹤森手指间夹的烟积了很长一截烟灰，他弹了弹烟灰，重重地吸了口烟，胸腔里情绪翻涌。他侧首，眼神越过李菀的肩膀，看向车上的梁蔚："不管你信不信，我和她在一起从来不是为了消遣。"

李菀走后，陈鹤森又在原地站了一会儿才走向车子。

他开车回去的路上，梁蔚一直没有醒来，好在她喝醉后也算安静，一路上都没闹腾。到了家门口，陈鹤森把人抱到了自己的房间里。

床上的人睡颜恬静，呼吸均匀。

陈鹤森替她盖上被子，走出房间时，门外响起按铃声。陈鹤森去开门，杨鑫站在门口："下班经过你这里，顺便来拿东西。"

陈鹤森看了他一眼："在书房，我去给你拿，你先进来坐会儿。"

杨鑫脱了球鞋，眼尖地瞥到了玄关处的女式短靴，笑着说："你和梁蔚进展挺快，这就住在一起了？"

陈鹤森回头："没住一起，她今晚喝醉了。"

很快陈鹤森就拿着两盒柿子饼从书房里出来，杨鑫嘴上开着玩笑："哎，怎么就喝醉了呢？小梁看起来不像是会借酒浇愁的人，还是你惹人家生气了，她才去喝酒的？"

陈鹤森想起今晚李菀说的那些话，眉头几不可察地蹙了蹙："没吵架。"

杨鑫接过柿子饼，折身就往玄关处走去："得，哥先走了，不打扰你们。"

第二天醒来时，梁蔚感觉太阳穴隐隐作痛。她在床上坐了好一会儿，然后卧室门被推开，陈鹤森站在门口问："醒了？"

梁蔚伸手按住太阳穴，脑子迟钝地点了一下头。

陈鹤森朝她走近："头疼？"

梁蔚蹙眉："嗯，有点儿疼。"

陈鹤森笑了笑说："昨晚发生了什么事，你还记不记得？"

梁蔚愣愣地抬起头，不明所以："发生了什么？"

陈鹤森语气略带遗憾地说："看来某人占完便宜后，就忘得一干二净了……"

梁蔚皱紧眉头，想了片刻，小声念叨了一句："我不就是吻了你一下嘛……"

"看来你还有印象。"他眼底漾着笑意，倾身凑近她，"要不要我再帮你回忆一下？"

梁蔚伸手捂住唇，摇头："我还没洗漱呢。"

陈鹤森喉咙里逸出一声笑，他坐直了身体，没再逗她："先去洗漱一下，等会儿出来吃午饭。"

梁蔚下了床，去卫生间刷牙洗脸。她出来时，餐桌上摆着一碗小米粥，还有几碟小菜。

梁蔚拉开椅子坐下，抬头看着他："你煮的吗？"

陈鹤森："楼下买的。"

梁蔚"嗯"了一声，又听陈鹤森道："你今天几点的车回抚市？"

梁蔚说："下午三点的车票。"

前两天周珍打来电话，说姥姥这两天嘴里总是念叨着她。梁蔚想着这一周刚好写完分集大纲，目前等徐导那边回复，乘着这个空隙，可以回去陪陪老人家，不然等跟组以后，大概又要小半年不在家。

陈鹤森："我送你去车站，我给姥姥也买了两盒柿子饼，你等会儿顺便带回去。"

梁蔚心里一软："你怎么知道我姥姥喜欢吃这个？"

陈鹤森笑着解释了一句："杨鑫让我带的，说他家里的老人要吃，我想着给你姥姥、姥爷也带两盒，让老人家尝尝。"

两个人吃完午饭，陈鹤森开车送梁蔚回家。等梁蔚洗澡的时候，陈鹤森接了一通电话，是林衡打来的。

林衡这几年定居伦敦，很少回来。自从陈鹤森和陶遥分手后，两个人的联系就更少了。陈鹤森按了接听键，就听林衡说："哥们儿过两天回国，到时候一起聚一下。"

陈鹤森背倚靠着栏杆："什么时候？"

"下周吧。"林衡说，"到时候给你打电话。"

陈鹤森道："行。"

这时梁蔚的声音从浴室里传来，陈鹤森对那端的林衡说："等会儿。"

林衡也听到了话筒里传来女生的声音，没再说话。

陈鹤森拿着手机走到浴室门口，抬手敲了敲门："梁蔚，怎么了？"

浴室门被她打开一道缝隙，露出她一张雾气蒙蒙的脸，她的脸因为热气蒸腾，有些酡红，眼睛湿润明亮，一缕缕碎发落在耳畔，透着几分娇媚韵味。

陈鹤森眸色微变，梁蔚却没有察觉他的异样，扒着门框小声说："我忘记拿浴巾了，你帮我拿一下，就在阳台上挂着。"

陈鹤森点头："先关上门，小心冷气跑进去。"

梁蔚听话地关上门，陈鹤森拿了浴巾，梁蔚听到门外的脚步声，立即开了门，伸出一截白皙纤细的手腕，迅速拿走了他手上的浴巾。

陈鹤森站在原地，轻轻勾起嘴角，抬手敲了两下门，调侃道："怕什么？"

"我没有怕什么啊。"

可她明显底气不太足。

陈鹤森笑了笑走到阳台上，把手机重新贴在耳边，还未开口说话，就听那端的林衡问："你谈女朋友了？"

陈鹤森散漫地"嗯"了一声。

林衡又问："是谁啊？我认识吗？"

陈鹤森回应："你没见过，以前的高中同学。"

林衡叹了一口气："我还想着这次回国，找你和桃子一起聚一聚呢。"

陈鹤森掏出口袋里的烟盒，脸上的情绪没有变化："林衡，你知道我的性格，我不是那种分手后还会和前女友成为朋友的人。"

林衡笑说："可你和桃子毕竟也认识那么久了，唉，你们俩真是可惜了。"

听林衡这话，陈鹤森不禁皱紧眉头。他没搭腔，林衡也就没再继续这个话题，转了话锋说："那等我回去，你带着女朋友出来，我们一起吃顿饭。"

陈鹤森吸了口烟，含混地说道："到时候再说。"

林衡却笑了一声，大大咧咧地说道："别到时候再说啊，哥们儿刚才那话也没别的意思。"

陈鹤森和林衡的这通电话没持续太久，梁蔚洗完澡从浴室出来时，陈鹤森就挂了电话。

梁蔚看了他一眼："是医院打来的电话吗？"

陈鹤森摇了摇头，掐了烟，走进客厅："不是，一个在伦敦定居的朋友。"

梁蔚"嗯"了一声，给自己倒了一杯水，抿了抿唇："要不，我等会儿自己叫车去车站吧。"

"没事，我五点才上班，有时间先送你去车站。"陈鹤森伸手拨了一下她的发尾，指尖碰到濡湿的水迹，眉心微蹙："怎么没把头发吹干？"

梁蔚说："洗完澡有点儿口渴，等会儿再吹。"

梁蔚拿起杯子，喝了两口水，又跑回卫生间吹头发。等她把自己收拾齐整，眼看时间也差不多了，陈鹤森准备开车送她到车站。

临下车之际，梁蔚转过身，凑到他跟前亲了亲他的唇，正欲离开时，陈鹤森抬手覆在她的脑后，加深了这个吻。他先前抽过烟，此刻唇舌间有淡淡的苦涩烟味。

两个人吻了一会儿，他的手指不自觉地顺着衣服下摆探入，微凉的触感，让梁蔚忍不住瑟缩了一下，她按住了他的手，呼吸紊乱，小声说："别。"

陈鹤森克制地收回了手，嗓音低哑地说："进去吧，到了给我发条信息。"

梁蔚脸红地点了点头。

梁蔚到达抚市，已经是一个小时后的事了。

周珍特意下楼来接她，接过她手上的东西："怎么还给你姥姥买柿子饼了？"

梁蔚笑着解释了一句："不是我买的，陈鹤森买的，让我带给姥姥、姥爷。"

周珍眉开眼笑，过了会儿，又轻轻叹气，欣慰道："这孩子有心了，你怎么没让他一起过来玩两天？"

梁蔚挽着周珍的手臂："他晚上还要上班，怎么过来啊？等他哪天有时间了再说吧。"

两个人进了门，姥姥、姥爷在客厅里看电视，等着她到家一起吃晚饭。

周珍把那两盒柿子饼放在茶几上，叮嘱梁蔚："你去洗个手，出来吃饭。"

梁蔚"嗯"了一声，拿出手机给陈鹤森发了条信息，告知他自己已经到家。梁蔚在洗手间洗手，听到外边周珍和姥姥的谈话声。

姥姥问这柿子饼哪里来的，周珍开了句玩笑："你外孙女婿给你买的。"

梁蔚抬头看了一眼镜子里的自己，耳根泛红，她手指沾了点儿水珠，摸了摸发烫的耳朵。

梁蔚出来时，姥姥和姥爷已经在餐桌旁坐着。姥姥高兴地说："哎，等会儿你打个电话，我和小陈说声谢谢。"

梁蔚拉开椅子坐下："没事的，姥姥。"

姥姥笑眯眯地说："还是得说一声的，人家孩子有心，我怎么也得和他说声谢谢，不然显得我这个长辈不会做人。"

梁蔚没再多说，刚吃完晚饭，姥姥就催着她给陈鹤森打电话。梁蔚哭笑不得，只好坐在沙发上，给陈鹤森拨了一通电话。

她等了十几秒，电话才被接通，他那边声音有点儿嘈杂，梁蔚柔声问："你在忙吗？"

"这会儿没什么事。"他笑了一声,"想我了?"

梁蔚脸上发烫,顾左右而言他:"我姥姥让我给你打电话,说要和你说几句话。"

话音落下,不等他再说什么,梁蔚就转手把手机递给了姥姥。

姥姥轻轻拍了一下她的肩膀,笑盈盈地接过手机:"小陈啊,没打扰到你工作吧?没有就好,谢谢你给我们买的柿子饼,有心了。哎,好,等什么时候有时间,你和蔚蔚一起来抚市,姥姥给你做好吃的。"

两个人说了几句话,梁蔚一直坐在姥姥旁边,依稀还是能听到陈鹤森的声音。他语气始终温和,不见丝毫不耐烦的意思。过了一会儿,姥姥笑着把手机还给她:"小陈要和你说话。"

梁蔚重新把手机举到耳边,听到他低声问:"吃完晚饭了?"

"刚吃完。"梁蔚说,"你呢?"

陈鹤森:"还没,过会儿就去吃。"

"那你的胃受得住吗?"

"没事,我自己的身体,我清楚。"

姥姥就坐在旁边,梁蔚有些不自在,下意识地起身往自己的房间走去,进屋后关上了门。

陈鹤森听到关门声,眉头轻挑:"回房间了?"

梁蔚很轻地"嗯"了一声。

陈鹤森咳了一声:"那正好,梁同学是不是可以回答一下我先前的那个问题了?"

梁蔚装傻,咬了咬唇:"什么问题?"

陈鹤森扬起嘴角:"忘了?"

梁蔚心虚:"是忘了。"

陈鹤森眉眼舒展,眼底尽是笑意,意味深长地说道:"看来你还是喝醉了比较诚实。"

梁蔚静了一瞬,便听到那边有护士叫他,他似乎回了句什么,接着梁蔚就听到他说:"现在有点儿事,我先挂了。"

梁蔚低声应:"好。"

挂了电话后,梁蔚躺在床上,依旧捧着手机,想了想还是切到微信,点开两个人的聊天界面,给他发了信息。

陈鹤森刚走了几步，放在白大褂口袋里的手机就振动了一下，陈鹤森顺手拿出来看了一眼。

梁蔚："想你。"

陈鹤森看着手机，垂眸笑了笑。

梁蔚待在抚市这两天，姚知伽给她打了一通电话，问起她和陈鹤森在一起的事，梁蔚这才想起这件事她还没告诉姚知伽。

梁蔚多少有些愧疚，聊了一会儿，又问姚知伽是怎么知道的，姚知伽支支吾吾地说："还能怎么知道？邬胡林和我说的呗。"

梁蔚有些意外："你和邬胡林和好了？"

姚知伽明显迟疑了几秒："没有……他前阵子不是回国了吗？有一天晚上他约我吃饭，我就答应了。他提起你和陈鹤森在一起的事，我还当他哄我玩呢，一直想问你来着，但这阵子一直在出差，也就今天才空下来，想起了这事，就问问你。"

梁蔚没有否认："是在一起了。"

姚知伽又说："蔚蔚，你是不是高中那会儿就喜欢陈鹤森了？"

梁蔚呼吸一室，表情微妙："邬胡林和你说的？"

姚知伽没有察觉她的语气变化，径自说道："差不多吧，就是以前上大学那会儿，我不是偶尔会和你聊陈鹤森的事情嘛，邬胡林有一次看到了，就让我少在你跟前提陈鹤森和陶遥的那些事。我当时还觉得奇怪，但也没多想。

"不过那天吃饭，他和我说你和陈鹤森在一起的事，我还是吃了一惊。邬胡林见我反应有点儿大，还怪我一惊一乍的，然后就提起你曾经喜欢过陈鹤森的事。"姚知伽说到最后，语气微顿，"好像陈鹤森也知道这事。"

梁蔚一瞬间觉得脑袋嗡嗡作响，呼吸不太顺畅，眼睫微颤："是吗？邬胡林什么时候和他说的？"

姚知伽："很久了，好像还没毕业那会儿就知道了。"

梁蔚攥住手机，所以他们在舒乔姐家里见面那一天，他就知道她曾经喜欢他吗？梁蔚心口像塞了一团什么东西，沉闷地压迫着胸肺。

/ 第九章 /
温暖

到了周末，徐导在三个人的工作群里提了关于剧本的几个意见，让两个人把某个情节点改动一下。梁蔚和苏淼就这个点打了一通视频电话进行头脑风暴，谈论将近一个小时，有了头绪后，两个人又闲聊了些别的事。

苏淼突然神秘兮兮地说："咱们手头这个本子的女主角好像已经有眉目了。"

梁蔚下意识地问："是谁啊？"

苏淼说："就那个陶遥，这两年不是挺火的小花旦吗？"

梁蔚动作微滞，白色的 A4 纸面上瞬间出现了一条断断续续的黑色线条。她以前刚入编剧这个行业的时候，也不是没想过会碰见陶遥，只是后来一直没碰见，也就没多想这件事。

苏淼在视频另一头见梁蔚出神地盯着桌面，不由得出声唤她。梁蔚收回了思绪，敛了眼底的笑意，说："那男主角是谁？"

"就那个丁航，你应该没听过，他演技挺好的，长相也是干净清爽的大男孩类型。徐导看人眼光不错，他确实符合男主角这个角色。"苏淼说，"不过他运气不太好，以前接的本子都不怎样，又是个'万年老二'。我有预感我们手头的这个本子要是能爆的话，估计对他也有点儿帮助。"

梁蔚笑了笑，提醒她："可是咱们这个本子还是有点儿风险的。"

"这部剧拍出去，大家要骂也是骂女主角的多。"苏淼又转了话题，"我估计我们下个月就得跟组了，你什么时候回雁南城？"

"下午就回。"

苏淼揶揄她："这么着急吗？想你男友了吧？"

"不是。"梁蔚轻声解释，"他有个朋友从国外回来，晚上约了见面吃饭。"

苏淼感叹了一声："不过你男朋友长得真帅啊，听舒乔姐说，你们还是高中同学？"

"高二同过班。"梁蔚说。

苏淼好奇地问："他读书那会儿，是不是就很受女生喜欢？"

"嗯，他以前读书时成绩也很好，不仅受女生喜欢，男生和他也玩得好。"

"学霸呀，"苏淼同她开玩笑，"你男朋友还有没有兄弟什么的，给我介绍一个呗？"

梁蔚失笑："他是独生子。"

梁蔚和苏淼没有多聊，挂了电话后想起刚才苏淼说的话，还是有几分不自在。她握着手机，陷入短暂的失神中，直到周珍来敲门，问她几点的车票回雁南城，梁蔚回了一下头："等会儿就走。"

周珍敏感地打量了她一眼："怎么了，和鹤森吵架了？"

梁蔚牵起嘴角笑了笑："没有，我刚才在想事情。"

周珍面色稍稍缓和，走到她身边："鹤森这个人，妈妈挺喜欢的，他是值得托付的对象。你和他要好好的啊，别动不动和他闹脾气。"

梁蔚说："妈，你才见过他几面啊？再说我像是会随便闹脾气的人吗？"

周珍伸手摸了摸她的头发："妈妈不是这个意思。"

"我知道了。"梁蔚宽慰她，"我会和他好好的。"

陈鹤森白天有班，梁蔚回雁南城时是李菀开车来接她的。梁蔚坐进副驾驶座，李菀开着车问："晚上一块儿吃饭？"

梁蔚看向她："改天吧，晚上要和他的同学一块儿吃饭。"

李菀偏了一下头："哪个同学，不会又是邬胡林吧？你们上回不是刚聚过吗？"

"不是他，是另一个。"梁蔚蹙眉，"好像是他的初中同学，我也没见过。"

李菀点了两下头："行吧，我说你俩在一起，他都带你见他朋友多少次了，什么时候也轮到你们俩请我吃饭？"

梁蔚笑起来："那我今晚和他说说。"

李菀说："算了，姐们儿还是等着吃你们的喜酒更靠谱点儿。"

梁蔚神色一滞："你这想得也太久远了吧。"

李菀扭头瞥她一眼："怎么，你不觉得你们能走到最后？"

梁蔚笑了笑："也不是，只不过感情的事，谁都无法保证。"

李菀点了点头："也是。"

李菀开车把梁蔚送回小区楼下后也就开车回去了。梁蔚稍微收拾了一会儿，就收到了陈鹤森的信息，问她到住处没。

梁蔚给他回了条信息，很快就收到他的回复，说他刚下班，准备开车来她这里，梁蔚让他开车小心。

放下手机，她又去卫生间洗了个澡。陈鹤森来的时候，她刚洗完澡，听到门外的按铃声，忙不迭地套了件淡紫色的长款毛衣，就匆匆地出去给他开门。

门被打开，陈鹤森视线下移，落到她那双白皙的长腿上。他抬脚走了进来，随手带上房门，睨了她一眼："洗澡了？"

"嗯。"

她刚洗完澡，身上都是沐浴露的馨香。梁蔚转过脸看他，没承想他就在身后，猝不及防地撞上了他的胸膛，陈鹤森顺势揽住了她的腰。梁蔚抬头问："你和你朋友约了几点？"

他低眉："六点半。"

她今天的这件淡紫色毛衣，让陈鹤森无端想起了那次邬胡林拿着她的那张照片问他好不好看时她身上穿的那件。陈鹤森目光探究地辨认了一会儿毛衣上的花纹："你这衣服是以前的？"

梁蔚没多想："不是，刚买的。不过我以前确实买过一件类似的，后来穿旧了就扔了。前阵子看到店里又上了类似的，就又买了一件，怎么了？"

"没怎么。"陈鹤森摇头，"这个颜色很适合你。"

梁蔚笑了一声，陈鹤森将视线落在她的唇上，犹豫了两秒，还是没忍住低下头吻住了她的唇，柔软的触感，一瞬间就缓解了几天没见的思念。

两个人边吻边后退，直到梁蔚的腰撞到身后的餐桌，才堪堪停了下来。陈鹤森伸手兜住她的臀，将她抱坐在餐桌上，他西裤的面料时不时擦过她的小腿。

梁蔚呼吸紊乱，他手上微凉的温度还是让她下意识地贴紧了他几分。梁蔚将脸埋在他的颈窝里，一呼一吸间，都是他身上干净清冽的气息。梁蔚不知道该怎么形容这种感觉，直到察觉他的身体的变化，略显慌乱地揪紧了他的袖子，小声说："我这里没有那个。"

陈鹤森喉结微滚，声音里染上了几分情欲色彩，他克制地亲了亲她的嘴角，沉声说："不做什么，就亲一亲。"

他的手指抽走时，梁蔚双手撑着桌子才勉强支撑住自己。她低头整理着衣服，听到他沉沉地叹了一口气，似乎带着几分无奈的意味。

梁蔚抬头，他今天穿了件白色衬衣，领口处的扣子解开了，耳后的那块皮肤有点儿泛红。看得出来，他似乎也不太好受。

梁蔚嘴角微弯，陈鹤森将她的表情尽收眼底，重新搂着她，薄唇微抿："很开心？"

梁蔚笑起来："你很难受吗？"

他没说话，一副"你说呢"的反问表情。梁蔚探身要去亲他，陈鹤森偏开头，伸臂挡了一下，淡笑道："这会儿别招我。"

梁蔚伸手抱住他的腰，调皮地说道："那你刚才别吻我啊。"

陈鹤森低低笑了一声，颔首说："对，我刚才确实应该忍住不吻你。"

话音落地，陈鹤森又低头碰了碰她的唇，最后松开了她："我出去抽根烟。"

陈鹤森拿了烟盒和打火机到阳台上。他从烟盒里抽出一根烟，脑海里不可控制地浮现刚才指腹触碰她时的触感，心头刚被强压下去的躁动这会儿又有蠢蠢欲动的趋势。他摇摇头，赶走这些画面，悠悠然点了一根烟。

梁蔚化妆出来时，陈鹤森刚好抽完一根烟。

两个人一同出门，陈鹤森牵住她的手，梁蔚闻到他身上的烟味，轻声问："今晚吃饭就他一个人吗？"

"应该还有别人，"陈鹤森侧目看她，"怎么了？"

梁蔚摇头："没什么，毕竟是你的朋友，还是有点儿紧张。"

陈鹤森说："上次见邬胡林，你不是还挺平静的？"

"那能一样吗？我和邬胡林毕竟是高中同学。"

陈鹤森笑着点头："也是，我们坐会儿就走，不会待太久。"

车子开到半路，经过一个街口停下来时，陈鹤森的手机就响了起来，是那个林衡打来的。

陈鹤森淡淡地说道："在路上了，你们先吃，不用等我们。"

林衡笑着说："那哪儿成啊，毕竟又不是桃子，以前大家也没见过面，不然你现在这个女友要觉得我们不懂事了。"

陈鹤森眉心微蹙，淡淡地说道："她不是这样的人。"

林衡意识到他语气不对，立马换了个话题："得，我们还是等着吧，还要多久？"

陈鹤森瞥了一眼搭在方向盘上的手腕："大概二十分钟。"

"好嘞。"

陈鹤森挂了电话，梁蔚说："你朋友吗？"

"嗯。"

红灯变绿，前方的车流有了松动的迹象，梁蔚也没再多问，低头玩着手机，过了这个路口，车子再开了十几分钟就到了约好的那家日料店。

梁蔚和陈鹤森下车，径直走进店里，有服务员迎了上来，陈鹤森报了包间号后，服务员引着两个人到包间去。

包间拉门被推开，里头有两男两女，坐在靠近门口方向的男生见到两人，便高声说道："陈鹤森，来晚了啊，让我们等够久了，先喝两杯。"

男生给陈鹤森倒了杯酒，陈鹤森接过杯子，一饮而尽。

林衡朝梁蔚看去，撺掇道："嫂子也喝一杯？"

梁蔚正要开口，陈鹤森伸手挡了一下："她不会喝酒。"

林衡大大咧咧地放下杯子："不会喝啊，那就不为难嫂子了。"

梁蔚扯了个笑容。

这一顿饭，梁蔚全程绷紧了神经，如坐针毡。其间她借口去上了趟洗手间，陈鹤森的眼睛一眨不眨地盯着她："要我带你去吗？"

梁蔚摇头，小声说："我认识路，你和你朋友多聊一会儿。"

走出包间，梁蔚长嘘了一口气。她拉住路过的服务员问了句卫生间在哪儿，便按照服务员指示的方向走去。进了隔间，她前脚刚关上门，后脚似乎就有人进来了，高跟鞋敲击着地面。

梁蔚没多留意，直到一些熟悉的字眼传入耳里。

"陈鹤森带来的那个女生看着就没桃子好啊，也不知道陈鹤森看上她什么了。"

"是没桃子大气啦，喝杯酒都不愿意，不过我觉得他们俩也长久不了。"

"为什么啊？"

"还能为什么？毕竟陈鹤森和桃子初中就认识了，而且他们两个人还是彼此的初恋。男人嘛，对初恋总是难以释怀，你不觉得那个女生长得和桃子也有点儿像吗？"

"还好吧，我倒是不觉得两个人长得像。不过你说得对，初恋对男人来说确实不容易忘记，我以前谈的那个渣男友，一边和我谈着，还一边和他的初恋藕断丝连，我当时拿他的手机看到那些聊天记录时，真比吃了苍蝇还恶心。"

梁蔚全程没出声，手指一直搭在门把手上，直到微麻的酸意袭来。梁蔚猛然抽回了手，手背陡然撞上隔板，又传来一阵痛意。

外头的两个人的声音不知何时停了。

梁蔚没有察觉。她是想今晚表现得大方得体点儿，但好像无论怎么心理暗示，她还是像一个演技拙劣的三流演员，无法做到落落大方。

喉咙似被什么东西哽住，沉甸甸地顶在那里，让她喘不过气来，鼻腔里涌上一丝酸楚之意，她低着头，白色瓷砖缝隙间的污迹在视野里渐趋模糊。

包间门被推开，两个女生走了进来。

陈鹤森朝她们身后看了一眼，并没有见到梁蔚的身影，眉心一蹙。

林衡注意到他的眼神，戏谑地说："怎么，一会儿没见就着急了？"

林衡问其中的一个女生："曾霖，刚才去卫生间看到鹤森的女朋友没有？"

被叫到的女生闻言，下意识地看了一眼另外那个女生，想起刚才隔间的那声闷响，挤出了一个笑容："没看到啊。"

闻言，陈鹤森直接起身："我出去一下。"

林衡说："别啊，又不是小孩子，一刻没看见就会走丢了。"

可陈鹤森头也不回地出了包间。

梁蔚没在洗手间待太久，出来时，那两个女生已经不在了。她洗了手，透过镜子看了一会儿自己的眼睛，好在并不是太红。她暗自松了一口气，抬脚走出洗手间，转了个弯，就看到站在墙边等她的陈鹤森。她脚步一顿，他低头抽着烟，脸色看上去不太好看。

梁蔚没来由地心跳慢了半拍，她朝他走近，挤出个笑容："你怎么来了？"

陈鹤森掐了烟，将烟头扔到旁边的垃圾桶里："怕你迷路。"

梁蔚摇头，微微笑了一下："怎么会？虽然我有点儿路痴，但还不至于到这个地步。"

陈鹤森将视线落到她微湿的眼睫上，皱紧眉头："刚才哭了？"

梁蔚目光微动，陈鹤森低叹一口气，长臂一伸，她就落入他宽厚的怀抱里。梁蔚的脸埋在他的颈窝里，鼻间尽是他的气息，似乎连带着低落的情绪都消散了不少。

陈鹤森环在她腰间的手臂收紧了点儿，他听到她温柔地说："没有。"

两个人站着抱了一会儿，不时有人经过。

陈鹤森旁若无人，梁蔚有些难为情地在他温暖的臂弯里抬起头："我们回去吧，出来太久了。"

陈鹤森眉目未动："你在楼下等我，我回包间拿外套和你的包，等会儿我们就回家。"

梁蔚握住他的手腕，迟疑地说："这样会不会不太好？毕竟是你的朋友。"

"哄女朋友比较重要。"他说。

梁蔚没再多说，她确实也不想再回那个包间。她没有那样长袖善舞的本领，在一群对她有敌意的人跟前还笑颜相待。

陈鹤森回来得很快，梁蔚没等太久，就看到他手上拿着她的包，从楼梯口下来了。梁蔚刚接过他递来的包，他的手机就响了起来，余光里扫到手机屏幕上是"林衡"两个字。

梁蔚没出声，陈鹤森也没有接电话，径直挂断电话后放入了裤袋里，说："回去想吃什么？"

梁蔚脑子迟钝，没明白过来他的意思，倏地扭头看过去："什么？"

陈鹤森眉眼间染上笑意，他反问道："刚才我不是说了要哄女朋友？"

梁蔚目光微惊："你要下厨吗？"

陈鹤森不置可否地挑了挑眉："想吃什么？"

梁蔚有些纠结："我也不知道，你看着来吧。"

陈鹤森拎出车钥匙："那我们先去一趟超市。"

这家日料店附近就有一个大型商场，两个人并肩走了过去，其间陈鹤森的手机又响了两次，梁蔚轻声开口："你接吧。"

陈鹤森对上她看来的视线，眼眸沉静，犹豫了片刻，从裤兜里掏出手机。梁蔚有意要避开，刚挪动脚步，陈鹤森伸手扣住她的手腕，把她拽了回来。梁蔚的整个身体随着力道靠上他的胸腔，额头贴着他的下颌，她微微抬眼，撞上了他刚好低下来的漆黑眼眸。

陈鹤森没拿手机的那只手，手指轻轻按了一下她的眉毛。他又抬起头，眼睛看着前方，按了接听键，把手机放在耳边。

林衡说："真生哥们儿的气了？我刚才问过曾霖她们了，她们俩在卫生间说了些话，估计被你女朋友听见了，那话确实讲得有点儿过头了。要不这样，你把你女朋友的电话给我，我给她道个歉。"

"不用，我带她来见你，无非是因为你这么久才回国一趟说要见面。"陈鹤森淡淡地说道，"我要是没去，多少有点儿说不过去。"

林衡叹了一口气："我知道，只是桃子好像还没——"

陈鹤森眼神微沉，打断他的话说："林衡，我已经有女朋友了。"

梁蔚下意识地抬头，他的下颌线紧绷着，似乎是察觉她的视线，他的脸色稍微缓了缓，屈起手指轻弹了一下她的额头，用唇语问：看什么？

梁蔚摇了摇头。

林衡听陈鹤森这么说，便没再废话："行，哥们儿多管闲事了。"

陈鹤森拿下手机，梁蔚抿了抿唇："你朋友没生气吧？"

陈鹤森看向她，淡淡地说："他有什么好生气的？"

两个人到了超市，买了些食材，从商场出来后，陈鹤森叫的代驾也到了。

陈鹤森把买来的食材放到后备厢，才坐进后车座，说："去你那里还是我那里？"

梁蔚："我那里吧。"

陈鹤森点头："行。"

梁蔚朝代驾说："世纪城小区，谢谢。"

代驾应了声"好"，把车子开出了停车场。

梁蔚转头看向窗外，听到陈鹤森问："是不是过不久就要跟组了？"

梁蔚："应该下个月。"

陈鹤森笑了笑："那我们不是很快就要异地了？"

梁蔚顿了两秒，陈鹤森又说："那得抓紧这几天多待会儿。"

梁蔚"嗯"了一声。

车子很快就到了她家楼下，陈鹤森付了钱，又去后备厢拿食材。梁蔚伸手要去帮忙，他挡开了她的手，抬了抬下巴："走吧。"

梁蔚开了门，陈鹤森走了进去，把买来的食材放进冰箱。梁蔚洗了手，走到他身边："我帮你洗菜吧，你要做什么？"

"虾仁炒意面。"陈鹤森说，"你坐着玩手机去。"

梁蔚从袋子里拿起一个洋葱："我帮你吧。"

陈鹤森扬起眉梢，拿过她手里的洋葱放在案板上，看着她说："我不知道那些人说了什么，但希望你别把那些话放在心上。"

梁蔚手指颤了颤，从喉咙里挤出一个"嗯"字。

他捏着她的下巴微微抬起，低头吻住她的唇，撬开她的牙关，与她唇舌纠缠。刚才在洗手间门口，看到她眼睛通红的那一刻，他就想吻她了。

梁蔚无力地攀着他的肩头，他的唇落到她的颈侧，两个人呼吸灼热，眼看快收不住了，直到她的胳膊肘碰倒了料理台上的一瓶番茄酱。陈鹤森这才松开她的唇，额头抵着她的额头，又低低叹了一口气，略显无奈地说道："今晚就不该带你去见他们。"

他似乎对这事还抱有歉意。

梁蔚扯起一丝笑容："我现在真没事了。"

梁蔚和苏淼又熬了一个月才将《冬夜》的剧本完整版发送给徐导，一周后，徐导顺利通过，同时也确定了《冬夜》的开机时间。利用跟组前几天的空余时间，梁蔚和陈鹤森一起回了趟抚市。

梁蔚没有事先通知周珍，两个人到了抚市进电梯的时候，还碰上了李阿姨。李阿姨一见到陈鹤森，便热情地说道："哎，陈医生你来抚市玩啦。"

陈鹤森笑了笑："对，陪蔚蔚回来的。阿姨，您叫我小陈就行。"

李阿姨"唉"了一声："上回真是麻烦你了，你来这里待几天？要不明天中午你和蔚蔚来阿姨家吃饭？"

梁蔚适时出声："阿姨，不用麻烦，我们就待一天，明天就回雁南城了。"

李阿姨叹气："这么匆忙啊，怎么不多玩两天？"

梁蔚轻声解释："我后天还要出差。"

李阿姨点了点头："是吗？听你妈说你工作挺辛苦的，那你记得在外面照顾好自己。"

李阿姨又看向陈鹤森："梁蔚啊，哪里都好，就是太瘦了，这身体可得调养好，不然以后生孩子会很辛苦。"

梁蔚面上一热，颇为不自在，反观陈鹤森倒是一脸闲适从容的样子，他笑着看了一眼梁蔚："您说得对，我以后会多注意的。"

梁蔚倏然扭头去看陈鹤森，陈鹤森也看了过来，挑了挑眉："看什么？"

梁蔚动了动唇，正欲说话，电梯门开启。等李阿姨走了出去，梁蔚这才低声说："你要注意什么啊？"

陈鹤森圈了圈她纤细的手腕，正色说："李阿姨那话说得确实有道

301

理，你是有点儿瘦了，需要好好调养身体，不为了别的，就是为了你自己的健康也得多注意。"

梁蔚耳根发烫："我的身体挺好的。"

陈鹤森轻笑了一声。

梁蔚总觉得他这声笑落在耳畔，有些意味不明，无端让人心悸，所以电梯一到七楼，她就松开他的手，率先走出了电梯。

陈鹤森戳在原地摇头笑了笑，而后提步跟了出来。梁蔚抬手按门铃，听到里头的脚步声靠近门口，周珍隔着门问了句："谁啊？"

梁蔚出声："妈，是我。"

周珍一边开门，一边嘴上念叨道："你不是有家里的钥匙嘛，按什么——"

她在看到梁蔚身后的陈鹤森时，话音戛然而止。

陈鹤森率先打招呼："阿姨好。"

周珍这才收回神，伸手去掐了梁蔚的胳膊一下："你这个死孩子，鹤森要过来，你怎么也不提前说一声？"

梁蔚无辜地说："是他不让说，怕你们又要忙活。"

陈鹤森也说："是我的主意，阿姨，您别怪蔚蔚了。"

周珍把门打开了点儿，又去鞋柜里拿了双拖鞋给陈鹤森："其他鞋子今天刚好拿出去洗了，这是她姥爷的，你将就着穿。"

陈鹤森低头穿上拖鞋："好，没事。"

两个人走进客厅，陈鹤森问："怎么没见姥姥和姥爷。"

他开口语气自然，梁蔚听了不禁怔了怔，好像两个人是结婚已久，突然回她娘家串门似的。周珍从厨房里倒了杯水出来，递给陈鹤森："这两天他们老两口住在小姨那边。"

陈鹤森接过水，自己没喝，随手递给了梁蔚。周珍瞧见这一幅画面，心里欣慰，但面上没怎么表露，说："你这次来，就多玩两天。"

梁蔚喝了两口水，打算将杯子放回茶几上时，陈鹤森伸手拿走她手中的玻璃杯，递到唇边喝了几口水："我们明天就回雁南城了，梁蔚后天还要跟组。"

周珍叹了一口气，去看梁蔚："又要出差了，这次要多久？"

"估计要三个月吧。"梁蔚说。

周珍又说："我先去把你的房间的床单换一下，鹤森，你晚上就住家里？"

陈鹤森把杯子放在茶几上，微微一笑："阿姨，不用麻烦了，我订了酒店，晚上住酒店就行。"

周珍想了想，说："那也行，你和蔚蔚在家里休息一会儿，我去附近的菜市场买点儿菜。"

周珍回了趟卧室，拿上了包和外套，又出了门。

门被关上，房间里只剩下两个人，气氛一时有些暧昧。

梁蔚忽然有些无所适从，拿手机看了一眼时间，离晚饭时间还有两个小时，便提议说："要我带你去逛逛吗？"

陈鹤森扬唇："去你转学的高中转转？"

梁蔚顿了下，答应："好。"

抚市一中离梁蔚住的小区不远，两个人步行过去也就十来分钟。

梁蔚带着陈鹤森抄小道，穿过曲折的小巷子："以前读书那会儿，晚自习回家都不敢往巷子里走。"

陈鹤森牵住她的手，笑了一下："为什么？"

梁蔚不大好意思地说："嗯，就是这条巷子的下水道，偶尔会有老鼠冒出来。"

陈鹤森眼神戏谑："也怕这个？"

梁蔚："嗯，连图片都看不得的那种。"

陈鹤森问："仓鼠呢？"

梁蔚咬了咬唇："一样害怕。"

陈鹤森偏头看了她一眼："看来我女朋友胆子很小。"

"其实也还好。"梁蔚说，"不过蛇，我倒是不怕。"

这时，迎面走来一对牵着手的老年夫妻，两鬓发白。男人个子很高，穿着灰白的格子衬衣，从他们身边经过。

梁蔚忍不住回头看了一眼，陈鹤森也顺着她的目光看去。梁蔚收回目光，语气艳羡地说："这样的感情真好，老一辈的人一般性格比较内敛，很少能看到这样大的年纪还在街上牵着手走路的爷爷奶奶了。"

陈鹤森笑了笑："还是有的。"

梁蔚："陈阿姨和陈叔叔的感情一定很好吧？"

陈鹤森低眉看着她，"嗯"了一声："他们俩感情是很好，每年不管工作多忙，都会一起出去旅游。"

说着话，两个人很快就到了抚市一中门口。

寒假早就结束，今天刚好是周末，抚市一中除了高三学生还在上课，其余年级的学生都在放假。

梁蔚和陈鹤森进去时，保安没拦着。

陈鹤森说："你高三也是在那座教学楼上课？"

梁蔚点头。

陈鹤森看向教学楼："哪一间教室？"

梁蔚伸手指了指三楼第一间教室，陈鹤森问："你们高三的班主任怎么样？"

梁蔚皱眉："有点儿像高一的那个林老师。"

陈鹤森高一的时候没少去6班找邬胡林，对于那个林老师也有点儿印象。

"那不是没波哥开通？"

梁蔚点头："我转学那会儿，波哥还给我发过信息。"

陈鹤森笑了笑："发什么了？"

"让我好好学习诸如此类的。"

陈鹤森低笑一声："是他会做的事。"

梁蔚忍不住说："我们今年过年一起去看看他吧……"

陈鹤森："好。"

两个人经过篮球场，场上有男生在打球。

梁蔚的目光落在操场上奔跑的少年身上，三月份的天气，那些男生似乎不怕冷，就穿着薄薄的长袖T恤，额头上还覆了一层薄汗。

这时有个男生不小心把篮球朝他们所站的方向扔了过来，球落在地上又弹了两下，最后悠悠地朝陈鹤森的鞋头滚来。

陈鹤森抬了抬腿，用脚尖轻轻碰着球，篮球受阻停了下来。陈鹤森俯身捞起球，手腕一抬，将球朝男生扔了过去。

那男生稳稳地接到球，少年老成地吹了声口哨："谢了，帅哥。"

梁蔚忍俊不禁，嘴角的笑容还未退去，突然听到陈鹤森问："高三的时候，是不是很辛苦。"

梁蔚目光微微一闪，眼底的笑意淡了点儿，她轻描淡写地说道："还好，没什么辛苦的，大家不都是这样过来的吗？"

陈鹤森盯着她的眼睛看了片刻，才缓缓说道："突然换到一个新环境，就没有不习惯的地方？"

梁蔚如实说："一开始还是有的。"

陈鹤森柔声问："在这边有没有交到什么朋友？"

梁蔚的视线落到操场上，声音轻而缓："没有，抚市一中学习压力比较大，到了高三，大家除了学习，都没有闲心做别的事。"

见她目光黯淡，陈鹤森想起他母亲说的关于她父母之间的事，皱起眉头，想说些什么，但最后还是没有问出口。

他能感觉到这件事似乎是她心里的一根刺，而她似乎也不愿意让他知道。

两个人原路返回后，还未进家门，就听到里面传来了姥姥和小姨的说话声。梁蔚看了一眼身后的陈鹤森，说："我姥姥回来了，我小姨也在。"

陈鹤森勾起嘴角，不太在意地说道："我又不是没见过小姨。"

"人多，我怕你不自在。"

陈鹤森垂下眼眸看她："以后总要接触的，现在先习惯习惯。"

梁蔚没理解他这话的深意，拿出钥匙开了门。

周晓蕾一听见动静，就从客厅走了过来："你们上哪儿去了？"

梁蔚回答："带他去我的高中逛了逛。"

陈鹤森和周晓蕾打了招呼，又走去沙发边，陪姥姥和姥爷说了会儿话。

饭后，陈鹤森坐了一会儿，眼看时间差不多八点了，准备回酒店。梁蔚送他下楼，陈鹤森订的酒店就在她家附近，穿过一条马路就到。

陈鹤森松开她的手，似笑非笑地看着她："晚上真不陪我去住酒店？"

梁蔚迟疑："我妈还在呢。"

陈鹤森笑了笑，也没强迫她："早点儿休息。"

梁蔚回到家里，周珍从卧室出来，看了她一眼："鹤森走了？"

梁蔚点了点头。

周珍欲言又止:"他大老远过来,让他住酒店是不是不太好?要不你去陪他?"

梁蔚看了周珍一眼,笑了笑说:"我以为你不想让我和他待在一起。"

"你们都是成年人了,又不是高中生。再说,鹤森看着也不像是不靠谱的人。"周珍顿了顿,言语直白地说道,"不过你自己也要做好措施,毕竟你是女孩子。"

"妈,我知道了。"

走进房间,梁蔚去洗手间洗脸时,不知是不是因为刚才周珍说的那些话,对他一个人住酒店的事有点儿耿耿于怀。洗完脸出来,梁蔚还是拿起手机给陈鹤森发了条信息,说要过去找他。

梁蔚打开房门,周珍在厨房里忙碌,见她从卧室出来,便问道:"要去找鹤森?"

梁蔚有些难为情,轻轻地"嗯"了一声。

周珍说:"那你去吧,明天要不要回来吃早餐?"

梁蔚坐在玄关处穿鞋:"我们明天在外面的店铺吃早餐就好了,你不用特意给我们准备。"

出了门,梁蔚进了电梯,手机屏幕便亮了起来,是陈鹤森打来的电话。梁蔚按了接听键,听到他在那端问:"出门了?"

梁蔚说:"在电梯里。"

话音落下,她就听到他那边的关门声,下意识地说:"你是刚回酒店吗?"

"不是,"陈鹤森低声笑,"出去接你。"

梁蔚:"就几步路而已。"

陈鹤森:"酒店门口见。"

陈鹤森挂了电话,手机里进来一条信息。陈鹤森点亮手机,看清那个号码和底下显示的信息,眉头一皱,没有点开信息详情,手指往左滑动了一下,直接删除了这条信息。

出了小区,走到人行道上,梁蔚一抬眼就看到了对面的陈鹤森。他站在马路上,没穿外套,身上是一件黑色圆领衫,举着手机贴在耳边，抽着烟，脸上没什么表情。

梁蔚站在人群中静静地看着他，不知为何，竟有种回到高中时的错觉。那个时候，他不曾注意她，而她只有在同学都看向他时，才敢将目光偷偷落在他身上。

红灯变绿，梁蔚随着人群朝他走近。

陈鹤森抽了口烟，抬眼看来，烟雾模糊了他的面孔。他在人群里找了一会儿，才将视线落在她的脸上。在她近身之前，他已把烟掐灭。

陈鹤森说："阿姨没说什么？"

"能说什么？"她浅浅地笑了笑，"我们都是成年人了，又不是高中早恋。"

陈鹤森的神色一瞬间有些凝滞，他想起刚才邬胡林打来的电话，提及梁蔚手头接的这部剧陶遥会参演。他今天会提议去她的高中，不过也是想趁着这个机会说清一些事，可她似乎连谈都不愿意谈，回避的情绪很明显。

陈鹤森也不愿意逼迫她，反正两个人还有很长的时间，他可以慢慢来。

陈鹤森去牵梁蔚的手，梁蔚看了一眼他身上的黑色圆领衫："你怎么没穿外套就下来了？"

陈鹤森："没注意。"

人行道距离他订的酒店还有两百米，旁边有一家奶茶店，有几个穿着校服的学生在排队买奶茶，时不时传来她们的嬉笑声。

梁蔚顺势看了一眼，陈鹤森留意到她的视线，捏了捏她的手："要不要喝，去给你买？"

梁蔚脚步微顿，抿了抿唇："好。"

"要什么口味的？"

"茉莉奶绿。"

陈鹤森抬眼："还是喜欢喝这种的？"

梁蔚意外："你怎么知道？"

陈鹤森随口说："邬胡林提过。"

奶茶店门口都是学生，他一个成年人突然去排队，倒显得有些奇怪，不时有女学生转过脸偷偷瞄他。

陈鹤森对此熟视无睹，排在陈鹤森前面的女学生壮着胆子问了一句："哥哥，你也喜欢喝奶茶吗？"

"不喜欢。"陈鹤森说，"给女朋友买的。"

女学生"哦"了一声，又转过头去。

陈鹤森排了将近十分钟才拿到奶茶，梁蔚拆开吸管包装纸，戳了两下。她吸了口奶茶，软糯的珍珠滑入唇舌间，咀嚼时有淡淡的甜味。

陈鹤森问："好喝吗？"

梁蔚眉眼微弯："嗯，味道不错，不过和学校门口的那家比，还是有点儿不一样的。"

陈鹤森："那下次回雁南城，带你去尝尝。"

回到酒店，陈鹤森拿房卡刷了一下门。梁蔚进了房间，把喝了一半的奶茶随手放到桌上，陈鹤森的手机又响了起来，他站在窗前接起电话。

梁蔚打开了电视，坐在床上。

这家酒店在抚市算不上好的，一晚两百块的价钱，空间也不是太大。梁蔚建议陈鹤森订另一家酒店，但陈鹤森似乎并不太在意这些方面，最后还是订了这家离她家小区比较近的酒店。

听他说话的语气，好像电话那头的人是陈阿姨，陈鹤森没讲太久电话，差不多说了五分钟就挂了。

梁蔚扭头看去："陈阿姨？"

陈鹤森把手机撂到桌上，点了点头，走到她身边："后天几点的机票？"

梁蔚："九点。"

陈鹤森问："和苏淼一起？"

梁蔚"嗯"了一声，陈鹤森开口："你那部剧叫什么？"

梁蔚调频道的动作一滞，她抬眼看向他："你怎么突然好奇这个？"

陈鹤森散漫地问："不能说？"

梁蔚咬唇，正要试图开口说陶遥也会参演这部电视剧的时候，突然陷入昏暗中。她身体一僵，下意识地伸手攥住了陈鹤森的胳膊，陈鹤森反手握住她的手，修长的手指插入她的指缝间，与她十指相扣。

陈鹤森看向窗外，外头也是一片黑暗，他的声音低沉地响起："断电了。"

听到他的声音，她因为断电而陷入恐慌的心瞬间就平静下来，过了一会儿，她的眼睛慢慢适应了黑暗，依稀可以辨别出他的身体轮廓。

陈鹤森说："别担心，过一会儿酒店应该就会发电了。"

梁蔚轻轻地"嗯"了一声，又往他的身体贴紧了几分，忽然听到他叹息一声。

梁蔚抬头，额头磕到他的下巴，有点儿痛："你为什么叹气？"

"突然不知道该拿你怎么办。"他说着，话里还带着淡淡的笑意，只是这笑并不太轻松。

梁蔚皱眉，不太明白他话里的意思，正欲再问，他突然低下头，堵住了她的嘴唇。视野陷入黑暗中，感官就变得敏锐，梁蔚的脊背贴上身后柔软的床铺，他微凉的指腹滑过时，激起了一阵电流，这种感觉有些陌生。

梁蔚紧张地握着他的手臂，低声提醒："窗帘没有拉上。"

他仍旧吻着她，没有动弹，声音低哑地应声："嗯……"

梁蔚推了他一把："陈鹤森。"

陈鹤森抬起头，目光锁着她。梁蔚气息微喘，胸膛起伏。两个人在黑暗里对视了一会儿，陈鹤森亲了一下她的额头，伸手将她的衣服拉了下来，翻身坐了起来。

梁蔚坐起身，睨见陈鹤森伸手去掏烟盒，抿了抿唇，轻声说："我帮你。"

她伸出手，只是还未碰到他，就被他握住了手。他倾了倾身子，灼热的呼吸落到她的耳畔，梁蔚觉得整个身子都在发烫。

"真要帮？"

"你不是不舒服吗？"

陈鹤森哂笑："是不舒服。"

梁蔚被他扣住的手指动了动，陈鹤森盯着她，手上的力道不自觉松了点儿。

他的手掌很大，干燥温暖地包裹着她的手。黑暗中，他的呼吸急促，梁蔚依稀可以看出他紧皱着眉头，清俊的面孔上带着她不曾见过的表情。这种感觉很奇异，在她眼里，他几乎是光风霁月的。

到最后，他低低闷哼了一声，梁蔚的睫毛跟着颤动了一下。

一切恢复静谧，空气里多了几分他的气息。

陈鹤森收拾好自己，抽了几张纸巾给她擦手，声音有点儿哑："去洗个手。"

梁蔚如梦初醒般面红耳热地快步走到洗手间，脸上的热度仍未退去，冷水冲刷着手指，拉回了她的注意力。

洗完手出来，灯光大亮，她有些不适地闭了闭眼，再睁开眼时，陈鹤森背对着她，脱了身上的圆领衫，露出紧实的小腹。他套了件白色的短袖，回头时，两个人的视线不偏不倚地撞上。

陈鹤森挑了挑眉："洗好了？"

因为刚才的事，梁蔚多少有些不敢直视他。她装作去拿桌上的矿泉水瓶，拧了几下，没拧开瓶盖，陈鹤森伸手过来帮她拧开瓶盖后，又将瓶子递给她。

梁蔚目光微抬，瞧见他微红的耳郭，目光微顿。陈鹤森低笑："吓傻了？"

梁蔚摇头，低头喝了口水："才没有，我又不是小孩子了。"

陈鹤森意味不明地说道："嗯，确实不是小孩子了。"

他这话里多了几分别的意思，梁蔚的心跳漏了一拍。

回到雁南城的第二天，梁蔚和苏淼订了同一趟航班去了南边的淮城。客舱里，苏淼一直在和梁蔚聊天，梁蔚倒有些心不在焉，就连苏淼都看出了她的异样，问她是不是哪里不舒服。

梁蔚淡笑："没事，可能是因为我昨晚没睡好。"

苏淼说："那你趁现在眯一会儿吧，晚上剧组还要请吃饭，估计要弄到很晚。"

梁蔚低低"嗯"了一声。

她们的航班准点到达淮城，然后两个人又坐车到酒店办理入住，折腾一番后已经是上午十点。

回到各自的房间后，梁蔚把行李箱打开，翻出电源，给手机充上电。微信进来一条消息，是陈鹤森发来的，问她到酒店了没。

梁蔚给他回了信息，房间里响起敲门声，她去开门，是苏淼。

"要不要一起去附近吃点儿东西？"

"好，你等会儿。"

梁蔚又折回房间，拿了手机和充电宝，同苏淼一块儿出门。苏淼说："我看到陶遥的站姐发了照片，好像陶遥已经到淮城了。"

梁蔚的眼皮跳了一下："是吗？他们也住这家酒店？"

苏淼笑着说："那倒没有，陶遥住的酒店都是五星级的，她怎么可能和我们一起住这里？"

梁蔚想想也是。

两个人吃完了午饭，苏淼没回自己的房间，而是来梁蔚的房间坐着，两个人聊了会儿天。剧本已经完成，她们跟组的生活基本算不上辛苦，除了在拍摄过程中演员对剧情有意见，需要改动，平常基本上就不会有什么其他的事。

陈鹤森打来电话，苏淼瞧见她的手机屏幕上的来电显示，心领神会道："你男朋友的电话？"

梁蔚点了点头，按了接听键。

苏淼指了指门，示意说："那我先回房间了。"

梁蔚"嗯"了一声，送苏淼到门口，刚关上门，就听到陈鹤森问："在和谁说话？"

梁蔚回道："苏淼，你现在不忙吗？"

陈鹤森笑说："刚从食堂出来，给你打个电话。"

两个人没聊太久，陈鹤森就要去忙了。挂了电话之后，梁蔚坐在床头，总觉得他打这通电话，似乎是想跟自己说什么。梁蔚重新拿起手机，给陈鹤森发了条信息，问他刚才是不是想说什么。

过了几秒后，她收到了他的信息。

陈鹤森："是有些话想跟你说，不过还是当面说比较好。等过几天我有假期了，过去找你再说。"

梁蔚没有多想，给他回了个"好"字。

晚间，剧组请吃饭，徐东成导演订了一个包间。丁航小梁蔚一岁，倒也没什么明星的架子，穿了件灰色的连帽卫衣和黑色的运动裤子，跟大学生差不多，言行举止也很有礼貌，见到梁蔚和苏淼，直接称呼编剧老师。

他同两个人聊了几句，便去找徐东成导演了，苏淼倒挺激动的："他人不错吧？"

梁蔚说："是挺有礼貌的。"

苏淼说："其实我挺喜欢他的颜值的，希望这部剧能让他火，这小孩挺不容易的。"

两个人正说着话，包间门再次被推开。

梁蔚在低头回复姚知伽的消息，苏淼碰了碰她的胳膊，说："陶遥来了。"

梁蔚握着手机的指尖动了动，她慢慢抬起头，朝门口看去。

陶遥戴着黑色鸭舌帽，长发披散在肩头，身上是绿色格子外套搭配黑色小脚裤，衬得小腿纤长笔直，身材高挑。但即便她把自己遮挡得严严实实，依旧气质出众。

梁蔚蓦然有一种恍惚感，就听到身旁的苏淼啧啧感叹："女明星就是女明星，天生的衣架子，羡慕。"

梁蔚看到陶遥那一刻，几乎同时就想起了高中的自己，在得知陈鹤森喜欢的人是陶遥后，她坐在书桌前忍不住偷偷拿手机浏览陶遥的微博时的心情。

梁蔚忽然觉得包间的空气有些稀薄压抑，近乎喘不过气来，但知道这只是错觉而已。在她晦暗的高中生活中，她羡慕过陶遥，也有那么一瞬间脑海中闪过念头，希望自己能成为对方，而不是那个黯淡无光的梁蔚。

不是说人每七年都会完成一次全身细胞的更换吗？可为什么她再见到陶遥的这一刻，那些被遏制许久的自卑感仿若一个急剧膨胀的气球，似要胀破那层薄薄的壁垒，吞噬自己？

苏淼见梁蔚有些失神，又说道："我只是说我自己羡慕，你不用羡慕啦。说实话，我第一次看到你，也是很惊艳的好吗？"

梁蔚挤出一丝笑容："是吗？"

苏淼说："那还能有假吗？你要是去当演员，应该也会很吃香。"

梁蔚失笑。

那边陶遥摘了口罩，冲徐东成甜美地笑了笑："不好意思，徐导，路上堵车耽误了点儿时间。"

徐东成笑着说："没事，坐吧。"

其实这顿饭直到结束，梁蔚和陶遥都没说上两句话。除了刚开始，徐东成给两位主演介绍梁蔚和苏淼，陶遥看过来时，眼神在梁蔚身上停留了几秒，两个人便没有多余的接触。

《冬夜》拍了半个多月，梁蔚和陶遥除了工作上的必要交流，再无更多接触。而陶遥拍完她的戏份，基本就直接回房车里休息，这对梁蔚来说算是松了一口气。

姚知伽这两天在淮城出差，昨天给梁蔚发了条信息，说今天要来找她，顺便一起吃顿晚饭。

今天一整个早上天气都不太好，淅淅沥沥地下着小雨，连带着温度都直降了好几摄氏度，原本要拍的外景戏直接延后，改成先拍内景戏。梁蔚今天没有去片场，在酒店房间里休息。

不知道为什么，她今天醒来鼻子堵塞得厉害。梁蔚找苏淼要了包感冒冲剂，拿开水泡好喝下，又躺回床上休息了。

梁蔚迷迷糊糊地睡了一觉，再次醒来是被手机铃声吵醒的，是姚知伽打来的电话，说她到酒店门口了，问梁蔚是在片场还是在酒店里。

梁蔚吸了吸鼻子："我在酒店里，现在下去接你。"

姚知伽说："现在离饭点还有点儿时间，不着急，我先去你的房间坐一会儿，等会儿我们再出去吃饭，你把房间号码告诉我。"

梁蔚说："302。"

梁蔚起床，到卫生间洗了把脸，再出来时，门铃正好响起。

梁蔚走过去开门，姚知伽看了她一眼："你的脸色怎么不太好？生病了吗？"

梁蔚关上门，拧开两瓶矿泉水倒入烧水壶里，声音带着鼻音说道："有点儿发烧。"

姚知伽把包放在桌上："吃药了没？"

"刚才泡了一包感冒冲剂，现在好多了。"

姚知伽说："行吧，要不我们等会儿叫外卖到酒店里吃就好了，你身体不舒服，还是别出门了。"

"没事，只是有点儿发烧而已，"梁蔚看向她，"出去吃吧，我等会儿顺便到诊所拿点儿药。"

话音刚落下，姚知伽的手机响了起来，她按下接听键，那端的人不知道在说什么，只听到她说："来找梁蔚啊，她不是跟组嘛，我这两天刚好也在淮城出差。今天刚忙完事，这不是约蔚宝一起吃饭嘛。我骗你干吗？要不然让蔚宝和你说话？哎，邬胡林，你烦不烦啊。"

梁蔚眼中闪过一丝诧异之色，等姚知伽挂了电话，她走了过去："你和邬胡林复合了？"

姚知伽不太好意思地点了一下头："嗯，我们又和好了。"

梁蔚替她高兴："真好，当初知道你们分手，我还觉得有些可惜，毕竟高中的时候邬胡林为了你，分科考试还故意考砸了。"

姚知伽说："那时候我们脾气都太急，觉得分了就分了，反正离了谁又不是活不下去。但真和他分开后，其实我心里还是放不下的。"

"后来我不是谈过一个男朋友吗？但不管那人对我有多好，我心里总是不得劲，总是不自觉地拿他和邬胡林对比。我也不知道这是为什么，或许因为我们是彼此的初恋吧，所以在对方心里总有点儿不一样的意义。"

梁蔚心口发胀："那是邬胡林提议复合的吗？"

姚知伽转过脸看向梁蔚，直言不讳道："他要是没先说，我也会说的，不过好在他先说了。"

梁蔚轻轻"嗯"了一声。

到了饭点，两个人出去吃饭时，临出电梯，刚好碰见收工回酒店休息的陶遥。她的助理跟在她身后，手上还提着几个玩偶。

因为这两天拍戏的场地就在这家酒店附近的小区里，所以陶遥这几天就一直住在这里，但梁蔚几乎从未碰见过她，却不巧今天碰上了。

陶遥看见姚知伽显然有些意外，但还是主动打了声招呼："知伽，你怎么来这里了？"

姚知伽笑了笑："来找梁蔚啊？"

陶遥的目光落在梁蔚的脸上："你和梁编剧认识？"

"我们是高中同学。"

陶遥若有所思地点了点头，倒也没和两个人多聊，便走进了电梯。

梁蔚和姚知伽走出酒店时，还看到门口站着几个年轻的姑娘，嘴里念叨着遥遥真美什么的。

姚知伽收回视线："陶遥怎么会认识你？"

梁蔚轻声解释："我跟的戏，她就是女主角。"

姚知伽表情微妙，看了一眼梁蔚，想说些什么，最后还是没说出口。

晚饭后，两个人也没久留。姚知伽还要赶明天的航班回去，梁蔚看着姚知伽坐车走了，这才按着导航的提示，到附近的诊所开了点儿药，慢慢走回自己的酒店。

南边的四月份，夜里还是透着点儿凉意的。

梁蔚回到酒店房间，反倒更觉得头重脚轻了，赶紧倒了杯水，就着药吞下去。把手机关了机放在床头，梁蔚便钻入了被窝。

这一觉睡得并不轻松，她似乎做了一场梦，梦到高中的自己和陈鹤森在影厅里看电影，可画面一转，又变成陈鹤森和陶遥两个人并肩坐在影厅的第一排，而她一个人坐在最后一排，遥遥看着他们低头耳语。

梦里的场景虚虚实实，梁蔚醒来时，出了一身冷汗。梦里那种酸涩的心情似乎还残留着，梁蔚缓了好一会儿才打开灯，抬手摸了摸额头，感觉额头的温度更高了。

梁蔚拿过手机，开了机。

五分钟前，陈鹤森给她打了一通电话，梁蔚吸了吸鼻子，回拨了电话。

电话立即就接通了，陈鹤森带笑的声音在她耳边响起："刚才怎么关机了？"

"起先想睡觉，就把手机关机了。"梁蔚说。

陈鹤森轻笑了一声："这么养生？来开门。"

梁蔚脑袋一蒙："开什么门？"

陈鹤森笑了笑说道："我不是说了过几天有假，就来看你吗？忘了？"

梁蔚反应过来，掀开被子，连拖鞋都没来得及穿，就跑出去给他开门。

陈鹤森站在门口，手机举在耳边。门陡然被打开，他愣了两秒，继而眉眼舒展，笑了一下："这么快？"

梁蔚站在原地，喉咙发痒，忍不住咳嗽了一声。

陈鹤森神色一凝："生病了？"

梁蔚掩着嘴："有点儿发烧。"

陈鹤森把手机放回裤兜里，走了进来，余光瞥见她光着脚站在地板上，眉头又是一皱："怎么没穿拖鞋？快去把鞋穿上。"

梁蔚走去床边找拖鞋穿上，一回头，陈鹤森就堵在自己面前，低头问她："吃药了没？"

梁蔚低声说："吃过了。"

"烧到多少了？"

"去诊所拿药的时候测了温度，三十八摄氏度。"

她脸颊潮红，嘴唇干涩。

陈鹤森拿手背试了试她的额头的温度，有点儿烫，现在估计不止三十八摄氏度了，他的脸色不是很好看："我去楼下向前台要体温计，你先回床上躺着。"

梁蔚点点头，觉得脑袋好像更重了，整个人轻飘飘的，像踩在棉花上。

陈鹤森开门出去之后，房间又陷入沉静状态。

梁蔚拿了手机过来，点开微信，才发现半个小时之前，陈鹤森还给她发了条微信消息，问她要酒店的房间号。

梁蔚疑惑，他最后是怎么知道她的房间号的？梁蔚正准备给姚知伽发条微信，问是不是她告诉陈鹤森的，这时陈鹤森刚才随手放在床头柜旁边的手机响了起来。梁蔚伸长手臂，将手机拿了过来，来电显示是一串号码，没有备注。

梁蔚按了接听键，刚把手机放到耳边，还未出声，就听到那边的女声传来："鹤森，听说你在淮城，我们能见一面吗？"

梁蔚没出声，只听那边的人继续柔声问："还有我上回给你发的信息，你是不是没——"

梁蔚吸了吸鼻子，出声打断她："他现在不在，等他回来了，我再让他给你回电话。"

那边的声音陡然停了，紧接着是挂断电话的声音。

梁蔚攥着手机，站在原地，却没有松了一口气的感觉。她无端想起知伽先前说的话："因为是彼此的初恋，所以在对方心里总有点儿不一样的意义。"

那陈鹤森呢？他心里是怎么想的？陶遥口中那条信息又是怎么回事？

随着这些杂想，梁蔚感觉自己的心脏被一根看不见的细绳束缚着，不断抽紧。她遇到陶遥后，那些想要尽力忽视的自卑感，就像一个密不透风的罩子紧紧裹着她，让此刻的她喘不过气来。

梁蔚陡然间似失去了所有力气，缓缓蹲下身子。生理上的不适、心理上的疼痛，双重挤压着她，压抑多年的那些情绪也顷刻间悉数涌了上来。梁蔚没想哭，泪水却无声无息地砸落下来。

陈鹤森推门进来，就看到她蹲在地板上的身影。陈鹤森当她是身体不舒服，快步走到她身边。她仰起脸，眼睛泛红。

陈鹤森蹲下身子，视线与她齐平，伸手要去碰她的脸，被她躲开。陈鹤森微微皱起眉头，手停在了半空中。

梁蔚伸手抹掉眼泪，似用尽了全部力气才开口："陈鹤森，我们分手好不好？"

陈鹤森身子一僵，目光牢牢锁着她，沉声问："怎么了？"

梁蔚摇头，不敢看他，怕下一刻自己就会反悔。眼前的这个人，不是别人，是她暗恋多年的男生。

"你答应我，好不好？"梁蔚吸了一口气，"和你在一起，我觉得好累。"

陈鹤森心口一紧，面色变得难看。他缓了好久，才艰难出声："别的事情都可以，唯独这件事，我没法答应你。"

梁蔚泪眼模糊地望着他："可我不想和你在一起了。我们在舒乔姐家见面的那一天，你就知道我以前暗恋过你是不是？还有我爸的事，我总是会忍不住想，你是不是因为同情怜悯我，才答应和我在一起。"

梁蔚咬着唇，顿了顿，继续说："还有陶遥……虽然你告诉过我，对你来说她只是过去的人，我也一直希望自己不去在意，可我还是做不到。我讨厌现在的自己，敏感、自卑、脆弱，可也没办法改变，这些缺陷已经融进了我的骨血里。我就是这样一个人，没法像你和陶遥那样，没有办法，即便我告诉自己我已经很优秀了。"

滚烫的泪水落在他的手背上，陈鹤森心口泛起密密麻麻的疼意。他一直知道她这些年过得不容易，在舒乔家遇见她，后来又无意间撞见她因为担心姥姥的手术情况，而一个人躲在楼道里抽烟。

一开始他会关注她，确实是因为当初的那张照片以及邬胡林酒醉时无意说漏的那句话。可随着两个人在医院接触得越多，他的目光就不受控制地被她吸引：她对她姥姥的悉心照顾，杨鑫被打时她故意摔了热水瓶的事，开车回去的路上两个人谈论医患矛盾时她静静听自己讲话的样子……

后来他又从他母亲和李菀口中了解到她的另一面，了解得越多，就越心疼她，只想对她好一点儿，再好一点儿。

以至那天去抚市一中，她回避了他问她高三生活辛不辛苦的问题，他也没有再逼迫她。收到她的信息，从酒店出来去接她的路上，接到邬胡林的电话得知陶遥参演她编的剧本，他当下确实有过一瞬的不安情绪。

在酒店的那一晚，他有意将话题往她的剧本上转，是想借此机会和她把那些事摊开，却因为突然断电被打乱了计划。

那晚他说不知道该拿她怎么办，这话不假。他确确实实不知道该拿她怎么办，这是他第一次对一个人束手无策，这样的情绪以前很少有。

陈鹤森用指腹轻轻擦拭她眼角的泪水，面色稍微缓了缓："我给你一段时间缓缓，但这并不意味着我同意分手。"

梁蔚睡下后，陈鹤森在她的隔壁另外开了间房。

陈鹤森关上房门，从裤兜里掏出手机，翻看了通话记录。他盯着一个小时前打来的那串电话号码，指尖动了动，按了回拨键。

他等了十几秒，电话才被接通，那边的女声略带试探道："鹤森？"

陈鹤森淡淡地应了一声："你刚才打过电话？"

陶遥面不改色道："对，刚才是我给你打的电话。"

陈鹤森眉心微蹙，从烟盒里掏出一根烟："什么事？"

"我的助理说刚才看到你在新景酒店出现，我就想给你打一通电话，约你见一面。"陶遥顿了顿，才问，"你现在方便吗？我们见一面。"

"在哪儿？"

"二楼咖啡厅。"

挂了电话，陈鹤森点了根烟，偏头看了一眼楼下堵得水泄不通的车流，脑海里浮现梁蔚红着眼睛说跟他在一起觉得好累的画面。

陈鹤森撑在窗沿上的手指轻轻敲了两下，直到抽完一根烟，他扔了烟头，拿上门口的房卡，走出了门。

二楼的咖啡厅，这个点几乎没什么人，有点儿冷清。

陶遥在位子上坐了一会儿才等到陈鹤森。他和以前一样，几乎没什么变化。陶遥眼睛一直盯着他，直到他拉开她面前的椅子坐下。

陶遥露出一丝笑容："你想喝什么？还是美式咖啡吗？"

陈鹤森把手机撂到桌上："不喝了，长话短说。"

陶遥点了点头："好，你现在是和梁编剧在一起了吗？"

陈鹤森目光笔直地看向她："林衡没告诉你？"

"林衡和我说过你有女朋友的事，"陶遥神色一僵，捧起手边的咖啡轻抿了一口，"那天我发的信息，你是不是没看到？"

"我看到了，"陈鹤森提醒她，"陶遥，我们已经分手四年多了。"

陶遥摇头："可我后悔了，鹤森。"

陈鹤森皱眉："我以为我们当初分手的原因，你很清楚。"

陶遥："我是清楚，当年是我做错了。那个时候我年龄小，认为圈里的人都这样，一时被迷了心智。"

陈鹤森神色疏离地说："我今天来见你，只是想告诉你，我已经有女朋友了。"

陶遥见陈鹤森起身要走，有些着急，忍不住口不择言道："那梁编剧呢？你觉得她这么年轻就能和徐东成导演合作，她会清白到哪里去？"

陈鹤森沉下脸来，回头定定地瞧了她片刻，良久后才说："她会和徐导合作，是因为舒乔姐介绍的。"

陶遥怔在原地。

"陶遥，我以为你不是个会随便臆测别人的人，看来是我看错了。"陈鹤森停了停，又说，"以后别给我打电话了，我怕她会误会。"

陈鹤森说完，快步离开。

陶遥失神地坐在位子上，怔怔地看着他离去的背影，原本光彩明亮的脸庞黯淡了几分。

她心里清楚两个人分手的原因在于她。当时两个人谈恋爱，年纪都轻，陈鹤森也不是很理解她的工作，后来又因为异地的关系，两个人见面的时间很少，也大大小小地吵过几回。那个时候，他们的感情已经走到了边缘，半个月联系一次的频率足以看出端倪。两个人真正说分手，不过是因为陈鹤森看到了她和林导的聊天记录。

那段时间，陶遥和另一个与她类型相似的女演员在竞争林导的一个电影角色。为了这事，陶遥私下请林导吃过几顿饭，两个人加了联系方式。那林导虽然名声在外，但人有点儿好色。

陶遥和他吃饭时，他就没少动手动脚。但陶遥不觉得这行为有什么异常，毕竟这个圈子里的人，为了资源汲汲营营，什么样的都有，而她只不过是被人占几下便宜。

陈鹤森最终还是和她说了分手，陶遥当下也就同意了，心里清楚即便没有林导的事，她和陈鹤森到最后也是会分开的。

她那个时候年纪小，虚荣心也强，身边的小姐妹的男朋友不是富二代，就是老总。有人问起她的男朋友时，她说是医生都总会惹来小姐妹们的调侃。久而久之，当有人再问时，陶遥也就打哈哈糊弄过去，不想讲实话。所以当时两个人分手后没多久，陶遥就和追她的一个富二代在一起了，后面又谈了一个，可相处越久，越觉得好像没有人比得上陈鹤森。

她空窗了两年多，想联系他却拉不下面子，直到从林衡那里知道他最近谈了女朋友。她那晚喝了不少酒，借着醉意给他发了条信息，说她想他了，但他始终没回这条消息。

陶遥这几天心神不定，后来见到了梁蔚，不得不承认那一刻有些慌乱。她一直以为他的女朋友应该长得一般，毕竟她在电话里旁敲侧击地问过林衡，林衡也在电话里开玩笑说比不上她，她也就没放在心上。直到她在包间里见到梁蔚，对方安安静静地坐在那里，脂粉未施，温柔的样子让人看见就忍不住想靠近。

今晚助理到楼下给她买晚饭回来的时候，说看到了陈鹤森。这个助理从她进娱乐圈后就一直跟着她，也认识陈鹤森，她才忍不住给他打了通电话。

陈鹤森从电梯里出来，经过梁蔚的房间，脚步微顿，看了一眼紧闭的房门，一言不发地盯了片刻后又收回视线，打开了隔壁的房门。

陈鹤森关上门，脱了外套直接丢在床上。他走到窗前站了一会儿，思绪复杂，直到放在外套里的手机响了起来。

陈鹤森回头，走到床边捞过床上的外套，取出手机，是邬胡林打来的电话。陈鹤森按了接听键，邬胡林玩笑着说："得，我还以为你现在没空接电话呢。"

陈鹤森抬手揉了揉眉头，淡淡地问："什么事？"

邬胡林说："能有什么事？就是刚才知伽给我打来电话，说你问她梁蔚的酒店房间号码，我这不是打个电话问候一下嘛。"

陈鹤森先前在姚知伽的朋友圈看到她和梁蔚的约饭图，后来再给梁蔚打电话，那端就有语音提示手机已关机。陈鹤森没办法，只好给姚知伽发了条信息，询问梁蔚的房间号码。

陈鹤森去掏烟盒，忽然听到邬胡林说："知伽前阵子告诉了梁蔚，你知道她以前喜欢过你的事……"

陈鹤森怔了两秒，低声骂了句脏话："你不早说！"

邬胡林"嘿"了一声："我也是刚才和知伽通电话才知道的，知伽说她和梁蔚吃饭的时候，还碰见了陶遥，哥们儿不是这就赶紧打电话来通知你一声嘛，让你心里有个底。毕竟你以前和陶遥谈过，那又是你的第一段感情，对女生来说心里多少有点儿硌硬的。"

陈鹤森咬着烟，含混地说道："晚了。"

邬胡林问："什么意思？你俩吵了？"

陈鹤森没答这话，邬胡林也明白，说："得，怪我当时多嘴。"

陈鹤森皱了一下眉，弹了弹烟灰："这和你没关系，是我们自己的问题，我应该早点儿和她把这件事说开的。"

不知道是不是药效起了作用，梁蔚这一晚睡得很安稳。

隔天醒来，鼻子里的堵塞感消散了不少，梁蔚伸手拿过手机看时间，手机屏幕里弹出一条微信消息。

梁蔚心里隐隐有种预感，伸手点开来，果然是陈鹤森发来的两条消息。

一条是早上六点发的，他说他的导师打来电话需要他回去一趟，并告诉她早餐已经买好挂在门口，让她记得吃。

另一条是在凌晨一点多发的，他解释了和陶遥分手的原因。

CHS："梁蔚，现在是凌晨一点，买来的烟已经被我抽了将近一半，但是我依然无法入睡。先前邹胡林打来电话，告诉我知伽曾告诉你关于我早就知道你高中暗恋过我的事。

"说实话，当时从邹胡林口中得知这件事，我确实有些诧异，但也没当真，毕竟我们高中交集不多。以至后来在舒乔姐家遇见，你回避我的眼神，才让我有那么点儿相信邹胡林的话。后来在医院遇见，接触得越多，我越会不自觉地留意你。你当时问过我，我高中有没有注意过你——确实注意过，毕竟你高中时就很优秀，现在依然优秀。

"那天打完篮球，我带你和同事去火锅店聚完餐，送你回家的路上，问起你父亲的状况，看到了你眼底的黯然，以至送你到家后，我就回了趟我父母家，向他们打听你父母的事。说实话，当听到那些话时，我心里唯一的感受便是心疼。不管你是否相信，那确实是当下我最真实的感受。所以你的家庭、你父亲的那些事，对我而言并没有什么。

"人无法选择自己出生的家庭，换句话说，要是我不是现在这个陈鹤森，而是家境普通的陈鹤森，我想你也不会因为我的家境而看轻我，而我自然也不会看轻你。

"邹胡林说男生的第一段感情对现女友来说，多多少少是一根刺。说实在话，我并不是很理解。我曾经确实喜欢过陶遥，后来我们会分手，也是因为发觉彼此不合适，感情在一次次争吵中被消磨殆尽。对我来说，一段感情过去了就是过去了，并不会因为是第一段感情，就对我有多少特别的意义。我曾经喜欢过她，但现在也是真切地喜欢着你。"

梁蔚握着手机看了许久，一个字一个字地映入眼帘，牵起心底最深处的情绪。直到门口响起按铃声，梁蔚才敛神，伸手抹了把脸，穿上拖鞋去开门。

苏淼站在门口，还帮她取下了挂在门口的早餐："刚才徐导来了电话，说有场戏需要改一改，我们等会儿开个会。"

"好。"

苏淼关心地问："你感冒好点儿了没？"

梁蔚往屋里走着："好多了。"

苏淼在身后说："我昨晚好像看到你男朋友了。"

梁蔚解开塑料袋的手顿了一下，然后她笑了笑，说："他昨晚是来过酒店。"

苏淼啧啧感叹："大老远坐飞机来看你啊，他对你挺好的吧？"

梁蔚笑容一滞，含混不清地"嗯"了一声。

虽然那天陈鹤森来淮城，梁蔚和他提了分手，但陈鹤森对她的态度依旧和以往一样。他每天都会给她发条消息，说些他在医院的事，又或者拍些小橘猫的图片。梁蔚临睡前，都能收到他发来的"晚安"。

梁蔚克制着一直没有回复他，直到一周后的某个晚上，他凌晨一点多打来电话，梁蔚那时一直在修改某个剧情，直到半夜才改好。

刚喘口气的间隙里，手机突然响起来，梁蔚怔怔地看着来电显示"CHS"三个字母，鬼使神差地按了接听键。

陈鹤森似乎没想到她会接听，愣了几秒后，清了清嗓子，嗓音低哑地说："我以为你会一直不接我的电话。"

梁蔚双手抱着膝盖，下巴抵在膝头，垂下眼皮盯着手机屏幕，没有出声。

"不想跟我讲话？"他似乎笑了一声，接着说，"那行，你听我讲也行。"

手机屏幕暗了下去，他的声音在房间里响起："前几天医院里送进来一个病人，是个小女孩，因为从高楼坠落，全身多处骨折，被送到急诊室的时候，从头到尾抿着嘴没出声。不知道为什么，那一刻看着那个女孩，我突然间就想到了你，让人心疼。"

梁蔚眼底情绪波动，陈鹤森停了停，又低低叹了一口气："但你比她更让我心疼。"

陈鹤森又说了很多话，讲医院里的病人，又或是同事间发生的事。

梁蔚一直安静地听着，没有开口回应他。她怕自己一出声，就泄露了情绪。

梁蔚这几天一直在想那天的事，她和陈鹤森的这场恋爱，开始得太顺利，以至当陶遥、她父亲的事情赤裸裸地摊在眼前时，她看到了彼此的差距，也害怕知道陶遥在他心里还有别的意义。所以她宁愿选择分手来回避这些事。

说到底，她不过是一个胆小鬼。

这通电话持续了一个多小时，到了后面，两个人都没开口，电话里只有彼此的呼吸声，但谁也没先把电话挂断。

梁蔚动了动身子，听到那边传来打火机点火的声音，脑海里几乎能想象出他抽烟的画面。他抽烟的时候，表情淡漠又倨傲，让人觉得有距离感，但梁蔚很喜欢他抽烟的样子。

他吐了一口气，嗓音低迷地说："梁蔚，你从来都不是我退而求其次的选择。"

梁蔚动了动指尖，按了挂断键。

那晚，梁蔚失眠了。距离那通电话一周后，梁蔚接到了舒乔的电话，说她这两天正在淮城谈一个项目，想要约梁蔚出来吃饭。

梁蔚没多想就答应了下来，当天剧组难得休息了半天，梁蔚在酒店房间里稍微收拾了一下，手机进来一条信息，是舒乔发来的，说她已经在楼下了。

梁蔚拿上包和房卡，便直接出门了。电梯门开启，梁蔚看到里头的陶遥，脚步几不可察地停了停，继而朝陶遥点了点头，陶遥也朝她露出一个浅浅的笑容。

陶遥身边没有别人，此刻电梯里只有她们两个人，但两个人都没有开口说话，直到电梯到达一楼，梁蔚率先走了出去。

电梯门关上，梁蔚没有回头，直到走出酒店大厅，四处张望了一番，没瞧见舒乔的身影。她掏出手机，正要给舒乔打个电话时，忽然听到旁边的停车场里传来舒乔叫她的声音。梁蔚循声望去一眼，嘴角微弯，抬脚走了过去。

近至车前时，梁蔚才看到驾驶座上的陈鹤森，不自觉地放慢了脚步。陈鹤森的视线在她的脸上停了一下，他的目光似乎带着热度，梁蔚眼睫轻颤，走到舒乔旁边，等她说完电话。

驾驶座车门被打开，陈鹤森走了下来，看向她："先去车上坐着等。"

梁蔚眉头微动，动了动唇，想说些什么。这时舒乔已经挂了电话，朝两个人投来一眼，揶揄说："你们俩偷偷说什么呢？上车吧，我订了包间，再不走，估计就不帮我们留位置了。"

舒乔打开后座车门，见梁蔚没动弹，示意她："你坐副驾驶座去，我一个人坐后面就行了。"

梁蔚笑说："没事，舒乔姐，我和你一起，坐后面可以聊聊天。"

陈鹤森将手插在裤兜里，看了她一眼，倒没多说什么。

舒乔没再坚持，两个人钻进车里。陈鹤森也上了驾驶座，车子开出了停车场。

舒乔问："再有一个多月，你们这剧就能结束了吧？"

梁蔚轻轻"嗯"了一声，舒乔拧开车上的一瓶矿泉水："下个月就是我外公的七十岁大寿，鹤森和你说了这事没？"

梁蔚："没有。"

闻言，舒乔抬手拍了两下驾驶座的椅背："这事你还没和蔚蔚说啊？"

陈鹤森淡淡地说："忘了。"

舒乔又转过脸看向梁蔚，叮嘱她："你到时候记得和鹤森一起来，我外公还想着见你一面，还问鹤森要过你的照片来着。"

梁蔚笑笑，含混地"嗯"了一声。

今晚的红灯格外多，车子没开半个小时，就遇见了三个红灯。陈鹤森缓缓停下车子，透过后视镜看了她一眼。梁蔚的脸朝向窗外，几缕发丝散落在耳畔。

陈鹤森忽然想起当时在舒乔家里遇见她，送她和另一个女孩子回去，她也是坐在后车座上，全程没出声，也是像这样几缕发丝落在耳畔，静静地看向窗外，样子恬静安然。

旁边的车辆动了动，梁蔚收回目光，猝不及防地和后视镜里的他对上视线。梁蔚倏地别开眼，佯装和舒乔说话："郑野哥没来淮城吗？"

舒乔低头回复着信息，头也没抬地说："他来了，这会儿在和客户吃饭，我就没喊他。"

车子走了将近一个小时才到达吃饭的地方。

门外的停车场都停满了，陈鹤森让梁蔚和舒乔先下车，他去找个地方停车。

两个人先进去店里，由服务员领着往桌位走去，舒乔说："刚才鹤森在，我不好说什么，这部《冬夜》，陶遥是不是也参演？"

梁蔚点了点头。

舒乔转过脸看她："这种感觉是不是不太好？"

梁蔚顿了两秒，如实说："一开始确实有点儿不自在。"

"这我特别能理解……我以前有一次因为工作，和你郑野哥的前女友碰见的时候，也有点儿不自在。"舒乔说，"不过你别担心鹤森对陶遥还有感情什么的，他们不合适。"

两个人刚坐下没一会儿，陈鹤森就拎着车钥匙回来了。他看了一眼和舒乔坐在一侧的梁蔚，眉梢动了动，在她们的对面坐下。

服务员递上菜单，舒乔问了梁蔚想吃的菜肴，两个人点了几道肉菜，舒乔把菜单递给了陈鹤森："你喜欢什么，再点些。"

陈鹤森脱了外套放在旁边的椅子里，他里头穿的是笔挺的白色衬衫，领口的扣子解开了一颗。陈鹤森解开了袖口，把袖子往上折了两道："你们看着点就行。"

"得，等会儿你负责烤肉。"舒乔撞了撞梁蔚，"和他这种人谈恋爱，是不是很无趣？"

梁蔚眼皮微动，陈鹤森目光灼灼地盯着她，梁蔚笑了笑，没有回答。

等菜端上来的工夫，梁蔚借口要去上洗手间，起身离开。

舒乔看着陈鹤森："你们俩今晚情况不太对，你和蔚蔚吵架了？"

陈鹤森的目光还落在梁蔚的背影上，肘部搭在桌沿上："没有的事。"

舒乔有些不放心："你和陶遥没再联系吧？"

陈鹤森啧了一声，淡淡地皱起眉："姐，你把我想成什么人了？"

舒乔不以为意地说："没有最好，自己男朋友的前女友这种存在，对每个女人来说都是比较敏感的，何况蔚蔚因为工作的关系，还不得不和陶遥接触，她要是有点儿什么情绪，你也得让着她点儿。"

陈鹤森端起玻璃杯，浅呷了一口水："知道了。"

梁蔚从洗手间出来时，看到了站在一旁的陈鹤森。他站姿散漫，右手垂在身侧，另一只手上拿着手机，正在查看信息。

梁蔚脚步一停，陈鹤森似察觉她的视线，侧眸看了过来。他收了手机揣回兜里，朝她走来，直走到她身前才停下脚步。

陈鹤森盯着她说："舒乔姐还不知道你要和我分手的事，今晚能不能帮个忙，配合一下？"

两个人回到包间里时，点的食物已经被端了上来。旁边有服务员专门帮忙烤肉，陈鹤森来了后，接过服务员手上的夹子："我来吧。"

那人退了下去，梁蔚端起杯子喝了口水。

今晚这顿饭，陈鹤森全程没动过几下筷子，几乎都是梁蔚和舒乔在吃，快结束时，舒乔接到郑野的电话，说是来接她回去了。

舒乔拿了外套，和两个人说了一声，直接就走了，像是故意给他们俩制造独处时间。

梁蔚有些无所适从，陈鹤森看着她问："还要再吃点儿吗？"

梁蔚抿了下唇："我吃饱了。"

陈鹤森说："那我去结账。"

梁蔚"嗯"了一声，准备起身，还未说什么，陈鹤森经过她身边时，将手中的西服外套塞到了她的怀里："帮我拿一下。"

指腹间触到的西装布料有绸缎似的质感，梁蔚抱着他的西服，仿佛接了个烫手山芋。她动了动指尖，碰到了一个坚硬的纸壳，应该是他的烟盒。

梁蔚想起刚才在洗手间门口，闻到他身上有淡淡的烟味。鬼使神差地，梁蔚将指尖探入西服口袋，余光瞥到他渐近的身影，猛然抽回了手。

他一到跟前，梁蔚就把怀里的西服递给了他。

陈鹤森看了她一眼，接过西服，牵起嘴角："我还真怕你拿着我的外套直接走了。"

梁蔚抬头："舒乔姐已经走了，我等会儿自己拦车回去。"

陈鹤森穿外套的动作顿了顿，薄唇淡抿："我送你回去。"

梁蔚说:"不麻烦你了。"

"麻烦什么?就一天的假期,我大老远坐飞机来一趟,"陈鹤森轻笑了一声,"为了谁,你不清楚吗?"

店里不时有经过的客人瞥来几眼,梁蔚面色发烫,陈鹤森视若无睹,牵过她的手说:"先出去再说。"

梁蔚也不想留在店里被人继续悄悄打量。她亦步亦趋地跟在他身后,垂着眼皮看向两个人紧扣的手指,他的手干燥温暖,握久了,热度也传达到了她的手心里,让人舍不得松开。

两个人出了店门口,夜风拂来,那点儿燥意消散了不少。

陈鹤森松开她的手,站远了点儿。他掏出烟盒,低眸点了一支烟。路灯下,他身影颀长挺拔,昏黄的光线照在他的脸上,依旧是往昔俊逸温柔的面容,只是现在带着几分愠色。

他的影子长长的,和她的靠得很近。

他站着抽了一会儿烟,指间星火闪动,只是还未抽完,他就将烟掐了,走到她身边,脸色缓了缓,低眉看着她说:"我说过给你一段时间考虑,不逼你,不过今晚让我送你回去,你一个人坐车回去,我不放心,嗯?"

/ 第十章 /

炙热

　　梁蔚上了车，陈鹤森把车子驶入主干道，两旁都是阑珊的灯火。

　　车里很安静，两个人一直没开口说话，直到临要开往酒店的那条路上遇到了一个红灯。陈鹤森淡淡地皱了一下眉，停下车子，朝副驾驶座上的梁蔚投去一眼："刚才不是在跟你生气。"

　　梁蔚抬了下头，转过脸看向他。

　　陈鹤森定定地看着她："生气了？"

　　梁蔚摇头，嗓子干涩地说："没有。"

　　陈鹤森点点头，"嗯"了一声，又看向前方的车况。

　　红灯跳转到绿灯时，前方停滞的车流有了松动的迹象。

　　陈鹤森重新启动车子，梁蔚看向窗外，玻璃窗上映出了他的侧脸轮廓，清俊的眉眼时隐时现。梁蔚盯了一会儿，无端想起刚才他站在路灯下抽烟的画面。

　　车子很快就到达了酒店门口，梁蔚推门下车，陈鹤森也从驾驶座上下来，走到她身边："我送你上去。"

　　两个人进入酒店，电梯门外除了他们，还有一对小情侣也在等电梯。小情侣牵着手，亲昵地凑在一起低声耳语，不时还有笑声传来，衬托得她和陈鹤森这一方空间出奇安静。

　　好在很快电梯门就开了，梁蔚走了进去，陈鹤森紧跟其后，等到那对小情侣也进来后，陈鹤森才按了关门键，顺便按了九楼的楼层数，偏了偏目光，问身边的那对情侣："你们几楼？"

女生打量了陈鹤森一眼，抢先回答："6楼，谢谢。"

电梯里没人再说话，到了6楼，那对情侣出去后，电梯里就剩下两个人，气氛越发沉闷。梁蔚抬头盯着楼层显示屏，觉得今天的电梯上行速度格外缓慢。她收回视线时，余光看到陈鹤森眉心微蹙，伸手轻轻按了下胃部。

想起他今晚几乎没怎么动过筷子，梁蔚扭头去看他，忍不住问了一句："胃不舒服？"

陈鹤森往后靠着墙壁，视线落到她的脸上，摇头："没事。"

梁蔚抿着唇，陈鹤森笑了笑："担心我？"

梁蔚别开眼："没有。"

到了9楼，两个人先后走出电梯，拐了个弯，梁蔚的房间就在眼前。她从包里拿出房卡，转身朝陈鹤森说："谢谢你送我回来。"

陈鹤森神色微凝，低头瞧着她，没说话。梁蔚有些受不住他这样的眼神，转过身要去刷门，陈鹤森却抬手抱住了她。

梁蔚有些猝不及防地落入他的怀抱，愣了两秒以后反应过来，挣扎了一下。陈鹤森越发抱紧她，附在她耳边说："让我抱一会儿。"

鼻间是他身上清冽温暖的气息，梁蔚没有出声，垂在身体两侧的手臂缓缓抬起，指尖触到他腰间的西服布料时，又收回了手。

陈鹤森抬了抬手臂，手掌落在她的后脑勺上，抚摩了两下。梁蔚眼眶发烫，就听到他低沉的嗓音在耳畔响起："那天来找你，就是想和你说我外公过寿的事，后来你要和我分手，我也就忘了和你说这事。"

他是在解释先前舒乔姐在车上问的那个问题。

梁蔚没出声，陈鹤森抱了片刻，松开手："进去吧。"

关上门，梁蔚在门后站了会儿，门外一直没有脚步声响起，他还站在门外。梁蔚因为这个认知，情绪有些复杂。

将近三分钟后，响起他离开的脚步声。

陈鹤森乘坐电梯下楼，出了酒店大厅，站了会儿，抬头看了一眼她的房间的方向，窗户透出昏黄的光线。

陈鹤森伸手按着胃部，望了会儿那扇窗口。半晌后，他低头去掏

330

西服口袋里的烟盒，里头空荡荡的。陈鹤森随手把烟盒揉成一团，丢到了绿化带旁边的垃圾桶里。

梁蔚站在窗户后头，看着他走到停车场，打开驾驶座的车门时，他扶着车门，抬头往她这边看了两眼，才钻入驾驶座，而后关上车门，车子驶过酒店门口，汇入长长的车流。

梁蔚打开窗户看了一会儿，放在桌上的手机突然振动了一下。梁蔚伸手拿过手机，切到微信界面。

CHS："我今晚回雁南城，下回有假期再来看你。"

指尖在输入框里动了动，本想着让他去吃点儿东西，可犹豫许久，梁蔚还是没把这条信息发出去。

陈鹤森的航班到达雁南城机场时，已经是凌晨两点多。

他一落地便开机，给她发了条平安微信，这是两个人在一起后的习惯。信息发出两秒后，对话框顶端显示对方正在输入中。

陈鹤森倚靠着墙壁，静静站着等了一会儿，却没有消息发来。陈鹤森无奈地笑了笑，又给她发了条信息，让她早点儿睡。

接下来又忙碌了一周，偶尔闲暇时，陈鹤森会拿出手机，点开两个人的聊天页面，向上翻看，几乎都是他发的信息。

陈鹤森不免想起上次借着舒乔的名义去雁南城见梁蔚，她一副冷淡疏离的模样，难得让他有了几分慌乱感。

这种滋味还真不太好受，陈鹤森低下头，抬手揉了揉眉心。

杨鑫进来，伸手碰了碰他的肩头："看什么呢？"

陈鹤森收了手机，揣回裤兜里，淡淡地说："没什么。"

杨鑫问："明天休息，等会儿下班一块儿去喝点儿？"

陈鹤森皱着眉思忖片刻，点了下头："行。"

下了班，一行人直接去了医院对面的烤鱼店，进了店里，发现还有别的科的同事，正好凑了一桌。

几个人边吃烧烤，边说起医院里的事，聊了一会儿，话题又跑远，有人抱怨起父母最近给安排的相亲对象是个事儿精什么的。

陈鹤森全程没怎么搭话，安静地喝着啤酒，不时拿过手机看上两眼，又将其撂回桌面上。

杨鑫瞥了一眼陈鹤森，拿起啤酒碰了碰陈鹤森的酒瓶："你和小梁是闹矛盾了？"

陈鹤森转头看向杨鑫，杨鑫轻"嘿"了一声："别用这个眼神看我，你刚才看微信，我不小心瞄到了你和梁蔚的聊天界面。"

对面眼科的杜星霖闻言，开了口："陈医生和女朋友吵架了？"

陈鹤森抬了下眼皮，没有搭腔。

杜星霖自来熟道："现在的女的就是不能哄……你冷她一段时间，她自己就屁颠屁颠地来找你和好了。就你这条件还怕没女朋友吗？要我说，旧的不去新的不来，要不我给你介绍一个？"

陈鹤森皱了皱眉，回道："不用。"

杜星霖还要再说什么，陈鹤森放下手中的啤酒罐，起身捞过搭在椅背上的外套："你们继续，我先回去了。"

陈鹤森到柜台处结账，杨鑫跟了过来："怎么，生气了？"

陈鹤森侧目："没有的事。"

杨鑫说："杜星霖这人说话不过脑，猪脑子一个，你还跟他当真了？"

陈鹤森伸手拍了拍杨鑫的肩膀："你回去吃，别因为我影响你的心情。"

"我还吃什么吃？一起走得了。"杨鑫又看了陈鹤森几眼，没忍住问了一句，"真和小梁吵架了？"

陈鹤森掏出烟盒，轻描淡写道："是遇到了点儿问题。"

杨鑫说："行吧，哪对情侣没吵过架？你一个大男人，就别跟人家姑娘计较了。"

陈鹤森把烟送到嘴里含着，低眉笑了笑："我怎么会跟她计较？"

当晚，两个人又换了别的地方吃夜宵。陈鹤森今晚没怎么控制，一时喝多了酒。杨鑫喊了代驾送他回去。

代驾把车子停在地下车库，人就走了。陈鹤森没急着下车，在车里坐了会儿，拿出手机，拨了通电话给梁蔚，第一通梁蔚没接听。

陈鹤森再打，十几秒后，电话被接通了，他嗓音微沉地说："想你了。"

那端的人虽然没有出声，可陈鹤森听到了她呼吸的声音。他笑了一下，过了会儿，听到她轻声问："你是不是喝酒了？"

陈鹤森重重靠上座椅，没有隐瞒："喝了。"

梁蔚蹙眉："你在哪儿？"

陈鹤森往车窗外看了一眼："小区的地下停车场里。"

梁蔚按捺着情绪："我给舒乔姐打电话。"

陈鹤森忽然叫住她的名字，梁蔚手一顿，又听到他说："我还没醉到不省人事的地步，别担心。"

话筒那端急促的呼吸明显平稳了下来，陈鹤森心情莫名好了点儿，说："只是突然想听听你的声音，挂了，你早点儿睡。"

　

梁蔚在剧组里待了一段时间，三月中旬时回了一趟抚市参加周晓蕾的订婚宴。小姨和小姨父没打算举办婚宴，只打算订婚宴上请亲朋好友聚一聚，第二天便准备开始两个人的结婚旅行。

为了这事，周珍还打电话过来旁敲侧击地问陈鹤森是否会去。梁蔚话溜到嘴边，又怕周珍担忧，只推说他忙，应该去不了，周珍的声音里透着几分遗憾之意。

梁蔚到达抚市时，是小姨父开车来接的她。

梁蔚上了车，小姨父双手握着方向盘，同她聊天："这次有几天的假？"

梁蔚弯了下嘴角："请了两天的假，你们的订婚宴结束再回去。"

小姨父点了点头，又说："听你妈说，陈医生今天不来了？"

梁蔚心下一紧，含混地"嗯"了一声。

周晓蕾和小姨父的订婚宴是在明天中午举行，梁蔚订了明晚的机票回剧组。

到了家里，周珍正在做午饭，梁蔚洗了手，到厨房帮忙，周珍打量她一眼："这一个月下来，你是不是又瘦了？"

梁蔚好笑地说："我每次跟组回来，你都说这话……"

周珍说："你妈我还不是担心你，没良心的。"

梁蔚帮周珍把饭菜端出厨房，听到周珍在身后追问了一句："鹤森明天真不来了？"

梁蔚有些心虚："你怎么老问这事啊？"

周珍突然拉住她的手臂:"你老实和妈妈说,你是不是和鹤森吵架了?"

梁蔚:"没有,你想多了。"

周珍仔细看了她两眼,见她神色正常,只当自己想多了,稍稍松了一口气:"没吵架就好。"

梁蔚吃完午饭,又到卧室眯了会儿,醒来时,是被外头的说话声吵醒的。

"蔚蔚在睡觉呢,我先前还问了蔚蔚,她说你这两天有点儿忙,可能来不了。"

带笑的声音响起:"没事,让她睡会儿,刚好忙完事,就过来了。"

听到这熟悉的声音,梁蔚倏地睁开眼,听了会儿两个人的交谈,掀开被子下床。

门口传来敲门声,梁蔚穿拖鞋的动作顿了顿,紧接着门外响起周珍的声音:"蔚蔚,醒了没?鹤森来了。"

梁蔚眼睫微敛,低低应了声"来了"。

她推开门,陈鹤森的视线也跟了过来,对上了她的目光。梁蔚仿佛被烫着般,下意识地移开了眼。陈鹤森胳膊肘搭在膝盖上,交握着手指,嘴角牵起一丝弧度。

周珍朝梁蔚说:"你陪鹤森说说话,我去厨房切点儿水果。"

陈鹤森开口:"阿姨,不用麻烦了。"

周珍笑眯眯地说道:"不麻烦,要不你们去蔚蔚的房间聊天?"

陈鹤森起身,朝她走近,梁蔚下意识地退后了一步,脊背紧贴着门板。陈鹤森垂眼,笑了笑:"放心,阿姨还在这里,我能做什么?"

他走进房间后随手拿起了书桌上的一个陶瓷企鹅。

梁蔚把门关上,盯着他站在书桌前的背影:"你怎么过来了?"

陈鹤森转过身,靠着书桌,把玩着手中的小玩意儿:"小姨给我发了微信消息。"

梁蔚眼神诧异:"你和我小姨什么时候加的微信?"

陈鹤森笑了一下:"姥姥住院那会儿。"

梁蔚皱了皱眉,接着就听到陈鹤森问:"如果小姨没给我发信息,你是不是不打算告诉我这事?"

见他的眼睛直直地盯着自己，梁蔚喉咙微涩，莫名生出几分愧疚感，低低嘀咕了一句："有什么好说的……"

陈鹤森嘴角一勾，无声笑了笑："行吧，谁让我现在是坐冷板凳呢？"

梁蔚闻言倏地抬头看他，一缕发丝落在耳畔，陈鹤森紧紧盯着她，眼神深沉，手指微抬，将她的发丝拨到耳后，收回手时，指尖无意间触到她的脸颊，微热的触感令她的睫毛颤了颤。

房间门再次被敲响，打破屋里的安静气氛。

梁蔚回神，走去开门，接过周珍递来的水果。陈鹤森把手中的企鹅放回桌上，视线转了转，瞥到了搭在沙发扶手处的一件粉色内衣。

梁蔚掩上门，转身之际，就看到陈鹤森的视线落在了沙发扶手处的内衣上。梁蔚脸上发烫，快步走了过去，挡住他的视线。陈鹤森的视线停在她的脸上，片刻后，他悠悠地收回了目光。

小姨的订婚宴是在酒店举办的，摆了八桌酒席。梁蔚自然和陈鹤森坐在一桌。他们这一桌坐的都是小姨的娘家人，姨姥姥问起陈鹤森的身份。

周珍笑着说："蔚蔚的男朋友。"

姨姥姥说："哎，看着一表人才，挺好的。蔚蔚，到时候你们结婚，一定叫上姨姥姥啊。"

梁蔚讪讪地笑了笑，姨姥姥只当她害羞，没再继续这个话题，梁蔚稍稍嘘了一口气。

梁蔚旁边坐的是一个小男孩，男生好动，服务员传菜上来，他突然站了起来，服务员手中的热汤洒了一点儿在梁蔚的手背上。

梁蔚猛地收回手，下意识地想拿纸巾去擦拭手背上的汤，陈鹤森连忙捉过她的手，眉头瞬间皱紧："去冲一下冷水。"

周珍也说："赶紧去冲一下。"

这间大包间里就有一个洗手间。

陈鹤森打开水龙头，冰凉的水流落在手背上，那点儿灼烧感退却了不少。梁蔚看了看他，他眉头紧蹙，绷着脸。梁蔚小声说："没什么，只是被烫到而已。"

陈鹤森朝她投去一眼，又抽了两张纸巾给她擦拭手指上的水珠："等会儿你去坐我那个位子。"

梁蔚想说些什么，但见他仍旧没有放松的脸色，点了点头。

两个人回到了座位上，姨姥姥让她的孙子同梁蔚道歉，梁蔚笑笑说没事。

订婚宴结束后，周珍问梁蔚要不要先回去，梁蔚想着回去一趟又耽误时间，刚才还收到了苏淼发来的信息，说有场戏需要改动。

梁蔚："不回去了，组里有事，我刚才改了航班，现在去机场刚好。"

周珍说："哎，那让鹤森送你，鹤森去哪儿了？"

梁蔚扫了一眼包间，也没见到陈鹤森的身影，不知道他去哪儿了。刚才冲了手回来，他说有事先出去一会儿，就一直到现在都没回来。

梁蔚去坐电梯，掌心的手机响了起来，梁蔚按了接听键，那端是他的声音，气息有点儿喘："在哪儿，已经走了？"

梁蔚回道："没有，在酒店电梯里。"

陈鹤森似乎松了一口气，梁蔚听到他说："到酒店门口等我。"

梁蔚还没回答，他就挂了电话。

梁蔚出了电梯，走到酒店门口时，脚步不自觉地停了下来。

五分钟后，一辆黑色车子出现在门口。

梁蔚抬脚走过去，陈鹤森摇下车窗："上车，我送你。"

梁蔚看了一眼手机上的时间，如果再等车，估计又要耽误一点儿时间，于是打开副驾驶座的车门坐了进去。她刚扣上安全带，陈鹤森忽然倾身靠了过来，拉过她的手，拧开一支药膏，挤了点儿白色的药膏，涂抹在她的虎口处那块通红的皮肤上。

梁蔚心下微动："你刚才是去买这个了？"

陈鹤森抬眼，看向她："不然你觉得我会去哪儿？"

梁蔚没说话，陈鹤森拧紧了药膏盖子，重新将其装回纸盒里，递给她："回淮城后，记得涂。"

梁蔚点了点头。

回到淮城后，梁蔚和苏淼熬了两天，终于改完了某个剧情点，剧组拍摄总算有条不紊地进行。偶尔梁蔚回到酒店房间里，瞥到那支放

336

在床头柜上的棕色烫伤膏，脑海里总会浮现那天陈鹤森紧绷的脸色。

　　很快就到了四月，距离戏杀青不到半个月的时间，梁蔚接到了周珍的电话，问她在淮城工作得怎么样。

　　梁蔚笑了笑："挺好的。"

　　周珍转而又提起别的话，要不就是让她多吃饭，别熬夜，要不就提起李阿姨的孙子的事。

　　梁蔚耐心听了一会儿，忍不住问道："妈，你究竟想和我说什么？我们之间还有什么不能说的吗？"

　　隔了两秒，周珍叹了口气，说："这两天你爸给你打过电话没有？"

　　梁蔚眼皮颤了颤："没有，怎么了？"

　　周珍说："前一周，梁国栋打来电话说你爷爷最近身体不是很好，可能熬不了多久，其实也不是最近的事。半年前你爷爷摔了一跤，就一直卧在床上。前两个月天气不大好，你爷爷夜里喊冷，差点儿就过去，但好在后面又好了，只是这几天情况有些严重了，连水都喝不下，估计也就是这几天的事了。"

　　梁蔚突然想起先前在陈鹤森家里接到的那通电话，绞着手指，深吸了一口气："所以呢？"

　　"你爸想让你这几天过去，送老人家一趟。"周珍似乎怕她不愿意，"我和你爸的事是我们的事，虽然你爷爷对你一般，但人要走了，你还是去送一趟吧，怎么说你也是老梁家的孙女。"

　　梁蔚垂眸，没有回话。

　　周珍等了一会儿，继续劝说："我知道你心里对你爷爷奶奶有点儿气，但人要走了，于情于理，你至少得去送一下。"

　　梁蔚轻声说："好，我知道了。"

　　"你爸这两天会给你打电话，你看一下，要不要先跟剧组请个假？我看你爸发来的相片，你爷爷现在瘦得就剩皮包骨了，应该就是这两天的事了。"周珍叹了口气，"人啊，也不知道来这世上一趟是为了什么？"

　　周珍没有多聊，梁蔚挂了电话后，下意识地切到微信界面，点击陈鹤森的微信头像，两个人的聊天界面里都是他每天发来的信息。

　　梁蔚在输入框里打下"我爷爷要走了"这几个字，指尖即将碰到发送键时又骤然缩了回来。她想跟他说爷爷要走了，虽然从小她和爷爷就不亲近，可听到爷爷要走了的消息时心里还是很乱。她说不清是伤心，抑或是别的什么情绪，像是有一层淡淡的阴影笼罩着自己。

梁蔚一直在等梁国栋的电话，过了两天，早上十点的时候才接到电话。电话接通后，两个人都没有开口说话，多年没联系，几乎和陌生人无异。梁国栋缓了缓，才语气僵硬地开口："你爷爷已经走了，你订机票过来一趟吧，葬礼在明天举行。"

梁蔚攥着手机，淡淡地"嗯"了一声。

和梁国栋通完电话后，梁蔚凝了凝神，又给徐东成打了通电话，说家里老人去世，要请假去苏城一趟。徐东成说了句节哀，也批了假期，还问要不要派车送她去机场，梁蔚婉言谢绝了，说自己打车就好。

梁蔚稍微收拾了些行李，等电梯时拿手机订了机票。一路上她脑子有点儿混乱，坐车去机场的路上，还收到了舒乔的信息，说明天是外公的生日，让她记得和陈鹤森一起来。

梁蔚盯着这条信息，良久后才给舒乔回了条消息，说她有事去不了。

梁蔚的航班到达苏城时是下午两点多，她出了航站楼，天气阴沉，似有要下雨的迹象。

梁蔚招手拦下一辆出租车，坐上后座，司机回头问她到哪儿，梁蔚迟疑了片刻，报出一个陌生的地址。

司机点了点头："西区离机场还挺远的，车费会比较贵，先和你说一声。"

梁蔚靠着椅背，笑了笑说："好，谢谢。"

车子开出机场，梁蔚开机，屏幕显示有一通未接来电，是李菀打来的。梁蔚回拨了电话，很快电话就被接通。

李菀嘴里吃着东西，声音含混："刚才怎么一直打不通你的电话？"

梁蔚看了一眼窗外，视野里掠过的是陌生的街景："起先在飞机上，手机没开机。"

李菀问："去哪儿了？"

"苏城。"

"你跑到苏城去干吗？"

梁蔚语气平静地说："我爸给我打来电话，说我爷爷今早走了，让我过来一趟。"

李菀愤愤道："这么多年没联系的人，这会儿人走了，就打电话让你去送终了。那说句难听的话，你爸百年之后，你是不是也要去送？"

梁蔚勉强地笑了笑："并不单单为了给我爷爷送终，这次来，我还有些事想和他说。"

李菀顿时偃息旗鼓，顿了顿，才说："要不要我去陪你？刚好我这两天也不需要外拍。"

梁蔚说："我自己能处理好的。"

李菀问："那陈鹤森呢？他知不知道这件事？"

梁蔚滞了滞："我没和他说这事。"

李菀听出她声音里的异常，试探道："你们是不是吵架了？"

"嗯，我和他说了分手。"

李菀的嗓门拔高了几度："那陈鹤森呢？他就点头同意了？"

梁蔚解释："他没同意，说给我一段时间缓缓再说。"

李菀猜测："为了他的前女友的事？"

"是我自己的问题，高中那会儿看了陶遥的微博，那时就觉得她和陈鹤森才是一个世界的人，不像我。"梁蔚停了停，苦涩地笑了一下，"我以为这么多年过去了，我不再是高中那个梁蔚，可是好像我还是没有一点儿长进。

"我和陈鹤森在一起的这几个月，他对我很好，好到我患得患失，所以当知道了陶遥联系他的事、他知道我爸妈的事，还有我曾经暗恋他的事……我就退缩了。我怕和他在一起越久，就陷得越深。我好像还是更爱自己一些，怕受伤害，所以不顾他的意愿，早早切断了一切。

"我说分手的这一个月来，他每天都给我发信息，我一直忍着没回他。菀菀，你以前说我很怂，好像我现在还是和高中一样怂。虽然现在我还是很喜欢他，但我也想趁着这段时间好好整理一下自己，再去决定我们要不要继续相处下去。"

李菀说："你还记得吗？那天你见完陈鹤森的妈妈，我们去酒吧，你喝醉了，后来陈鹤森来接你。那晚他把你放到车上后，怕你喝醉了不舒服，也没敢走远，我和他就站在马路边说了一会儿话，全程他一直留意着坐在车里的你。如果眼睛不会骗人的话，那我看得出他是真的很喜欢你。

"后来我和他说了你以前的那些事。我告诉他，要是他对你不是认真的，希望他能尽早和你分手。你知道他是怎么回答我的吗？"

梁蔚疑惑："他怎么回答的？"

李菀缓缓说道："他说他和你在一起，从来不是为了消遣。"

梁蔚听到她的话怔了一下，眼底情绪波动。

李菀继续说："说真的，我以前不知道你为什么会喜欢陈鹤森，在我看来，他不过就是长得好看一点儿。不过那晚我和他聊过以后，忽然发现他是值得你喜欢这么多年的人。蔚蔚，我真的希望你和陈鹤森能好好的，而且在我眼里，你一直很优秀。相信你自己，好不好？"

梁蔚从喉咙里挤出一个"嗯"字。

车子到达目的地，司机转过头看了她一眼："到了，就是这个地方，不过车子开不进去，见谅啊。"

梁蔚露出一个笑容："没事。"

付了钱下了车，梁蔚在巷口站了会儿，拿出手机点开通话记录，找到早上梁国栋打来的电话，按下了回拨键。

隔了几秒，电话被接通，那边是嘈杂的说话声，梁蔚开口："我到巷口了。"

梁国栋静了几秒才反应过来，忙不迭道："好，我现在出去接你。"

梁蔚站在巷口等了几分钟，视野里才出现一个渐行渐近的身影，可当梁国栋近到身前时，梁蔚心里生出了一丝陌生感。

多年没见，眼前的人似乎不再是她记忆里意气风发的样子。他以前总喜欢穿西服和衬衫，但现在身上是一件灰色的长袖，身材发福了点儿，鬓角有了点儿白发，看起来老态了不少，梁蔚的心情变得有点儿复杂。

梁国栋搓了搓手，要去接她的行李箱。梁蔚躲开了他的手，淡淡地说道："我自己拿就行了。"

梁国栋看了她一眼，问道："吃午饭了没？"

梁蔚说："吃过了。"

接下来，两个人再无其他话，气氛有些僵硬，但谁也没有试图打破这沉默。

院子里的门敞开着，里头聚了不少人，灵堂布置在大厅里，白色的墙面上挂着奠字幕布，棺材就摆放在其中，四周围着红色的鲜花，透着几分冷寂感。

梁国栋递来一炷香："先上炷香吧。"

梁蔚接过香，膝盖触到柔软的跪垫，香烟熏到眼睛，视野有些模糊。她抬头看了一眼桌上爷爷的遗像，低下身子磕了个头。

梁蔚起身时，梁国栋热络道："今晚就住在家里，楼上还有空余的房间。"

梁蔚慢慢说道："不用，我已经订了酒店，就在这附近，明天出殡我再过来。"

话音刚落，楼梯处传来一道清亮的声音："爸。"

梁蔚循声望去，同一时刻看到了男孩身后的女人。很奇怪，高二那会儿，得知梁国栋在外面有女人和私生子，那个时候梁蔚确实好奇过那个女人和她名义上的弟弟是什么样，可如今真见到了，心情很平静，或者说近乎麻木。

男孩的眉眼和梁国栋如出一辙，而他旁边的那个女人穿着一条黑色的裙子，头发烫成鬈发，扎成了一把束在脑后，看起来挺年轻，至少年龄不会比周珍大。

梁蔚面无表情地收回目光。

这时，男孩指着梁蔚，天真地问："爸，她是谁啊？"

梁国栋看了梁蔚一眼，神色尴尬地说："这是你姐。梁蔚，这是你弟弟梁宇。"

梁蔚匆匆打断他的话说："我先去酒店，明天出殡我再过来。"

梁国栋的声音戛然而止，缓了缓，他才又说："你奶奶在楼上，你不去看看她吗？"

梁蔚不咸不淡地说道："明天再说吧。"

梁蔚订的酒店就在这附近，梁国栋要送她过去，被梁蔚拒绝了。办理了入住手续，梁蔚刚进房间蹬掉脚上的平底鞋，就接到了周珍的电话。

"到苏城了没？"

梁蔚坐在床头："到了。"

周珍："到了就好，因为你去苏城的事，你小姨还说了我几句。"

梁蔚笑了笑，又低低叫了声："妈。"

周珍放柔声音问："怎么了？"

梁蔚深吸了一口气："我看到那个女人和她的儿子了。"

电话那端的周珍沉默了两分钟，梁蔚说："妈，这么多年你恨过他们吗？"

"恨过，怎么没恨过？那时候我恨不得咬下你爸的肉来，毕竟那时候你还在念书，还有房子的事……"

周珍叹息了一声："只是这么多年过去了，妈妈看着你生活得越来越好，也就放下了，人总要往前看。其实说句心里话，你爷爷去世，妈妈也不想让你去，不过死者为大，不管如何你还是得去送一送，不为别的，只是为了让自己心安。我们做事无愧于心就行了，只是委屈你了。"

梁蔚摇了一下头："我知道，没什么委屈的。"

梁蔚和周珍的这通电话没有持续太久，挂断电话后，梁蔚静静地坐了一会儿，直到胃里感到饥饿，才回过神来，她一天都没怎么吃过东西。

她吃完晚饭回来，手机屏幕亮了一下，收到了苏淼的信息，问敲她酒店的房门，怎么没反应。梁蔚给她回了条信息，刚放下手机，门口响起按铃声，有些急促。

梁蔚心下狐疑，走到门口轻声问了句："是谁？"

隔着一道门，一声低咳响起，继而是那熟悉低沉的声音："是我。"

梁蔚怔了两秒，后知后觉地打开门，就看到了站在门外的陈鹤森。他正好也看向她。梁蔚眼里闪过一丝诧异之色："你怎么来了？"

陈鹤森神色疲惫地盯着她："李菀告诉我的，让我进去？"

梁蔚将门彻底打开，陈鹤森走了进来，经过她身边时，她感觉到他的身上还带着夜里的寒气。

梁蔚关上门，陈鹤森站在床尾。他身形颀长，原本就不大的空间，因为他的出现，似乎更显得逼仄。

陈鹤森眉头微蹙："梁叔叔就让你住这里？"

梁蔚给他倒了杯水："没有，他让我住他家，不过我拒绝了，这是我自己订的酒店。"

陈鹤森接过水杯时，目光无意间瞥见她的手心处有两条淡淡的紫红色划痕，神情微变，旋即放下手中的杯子，不由分说地拉过她的手，凑近了才发现并不是伤口，像是在什么东西上蹭的。

陈鹤森陡然松了一口气，梁蔚留意到他的神色变化，温和解释道："是先前上香的时候蹭上的。"

陈鹤森淡淡地"嗯"了一声，依旧握着她的手，他的指腹有点儿凉。梁蔚动了动，陈鹤森这才松开她的手："我在隔壁订了间房。"

梁蔚怔了怔，抬头看了他一眼："可明天不是你外公的寿宴吗？你不回去？"

陈鹤森回道："说过了，我外公会理解的。"

梁蔚抿唇，想了想说："其实你不用这样，我一个人没事的。"

陈鹤森咳嗽了一声，嗓音微哑，笑了笑道："可是我怕我要是没在，你会被人欺负。"

梁蔚心跳加速，想说些什么，又听到陈鹤森的咳嗽声。她皱起眉，仔细看了他几眼，见他脸色也不是很好，不由得问了一句："你是感冒了？"

陈鹤森摇头，拳头抵在嘴边："只是有点儿着凉，晚上睡一觉就好。"

梁蔚闻言踮着脚要去摸他的额头，指腹还未碰到他，就被他反握住拿了下来："真没事。"

梁蔚说："那你还是快回房间休息吧。"

陈鹤森神色放松，笑着看了她一眼："这么快就想赶我走了？"

梁蔚解释："我不是这个意思。"

陈鹤森说："我还没吃饭，你陪我去吃点儿？"

梁蔚没作声，陈鹤森盯着她问："不愿意？"

梁蔚心口发软，迟疑了片刻，还是舍不得拒绝他："好。"

陈鹤森低下头，伸手挠了一下眉心，似笑非笑道："我还真怕你会拒绝我。"

梁蔚目光闪了闪，转身往门口走去。

陈鹤森跟了上去，两个人一道走出房间，进入电梯时，陈鹤森接到了杨鑫的电话。

电梯里没有其他人，只有他们两个，安静的空间里梁蔚能听到那端杨鑫的说话声，大概是问陈鹤森到了苏城没有。

陈鹤森看了一眼身旁的梁蔚，说："到了。"

杨鑫说："到了就好，小梁呢？她不会还不见你吧？"

陈鹤森嗓音低沉地说："见到了。"

杨鑫："得，那你这趟没白跑。前几天聚餐，看你那魂不守舍的样子就倒胃口，小梁要是再不和你和好，我就得出马了。"

陈鹤森笑了一声："吴教授要是问起，你帮我说一声。"

"行，知道了。"杨鑫也没多废话，"不打扰你们俩了。"

苏城是南边的临海城市，夜里非常热闹。

两个人出了酒店，对面就是一家烧烤摊子，路边摆了几张桌椅，坐着不少客人，空气里充斥着烧烤的香味。

梁蔚在附近的店面间找了一家粥铺，这个时间点一般没什么人会来喝粥，空荡荡的店里只有一个坐在点餐台后拿着手机看电视剧的中年男人。中年男人见两个人进来，抬了一下眼皮，不怎么热情地说道："想吃什么？菜单就在桌面上。"

陈鹤森倒不觉得被冒犯，拿过桌上的菜单点了份海鲜粥，侧目问梁蔚："你要吃点儿吗？"

梁蔚回道："我先前吃过了。"

陈鹤森将菜单丢回桌面上，把餐具过了一下热水。

喝完粥出来，对面的烧烤摊又换了一拨客人，陈鹤森留意到她的视线，顺势看了一眼："想吃？"

梁蔚摇了摇头："没有。"

话音刚落下，握在手心里的手机响了起来，梁蔚瞥了一眼来电显示，是梁国栋的电话号码，只是她一直没有存他的名字。梁蔚按了接听键，将手机举在耳畔："有事吗？"

梁国栋清了清嗓子："你奶奶想今晚见你一面。"

陈鹤森指了指旁边的路灯，向她示意。梁蔚点头，看着陈鹤森走到路灯下掏出了烟。

他低着头，挺直的肩软塌下去一点儿，手伸入口袋找烟。几秒后，他从烟盒里取出一根烟来，送到嘴里叼着。梁蔚微微蹙眉，陈鹤森似乎察觉她的视线，抬眼看了过来，两个人视线交会，陈鹤森瞧见她紧蹙着的秀眉，别开头笑了一下，摘下了嘴里的烟。

梁蔚脸上的表情缓了缓，那端梁国栋见梁蔚迟迟不出声，又叫了她一声，梁蔚稍稍回神："明天再说吧，我准备睡下了。"

梁国栋沉默了片刻，最后说："好，那你先休息，明天再说这事。"

梁蔚轻轻"嗯"了一声，挂断电话，走到他身边，没忍住说道："你还生着病，别抽烟了。"

陈鹤森低笑一声，将烟丢到旁边的垃圾桶里："行，听你的。"

梁蔚挪动脚步："回去吧。"

第二天，梁蔚五点多就醒了，走到窗边，天色还未大亮，街道上只有环卫工人在清理路面。她这会儿也没了睡意，干脆去卫生间洗漱一番，等到六点半出门时，陈鹤森刚好也从隔壁的房间出来。

梁蔚关门的动作停了停，陈鹤森朝她走来，说："走吧。"

梁蔚轻轻"嗯"了一声，听他刚才说话，嗓音倒不如昨晚沙哑，应该是好了一点儿。

两个人还未到巷口，就听到殡仪队打鼓敲锣的响声。梁蔚停了停脚步，陈鹤森看她一眼，牵过她的手，手上的力度让她稍稍稳了稳心神，她转过头看了他一眼。

陈鹤森柔声问："这么看着我做什么？"

梁蔚摇了摇头："没有。"

梁国栋一早醒来就开始忙碌，见到两个人走近的身影，视线先落到梁蔚身旁的男人脸上，神色中闪过一丝诧异："这位是……？"

陈鹤森从容道："梁叔，我是鹤森。"

梁国栋上下打量了陈鹤森一番，笑着拍了拍陈鹤森的肩头："鹤森，好多年没见了，你都长这么大了，你爸爸还好吧？"

陈鹤森回道："他挺好的。"

"我和你爸也有好多年没见了。"梁国栋感叹了一句。

陈鹤森："他其实也挺想见您的。"

"你现在接手你爸的公司了吧？"

"没，我在六院工作。"

"医生啊，当医生挺好的。"

梁国栋还要操心出殡的事，和陈鹤森还没聊几句就被人喊走了。

十点后，一行人将遗体送到火葬场火化，领了骨灰盒，又送到墓园。一路上，悲恸哀戚的哭声传来，纸钱在风中翻滚，浓黑的烟雾缭绕上升。

逝者已逝，生者如斯。

梁国栋走了过来，眼睛有点儿红，伸手抹了把脸后掏出烟盒，递了根烟给陈鹤森："等会儿回去，你和梁蔚来家里吃饭。"

陈鹤森还未回答，梁蔚就先出声："不用了，我们订了机票，等会儿就要回去了。"

梁国栋神色微僵，陈鹤森伸手轻轻碰了碰梁蔚的胳膊，说："我先去那边打个电话，你和叔叔先聊。"

梁蔚点头："嗯。"

等陈鹤森走远了，梁国栋才收回视线："鹤森不错，你和他在一起，我很放心，你妈妈这几年过得怎么样？"

梁蔚看着他，嘲讽地笑了笑："我以为你早就不关心我和我妈妈了。"

梁国栋点了根烟，低着头抽了两口，才说："我有我的难处，你爸爸我这几年过得也不容易……"

梁蔚忽然失去了继续和他交流的兴致："我不想知道你这几年过得怎么样，当初你丢下我和我妈，大概也从来没想过我们是如何熬过那些日子的。早在高二那年，我就没有父亲了。我这次会来参加爷爷的葬礼，也是为了我妈来的。她这人心肠软，我不想让她良心不安，仅此而已，我希望这是你最后一次联系我和我妈。"

梁蔚一口气说完，没有给梁国栋反应的时间，便转身朝陈鹤森走去。

陈鹤森微眯着眼，见她眼睛通红地走来，他眉头一皱，掐了烟："谈好了？"

梁蔚忽然觉得很疲倦，淡淡地说道："我们回去吧。"

陈鹤森问："不等梁叔他们了？"

梁蔚摇了摇头："不等了。"

陈鹤森若有所思地看她片刻，握住她的手。她的手指有点儿凉，陈鹤森攥了攥："走吧。"

两个人坐车回去，梁蔚一路无话，直到进入酒店房间，陈鹤森关上房门后感觉后背一暖，身体倏然僵住。

梁蔚从后面环住他的腰，低声说："陈鹤森，你能抱我一会儿吗？"

陈鹤森垂眸，看了一眼覆在他腰间的手，低低叹了一口气，转过身将她拉入怀里："想哭就哭，别憋着，嗯？"

梁蔚低声说："我不想哭，为他哭不值得。"

陈鹤森没说话，静静抱着她，片刻后领口处传来温热的湿意。他轻拍着她脊背的手顿了顿，停在半空中，她带着哭腔的声音在寂静的房间里响起："虽然一开始他给我打电话说爷爷去世了，那一刻我是有那么一点儿怅然的，但怅然过后似乎就没有别的感觉了。我知道他们当初知道我是个女孩，对我妈妈颇有微词，但他们对我其实还算可以，可我回来看着我爷爷躺在那里，一点儿眼泪都流不出。你说，我是不是有点儿没良心？"

陈鹤森回道："怎么会？你做得挺好了。"

梁蔚继续说："我爸这个人压根儿就不负责，其实我挺羡慕你的，高二那会儿吃饭，我就看得出来，陈叔叔和陈阿姨的感情很好。不像我爸妈，从我有记忆起，他们就成天吵架，有时候闹得凶了，我爸还会动手打我……其实这么多年过去了，我还是恨他。

"昨天我问我妈还恨不恨我爸，她说她已经放下了，可我还是放不下。当初他们闹离婚，我给他打了十几通电话他都没接，他怎么能这样对我和我妈呢？我一直想不通。"

陈鹤森知道她高中那几年过得不容易，但没想到竟是这样难。她也不过和他一样的年纪，甚至比他要小两个月，却吃了比他多好多的苦。想到这里，陈鹤森的心脏仿佛被细密的针刺着，泛起密密麻麻的疼意，他更加抱紧了她。

梁蔚重重地吸了一下鼻子，平复了一下情绪，才缓缓开口："那天在抚市一中的操场上，你问我高三的时候是不是很辛苦，其实真的挺辛苦的。"

陈鹤森伸手擦去她眼角的泪水，低下头在她耳边说："以后不会让你辛苦了。"

陈鹤森的这句话，仿佛是注入梁蔚内心里的一股暖流，她缓了一会儿，直到情绪完全平复下来，才轻声开口："我先去一下洗手间。"

陈鹤森松开手："去吧。"

梁蔚走进洗手间，洗了脸出来，陈鹤森背对着她站在窗边接电话，指节轻轻敲击着窗沿。似听到身后的动静，他回过头看了她一眼："等会儿的航班，今天就不带她去了，我也不想逼她太紧。要是真带她去了外公的寿宴，只会让她的处境更尴尬。这事你先帮我瞒着，就别和我爸妈说了。"

梁蔚大概猜测到了对话的内容，朝他走近。陈鹤森刚好讲完电话，梁蔚看向他问："舒乔姐的电话吗？"

陈鹤森把手机揣回兜里，点了点头。

梁蔚又问："是为你外公的寿宴的事？"

陈鹤森轻笑了一声："你想去？"

梁蔚欲言又止。

陈鹤森又转了话锋："你订了几点的航班？"

梁蔚如实说："晚上六点的。"

陈鹤森抬起手腕看了一眼时间，点了点头："那还有四个小时的时间。"

梁蔚看向他："你要不先回去？现在订机票回雁南城，你还能和你外公一块儿吃顿晚饭。"

陈鹤森在床尾坐下，笑了笑说："没事，现在去了，那昨晚不是白挨他老人家一顿骂了？"

梁蔚停顿了一下，问："你外公骂你了？"

陈鹤森像煞有介事地"嗯"了一声："骂了，我长这么大以来，还是第一次挨他的骂。"

梁蔚心里愧疚，陈鹤森眉眼舒展，笑着问她："当真了？"

梁蔚这才意识到他在逗自己，下意识地伸手要去拍他，只是还未触及他的肩膀，就被扣住了手腕，他顺势把她拽入了怀抱。

梁蔚的脸撞上他的肩头，她低低地"哎"了一声，陈鹤森微微皱眉："撞疼了？"

梁蔚轻轻地摇头，他收着力道，其实一点儿也不疼。

他说："嗯，那再抱一会儿。"

梁蔚几不可闻地"嗯"了一声。

梁蔚静静靠在他的胸前，脑海中又不可避免地想起他先前说的那句"以后不会让你辛苦了"。

人似乎就是这样矛盾，没有人心疼的时候，咬咬牙也就吞下了那些辛酸，可当有人心疼的时候，即便只是一句关心的问候，就容易变得非常脆弱。

两个人都没说话，房间里很安静，窗外不时有车子飞驰而过的响声。梁蔚今天醒得早，这会儿靠着他，呼吸间是他身上的味道，意识逐渐迷糊时，忽然听到他在耳边问："还喜欢我吗？"

她睡意去了大半，骤然抬头看着他，撞入他漆黑的眼眸里。

陈鹤森扬眉瞧着她："不是睡着了吗？"

梁蔚不答反问："你刚才说什么了吗？"

"我说什么了吗？"

梁蔚盯着他看了一会儿，轻声说："估计是我听错了……"

临近四点的时候，两个人退了房。陈鹤森拦了辆出租车，和她一起到机场。她的那趟航班已经没有机票，陈鹤森订了另一趟，比她要晚一个小时。

摆渡车驶来，她那一趟航班的乘客陆续开始排队准备上车，梁蔚看了一眼站在队伍外的陈鹤森，他身形挺拔修长，一只手插在兜里，偏头看着她，目光深沉。

梁蔚想了想，突然从队伍中出来，快步走到他身边。

陈鹤森低着头，眼神温柔："怎么了？"

"我先前没听错，是不是？"

她这话没头没尾，陈鹤森愣了两秒，不过很快就明白她话里的意思，未否认："嗯，你没听错。"

梁蔚回头看了一眼缩短的队伍，语速急切地说："你再给我点儿时间，等跟组结束了，我再告诉你答案。"

陈鹤森眉目舒展，眼底浮上浅浅的笑意，说："嗯。"

此刻登机口的服务人员提醒了一句："小姐，你还上不上摆渡车了？"陈鹤森抬了抬下巴："快去吧。"

梁蔚转身，将机票递给服务人员确认过后就上了摆渡车。她站在车里，隔着车窗看向室内的陈鹤森，他垂眸按着手机，过了片刻，她攥在手里的手机屏幕亮了一下。梁蔚靠着车窗，点进微信界面。

CHS："别让我等太久，宝贝。"

梁蔚到达剧组所在的酒店已经是晚上八点多。她刚掏出房卡开门，就碰见了从隔壁房间出来的苏淼。苏淼见到她，语气克制地问："你还好吧？"

梁蔚笑了笑："我没事，这两天我不在，麻烦你了。"

苏淼的语气轻松了点儿："麻烦什么？不过咱们这部剧也没剩几周了。"

《冬夜》这部剧拍摄得很顺利，原本计划三个月的拍摄时长，目前拍摄进度已完成了四分之三，还剩下一点儿，估计再拍两周就能结束。

梁蔚拿房卡开了门，苏淼也跟了进去，手撑在桌沿："我以为你还要再过几天才回来。"

梁蔚回应："不用那么久的。"

苏淼说："行吧，你这两天不在，我一个人怪没意思的，剧组里也没什么别的事。"

梁蔚将手机充上电，开了机，又翻出行李箱里的衣服，朝苏淼说道："淼淼，我去洗个澡，你在房间里坐会儿。"

苏淼往门口走去："你去吧，我刚才也准备出去吃饭，要不要我给你带点儿什么东西？"

"我不饿，谢谢。"

"客气。"

房间门被带上，梁蔚洗完澡出来，手机进来一通电话，是陈鹤森打来的。梁蔚正要回拨电话，手机顶端弹出一条消息，她点进去，是陈鹤森发来的。

CHS:"到酒店房间了没？"

梁蔚在输入框里打字："到了，你呢？"

信息发出去后，过了许久对方都没有回复，梁蔚不禁皱眉，又退出微信界面，切到通话记录，手机突然响了起来，来电显示是一串陌生号码。

梁蔚下意识地按了接听键，那端却是他的声音："梁蔚。"

"嗯。"

陈鹤森问："怎么一点儿都不吃惊？"

梁蔚回道："能猜到。"

"这么聪明？"陈鹤森笑了一声，低声解释，"手机突然没电了，借司机师傅的手机给你打的电话，怕你担心。"

他声音低沉，似敲击在她的心间，梁蔚心口一热："好，我知道了。"

"就不想再和我多说两句？"

梁蔚面上微烫："这不是别人的手机吗？"

陈鹤森很轻地笑了一下："也是，确实不大合适，挂了，早点儿睡。"

《冬夜》在四月底正式杀青，当天关于《冬夜》杀青的消息也上了微博热搜，两位主角的粉丝在话题下宣传该剧。

晚间的杀青宴，陶遥因为明早还有别的行程，没有来参加。

梁蔚喝了点儿酒，走到阳台上透气。四月底的淮城，夜里已有几分热意。梁蔚拿出手机看了一眼，刚才敬酒的时候，手机就不停有消息的提示音。

梁蔚点进微信，12班的微信群今晚格外热闹，她往上滑，刷着聊天记录。

班长王彤在群里发了一张图片，是一张婴儿照，小孩看起来刚出生没几天，穿着淡粉色的衣服。

常兴宇："班长，你生了？这速度够快的。"

王彤："去，少造谣，是师母生了二胎。"

常兴宇："得，波哥终于有千金了。"

宋杭杭："@王彤，你去看波哥和师母了？"

王彤："@宋杭杭，是的，给小家伙买了礼物。"

李橙："我最近没在雁南城，你们谁过两天要去看望师母，帮我带个红包，我到时候微信转账给你们。"

梁蔚看了一会儿，退出班级群，点开陈鹤森的头像，正想发条信息给他，下一秒，聊天界面上就弹出一条消息。

CHS："等你回来，我们一起去看望师母？"

梁蔚弯唇，指尖动了动，回了个"好"字。

梁蔚回完消息，忽然间很想见他，脑海里闪过一个念头，没有迟疑地登录 App，查看飞雁南城的机票，还有一趟是晚上九点的。

如果她现在去机场，时间应该还来得及。

梁蔚回到酒店房间，快速收拾了行李箱，拦车到机场的路上，接到了苏淼的电话："你在哪儿啊？你不会是喝醉了，回房间歇下了吧？"

梁蔚看向窗外后退的路灯："没有，在去机场的路上。"

苏淼"啊"了一声："回雁南城？"

"对。"

"怎么这么突然？"苏淼揶揄道，"不是回去见你男朋友吧？"

梁蔚垂眼笑了笑："嗯。"

苏淼："又被喂了一嘴'狗粮'……得，我挂了哈，你注意安全。"

到了机场，梁蔚取了机票，拍了张机票相片发到朋友圈。

陈鹤森这边刚忙完事情，一边往办公室走一边点开微信查看信息，看到了一个小时前梁蔚发的那条朋友圈。

陈鹤森垂眸看着手机，不自觉地笑了笑。杨鑫从外面进来，见他心情很好的样子，提高嗓子问了一句："看什么呢，这么高兴？不是下班了，走不走？"

陈鹤森脱了身上的白大褂，杨鑫说："一起啊，顺便去医院对面吃夜宵。"

陈鹤森收了手机："不去了，我等会儿还有事。"

杨鑫看了他一眼："小梁不是还在淮城，你能有什么事？"

陈鹤森脚步没停，往门口走去："去机场接人。"

梁蔚出了机场，不出所料地看到了站在旁边围栏处等待的陈鹤森，他身上是白色的 T 恤和牛仔裤，一只手撑在栏杆上，站姿散漫。

梁蔚脚步缓了缓，继而朝他走去，陈鹤森挑了挑眉："就不怕我没看到那条朋友圈？"

"不知道为什么，总觉得你能看到。"

"所以你是回来告诉我答案了？"

梁蔚点了点头："你能先回答我一个问题吗？"

"什么？"

梁蔚抿了抿嘴角："那天晚上，你到楼下给我拿体温计，我接到了陶遥的电话，她说给你发过信息，你——"

陈鹤森似看穿她的想法："我没回她，我和她已经说清楚了，她以后也不会再联系我。"

梁蔚点了点头。

陈鹤森垂下眼睛："那你的答案呢？"

梁蔚抬起头，一字一顿地说道："我觉得我应该学会珍惜眼前的人。"

陈鹤森眉心舒展："不退缩了？"

梁蔚轻轻地"嗯"了一声。

陈鹤森确认道："说话算数？"

梁蔚没有回避他的视线，轻声开口："算数。"

陈鹤森露出笑容，伸手将她揽入怀里，梁蔚的脸贴着他身上的布料。他没抱太久，片刻后就放开了她。

车子开出地下停车场，又驶上车道，梁蔚看着前方的路，眼神困惑地说："这不是去我家的路……"

陈鹤森说："嗯，是去我家的。"

梁蔚扭头看向他，陈鹤森接触到她的目光，笑了笑问了一句："不想去？"

梁蔚回道："不是。"

陈鹤森说："那去我那里。"

车里的广播在放一首德文慢歌，节奏舒缓，街道两旁的路灯在眼前延伸开，好像这条路没有终点似的。

梁蔚静静地听了一会儿，问："我们什么时候去看黎老师？"

"明天吧，明天我刚好休息。"陈鹤森盯着前方的车况，"原本想着你今晚要是没回来，我明天过去接你的。"

梁蔚心思微动："那我是不是回来得太早了？"

陈鹤森说："不早，回来得刚刚好。"

一个小时后，车子到达陈鹤森的小区楼下。

陈鹤森下车，从后备厢里拿出她的行李箱，带着她往单元门里走去。

两个人进入电梯，梁蔚的手机响了起来，是李菀打来的电话："回雁南城了？刚才看到了你发的朋友圈。"

梁蔚："对，刚到。"

李菀问："用我去接你吗？"

梁蔚顿了一下，说："陈鹤森已经来接我了。"

李菀："他现在是不是就在你身边？"

"嗯。"梁蔚想起了那天陈鹤森来找她的事，说，"谢谢你，菀菀。"

李菀："跟我还客气啥？挂了，其他事过两天见面再说。"

"好。"

等梁蔚拿下手机，陈鹤森扬眉问："李菀？"

梁蔚点头："是她。"

陈鹤森握了握她的手："她对你挺好的。"

梁蔚笑了笑："嗯，她是对我很好，不过那天你来接我，菀菀除了提及我爸妈的事，是不是还跟你说了别的什么？"

陈鹤森靠着身后的电梯墙壁，歪着头看她。

梁蔚不太自在。

陈鹤森侧目："周阿姨和梁叔的事？那后来呢？"

梁蔚明白他指的是在医院楼道撞见的那次，轻声解释："其实毕业后很少碰了，唯一一次就是我姥姥做手术那时候，还被你撞见了。"

陈鹤森开了门，先让她进去。梁蔚在玄关处换拖鞋，听到他在身后说："那是我来得不巧了，给你道个歉。"

"怎么——"

梁蔚回头，话还没说完，他就低下头，一手扣住她的后脑勺，吻住了她。梁蔚后退，脊背贴着墙壁，仰着头承受着他在唇上或轻或重的吮吸。

玄关处没有开灯，黑暗里，人的感官被放大，陈鹤森的吻落在她的颈侧的那片皮肤上，濡湿的热意蔓延，冷不丁激起一股电流。

梁蔚将脸埋在他的颈窝里，他的手掌落在她的腰后，隔着一层布料，像一块炙热的烙铁。梁蔚觉得自己就像枝头簌簌的花骨朵，一阵风掠过，处于欲落不落的煎熬状态。

将脸埋在枕头上，她不敢往后看，一种陌生的感觉从心底最深处浮上来，像是被困在暴风雨中的一艘小船，最后一个浪头席卷而来，顷刻间她便被掀翻，而后一切又归于沉寂。

房间里是彼此浅浅的呼吸声。

陈鹤森搂着她的腰，与她额头相抵。梁蔚享受着这片刻的温馨气氛，过了会儿，小腿蹭了蹭他的腿："我口渴，想喝水。"

陈鹤森喉结滚了滚，克制道："别蹭。"

梁蔚倏地缩回腿，陈鹤森喉咙里逸出一声短促的轻笑，扫了她一眼，掀开被子下了床。

梁蔚裹紧被子，转过身背对着他。

陈鹤森见她这样，低头笑了笑，语气调侃道："刚才不是都看过了？"

梁蔚脸发烫，嗓音还是有些哑，小声嘟哝了一句："现在不想看。"

他一只手撑在床沿，压下身子在她耳边说："吃干抹净就不认了？"

梁蔚转过脸，对上他居高临下的视线，一时有些心虚，清了清嗓子，叫他的名字。

"陈鹤森。"

"嗯？"

"我真的很渴。"

"这就去给你倒水。"

陈鹤森没再逗她，走出卧室，很快手上拿着一杯水折返回来。

梁蔚听到渐近的脚步声，裹着被子坐起，就着他的手喝了半杯水，便推开说不喝了。陈鹤森垂眸看着她，打趣道："看来是真渴了……"

梁蔚瞪了他一眼，陈鹤森眼底尽是笑意，将她剩下的水喝完，将杯子放回床头，弯下腰，手指穿过她的膝弯，连人带被地把她抱了起来。

梁蔚骤然身体腾空，低低地尖叫出声，下意识地抬手紧紧搂着他的肩头。

陈鹤森抱着她，掂了掂，声音带笑地说："搂紧了，别摔下去。"

梁蔚抬眼看着他："不重吗？"

"不重。"

等两个人洗完澡出来，已经是一个小时后的事了。梁蔚累得连手指都懒得动一下，躺在被窝里想起刚才在浴室里他说的话，不由得愤愤地抬脚踹了他一下。

陈鹤森不解地偏头看着她："怎么了？"

梁蔚没说话，盯着他问："不是说只洗澡吗？"

陈鹤森了然，沉沉笑了一声："第一次，所以有些没控制住。"

梁蔚眼睫微颤："你们以前没这样过？"

陈鹤森摇头："没有。"

梁蔚心思微动，不免想起刚才的事，顿了顿，又说："你看起来一点儿都不像第一次。"

陈鹤森挑眉："这是夸我了？"

梁蔚脸红了："我又不是这个意思。"

陈鹤森倒没遮掩，坦然说："以前和邬胡林看过一些片子。"

梁蔚微抬眼眸，有些诧异，虽然知道男生对这方面的事多多少少有些了解，但一想到他高中的样子，就觉得他应该不会看这些东西。

梁蔚眼尖地捕捉到他的耳朵有点儿红。

陈鹤森拳头虚虚地抵着嘴角，咳了一声，侧目问道："这样看着我做什么？"

梁蔚诚实地说道："就觉得你读书那会儿给人的感觉是光风霁月的，没想到也会看这种小电影。"

陈鹤森关了灯，躺下来，将她拉入怀里："男生多少会接触一些。"

梁蔚闭上眼睛，轻轻地"嗯"了一声，额头碰到他的下颌，睡意蒙眬间，一呼一吸是彼此身上沐浴露的淡淡清香，只是不知道是他的还是自己的。

/ 第十一章 /

汹涌

翌日，外头下起了雨，雨滴"噼里啪啦"地砸在玻璃上。

梁蔚被吵醒，一睁开眼，映入眼帘的就是他白皙清俊的侧颜。梁蔚呼吸一窒，克制着动作轻轻翻了个身，盯着他看。

即便高中时她偷偷喜欢着他，大概也没想到有一天两个人会躺在同一张床上。她从来没想过她的暗恋会有结果……

毕竟年少的暗恋，大多数无疾而终。

梁蔚望着眼前这张脸，忽然想起第一次见到他的场景。

其实她第一次见他，并不是他来班级里找邬胡林时，而是在更早之前，在那个漫长炎热的两个月长假里，就见过他。

那是距离中考分数线出来前两天的事，她参加完初中同学的生日宴会，步行回家，经过一家便利店。

盛夏的夜晚，空气闷热寂静。

先前吃了甜腻的蛋糕，又走了将近十分钟的路，路上一丝风都没有，碎发贴在颈后，喉咙干涩，她舔了舔干燥的嘴唇，抬脚走入眼前的便利店。

便利店里灯光大亮，里头没有其他客人，只有一个坐在结账台后面玩手机的中年妇女。

梁蔚绕过货架，忽然听到一声狗吠，眼皮一跳，循声看去，桌角后蹲着的一只白色小狗正盯着她狂吠，看不出是什么品种。

妇女低声呵斥狗："狒狒别叫。"

或许是她脸上的惧意太明显，中年妇女又朝她笑了笑："拴着狗绳呢，别怕。"

梁蔚点点头，挪动脚步往冰柜走去。因为温差，冰柜玻璃门上蒙了层淡淡的水雾，梁蔚握住把手，指尖触到雾蒙蒙的玻璃，便是一个清晰的指印。

她低头挑选着，手指滑过一瓶饮料，忽然察觉脚踝处有毛茸茸的触感，低头一看，整个人吓得瞬间后退了一步，脊背贴着身后的玻璃冰柜，小狗一脸无辜地盯着她。

梁蔚手心里出了层汗，身体紧绷，直到视野里出现一双白色板鞋和蓝色的裤腿，来人蹲下身子，伸手抱住了小狗。

梁蔚稍稍松了一口气。

眼前的男生抱着小狗站了起来，足足高出她一个头，匆匆赶来的阿姨接过了男生手中的小狗，看向梁蔚："吓坏了吧？"

男生的目光也跟了过来，梁蔚的心脏莫名地停跳了两秒，在这两秒的间隙里，男生扬眉看着她，声音带了点儿笑意："你怕狗啊……"

这是陈述句，不是疑问句。

梁蔚抿着唇点了点头，攥着手上的饮料瓶身，挪动脚步往结账台走去。

"嗯，成绩还没出来，不出意外的话应该是去一中了。"

男生没拿手机的那只手垂在身侧，站姿很放松，身上是黑色 T 恤，随着他低眉挑选冰柜里的饮料的动作，脊背弯成一道平缓的弧线，不是很明显。

梁蔚偷偷收回了视线，退至门口，隔着一扇落地玻璃墙，看到货架之间露出男生俊逸的眉眼，才后知后觉地发现刚才忘了跟他说一声谢谢。

此刻他就躺在她身旁，触手可及，她的手指慢慢勾勒着他的侧脸线条，直到他眼皮动了动，她猛然缩回了手。

陈鹤森睁开眼，转头看向身边的人，懒洋洋地说道："睡醒了？"

"嗯。"

"早餐想吃什么？"

梁蔚纠结地皱起眉毛："你看着买。"

陈鹤森轻笑："还疼不疼了？"

梁蔚怔了两秒，耳根发烫，移开眼，含混地"嗯"了一声。

陈鹤森坐起身，挑了挑眉梢："'嗯'是什么意思？"

梁蔚无奈地有些破罐子破摔道："就是不疼了，陈鹤森，你怎么这么烦人啊？"

他低头，眼睛里含着笑意，手指落在她的腰间，带着点儿胁迫的意思："现在就嫌我烦人了？"

梁蔚怕痒，在他手下缩成一团："我说错了。"

陈鹤森神情愉悦，没再逗她，起身下床："我先去洗漱，你再躺会儿。"

梁蔚拉长音"嗯"了一声："你把手机拿给我。"

陈鹤森低头扣上皮带，又伸手去拿了床头柜上的手机递给她。

梁蔚接过手机，先刷了一下朋友圈，看到苏淼上传了几张昨晚的杀青宴的照片。梁蔚给她点了赞，再退出朋友圈时，陈鹤森正好从卫生间出来，走到床边，隔着被子拍了拍她的臀："去洗漱，我去楼下买早餐。"

梁蔚放下手机，掀开被子，陈鹤森倾身亲了一下她的唇瓣，很快就离开了。

梁蔚捂着嘴，蹙眉提醒他："我还没刷牙呢。"

陈鹤森拿上手机，往门口走去，语气随意地说："我不嫌弃你。"

梁蔚洗漱完，陈鹤森刚好买完早餐回来。

"过来吃早餐。"

梁蔚在餐桌前坐下，看向对面的陈鹤森："等会儿吃完早饭，你送我回我住的地方吧。"

陈鹤森闻言看她一眼，将一份小米粥摆到她面前："行。"

吃早饭的时候，陈鹤森接个电话，没有起身走开，而是直接在她对面接听起来："早醒了，什么事？"

梁蔚喝了口小米粥，抬头看着他。陈鹤森留意到她的视线，拿手指点了点她那份小米粥，示意她继续吃。

梁蔚低头喝粥，他的声音从对面传来："我等会儿问问她，她想去的话，我再给你回信息。回来了，昨晚回的，行，先挂了。"

陈鹤森挂了电话，梁蔚还未等他开口就直接说："我去吧。"

陈鹤森把手机放到桌面上，稍微坐直了身体，说道："我还没说什么事呢，你就答应了？"

梁蔚说："不就是阿姨让我去你家吃饭吗？"

陈鹤森笑了笑："是这事，那我给她回信息，说我们中午过去？"

梁蔚点了点头，看着陈鹤森拿起手机准备发信息，又说："那等会儿我们去你家之前，我先去买些东西？"

陈鹤森拿起勺子，也喝了口粥："不用，人去就行。"

"我第一次去你家，空手上门不太好，"梁蔚说，"或者你告诉我，陈阿姨和陈叔叔喜欢什么？我买点儿东西带过去。"

陈鹤森说："不用买这些东西的，你上门，我妈就很高兴了。"

梁蔚放下筷子："我妈要是知道我去你家没买东西，到时候免不了要说我一顿。"

陈鹤森抽了两张纸巾擦拭了一下嘴角："那我等会儿给我妈发条信息，问问她的喜好。"

梁蔚满意地笑了笑："行，那你等会儿别忘了。"

"忘不了。"

吃完早饭，梁蔚去卧室收拾行李箱，陈鹤森倚着门框："要不，行李箱就放这里，别拿了？"

梁蔚手上的动作停了停，她转过脸看着陈鹤森问："嗯，你说什么？"

陈鹤森目光牢牢锁着她，缓缓开口："我说，要不我们同居怎么样？"

梁蔚脸上露出些许迟疑之色，隔了两秒她才说："会不会太快了？"

陈鹤森反问："快吗？我还觉得慢了。"

梁蔚合上行李箱，想了想，起身走到他跟前。陈鹤森垂眸看着她，梁蔚抿着唇，脸色有点儿严肃："让我考虑几天，好不好？"

陈鹤森垂眼看了她一会儿，说："我只是提议，你要是觉得节奏太快了，我们就按照你的步伐来。"

去陈鹤森父母家之前，梁蔚还是让陈鹤森开车送她去附近的商场买了些东西。梁蔚给陈母挑了条围巾，又给陈叔叔买了一盒茶叶，还有给黎老师的孩子买的东西。

两个人开车前往陈鹤森父母的家，虽然梁蔚一开始答应了下来，但一想到真要到他家里去，坐在副驾驶座上还是有一点儿紧张的。

梁蔚扭头问陈鹤森："阿姨知道我们分过手的事吗？"

陈鹤森双手扶着方向盘，目光偏了偏，笑着反问："我们分过手吗？"

梁蔚莫名有些心虚："我去苏城那天，舒乔姐给我发了短信，让我和你一起去参加你外公的寿宴，我那会儿也没多想，就给舒乔姐回了条信息说我们分手了……"

陈鹤森说："她问过我，但我让她帮忙瞒着了，我妈他们不清楚这事。"

梁蔚脸上的表情柔和了几分。

陈鹤森见状，似笑非笑地瞅了她一眼："下次还敢不敢说分手了？"

梁蔚竖起两根手指："不说了。"

到了家门口，两个人下了车。

陈鹤森去拿后备厢里的东西，梁蔚伸手要帮忙，陈鹤森则将两只盒子拢到一只手上，另一只手伸过来顺势牵住了她。

梁蔚忍不住弯唇笑了笑。

陈鹤森问："笑什么？"

梁蔚笑道："没笑什么，就是觉得和你在一起很开心。"

陈鹤森用力握了握她的手。

进了院子，陈鹤森按了下门铃，家里的阿姨听见动静，走过来开门："鹤森回来啦，这位小姐是你女朋友吧？"

梁蔚朝对方笑了笑，落落大方地打招呼道："阿姨好。"

"你好，你好，"阿姨笑眯眯地又打量了梁蔚几眼，"长得真俊。"

陈鹤森拉着梁蔚进门，问了一句："我妈呢？"

阿姨接过陈鹤森手上的东西，说："在书房回邮件，应该等会儿就下来了。"

两个人进了门，阿姨倒了两杯水放在客厅的桌上。

梁蔚他们刚坐下，身后就传来了脚步声。梁蔚下意识地回头，看见楼梯口的陈阿姨，下意识地站起来打了声招呼。

陈阿姨莞尔："你坐，别站着。"

梁蔚坐了下来，陈鹤森拿过果盘里的一个橘子，慢条斯理地剥开。

陈阿姨在两个人对面坐下，看着梁蔚说："你读高中那会儿，阿姨还给你发过信息，让你来家里玩，你都没来过。这么多年过去，你可算来了一次。"

陈阿姨又看向陈鹤森，说："剥个橘子给梁蔚吃，别净顾着自己。"

陈鹤森开口："就是给她剥的。"

陈鹤森剥完橘子，极为自然地递给了梁蔚："我爸呢？"

梁蔚掰了半个橘子给他妈妈："陈阿姨，您也尝尝。"

陈鹤森多看了她两眼，陈阿姨接过橘子，眉开眼笑道："哎，还是梁蔚贴心。你陈叔叔中午有饭局就不回来了，他刚才来过电话，让我和你们说一声。"

陈鹤森伸手又拿了个橘子："得，催着让我把人领回来，他自己倒放我鸽子，这老陈不靠谱。"

陈阿姨嗔道："没个正形儿，你爸是真有事。"陈阿姨又向梁蔚说道，"你以后多来家里玩，你妈妈她们在抚市也照料不到你，你就把阿姨这儿当成你自己家。"

梁蔚笑着应了一句。

从陈鹤森家出来的时候，已经快两点了，两个人打算趁这个时间，直接去黎波家里看他。陈鹤森先给黎波打了电话，黎波说师母这两天不在雁南城，让他过一阵子再去，还在电话里三令五申，人去就好，千万别买什么东西。

陈鹤森说了两句，回头看向梁蔚说："去不成了。"

梁蔚的心都提了起来，语气有些紧张："怎么了，是黎老师发生什么事了吗？"

陈鹤森笑了笑，解释道："师母这几天回娘家了，没在雁南城，我们过一阵子再去看她吧。"

梁蔚脸色微缓："那现在我们是回家吗？"

陈鹤森停了停，说："带你去雁南一中逛逛，你不是说想喝校门口的那家奶茶吗？"

梁蔚内心有些蠢蠢欲动，但又有顾虑："可你晚上不是还要上班，来得及吗？"

陈鹤森说："来得及，还有三个小时。"

陈鹤森打着方向盘，从他家到雁南一中的路程并不远，大概半个小时就能到。校门口不好停车，陈鹤森花了五分钟才找到一个停车位。

这个时间点，正是学生上课的时间，校门口的店铺门口不见学生的身影。奶茶店还是以前那家，不过店面的门牌似乎换过了，就连店里的装修都翻新了，和从前不一样。

除此之外，店里还多了一面贴满了便利贴的墙壁，五颜六色的便利贴汇集成一个巨大的爱心。在等店员做奶茶的间隙里，梁蔚走过去看了两眼。

有说要考上某某大学的，也有一些表白的，只是大多数表白便利贴，暗恋对象的名字都是缩写——这似乎是每个暗恋者心照不宣的默契。

梁蔚看得津津有味，就连陈鹤森走到她身后，她都没发觉。

陈鹤森抬头看了一眼墙上的便利贴，低声问她："在想什么呢？"

梁蔚微微转头，对上他温柔专注的眼神，顿了顿，说："嗯，在想，很高兴高中时遇见你。"

两个人没有在雁南一中待太久，毕竟陈鹤森还要去医院上夜班，梁蔚让他直接送她到李菀住的那儿，因为她和李菀约了晚上一块儿吃饭。

梁蔚抬手按了下门铃，过了会儿，听到门后渐行渐近的脚步声，李菀来开门："不是说和陈鹤森去一中了吗？怎么还有空来我这里？"

梁蔚进门换鞋："他晚上还要上班。"

李菀揶揄道："我说呢，你怎么舍得扔下你家那位来找我？"

梁蔚抬头笑了一下："嗯？我有这么重色轻友吗？"

李菀往沙发那边走去："我们今天就不出去了，叫外卖到家里吃？"

梁蔚点头:"可以啊。"

李菀开了电视,又拿手碰了碰梁蔚:"你去苏城,没发生什么事吧?"

梁蔚看向李菀,笑着问:"能发生什么?"

李菀看她一眼,面露犹豫之色:"你爸没向你要钱之类的?"

梁蔚牵起嘴角,淡淡一笑:"没有,他这人虽然不是一个好父亲,但说句难听的话,就算有一天他要流落街头了,也不会向我要一分钱。他自尊心很强,我感觉我这一点有点儿像他……"

李菀拿起杯子喝了口水:"那他现在过得怎么样?"

梁蔚微微蹙眉:"好像过得不是很好,你说他现在会不会有点儿后悔,后悔以前那样对我和我妈?"

李菀嘲讽道:"就是后悔也是他自找的。原本我是挺担心你爸那边的人要是说什么不好听的话,也没人帮衬你,我自己不能去,所以才给陈鹤森打了通电话,你别嫌姐们儿多管闲事啊。"

梁蔚弯唇:"怎么会?我知道你是为我好。"

夜幕降临时,梁蔚才离开李菀家,站在路边拦了辆车,刚坐上车没几分钟,手机突然振动了一下,是陈鹤森打来的电话。梁蔚按了接听键,听到他问:"在外面?"

梁蔚看了一眼窗外的情况:"嗯,在车上。"

陈鹤森说:"你和李菀吃的什么?"

梁蔚滞了一下,回道:"火锅。"

陈鹤森的声音带了笑意:"不是说今天喉咙有点儿疼,还吃这些?"

"点了鸳鸯锅,我没吃辣锅。"梁蔚转移话题,"你吃过饭了吗?"

陈鹤森:"吃了。"

梁蔚舔了舔唇:"你明天白天也要上班吗?"

陈鹤森嗓音低沉地反问道:"怎么,想见我了?"

梁蔚"嗯"了一声,小声说:"有点儿想你。"

陈鹤森怔了两秒,低下头,眼底掠过一丝淡淡的笑意:"等我明晚下班去找你。"

"好。"

两个人没多聊，陈鹤森挂了电话，伸手从口袋里掏出包烟，抖出一根，身后的防盗门被推开。陈鹤森叼着烟回过头去，见是杨鑫。

　　杨鑫"嘿"了一声："一猜你就在这里，给我来一根。"

　　陈鹤森将烟盒和打火机一齐扔给他，杨鑫点了一根烟，偏头看着陈鹤森："刚才吃饭的时候，那个电话是吴教授打来的吧？他是不是和你提了出国进修的事？"

　　陈鹤森低头抽着烟，表情淡然，含混地"嗯"了一声。

　　杨鑫深吸了一口烟，瞥了一眼陈鹤森："这可是好机会，一般来说出国进修这种事，搁在住院医师身上是少见的，最起码也得是主治医师才有这资格，但这次院里特意给住院医师留了两个名额，这院里的人可都铆足了劲儿要争取这个名额，你可想好了。"

　　陈鹤森低声笑了笑："我这还没决定呢，老师就让你来当说客了？"

　　杨鑫弹了弹烟灰，抬手拍了拍陈鹤森的肩膀："行吧，别的话我也不多说了，你自个儿好好考虑清楚。"

　　这边梁蔚回到了家里，刚倒了杯热水，手机就有微信消息的提示音。她拿过手机看了一眼，是姥姥发来的一个表情包。

　　前一阵子，周珍给姥姥换了智能手机，又教姥姥怎么语音聊天，这几天梁蔚每天都能收到老人家发来的表情包或者语音消息。

　　梁蔚拿着水杯回到卧室，给姥姥回了条语音消息，正准备放下手机的时候，微博忽然弹出一条消息——知名花旦陶遥谈初恋对象难忘。

　　梁蔚愣了两秒，指尖动了动，点进链接，是一个大概四分钟的采访视频。

　　视频里，陶遥穿了件镂空的薄荷绿毛衣，搭配浅蓝色的牛仔裙，妆容比较淡，看上去依旧亮丽可人。除了她，还有其他演员在，是宣传《初恋》这部电影的一个访谈。

　　主持人问在座几位嘉宾，对初恋这个话题是怎么看的？轮到陶遥回答时，她失神片刻才说："我不知道该怎么说，其实大多数人会觉得初恋是难忘的，毕竟是第一段感情，算是启蒙。我以前也这样认为，但其实不然。对一部分人来说，初恋有着特殊意义，但对另一部分人来说，不过是一场寻常的感情，没有其他附加意义。"

主持人顺势问:"那对你来说,初恋是有特殊意义,还是不过是一场寻常的感情?"

陶遥回答:"我正学着把它当作一场寻常感情。"

主持人追问:"哦,看来遥遥对初恋这个话题深有感触,是不是曾经有过一个难忘的初恋?"

陶遥神秘地笑了笑:"这是一个秘密……"

梁蔚看完这个视频,心情没有太多波澜。她退出微博,又给姥姥回了条信息说晚安。

隔天,陈鹤森五点才下班,梁蔚收到他的信息后乘坐电梯下楼,就看到陈鹤森的车子停在单元门口。他坐在车里,正在讲电话。

梁蔚走了过去,打开副驾驶座的车门。陈鹤森将手机丢到中控台上,抬眼看了过来:"要吃什么?"

梁蔚吞咽了一下口水,眉头几不可察地蹙了蹙:"吃点儿清淡的东西吧。"

陈鹤森看到她皱起又松开的眉头,轻声问:"喉咙不舒服?"

她今早醒来时就觉得喉咙好像有点儿疼,灌了两杯温开水,才觉得舒适了点儿。梁蔚点了点头,心虚道:"好像是有点儿严重了。"

"去看医生了吗?"

"没看,我多喝点儿水,应该明天就好了。"

陈鹤森伸手过来弹了一下她的额头:"昨晚不是说吃的鸳鸯锅吗?"

梁蔚撇了撇嘴:"一开始是,后来不是没忍住吗?"

陈鹤森轻笑:"就这点儿志气?"

梁蔚言之凿凿道:"你不懂,毕竟看菀菀吃得那么香,我哪里忍得住,就尝了几口。"

陈鹤森笑看着她,点了点头:"嗯,还有理了?"

梁蔚倾身,凑过去轻啄了一下他的脸,又坐回去:"别说我了,快去吃饭吧,你不是还没吃吗?"

陈鹤森见她这副讨饶的模样,倒没再继续说什么,无奈地笑了笑,继而把车开出小区。

最后两个人吃了豚骨拉面,开车回去的路上,陈鹤森又去诊所给

366

她买了点儿药，才回到家。

梁蔚拿了衣服去浴室洗澡，中途听到手机铃声响起。梁蔚关了花洒，冲门外的陈鹤森说道："你帮我接一下电话，看看是谁打来的？"

陈鹤森从阳台进来，她的手机就放在沙发上，来电显示是妈妈。陈鹤森按了接听键，听到周珍说："蔚蔚。"

陈鹤森轻咳了一声："阿姨，我是鹤森，蔚蔚在洗澡。"

周珍："哦，鹤森啊，你们现在在一起啊，那我等会儿再打，先挂了。"

陈鹤森："好，再见，阿姨。"

陈鹤森正打算把手机放回去，手指无意间碰到桌面上的某个软件，屏幕上突然跳出 Days Matter 的界面。陈鹤森微微诧异，没想到她还下载了这个软件，然后瞥见界面上一行粗体字，"梁蔚喜欢陈鹤森4280 天"。

陈鹤森目光微凝，胸口仿佛被什么堵住，情绪无法排遣，一时心绪复杂。他握着手机，喉结滚了滚，这时卫生间的门被打开。

陈鹤森敛眉，若无其事地将手机放回原处。

梁蔚走到他身边："谁的电话？"

陈鹤森盯着她的眼睛，嘴唇翕动："阿姨打来的。"

梁蔚"哦"了一声，伸手准备去拿手机，只是手指还未触到，陈鹤森就突然握住她的手腕，将她拉入了怀里。梁蔚愣了两秒，抬手回抱住他，微微仰起脸问："怎么了？"

鼻间是她身上的沐浴露的馨香，陈鹤森的手指落在她的脑后，轻轻摩挲了两下，他垂眸，克制地吻了一下她的额头："没什么，就突然想抱抱女朋友。"

两个人站在客厅里，静静地抱了一会儿，楼下不时有车驶过的动静。

良久后，梁蔚仰着脸，放轻声音问道："你今天心情不好吗？"

陈鹤森垂眸，对上她的视线："为什么这么说？"

梁蔚摸了摸他的手臂："不知道，就觉得你好像情绪不对，是在医院遇到什么事了吗？"

陈鹤森松开她，眼神带着安抚的力量道："没遇到什么事，别乱想。"

梁蔚又仔细看了他两眼，他这会儿神色正常，也不像有事的模样，于是暗松了一口气，催促他："那你快去洗澡吧。"

陈鹤森亲了亲她的唇瓣："我现在去，你记得把药吃了，开水已经烧好了。"

梁蔚回道："好。"

陈鹤森脱下手表，随手放在茶几上，又伸手去解袖子处的扣子，然后起身往浴室走去。

梁蔚拿了手机，走到阳台上，给周珍回了电话。周珍打电话来也没什么重要的事，只是说刷到她的朋友圈那张机票照片，问她是不是工作结束回雁南城了。

梁蔚将手扶在栏杆上："前两天回的。"

周珍吞吞吐吐地说："我刚才打电话，是鹤森接的电话，你们俩是住在一起了？"

梁蔚的眉眼间染上笑意："没有住在一起。"

周珍似乎松了一口气，又怕梁蔚误会，特意强调了一句："妈妈问这话也不是反对你们住在一起，只是怕你们年轻人万一有什么……不过，你一定记得不要未婚先孕。"

"我知道。"梁蔚无奈地笑了一声，又提起别的话题，"昨天我去了他父母家里，陈阿姨还问起你。"

"是吗？你陈阿姨对你怎么样？"周珍旁敲侧击地问，"她有没有问起你爸的事？"

梁蔚了然，宽慰周珍道："陈阿姨对我挺好的，而且她早就知道我们家里的事了，我还没和鹤森在一起前，陈阿姨就知道了。"

"那妈妈就放心了，你陈阿姨和陈叔叔也确实不是那种会在意对方的家庭的人。"周珍感慨地叹了一声，"以前你还没谈恋爱的时候，妈妈就担心你以后真嫁人，对方要是因为你爸的事对你有偏见，那可怎么办？"

梁蔚失笑："妈，你想多了。"

周珍："不说了，时间挺晚的，你们俩也早点儿休息。"

梁蔚轻轻"嗯"了一声。

她吃了药，回到房间，陈鹤森还没洗完。

梁蔚钻入被窝玩了一会儿手机，然后身后的床垫微微下陷。他伸手从背后揽着她，感受到他温热的吻落在耳后，梁蔚呼吸一窒，气息急促："我来那个了。"

陈鹤森移开嘴唇，说："我知道。"

梁蔚想问他怎么知道，又想起刚才她洗澡的时候扔在垃圾桶里的东西。她在他怀里翻了个身，面对着他，呼吸相闻间，听到陈鹤森问："阿姨和你聊什么了？"

梁蔚伸手拂开眉眼处的碎发："没说什么，她就问我们是不是住在一起了。"

陈鹤森下颌轻轻抵着她的额头，灼热的气息洒在她的脸上："那你怎么说的？"

梁蔚闭着眼，往他怀里拱了拱："还能怎么说？就如实说啊。"

陈鹤森笑了一声："还聊什么了？"

梁蔚含糊其词地回道："说要做好措施。"

陈鹤森轻轻挑眉，又问了一遍："什么？"

梁蔚怀疑他是故意的，耳根发烫："哎呀，就说不要未婚先孕！"

陈鹤森低笑，在她的头顶落下一吻，语气认真地说："好，我知道了。"

隔天，陈鹤森去医院查完房，一大早就被吴广春叫进办公室，问他关于出国进修的事考虑得怎么样了。

陈鹤森回："我不去了。"

吴广春闻言以为自己听错了，难以置信地又问了一遍："你说什么？"

陈鹤森从容道："老师，这事我就不考虑了。"

吴广春吹胡子瞪眼："你想什么呢，还不去了？你知道别的医院哪会安排住院医师进修？！这种事可遇不可求。院里安排的两个名额，一个放在骨科，是什么意思，我看你也不是不清楚，那是医院有意要培养你！你小子倒好，一句不去就打发了？"

陈鹤森站得笔直，脸上没什么表情。

吴广春见他油盐不进的模样，又来了气，随后气不过，顺手拾起桌上的文件就砸了过去。

陈鹤森后退一步，伸手稳稳地接住文件，上前几步将文件放回桌上，笑着说："您老别生气，不然等会儿高血压上来，师母又得给我打电话了。"

吴广春气呼呼地推了一下眼镜，盯着他说："鹤森，你老实和我说，你不去是不是因为你女朋友？"

陈鹤森神色微变，做出这个决定，确实最主要的原因是梁蔚。如果说昨晚他还有点儿顾虑，但在看到她的手机上那个软件后，那点儿顾虑就烟消云散了。

陈鹤森淡淡地说道："这是我自己的决定，和她没什么关系。"

吴广春坐在椅子上，拿过桌边的茶杯喝了两口水，冷哼了一声："你小子的心思瞒得住我？我看那女孩也不像会阻止你出国进修的人，你要是不好开口，我来和你女朋友聊聊。"

陈鹤森眉头轻皱："老师，真和她没关系，是我自己的主意。"

吴广春停了停，才说："五月份才截止报名，我再给你一段时间考虑。"

陈鹤森动了动嘴唇，吴广春嫌烦地挥了挥手："你出去吧，我还有别的事。"

陈鹤森从办公室出来时，杨鑫刚好从门口经过，瞧见他的神情，吹了声口哨："吴教授骂你了？"

陈鹤森摇头，有些无奈地说道："我倒是希望他骂我一顿。"

杨鑫说："一起去楼道里抽根烟？"

陈鹤森点了点头，杨鑫推开旁边的防盗门："你不去，是因为小梁？"

陈鹤森松了手，防盗门严丝合缝地关上。他笑了："怎么你们都往这上面猜，有这么明显吗？"

杨鑫耸了耸肩："除了这个，我真想不出别的原因，你总不能是因为舍不得你爸妈吧？"

陈鹤森扯了扯嘴角……

杨鑫说："其实也就一年，熬熬就过去了，更何况休息日的时候，你也能飞回来见她，而且小梁那工作自由度也挺大。"

陈鹤森吐了口烟圈："不是这么算的，我总觉得不能让她一直等着我。"

杨鑫听不明白，一脸蒙的表情："几个意思啊？这话说得云里雾里的，哥们儿听不大明白。"

陈鹤森抽了两口烟，就掐了烟，散漫地说道："听不懂就算了。"

过了几天，陈阿姨让司机开车来接梁蔚，说约她一块儿吃晚饭。

梁蔚突然接到陈阿姨的电话的时候还有些意外，稍微收拾了一下，便乘坐电梯下楼，快步走出单元门。

陈阿姨摇下车窗，同她招了招手。梁蔚绕过车头，从另一边的车门上车。

陈阿姨笑着看向她："这么突然约你一块儿吃饭，不会打扰你吧？"

梁蔚莞尔："不会，我这两天在家里也没什么事，正觉得无聊呢。"

司机看她坐好，把车子开出了小区。

陈阿姨说："那就好……来找你之前，我还特意给鹤森打过电话，怕你们年轻人和我们老人家一起吃饭会觉得不自在。鹤森工作忙，你要是在宿舍待得无聊，随时来家里玩。"

梁蔚回道："好。"

陈阿姨语气和蔼地说："蔚蔚啊，阿姨问你件事，上回鹤森的外公寿宴那天，他是不是和你在一起？"

梁蔚怔了怔，点了点头说："那天我爷爷去世，他知道了，就跟着我一起去苏城参加葬礼了。"

陈阿姨理解地说道："你爷爷的葬礼，他是该陪着你。那天我给他打电话，他只说有事。我问了舒乔，舒乔也没说具体是什么事，他们表姐弟关系一向比较好，我还当他遇到了什么事情呢。"

梁蔚歉疚地说："抱歉啊，阿姨，让您担心了。"

陈阿姨拍了拍梁蔚的手："这没什么好抱歉的，鹤森这孩子向来不用人操心，我其实倒没担心他，不过怕他工作太忙，平常可能会照顾不到你，怕你们小两口闹矛盾了有意瞒着我。"

梁蔚摇头："他对我很好。"

陈阿姨欣慰地笑了笑："那就好。"

陈阿姨带梁蔚去了粤菜馆，吃到一半时，陈阿姨接了通电话，电话那端的人声音有点儿大，梁蔚能听到一些话语，但具体在说什么并不太清楚。陈阿姨从头到尾语气都很温柔："这事他没和我提，我等会儿给他打个电话。"

陈阿姨放下手机，欲言又止地看了梁蔚一眼。

梁蔚捕捉到陈阿姨的眼神，问道："阿姨，是有什么事吗？"

陈阿姨说："我刚才接的是鹤森的老师的电话，就是六院的吴主任。"

梁蔚顺势说："我见过吴主任几次，当初我姥姥的手术，就是吴主任给做的。"

陈阿姨笑了笑，柔声解释："他刚才打电话来，说鹤森拒绝了院里到国外进修的名额，问我知不知道。这事，鹤森和你提起过吗？"

梁蔚摇了摇头："没听他提过，是这两天的事吗？"

陈阿姨端起杯子抿了口柠檬水："是前几天的事了。据说这个名额挺难申请的，不过鹤森拒绝了，老吴挺生气的。他啊，几乎把鹤森当成自家孩子。我也不清楚具体是怎么回事，不过这事他连你都没说吗？"

梁蔚替陈鹤森说话："他应该还没来得及和我说吧，我晚上问问他。"

陈阿姨笑："你啊，就护着他吧！不过这事你还是得问问他。"

吃完晚饭，陈鹤森开车来接她们。梁蔚陪着陈阿姨一起坐在后座。等把陈阿姨送到了家，陈鹤森转过头来，抬了抬下巴："坐前面来。"

梁蔚推开车门，重新坐上副驾驶座。陈鹤森捏了捏她的手，说："和我妈吃饭，感觉怎么样？"

梁蔚扣上安全带："还行，挺好的。"

陈鹤森笑："会不会不自在？"

梁蔚扭头看着他："怎么会？毕竟她是你妈，我和阿姨聊得挺好的。"

进了家门，陈鹤森的手机又响了起来，他看了她一眼，松开她的手，走到阳台上去接听电话。梁蔚没跟过去，大概能猜到是谁的电话。

只言片语飘入耳边，梁蔚听了几句，忍不住朝他走去，伸手从背后抱住他。陈鹤森垂眸，没拿手机的那只手握住她的手，顿了顿，说："老师，我已经决定了，我现在还有点儿事，等会儿再给你回电话吧。"

陈鹤森把手机拿了下来，转过身，垂眸看着她："怎么了？"

"是吴主任的电话？"

两个人同一时间开口，彼此都愣了一下。

陈鹤森蹙眉，盯着她的眼睛："你都知道了？"

梁蔚没有掩饰："晚上和阿姨吃饭的时候，正巧吴主任给阿姨打来电话。"

陈鹤森伸手捏了一下眉心，语气有几分无奈："这老头……"

梁蔚抿了抿唇，轻声问："你不去是因为我吗？"

陈鹤森变了变脸色，淡淡一笑："是我自己的原因。"

梁蔚望着他："你觉得我会相信这话吗？"

陈鹤森往后靠着栏杆："那天阿姨打来电话，我看到了你的那个计时日软件。"

梁蔚神色讶然，片刻后，整理了一下思绪，问："你是因为看到那个软件才不去的？"

陈鹤森很轻地皱了一下眉，摇头说："没看到之前，我其实也想过不去，只不过看到后才更加确定了这个念头。"

梁蔚眼底发热，心里五味杂陈。其实和他在一起后，她几乎都没想起她手机里还有这么一个软件。

她凝了凝神，语气慎重而缓慢地说："其实高中转学后，我就没想过未来会和你有交集。相对其他人来说，我们能重遇，然后在一起，已经很幸运了。

"我不想你觉得我过去暗恋过你，而对我有什么亏欠感。或许这么说也不太对，只是我想说的是高中暗恋你，是我一个人的事。不是都说，暗恋是一个人的兵荒马乱吗？

"更何况我也没有追过你，所以你不欠我什么。只有当你也喜欢我的这一刻，才是我们彼此的事。如果因为我过去暗恋你，而要你现在事事照料我、迁就我，那对你不公平。感情不是这样算的，不是吗？"

陈鹤森喉结微滚，低头看了看她，嗓子发哑地说："你的大道理还挺多的。"

梁蔚弯了弯唇："我说得不对吗？"

见她眼里都是盈盈笑意，他没忍住亲了亲她的嘴角，含混地说了一句："再正确不过。"

梁蔚继续说："而且我希望我喜欢的陈鹤森永远优秀。"

陈鹤森低笑："老婆，你这样搞得我压力有点儿大。"

梁蔚怔了怔，有些不好意思地嘀咕了一句："你叫我什么？"

陈鹤森笑着看向她："不喜欢我这么叫吗？"

梁蔚目光微闪："也不是……"

陈鹤森闷笑了一声，又低下头吻住了她的唇。两个人唇齿纠缠，呼吸渐乱，他的吻如密集的雨点落在她的耳后、脖颈上，渐渐下移。

梁蔚按住他的手，气息微喘："还在阳台上呢……"

陈鹤森找回了一丝理智，目光带着温度，哑声问："生理期结束了没？"

梁蔚声若蚊蚋地"嗯"了一声，又说："家里没买那个。"

陈鹤森附在她耳边说道："我买了。"

梁蔚的后背陷入了柔软的被窝里，他的吻再次落了下来，指腹触碰之处，激起一层淡淡的湿热感。直到他的手掌从上衣下摆探入，梁蔚忍不住瑟缩了一下。他似乎察觉了，放轻了手下的力道。

梁蔚看着眼前的天花板的白色顶灯，视野渐趋模糊，光线扭曲成一道道变化多端的水纹。腰间垫着柔软的枕头，她视线下垂，看到的便是他短短的黑发。所有的感官都集中在一处，身体燥热起来，像是有什么东西汹涌而出。

最后一刻，她埋在他的手臂里的脸抬了起来，陈鹤森扳过她的下巴，重重吻上了她的唇。

房间里除了空调运作的声响，就是彼此间微喘的呼吸声。

陈鹤森贴着她的后背，揽住她，梁蔚稍稍动了动："你好像很喜欢从后面。"

陈鹤森的声音透着发泄过后的闲适感："你不喜欢？"

"也不是，"梁蔚转过身，面对着他，"你们医院出国进修，大概什么时候就要出去？"

陈鹤森低下头，嘴角碰了碰她裸露的肩头："应该是今年十一月份。"

梁蔚觉得有些痒，不自觉地缩了一下肩膀："那差不多还有半年时间。"

陈鹤森问："真想我去？"

梁蔚闭着眼睛轻轻"嗯"了一声："又不是见不到面，你放假也可以回来，而且我的工作也不用坐班，我也能去看你啊。"

周六的时候，陈鹤森刚好没班，开车带梁蔚去看黎波和师母。

虽然黎波在电话里再三强调让两个人别买东西，梁蔚还是给小孩子买了套衣服。陈鹤森把车停好，两个人下了车。

黎老师的住处在五楼，两个人刚出电梯，陈鹤森的手机就响了起来，是黎老师打来的。陈鹤森按了接听键，将手机举在耳边："在你家门口了。"

话音刚落，紧闭的大门被打开，黎波放下手机，视线落到梁蔚的脸上，迟疑道："梁蔚？"

梁蔚朝黎波笑了笑："黎老师。"

黎波扬声道："好多年没见了，快进来，快进来。"

梁蔚抬脚走了进去，黎波打开鞋柜，拿出两双拖鞋递给两个人："要喝什么？"

梁蔚："水就可以了。"

黎波看向陈鹤森："鹤森，你呢？"

陈鹤森低头穿鞋，看了梁蔚的侧脸一眼："跟她一样。"

黎波点点头，走进厨房倒了两杯水出来。陈鹤森站在客厅里，问："师母呢？"

黎波回道："小孩想睡觉，你师母哄着，不知道这会儿睡着了没，要不我先进去看一下？"

陈鹤森淡淡一笑："不用了，别吵醒小宝宝。"

黎波也就没去敲门，又去问梁蔚："你高二转学后我就没再见过你了，你现在做什么呢？"

梁蔚弯了弯唇："编剧。"

黎波说道："这工作也不错，你这性格倒也适合这工作。你以前理科也好，老师还以为你会做医生什么的，跟鹤森一样。"

梁蔚笑了笑："其实我高中那会儿也不知道自己喜欢什么，也是上了大学后才知道自己喜欢什么。"

"我高二带你们班之前看过你的高一各科成绩，你文科和理科的成绩不相上下。"黎波说，"这几年怎么样，你妈妈还好吗？"

梁蔚将头发撩到耳边，微笑着说："她挺好的。"

陈鹤森在旁边静静地喝水，黎波和梁蔚聊了几句，又问陈鹤森："你小子现在还单着？要不要老师给你介绍介绍……"

陈鹤森放下杯子："我有女朋友了。"

黎波来了兴致："有对象了？那改天你带来我见见。"

陈鹤森气定神闲地说道："您这不是已经见到了？"

黎波一头雾水："什么意思？"

陈鹤森也没继续打哑谜："我和梁蔚在一起了。"

黎波又去看梁蔚，顿了两秒才说："我刚才还琢磨怎么今天你们俩一起来了，也没想到这一层，难怪你小子在电话里说要带个人来见我。"

陈鹤森笑了笑。

黎波感慨道："挺好的，挺好的，鹤森，你可要好好待梁蔚。"

陈鹤森开玩笑道："波哥，你这就有点儿偏心了啊，怎么就不让她对我好点儿？"

梁蔚闻言隔着旁边的黎波，抬眸看向陈鹤森。陈鹤森靠在单人沙发上，留意到她的视线，目光跟了过来，眼里浮现淡淡的笑意。

梁蔚和陈鹤森没待太久，便离开黎波的家。虽然黎波再三让他们留下吃了午饭再走，但两个人还是没留，毕竟黎波家里还有师母和一个刚出生的小婴儿，他们不想多叨扰。

梁蔚上了车，转头看了陈鹤森一眼："你那申请表交了没？"

陈鹤森笑着看了她一眼："交了。"

梁蔚呼了一口气："那就好。"

376

陈鹤森失笑，手指搭在方向盘上："不过还得经过医院领导层层审核的，也许也出不去。"

梁蔚不以为意地说："怎么可能？你们医院还有人比你优秀？"

陈鹤森伸手过来捏了捏她的耳垂："对我就这么自信？"

梁蔚笑着凑到他的怀里，亲了亲他的下巴："你不知道吗？"

陈鹤森垂下眼睛，温柔地问："什么？"

梁蔚放轻声音，一字一顿地说："在我眼里，陈鹤森比任何人都优秀。"

陈鹤森盯着她看了一会儿，声音愉悦地说："看来我们的想法是一致的。"

梁蔚故作不懂："什么？"

陈鹤森挑眉："没听懂？"

梁蔚继续装傻："有一点儿没听懂。"

陈鹤森也没拆穿她，配合地说："嗯，我女朋友也很棒。"

梁蔚乐不可支，又去亲他的脸颊："谢谢。"

陈鹤森扭头瞥了她一眼："这就开心了？"

梁蔚重重地点了两下头。

陈鹤森握住她的手，同她十指相扣，不由得攥紧了点儿："我忽然有点儿担心，我要是去国外进修，你会不会被别人给拐走？"

"怎么会？"梁蔚说。

陈鹤森偏头看着她，语气有几分认真："要不我们先订婚？"

梁蔚愣住。

陈鹤森敛眉笑了笑："吓到你了？"

梁蔚摇头："也不是，就是觉得太快了，当然我并不是不想和你订婚，还是你觉得你出国，怕我会觉得没安全感，怕我会和你分手，所以才要订婚？"

陈鹤森并没否认："要不要这么聪明？"

梁蔚说："那你不怕你出国后喜欢上别人？到时候我可不会让你退婚。"

陈鹤森神色认真地摇头："不会。"

梁蔚说道："所以啊，你相信我，我也相信你，我们顺其自然，好吗？"

陈鹤森语气无奈地说："我该高兴我女朋友这么信任我呢，还是该伤心我女朋友拒绝了我的求婚？"

梁蔚眼睛微亮："我觉得你该高兴你女朋友这么信任你。"

"也是。"他的声音带着笑意。

转眼就到了十月底，距离陈鹤森出国的日子也越来越近了。在陈鹤森出国之前，邬胡林倒是回国了，他们四个人约着一块儿吃饭，地点就在陈鹤森家。

梁蔚在料理台前洗着蔬菜，陈鹤森洗完澡从卧室出来，就看见这么一幅场景——她穿着件杏色毛衣，长发随意地扎了个低马尾，几缕碎发落在脸颊边，侧脸线条柔和，莫名给人两个人结婚已久的错觉。

陈鹤森走到她身后，随手拿过挂在冰箱上的围裙，修长的指节翻转，瞬间就打了个完美的蝴蝶结。

梁蔚扭头亲了亲他的唇："谢谢。"

陈鹤森轻笑："真不打算搬过来住？"

梁蔚继续剥着蒜头："不要，还有一个月你就出去了，我搬过来也是一个人住，等你回来再说吧。"

陈鹤森轻轻"啧"了一声，唇瓣贴了贴她耳后的皮肤："怎么这么倔，嗯？"

梁蔚觉得有些痒，偏着身子躲了一下，这时客厅传来门铃声，梁蔚说："应该是知伽和邬胡林他们来了，你去开门。"

陈鹤森走出厨房，去开门。

姚知伽探了一下脑袋，笑盈盈地问："蔚蔚呢？"

陈鹤森说："在厨房准备食材。"

邬胡林跟在姚知伽身后进来："不会都弄好了吧？那我们来得可太是时候了。"

"你想得倒挺好，"陈鹤森说，"洗个手，到厨房帮忙。"

邬胡林脱了外套，顺手递给姚知伽："我去，就没听说过请人上门吃饭，还让客人自己动手的。"

陈鹤森说："我们家就这个待客之道。"

邬胡林和陈鹤森一道进入厨房。陈鹤森手指轻轻托了下梁蔚的肘部，梁蔚"嗯"了一声，回头看他。

陈鹤森对她说："你和知伽去客厅看电视，接下来的让我和邬胡林弄。"

梁蔚表示怀疑："你们……可以吗？"

陈鹤森解开衬衫袖口的扣子，将袖子折了两道，抬了抬下巴："怎么不行？玩去吧。"

邬胡林见状，开玩笑说："得，你自己疼老婆，就非要拉兄弟来做苦力吗？"

梁蔚抿着嘴浅笑，伸手绕到腰后，陈鹤森已经先她一步，低头替她解开了围裙带子。

梁蔚洗了点儿草莓，端出厨房。

姚知伽坐在沙发上，见她出来，问道："陈鹤森什么时候去英国啊？"

梁蔚在姚知伽旁边坐下："十一月。"

姚知伽拿了颗草莓送到嘴里："听邬胡林说他要出去一年？"

梁蔚"嗯"了一声，姚知伽又问："那你们不就要异地了？"

梁蔚笑说："也就一年而已。"

姚知伽拿过一个抱枕放在腿上："不过陈鹤森确实没什么好担心的，他这人不像邬胡林那样不成熟。"

邬胡林刚好端着一盘洗好的丸子出来，闻言瞥了姚知伽一眼："说我什么坏话？"

姚知伽打了个马虎眼："没说你，说陈鹤森出国的事。"

邬胡林轻呵一声，也不知道信还是不信，转身又进了厨房。

四个人吃完火锅的时候已经快七点了，一道收拾了碗筷后，便在客厅看起电影来。

姚知伽看了一半，突然说："你们还记得高二寒假的时候，我们四个人去电影院看电影的事吗？估计那个时候谁也没想到，时隔多年，我们竟然会在陈鹤森家里看电影。"

邬胡林说："可不是？你眼看就是要奔三的人了。"

姚知伽"啊"了一声，捡起茶几上的纸巾盒砸向邬胡林，邬胡林手疾眼快地接住："打算谋杀亲夫啊你？"

两个人打闹成一团。

电影结束时，陈鹤森和邬胡林到阳台上抽烟。

邬胡林揭开烟盒，递了根烟给陈鹤森，陈鹤森没接，邬胡林又收了回去："真打算出去了？"

陈鹤森靠着栏杆，微眯着眼睛看着客厅里的梁蔚，轻轻皱起眉："申请表都交了，要反悔也来不及了。"

邬胡林点了烟："梁蔚挺好的，一般女生都不怎么愿意男朋友出国，虽然只是一年，但怎么说也没有在身边来得好。我当初要出国那会儿，知伽可没少跟我吵。"

陈鹤森收回了视线，抬眼看向邬胡林："我到时候在外面，她要是遇到什么事，你帮我注意着点儿。"

邬胡林比了个"OK"的手势："你放心，即便梁蔚不是你女朋友，也是知伽的朋友。"

陈鹤森无声一笑："谢了。"

邬胡林回道："客气了，兄弟。"

过了九点，邬胡林和姚知伽也准备回去了。

邬胡林喝了酒，不能开车，是陈鹤森开车送他们回去的。等把两个人送到家，梁蔚看了看车窗外的景致，突然转过脸，目不转睛地盯着陈鹤森。

陈鹤森见她这眼神，立即了然："想去哪里？"

梁蔚说："我们去雁南一中逛逛好吗？"

陈鹤森抬手看了一下腕表："这个时间点？你确定吗，宝贝？"

梁蔚撒娇道："我想去。"

陈鹤森笑着点头："行。"

邬胡林的住处刚好就在雁南一中附近，开车过去也就十分钟。陈鹤森停好车，两个人牵着手往校门口走去。

这个时间点，高三学生晚自习还没放学，校门口有些冷清，两旁的小吃摊的店主坐在位子上玩手机。梁蔚视线扫了一圈，眼睛一亮，拉着陈鹤森往寿司摊走去。

两个人停在寿司摊前，老板从小摊车后站了起来，搓了搓手，热情地问："两位吃什么？"

梁蔚扫了一眼挂在摊前的菜单牌子，轻声说："鸡排寿司。"

陈鹤森笑着看了她一眼："晚上没吃饱？"

梁蔚摇头："不是。你还记得高二有一次晚自习，我来买寿司，后来碰见你和邬胡林吗？"

陈鹤森回想片刻，笑着说："记得，你那时候好像在发呆。"

梁蔚抿了一下嘴角："其实那个 Days Matter 上有一张我们俩的合照。"

陈鹤森扬起眉梢，来了兴致："给我看一眼？"

梁蔚掏出手机，点击软件，打开图片，在她拉动清晰条时，那张相片由模糊逐渐变清晰。陈鹤森靠在她身后，微微低着头，也看清了相片上的两个人。

照片像素不太高，但他还是可以辨出是他们两个人。照片中他们视线对视，身后便是寿司摊，只是老板不是现在这一个。

他把玩了一会儿手机，梁蔚看不出他在想什么，过了一会儿就见他动了动手指，将图片发到了他的微信上，然后重新把手机递给她，柔声问："哪儿来的？"

梁蔚抬头说："嗯，菀菀当时抓拍到的。"

陈鹤森："那现在再拍一张？"

两个人上车回去时，梁蔚坐在副驾驶座上，点开微信看到陈鹤森五分钟前发了条朋友圈，是两张合照，一张是高中时的那张，另一张就是刚才拍的那张。

梁蔚嘴角微弯，点赞了这条朋友圈。

/第十二章/
结局

陈鹤森到国外已经快两个多月，两个人保持着每天一通电话的联系频率，而《冬夜》也在一月中旬顺利播出，反响好得出人意料。

剧刚播出一半，就有不少电视剧博主写文章推荐，自然也有不买账的观众，给女主贴上了"劈腿""渣女"等标签，但梁蔚和苏淼倒没什么情绪波动。毕竟一千个观众眼中就有一千个哈姆雷特，她们着实没必要去在意这些。

陈鹤森今年在国外，不能回来过年，梁蔚去了趟陈阿姨和陈叔叔家里，给两个人买了拜年的礼物，然后才坐车回到抚市。

12班的班级群里，王彤在组织今年的班级聚会。

王彤在群里@梁蔚和陈鹤森："陈鹤森今年来不了，梁蔚，你来不来？"

几个月前，陈鹤森在朋友圈发了两个人的合照，当晚12班的群里就炸了。

赵南把两个人的合照扔在了群里，狂@陈鹤森问是什么情况。

CHS："就是你看到的情况。"

王彤："恭喜，恭喜，到时候结婚，记得给老同学发请柬。"

李橙："@CHS，好好对我同桌哦。"

宋杭杭："@CHS，好好对我舍友哦。"

···········

梁蔚："聚会是什么时间？"

王彤："应该2月10号这样。"

梁蔚："嗯，那几天可能要去参加庆功宴，我看一下到时候时间没撞上的话，就去参加聚会。"

王彤："好嘞。"

陈鹤森没有回复群里的消息，梁蔚猜想他应该在忙。她放下手机，卧室房门被敲响，周珍端着切好的水果进来："今年鹤森是不是就不回来过年了？"

梁蔚回了一下头："嗯，他不回来了。"

周珍在床边坐下："你回来前去看过他爸妈没？毕竟鹤森今年没在家里。"

梁蔚拿了颗葡萄放进嘴里："嗯，去过了。"

这时放在桌面上的手机屏幕亮了一下，梁蔚拿过手机，看到陈鹤森回复了群里的消息，说今年去不了。

常兴宇："怎么，打算让梁蔚代表你出席了？"

陈鹤森："我们一家人，她去了不就代表我去了？"

常兴宇："又在喂'狗粮'……"

梁蔚点进陈鹤森的头像，给他发了条信息："忙完了？"

陈鹤森："刚好有点儿空闲，抽空看了一眼手机，2月10号要去参加庆功宴？"

梁蔚："目前还不清楚，听徐导说差不多是这个时间点，具体哪一天还不清楚。"

陈鹤森："行，知道了。"

陈鹤森没有和梁蔚聊太久，就去忙了。

除夕当晚，梁蔚在厨房里帮周珍打下手，姥姥和姥爷在客厅里看电视。

梁蔚把食材切好，走出客厅时，姥姥把她的手机递给她："刚才好像有人打电话来。"

梁蔚抽了两张纸巾擦手，问了一句："谁啊？"

姥姥说："好像是个英文名，姥姥念不来。"

梁蔚心下了然，点开通话记录，看到"CHS"三个字母，笑了笑，按了回拨键，刚走到阳台上，电话就被接通。

陈鹤森柔声问："刚才在忙？"

梁蔚的手指落在栏杆上，有一丝凉意在指尖蔓延："嗯，在厨房给我妈打下手，吃晚饭了吗？"

陈鹤森懒洋洋地说道："点了比萨。"

梁蔚弯唇："听着有点儿可怜……"

陈鹤森低低笑了一声："嗯，是很可怜，女朋友还没在身边。"

梁蔚忍不住笑出声来。

过了一会儿，等她的笑声停了，陈鹤森缓缓说道："第一个新年，没陪在你身边，会不会不高兴？"

梁蔚摇头："不会啊。"

陈鹤森笑了一下，又说："以后的每一个新年都陪你过。"

梁蔚声音愉悦地应道："好。"

话音落下，远处忽然响起烟花声，梁蔚循声看去，硕大的火花在夜空中绽开，两个人默契地都没出声，直到烟花声停止。

梁蔚轻声开口："新年快乐，陈鹤森。"

陈鹤森的声音低沉地响起："新年快乐，宝贝。"

过完除夕，又是新的一年，《冬夜》播放量突破了56亿，算是完美落幕，而丁航和陶遥也因为该剧收获了一批组合粉。

相对陶遥来说，丁航的受益更大，他本身演技就成熟，只是缺少好本子，因为徐舟这个角色，这次收获一批可观的粉丝。

《冬夜》播放结束，庆功宴的日期也确定下来了，就是2月10号。

梁蔚坐航班去淮城那天，接到了李菀的电话，问起她的生日："那明天，你的生日还过不过了？"

梁蔚说："明天回去和我妈妈她们吃顿晚饭。"

李菀叹息："那只能等你回雁南城了，姐们儿再给你单独补过生日。"

梁蔚："好，谢谢你，菀菀。"

"客气什么？"李菀不以为意，"那陈鹤森呢？你的生日，他不打算回来吗？"

梁蔚顿了顿，说："他说这两天有点儿忙，可能回不来。"

李菀："行吧，我这会儿又来电话了，等会儿微信上再跟你聊。"

庆功宴的场地是在淮城的一家五星级饭店，梁蔚和苏淼是同时到的，苏淼一见到她，就给了她一个拥抱。

两个人好久没见，聊了一会儿，丁航和陶遥也陆续到场。这次梁蔚和苏淼跟着徐东成导演一起，同两位主演坐在了一桌。

其间，陶遥和丁航被邀上台接受采访，苏淼凑到梁蔚耳边低语："别说，他们俩还真有情侣感。"

《冬夜》播完后的一段时间，有不少粉丝翻出两个人的拍摄花絮"嗑糖"，因此还上了微博热搜，大意是粉丝希望二人能再合作撒糖。

采访结束回到座位上时，陶遥没看到梁蔚的身影，心下正奇怪，就听身边的丁航问了一句："苏老师，梁老师呢？"

苏淼抬了下头："她男朋友来找她，这会儿她出去了。"

陶遥神色不变地坐到位子上，又忍不住瞥了一眼对面的空位。她想起前一阵子，林衡发来的陈鹤森的朋友圈图片。她和陈鹤森分手后，两个人就删除了彼此的联系方式。没想到几年后，她再次看到他的朋友圈，会是两张他和梁蔚的合照。

她当时按捺着性子和林衡聊了一会儿，林衡朝她抱怨了两句，话里话外的意思是说陈鹤森现在也没怎么联系他，两个人的关系淡了不少。

她怔怔地盯着那个空位看了一会儿，他现在有很喜欢的女友了，她是该放下了。

丁航见陶遥拿着筷子没动，伸手碰了碰她，低声问道："怎么了？"

陶遥牵起嘴角，朝丁航淡淡一笑："没事，只是想通了一些事情。"

梁蔚快步走出旋转玻璃门，看到了远处的熟悉身影，仿佛周遭刹那间陷入寂静之中，所有的声音都消失，只剩下眼前的这个人。

她不由自主地停下脚步，眼眶有热意上涌。几个月不见的人，此刻就站在百米之外的地方。

陈鹤森穿着黑色大衣，一只手插在大衣口袋里，身后是络绎不绝的车辆、红色的尾灯、橘黄色的路灯、深色的树影。

他身形挺拔，长身玉立，正笑着看向她。

梁蔚心里乱得一塌糊涂，她把手机重新举在耳边，放低了声音问："你怎么回来了？"

两个人隔着一段距离，她看见他同样把手机举在耳畔，眼角带着笑意，轮廓线条被牵动，整个人温柔清俊。他短促地轻笑了一声："回来给女朋友过生日。"

陈鹤森笑着朝她走来，到她身前时停下脚步，长臂一伸将她拉入怀里，柔声问："傻了？"

梁蔚回抱住他，鼻间全是他身上温暖的气息，仰着脸看他："不是说没时间吗？"

陈鹤森低头，在她的额角落下一吻："是啊，不过陪女朋友过生日的时间还是有的。"

梁蔚吸了吸鼻子，忍不住抬手拍他："你怎么这么讨厌啊……"

陈鹤森反手握住了她的手，牢牢攥在手心里，眼里是温柔的笑意："生日快乐，老婆。"

嫁给我

陈鹤森进修结束，回国那天刚好是国庆节。

梁蔚亲自开车去接他。她拿驾照已经半年多了，前两个月开车出去，不小心和别的车子剐蹭，好在对方车主也不是胡搅蛮缠的人，两个人当下私了的。

当晚，梁蔚回到家里，接到了陈鹤森的电话，闲聊中和他提及这件事，陈鹤森直接挂了电话，转而打了视频电话过来，打量了她一番才放下心来。

他皱着眉说："要不这几个月先不开车了？"

梁蔚知道他在担心什么，钻进被窝里，侧身躺着："今天不过是个意外，我车技还是蛮好的，你不要担心我啦。"

陈鹤森劝不住她，只好叮嘱她开车多注意，遇到什么事直接给邬胡林打电话，不要怕麻烦别人。

梁蔚咬了咬唇："那不太好吧？总不能一直麻烦邬胡林。"

陈鹤森望着视频里她的脸，笑了笑说："出国前，我和他打过招呼了，让他帮忙照看着你点儿。"

梁蔚轻轻"嗯"了一声，又看了看镜头里的陈鹤森。他穿着件白色 T 恤，肩膀线条笔直，黑发垂在额角，看起来清爽明朗得像刚出校门的大学生。

梁蔚动了动唇，叫他的名字："陈鹤森。"

"嗯？"

他抬起头，看了一眼裹在被窝里的她，但她又没继续说话。陈鹤森眉梢一挑，合上书本，往椅背上靠了靠，眼神含笑地静静看向她。

"陈鹤森。"

"嗯。"

"陈鹤森。"

"嗯。"

梁蔚一遍遍地重复喊着他的名字，他也不厌其烦地回应她。到最后，她忍不住笑了，眉眼弯弯："陈鹤森。"

陈鹤森低声回："嗯。"

梁蔚说道："等你回国，我们就同居吧。"

陈鹤森怔了两秒，继而眉眼舒展，脸上有笑意漾开："好。"

梁蔚在出口等了一会儿才看到陈鹤森提着行李箱，随着人流走出来，这情形还真有点儿像当初她回雁南城，他大半夜来接自己那会儿。

梁蔚看着他走到跟前，隔着围栏，抬手抱住了他的腰。陈鹤森松了行李箱，回抱住她，垂眼看了她一会儿："不是让你别来接我了？"

梁蔚回道："想给你个惊喜啊。"

陈鹤森笑着问："自己开车来的？"

梁蔚顿了一下，说："你猜？"

陈鹤森一眼就看穿了她的心思，拿手指拂开落在她耳畔的发丝，配合地说道："我猜你是自己开车来的，回去的路上我来开。"

梁蔚不死心："我的车技现在很好，你不相信我吗？"

陈鹤森拉过她的手捏了捏："我相信你，不过今天我来开车。我妈刚才来电话，让我们回去吃午饭。"

梁蔚"哦"了一声。

到了停车场，陈鹤森把行李放到后备厢里，直接上了驾驶座。梁蔚只能乖乖地去坐副驾驶座。

陈鹤森把车子开出，偏头问她："家里的东西都收拾好了吗？"

梁蔚一时没反应过来："收拾什么东西？"

陈鹤森摇头笑着反问:"不是说搬到我那里吗?这么快就忘了?"

梁蔚这才想起这事:"还没收拾呢。"

陈鹤森说:"明天我帮你搬,你收拾。"

梁蔚探身凑近他,支着下巴问:"你是不是很想让我住你那里?"

刚好前面红灯转绿,陈鹤森停下车子,目光偏了偏:"我以为你应该知道,我有多想让你住到我那里去。"

梁蔚说:"好吧,那我就勉为其难地答应你。"

陈鹤森失笑:"谢谢梁同学这么大方。"

两个人说着话,很快就到了陈鹤森的父母家。

家里的阿姨已经做好了饭菜,两个人进门的时候,刚好所有的饭菜都被端上桌,陈叔叔今天也在家里。

几个人落座,吃到一半,陈阿姨看了一眼梁蔚,问:"你们俩打算什么时候结婚?"

陈鹤森夹了块蟹肉放到梁蔚的碗里,半开玩笑道:"这要看她打算什么时候嫁给我了。"

梁蔚转过脸去看陈鹤森,陈鹤森接触到她的视线,瞅着她问:"打算什么时候嫁给我啊?"

梁蔚耳根微烫,放在桌底下的手偷偷要去揪他,他似乎早就料到,一把握住了她的手。她试图动了动,陈鹤森却没放开。

陈阿姨瞪了陈鹤森一眼,为梁蔚解围:"没个正形儿,你还没向蔚蔚求婚,人家怎么答应你?"

陈鹤森说:"那我是得好好考虑一下该怎么求婚了……"

梁蔚扭头去看他,见他神色认真,像是真的在考虑这件事,呼吸快了几拍。虽然半年前,她和陈鹤森出席姚知伽和邬胡林的婚礼时,谈过这件事,但后来就没再提及。梁蔚其实也不着急结婚,挺享受两个人目前的状态的。

只不过她偶尔回抚市时,李阿姨见到她,总要问她打算什么时候和陈鹤森结婚,还说到时候举行婚礼,记得给她发请柬,搞得梁蔚有些哭笑不得。

吃完午饭,梁蔚又陪陈阿姨坐了会儿。等从陈鹤森的爸妈家出来,已经快两点了,两个人直接回到了陈鹤森家。一关上门,陈鹤森就把行李箱丢在角落，将梁蔚抵在墙壁上，低头去吻她的唇。

两个人快两个月没见了，梁蔚也丝毫不掩饰自己的感情，搂着他的肩膀，热情地回吻他。两个人气息交缠，房间里都是彼此粗重的呼吸。

指腹重重碾过时，她的身子微不可见地战栗了一下。

陈鹤森嗓音低哑地说："还是这么敏感。"

梁蔚将头埋在他的肩膀上，耳根发烫，瓮声瓮气地说道："别说了。"

陈鹤森又吻住她耳后那块敏感的皮肤，在她耳边低声说了一句话。梁蔚睁开湿漉漉的眼眸看向他，陈鹤森吻住她的唇，力道又加重了几分。

等一切都结束，两个人收拾干净，躺到床上休息。梁蔚钻到他怀里，脸贴在他的胸前，临要睡着时，忽然想起一件事，说："知伽怀孕了。"

陈鹤森睁开眼，垂眸看着她："什么时候的事？"

梁蔚轻声道："上个月"

陈鹤森低笑了一声："得，让邬胡林赶在我前头了。"

梁蔚有些无语："你们男生还比这个吗？"

陈鹤森撑起身子，盯着她的眼睛说："那我们是不是得赶一下进度？"

梁蔚面露迷茫之色："什么进度？"

陈鹤森轻咳了一声："订个婚怎么样？"

梁蔚舔了一下嘴角："那你现在是在向我求婚吗？"

陈鹤森问："这样求婚，是不是太没诚意了？"

梁蔚嘴角上翘，轻轻"哦"了一声。

自从那天陈鹤森说了求婚的事以后，过去半个月也没什么动静。梁蔚倒也没放在心上，在这期间，梁蔚和苏淼又飞了一趟海市，受邀参加金蝉奖的颁奖典礼。

两个人合作编的《冬夜》被提名最佳编剧奖，但梁蔚和苏淼都没抱太大的希望，毕竟入围的还有其他资历比她们老的编剧。

在这次为期三天的金蝉奖颁奖典礼中，梁蔚和苏淼由徐东成导演引荐，还加了几个制片人的联系方式。

从典礼场地出来时，苏淼倒没有因为没得奖而沮丧，反而兴致勃勃地提议去吃夜宵。

梁蔚想着回酒店也没什么事就答应了，两个人在附近找了家烧烤店，苏淼又要了两罐啤酒。等烧烤上桌的间隙，苏淼神秘兮兮地说道："丁航和陶遥在一起了。"

梁蔚有些意外："你怎么知道的？"

"我上次接的那个本子，男主角不是丁航嘛，我有一次从酒店出来，看到了陶遥来探班。"苏淼喝了口啤酒，"其实他们俩挺合适的，虽然陶遥大了丁航一岁。"

两个人拍《冬夜》的时候，确实情侣感很强，《冬夜》能爆，除了剧本的关系，也有他们两个人的因素在。而且在这次的颁奖典礼上，丁航和陶遥因为《冬夜》这部剧，分别拿到了最佳男演员和最佳女演员的奖项。

点的烧烤都上桌了，梁蔚吃了两串烤肉，放在桌面上的手机振动了一下，是陈鹤森打来的电话。梁蔚按了接听键，轻轻"喂"了一声。

陈鹤森听到话筒里传来嘈杂的说话声，顿了顿，问道："还在外面？"

梁蔚抬眼，对上苏淼促狭的眼神，声音低了下去："在外面吃夜宵。"

陈鹤森又问："一个人？"

梁蔚回："还有苏淼。"

陈鹤森笑了一声："明天回来吗？"

梁蔚的话都溜到嘴边了，转念一想她又咽了下去："还不知道情况。"

陈鹤森说："颁奖典礼不是今天结束吗？"

梁蔚迟疑地说："是啊，但我明天可能还有别的事。"

陈鹤森靠着墙壁，将手机换到另一侧耳边："你男朋友想你了，明天回来，嗯？"

他的声音通过电流传来，梁蔚耳根发烫，伸手摸了摸耳朵："知道了。"

陈鹤森声音愉悦地问:"几点的航班?我去接你。"

"应该十点就会到。"

"行,我明天去接你。"

隔天,梁蔚到达雁南城的机场后,见到了那个昨天说想她的人。

两个人上了车,梁蔚看了一眼手机屏幕上显示的时间,建议道:"我们吃了午饭再回家?"

陈鹤森开着车,分神看了她一眼:"我已经做好了,回去吃。"

两个人同居这一个月,陈鹤森如果不上班,偶尔就会在家里做饭给她吃。中餐、西餐他都会一点儿,而且做出来的味道还不赖。

梁蔚眼睛一亮,来了兴致:"你做了什么?"

陈鹤森嘴角浮起淡淡的笑意:"回去不就知道了?"

梁蔚嘀咕道:"今天怎么神神秘秘的?"

到家后,梁蔚换上拖鞋往餐厅走去,餐桌上摆着做好的牛排以及一瓶红酒,梁蔚心下隐隐有些预感。

陈鹤森走到她身后:"冰箱里还有刚买的草莓,你拿出来洗一点儿。"

梁蔚回过头看向他。

陈鹤森问:"不想吃?"

梁蔚摇了摇头。

她走过去,抬手打开冰箱,映入眼帘的便是白色的"Marry Me"(嫁给我)灯牌,还有塞满了整个冰箱的绣球、芍药等鲜花装饰。除此之外,第二层冷藏柜里放着一个红色的盒子,盒子是打开的状态,里面立着一枚钻戒。

陈鹤森的声音在她的头顶响起:"你刚才是不是猜到了?"

梁蔚抬头看着他,诚实地说道:"是猜到了一点点。"

陈鹤森捏了捏眉心,低头笑了笑:"得,邬胡林还说这事你绝对猜不到。"

梁蔚莞尔:"你忘了我是做什么的了吗?"

"失策了……"陈鹤森无奈地笑了笑,注视着她的眼睛,"所以,你愿意嫁给我吗?"

梁蔚看向他，一时情绪复杂，但心中更多的是愉悦，她缓缓地点了点头。

梁蔚伸出手，陈鹤森垂眸，将钻戒套到了她的中指上。陈鹤森握住她的手看了看，稍稍嘘了一口气："幸好尺寸合适。"

梁蔚问："你怎么知道我的尺寸的？"

陈鹤森没有隐瞒："趁你睡觉时，拿手指试了试。"

陈鹤森求完婚，两个人的订婚时间也确定了下来，由陈阿姨找人算的日子，就定在了四月初，那个时候天气正好，不冷也不热。

订婚宴是在酒店举办的，来的都是双方的父母和朋友。当天梁蔚穿了件白色改良旗袍，长发在脑后绾了个发髻，佩着一个白色蝴蝶结，看起来清丽大方中又透着几分俏皮。

陈鹤森穿着一套灰色西服，里头也是白色衬衫，今天难得系了领带。这还是今早她给他打的领带结，可费了不少时间。

陈阿姨怕她冷，又给她拿了白色披肩。

陈鹤森和邬胡林说了两句话，又走到梁蔚旁边，伸手摸了摸她暴露在外头的手腕，微微蹙起眉头："冷不冷？"

梁蔚摇头："我身上还有披肩呢，不冷的。"

陈鹤森将她臂弯间的披肩往下扯了扯，试图遮住她的手臂："等会儿敬酒，你喝饮料就好。"

梁蔚轻轻"嗯"了一声。陈鹤森的朋友来了不少，除了邬胡林，还有几个生面孔，只不过梁蔚直到订婚宴结束也没看见林衡。

订婚宴结束时已经快晚上十点了。

陈鹤森今晚喝了酒不能开车，叫了代驾，代驾已经在停车的地方等着。从酒店出来，梁蔚身上除了那件旗袍，还罩了件白色的针织开衫。

四月初的夜风吹来，还是有几分凉意。

梁蔚下意识地朝陈鹤森怀里靠了靠，他偏头看过来，低声问："冷了？"

梁蔚点头："有点儿。"

陈鹤森脚步一停，脱下身上的西服，手一松，西服外套就罩在了她的肩上。梁蔚抬手要去脱，陈鹤森顺势握住她的手："我不冷，你穿着。"

梁蔚说："真不冷？"

陈鹤森笑着说："骗你做什么？"

旁边是伫立的路灯，两个人像大多数情侣一样，牵着手穿行在一盏盏路灯间，街道上不时有车驶过的声音。

梁蔚穿着陈鹤森的西服外套，手被他牵着，夜风将他身上淡淡的酒气吹来。路过一个十字路口，她脚步微顿，同一时刻他也停下了脚步，略带困惑地看向她："怎么了？"

他身上是白色衬衣，领口处的扣子解开了一颗，眉目依旧俊逸，梁蔚弯唇："没什么，就想和你说一句话。"

陈鹤森一只手插在西裤口袋里，问道："什么？"

梁蔚抿了抿唇，缓缓说道："订婚快乐，老公。"

陈鹤森嘴角牵起一丝弧度，他转过脸看向旁边的车辆，眉眼间遮挡不住的笑意，过了片刻，又转回头来，视线牢牢锁着她，眼神深沉。

梁蔚听到他说："老婆，订婚快乐。"

/ 番外二 /

一辈子

　　梁蔚和陈鹤森结婚后，两个人便搬入了婚房，新家里的家具陈设，都是两个人一起去家具商城精挑细选出来的。

　　没跟组的时候，梁蔚也开始学着下厨，尝试做了几样家常菜。虽然味道并不太出彩，但陈鹤森每回都特别给面子地吃完，这倒是给了梁蔚不少信心。

　　梁蔚今天和李菀约了吃饭，吃完晚饭回到家里，输入密码开了门，就见陈鹤森陷在沙发里，手指间夹着根烟，也没开灯。

　　梁蔚开了灯，客厅里顿时亮如白昼。陈鹤森有些不适地眯了一下眼眸，抬眼看了过来，淡笑道："吃完了？怎么不给我打电话，我好去接你。"

　　梁蔚瞥见烟灰缸里堆了几个烟头："李菀送我回来的，你怎么抽这么多烟啊？"

　　陈鹤森不置可否，握住她的手腕，将她拉到膝头坐下。梁蔚的后背贴在他的身前，鼻间是他身上的浓烈烟味，她微微蹙眉。

　　陈鹤森胳膊微抬，将烟头摁熄在烟灰缸里，顺势环上了她的腰。

　　结婚后，她倒是长了一点儿肉，但腰还是不盈一握般纤细。

　　梁蔚偏头，垂眼看着他："怎么了？"

　　陈鹤森喉结滚动，轻声开口："筱筱去世了。"

395

梁蔚心口一震："怎么这么突然？"

筱筱是当初姥姥住院时，梁蔚在医院碰见的那个让陈鹤森给她巧克力的姑娘。

陈鹤森沉沉呼出一口气："意外，她父母带她出去旅游，碰上连环车祸。"

梁蔚转过头，瞧见他的眼睛泛着血丝。即便梁蔚和那个小姑娘只有几面之缘，乍然听到这个消息，她还是有些无法接受，何况他还曾是那个姑娘的管床医师。

梁蔚没有出声，静静地回抱住他，放低声音问："你很难受吗？"

陈鹤森自嘲地笑了一下："大概是我和她相处挺久了，一下子听到这事，有点儿消化不了。其实这种事在医院挺常见的，我也曾碰见病人死在手术台上的……我今天是不是太情绪化了？"

梁蔚摇摇头，语气认真地说："这说明你是一个有血有肉的好医生。"

陈鹤森浅浅一笑："好像这些事只能和你说。"

梁蔚问道："和我说不好吗？"

陈鹤森歪着头看她，良久后才说："男人的自尊心作祟，我不想让自己的女人看见自己脆弱的一面。"

梁蔚撇了撇嘴："那我还在你跟前哭过呢，是不是也不能在你面前流露脆弱的一面？"

陈鹤森稍稍往后靠了靠，手掌落在她的腰间，回想起当初她说分手时那副样子。

说实话，那会儿看她哭成那样，他是真不好受。

陈鹤森说："我不是这个意思。"

梁蔚点头："我知道你的意思，可我们都不是完人，总会有脆弱的时刻，更何况我们都结婚了，以后可是要过一辈子的。生活里总会遇到一些事，总不能都让你一个人扛着，只有互相扶持，我们才能走完这一生，不是吗？"

陈鹤森哑然失笑："道理一堆，我是说不过你。"

梁蔚双手搂住他的脖子，眨了眨眼："难道我说得不对吗？"

陈鹤森碰了碰她的嘴唇："怎么不对？你说什么都是对的，不过你以后遇到什么事必须老实告诉我，别偷偷哭鼻子了，我是真见不得你哭。"

梁蔚靠在他的身前，想起那会儿闹分手的事，不免讪讪地说道："我知道了，我当时和你说分手，不是因为我感冒了吗？我本来脑子就不清楚，后来又接到那通电话，所以就有些冲动了。"

陈鹤森伸手去拿烟盒，抽出一根烟送到嘴里，含混地说："再来一次，我可能真受不了。"

梁蔚拿下他嘴里的烟："别抽了，你今天抽好多根了。"

陈鹤森勾起嘴角："嗯，不抽了。"

梁蔚从他的腿上起来，打开了窗户，散散屋里头的烟味，又回头去看陈鹤森："你是不是还没吃晚饭？"

陈鹤森将烟灰缸里的烟头倒入垃圾桶："还没吃。"

梁蔚眼睛一亮："那我给你煮点儿东西？"

陈鹤森声音带笑："别，我等会儿自己点外卖得了。"

梁蔚瞪眼："陈鹤森，你嫌弃我的手艺。"

陈鹤森摇头笑了笑："老婆，你先去看看冰箱。"

梁蔚不明所以地往厨房走去，打开冰箱一看，冷藏柜里空荡荡的，基本没什么食材。她前几天刚结束跟拍回来，压根儿忘了给冰箱添加食材的事。

梁蔚关上冰箱门，心虚地说道："嗯，那你还是点外卖吃吧。"

陈鹤森满脸都是笑意："我先去洗澡。"

梁蔚要到房间里给他拿衣服，经过他身边时，被他拽住手臂拉了过去。陈鹤森抱住她的腰，梁蔚的额头碰到了他的下巴，她听到他说："我倒是不介意给你当一辈子的小白鼠。"

/ 番外三 /
小朋友

一月将近，转眼就到了邬家河小朋友的生日，梁蔚和陈鹤森作为小家伙的干妈干爸，自然得出席小家伙的生日宴会。

他们俩结婚后，周珍倒是提过让梁蔚赶紧生个孩子，说自己现在还年轻，还能帮忙带着点儿，再过几年估计就带不动了。不过梁蔚自己不愿意那么早生孩子，想多享受享受二人世界。陈鹤森对此没有意见，说她什么时候想生了再说。梁蔚虽然是这样想的，但还是有些顾及陈鹤森父母那边的想法，说完后，又不免问起他爸妈会不会有想法。

陈鹤森了解她的性子，不是那种只顾自己的想法的人，宽慰她："我爸妈那边完全尊重我们的想法，你不用考虑他们。"

梁蔚半靠在床头，翻着本杂志，随口问："那你呢，喜欢男孩还是女孩？"

陈鹤森解着衬衫扣子，回头瞥了她一眼："只要是你生的，男孩女孩都可以。"

梁蔚促狭地说道："只要我生的都可以？你确定？"

她这话里的挑衅意味很明显，陈鹤森抽走西裤上的皮带，丢到沙发上，走了过去。梁蔚被他抵在床头上，压迫感十足，便听到他的嗓音带着笑意在头顶响起："不跟我生，那你想跟谁生？"

梁蔚拽高被子，遮住下半张脸，露出一双清润的眼睛，及时讨饶：

"我开玩笑的，老公。"

陈鹤森状似无奈地叹了一口气，伸手撩开她颊边的一缕发丝："就会来这招。"

梁蔚语气轻快地问："你不喜欢我这么叫你吗？"

陈鹤森似笑非笑道："我喜不喜欢，你不清楚？"

梁蔚其实很少叫他老公，她性子比较害羞，在某些时候，被陈鹤森半是胁迫地叫过几次。日常相处中，她一般是直呼他的名字，除非遇到什么事，会叫上一两声，所以她的这一声老公对陈鹤森来说颇为受用。

邬家河小朋友生日当天，陈鹤森刚好不用去医院上班，生日宴的时间定在下午五点，两个人早在一周前就给小家伙准备了礼物。

四点多，两个人才出门，开车前往酒店。

他们来得比较早，陈鹤森同邬胡林在一旁说话，梁蔚把小家伙的礼物递给了姚知伽，问了一句："小家河呢？"

"他爷爷带去玩了。"姚知伽向陈鹤森和邬胡林所站的方向投去一眼，"你和鹤森打算什么时候要孩子？"

梁蔚的目光也跟了过去，邬胡林将手搭在陈鹤森的肩头，正说些什么，陈鹤森的嘴角浮现淡淡的笑意。梁蔚也弯了弯唇："我目前不着急，看他吧。"

"陈鹤森还不是听你的意思。"姚知伽说，"邬胡林还和我说，要是你和陈鹤森生了个女儿，咱们两家可以直接成亲家。"

梁蔚无奈了："这还没影的事呢，你俩就商量上了？"

姚知伽说："这不是说着玩嘛，你和陈鹤森也抓紧点儿，感觉你要是真生了个女儿，陈鹤森估计也是个女儿奴。"

宴会结束两个人从酒店出来时，外面已经下起了雪，白色的雪粒子在橘黄色的路灯灯光下纷纷扬扬地飘下。

梁蔚摊开手心，雪落在掌心里，顷刻间融化成雪水。陈鹤森握住她的手指，揣到他的大衣口袋里："等会儿别感冒加重了。"

她今天醒来，不太舒服，后来量了体温才发现有点儿发烧。原本陈鹤森都想让她在家里休息了，但梁蔚执意要来参加小家伙的生日宴。陈鹤森也没办法，只能让她吃了退烧药，又窝在床上休息，直到三点多，她额头的温度退了，才准许她出门。

梁蔚柔声说："温度早退了，不信你现在摸一下我的额头。"

陈鹤森偏头，瞥见她空荡荡的脖子，眉头一皱，摘下围巾围在她的脖子上。

梁蔚说："我不冷。"

陈鹤森手上动作没停，温柔地说："戴着。"

梁蔚放下手，咬了一下唇瓣。陈鹤森将围巾绕了两圈，还打了个结，梁蔚鼓着嘴："这样好丑啊。"

陈鹤森："保暖就行。"

梁蔚："我特意穿了件 V 领的裙子搭配这件大衣呢。"

陈鹤森不容她反驳："这样也很好看。"

梁蔚将手从他的外套口袋里抽出来，转而挽住他的手臂："知道啦，刚才我和知伽聊天，他们说我们要是生个女儿，打算和我们结亲家。"

陈鹤森冷笑了一声："想得美。"

梁蔚："我觉得小家河挺可爱的啊，而且我们两家也知根知底的，要是我们真生个女儿，两个小家伙将来也互相喜欢的话，不也挺好的？青梅竹马的感情。"

陈鹤森见她说得有鼻子有眼的，挑了挑眉："你想生了？"

梁蔚对上他灼灼的目光，轻轻地点了点头："有点儿想，你呢？"

陈鹤森低笑一声："蔚蔚，你觉得我会说不想吗？"

"那我们生个女孩吧，我喜欢女孩子。"

"好，听你的。"

"要不先生个哥哥，再生个妹妹？我以前一直希望有个哥哥呢。"

"嗯，那我今年多努力一下。"

"你说什么啊？"